将軍

ジェームズ・クラベル
綱淵謙錠 監修　宮川一郎 訳

James Clavell
SHOGUN

2

扶桑社

将軍

2

第18章

真っ暗な闇の中を、刺客が一人城壁を乗り越えて中へ忍び込んだ。賊の姿はほとんど見えない。体にぴったり合った黒の装束をまとい、黒い足袋《たび》を履き、黒い覆面頭巾《ずきん》を頭からすっぽりとかぶっている。男は小柄な体で、するすると音もなく城郭の正面に走り寄り、そそり立つ石垣の手前でぴたっと足を止めた。五〇歩ほど離れたところに、二人の茶色の侍が大手門の護衛をしているのが見える。賊は、布を巻いた鉤《かぎ》が先についているごく細い絹の綱を巧みにほうり上げた。鉤は銃眼の縁に引っ掛かった。男は綱をよじ登ると、銃眼のわずかな穴をすり抜けて、中に姿を消した。

回廊はひっそりとして、ろうそくの明かりがともっている。男は音も立てずに、急ぎ足に回廊を伝っていき、外に通じる扉を開け、石塁の上に出た。そして、再び巧みに綱を投げてよじ登り、上の回廊に滑り込んだ。石塁の角にいた見張りたちは、警戒していたにもかかわらず物音一つ聞くことができなかった。

巡回の、別の護衛たちが黙々と通り過ぎると、賊は石塁のくぼみにぴたりと体を押しつけた。

侍たちをやりすごしてしまうと、賊は通路に沿って忍んでいった。曲がり角で足を止めた。そっと、先をのぞいて見る。侍が一人、反対側の戸口を固めている。静寂のなかにろうそくの火が揺れていた。侍はあぐらをかいて座っているが、あくびをすると、壁に寄り掛かって伸びをした。その目が、ほんのしばらく閉じたようだ。その瞬間、刺客が身を翻した。物音一つしない。手にした綱で輪をつくると、護衛の首に引っ掛けて、ぐいと引いた。護衛の指は首に食い込む綱を外そうとしてもがいたが、すでに死にかかっていた。短刀で、外科医のように正確に肋骨《ろっこつ》の間をひと突きすると、護衛の体はそのまま動かなくなった。

男は、そっと、戸を開けた。謁見《えっけん》の間には人影がなく、内側の入口にも護衛はいない。死体を戸の内側に引きずりこむと、元のように戸を閉めた。ためらうことなく、左手の戸に走り寄る。戸は木だったが、がんじょうに補強してある。男は反り身の短刀を右手に滑り込ませた。そして静かに戸をたたいた。

「『白河天皇の御世《みよ》に……』」と、男は合言葉の初めの部分を唱えた。

戸の向こう側で、刀の鞘《さや》を払う音が聞こえ、返事が返ってきた。「『……円覚師と呼ばれる道者があり……』」

「『……三二巻のお経を書かれた……』虎長様への至急便を持参いたしました」

勢いよく戸が開く。瞬間、刺客は中に飛び込んだ。短刀を最初の侍ののど元に突き立てると、返す刀で、二人目ののど元深く押し込んだ。そして、軽くひねるようにして引き抜いた。二人の男は立ったまま死んでいる。一人をそっと転がした。もう一人は、自分で音もなく倒れ込んだ。血が床に流れ、体はぴくぴくと最後のけいれんをしていた。

男は中の廊下を急いだ。明かりは暗かった。そのとき、不意に障子が開いた。男は凍りついたように立ち止まり、ゆっくりと振り向いた。桐が、驚いたように口を開けて男を見ている。距離は一〇歩、手にはお盆を持っている。

男はお盆の二つの茶碗も食べ物も、まだ手をつけていないのを見て取った。急須からは糸のような湯気が一筋立ち昇っている。そのそばでは、ろうそくが一本、ジッ、ジッと、かすかに音を立てている。お盆が落ち、桐の手は帯から懐剣を取り出した。彼女のくちびるが動いたが、声は出なかった。賊はすでに廊下の角まで走っていた。廊下の突き当たりの戸が開いて、驚いたような、寝ぼけまなこの侍の顔がのぞいた。

刺客はその侍のほうに突進していき、ねらっていた右手の障子を、さっと開いた。桐は金切り声をあげ続け、非常の合図が鳴りだした。賊は暗闇の中を確かな足取りで走り出し、控えの間を横切り、寝ずの番の女たちやその侍女たちの頭の上を飛び越えて、突き当たりの奥の廊下に出た。

そこは墨を流したような暗闇だった。男は手探りながら、間違えることなく進んで、目指す部屋の戸をやっとの思いで見つけだした。彼は戸を引き開けると、布団に横たわっている人影目がけて飛びかかった。だが、彼の短刀を握りしめた手は、万力《まんりき》のような手でがっしりと押さえ込まれ、続いて畳の上に転がっての格闘となった。賊は巧妙に立ち回って、相手から逃れると、再び短刀で斬りつけたが、的が外れた。掛け布団が飛んできた。男は布団をはねのけ、短刀でひと刺しとばかりに体ごとぶつかっていった。だが、相手は思いがけない敏捷さで身をかわし、鍛えられた足で賊の股ぐらをけり上げた。苦痛が賊の全身を走る間に、ねらわれたほうの男は手の届かないところに飛びのいた。

そのとき、侍たちがどやどやと入口のところになだれこんできた。そのうち何人かは灯を手にしている。長門は下帯一つ、髪をふり乱した姿で刀をふりかざして、賊とブラックソーンの間に飛び込んだ。

「神妙にせい！」

刺客は、一度はそのふりをみせたが、「南無阿弥陀仏……」と叫ぶと、短刀を自分に向け、両手でのどを突いた。血がほとばしり、男はがっくりとひざをついた。長門が飛びかかり、刀を弧を描いて振り下ろすと、賊の首は体を離れて転がった。

長門は無言で首を拾い上げ、覆面をはいだ。どこにでもあるような顔で、まだ目がひくひく動いている。髪からすれば侍のようだったが、長門はまげをつかんで首を高く持ち上げた。

「だれか、この者を知っているか」

答える者はいなかった。長門はその顔に唾を吐くと、腹立たしげに、部下の一人のほうに投げつけた。そして、死体の黒い装束をはだけて、男の右腕を持ち上げた。すると、探していたものが見つかった。小さな刺青《いれずみ》で、わきの下に阿弥陀と彫ってあった。

「警固の頭《かしら》はだれだ」

「それがしにござります」そう言った男の顔は、衝撃で蒼白になっていた。

長門がその男におどりかかると、ほかの侍はきっと、四方によけた。だがその侍は、凶剣を避けようともせず、けさがけに首から肩、そして片腕と、斬り落とされてしまった。

「隼、貴様は全員に命じて、いまの交代時間から中庭の警固に当たらせろ」と、長門が侍の一人に言った。

「よいか、次の交代から中庭の警固は二倍に増やせ。死体を運び出せ。残りの者たちは……」

と、言いかけると、入口に桐が現れたので、長門は言葉を切った。桐はまだ懐剣を握っていた。

そして、死体を見、それからブラックソーンを見た。

「安針《あんじん》さんに、お怪我は」と、彼女が聞いた。

長門は、自分の頭の上でまだ息を切らしている大男を見上げた。怪我もなく、血も出していない。危うく殺されかけた男にしては、髪が乱れているだけだ。顔はさすがに青白かったが、恐怖の色は浮かんでいない。「怪我はないのですか」

「何を言ってるのか、わからん」

長門は、近づいて水先案内人の寝巻きをめくると、怪我がないかどうかを調べた。

「ああ、やっとわかった。いいえ、怪我はしていません」

長門はこの大男が英語でそう言うのを聞いて、見上げると、首を横に振っていた。「大丈夫。どうやら怪我はしていないようです。桐壺様」

安針が死体を指差して何か言いはじめた。

「おまえの言うことはわからん」と、答えると、長門は「安針さんはここにいなさい」と言い、それから部下の一人に命じた。「この男が欲しいといったら、食い物でも飲み物でも運んでやれ」

「この刺客は、阿弥陀の刺青をしていたそうですね」と、桐が聞いた。

「はい、桐壺様」

「恐ろしい……魔性の者たちですね」

「はい」長門は彼女に会釈すると、まだ放心したような侍の一人を振り返った。「おまえは首を持ってわしについてこい」彼は大股で歩きだした。歩きながら、父にどのように報告すべきかと思案していた。いずれにしても、仏様、父上をお守りくださいましてありがとうございました。

「男は浪人だった」虎長はぶすっと言った。「そのほうでも、あの男の素性はわかるまい。広松」

「はっ。しかし、このたびのことは、石堂の責任でございます。このようなことが起きては、石堂の面目はもう丸つぶれでございます。あのような無頼の者を刺客に使うとは。どうかいますぐ、それがしに兵を集めることをお許しください。このようなことは二度と繰り返させませぬ」

「ならぬ」そう言って虎長は、長門を振り返った。安針が怪我をしていないのは、確かだな」

「はい」

「広松。このたびの警固に当たった者は全員、自らの義務を怠ったかどで位を落とせ。切腹を許してはならぬ。最下級の足軽として、家臣の前に生き恥をさらして生きるのだ。死んだ護衛たちの死体は、足を持って、城から町中を引きずり回して刑場に運べ。犬のえさにするのだ」

そして息子の長門を見た。実はこの夜、事件の前に、名古屋の浄法寺から石堂の長門に対する脅迫に関する至急の伝言が届いたばかりだった。虎長は直ちに、長門が宿所に近づくことを禁じ、身辺に護衛を配するとともに大坂にいるほかの近親者たち、桐や佐津子の方にも、同じように護衛を手配した。僧正はさらに、石堂の母を女中ともども直ちに送り出して大坂に返すほうが賢明と思われると、付け加えてあった。「すぐれたお子様の一人の生命を愚かなことで危険にさらすことは避けたいと存じ、さらに悪いことには、石堂の母君の健康はおもわしくなく、風邪をひいておられます。死ぬのならここではなく、御自分の家のほうがよろしいかと……」

「長門、そのほうも、刺客の潜入を許した責任は同じようにとらねばならぬ」虎長の声は冷たく厳しかった。「当直であろうと、非番であろうと、眠っていようと、起きていようと、すべての侍に責任がある。そのほう、扶持《ふち》の半分を罰として減らすぞ」

「はい」青年は、自分の首も含めて、すべて元どおりにつながったのには逆に驚いた。「手前も位を下げていただきたいと存じます。こうして生き恥をさらしてはいられませぬ。手前の失敗は、どんな辱めを受けても、仕方なきものにござります」

「そのほうの位を下げたければ、頼まれなくともそうしておろう。直ちに江戸へ帰ることを申しつける。今宵、二〇名の部下とともに発ち、そのほうの兄に報告せい。いままでのだれよりも早く帰り着くのだ。行け」長門は一礼すると、蒼白な顔で立ち去った。虎長は広松にも同じように荒い口調で言った。「わしの警固を倍に増やせ。今日と明日の猟はとりやめだ。大老会議の翌日に大坂を発つ。お手前は一切の手はずを整えるのだ。そのときまで、わしはここを動かない。招いた者以外にはだれにも会わぬぞ。よいな」

彼は腹立たしげに手を振って、退出の合図をした。「みな下がってよい。広松、そのほうは残れ」

部屋にはだれもいなくなった。広松は、人前で恥をさらさなくてすむのでほっとした。今回のことは、身辺警固の指揮者としてだれよりも自分の責任だった。「何も申し上げることはありませぬ。どのようにでも御処分を」

虎長は思案にくれていた。その顔から怒りは消えていた。「もし、そのほうが忍者の阿弥陀党の者を雇うとしたら、いかようにして彼らに会う。どのようにして連絡をとる」

「わかりませぬ」

「知っている者はいるか」

「柏木矢部ならば」

虎長は窓から外を見た。東の空には、まだ暗いが一筋の夜明けの光が差しはじめている。

「明けぬうちに、矢部をここに呼べ」

「矢部にも責任があると……」

虎長はそれには答えず、再び瞑想《めいそう》にもどった。

しだいに広松はこの沈黙に耐えられなくなってきた。「御前から下がらせていただきとうございます。このたびの失態が恥ずかしく、いたたまれぬ思いでございます」

「あのような襲撃を防ぐことはできまい」虎長が答えた。

「しかし、御寝所の間近に近寄せたのは不覚で、もっと外で賊を捕らえなければならぬところでした」

「そのとおりだ。だが、そのほうの責任ではない」

「手前の責任でございます。恐れながら、殿が江戸にもどられるまでの殿の身の安全は、すべて手前の責任でございます。お命をねらう者は、またやってまいりましょう。間者《かんじゃ》の報告では、軍団の動きが慌ただしくなっているとのことでございます。それを動かしているのは石堂です」

「そうか」と言ったが、虎長は取り合わず、「矢部のあとで、ツウジに会いたい。そのあと、まり子にも。安針の警固は二倍に増やせ」と言った。

「先ほど、至急の知らせが届きまして、大野殿は一〇万の人夫を動員して九州の居城の改築にあたっているそうにござります」そう言いながら、広松は虎長の身の安全がさらに心配に思われてくる。

「事実とすれば、大野殿にお会いしたとき、わしから聞いてみよう」

広松はじれったくなってきた。「殿のお気持ちがわかりませぬ。何か、好んで危険を選んでおられるようにお見受けします。愚かなことでございます。このようなことを申し上げて、首をはねられてもかまいませぬが、手前の申したことは事実にございます。木山殿が石堂側につけば、殿が罪を負わされ、もはや、殿のお命はないも同然。ここに来るという危険な賭けをなさったうえで、その賭けにお負けになりました。いまのうちにここを出てくださいますよう。少なくとも首と胴がつながっているうちに」

「まだ危険には陥ったとはかぎるまい」

「今晩のこの襲撃を、殿は大事と思っておられぬのでございますか。もしも、御寝所を変えておられなかったら、いまごろは死んでおられますぞ」

「そうかもしれぬ。しかし、そうならなかったかもしれぬではないか。昨夜も今夜も、わしの部屋の外には多数の護衛が詰めていた。それに、今夜はそのほうも固めていた。どんな刺客でも、あれではわしに近寄れぬ。たとい今夜のように、前もって十分調べてきたとしてもだ。やつは、通路はおろか、合言葉さえ知っていたそうだな。桐はやつがそれを唱えているのを聞いたという。とすれば、やつはわしの部屋を知っていたはずだ。そうなると、今夜の目標はわしではないぞ。安針だったのだ」

「あの異人を」

「そうだ」

虎長は今朝、異人があのような驚くべきことを暴露してみせたからには、あの男に対する危険が増大することは予想していた。明らかに、安針を生かしておくことは、ある人間にとっては危険が大きすぎることだった。しかし虎長は、自分の宿所の中にまで、しかもその日のうちに、刺客が乗り込んでこようとは、思ってもいなかった。だれかが内通し、手引きをしたのか。桐と、まり子から情報がもれることはまず考えられない。だが、城や庭には常に立ち聞きするのによい隠れ場所がつきものだ。わしはいま、敵の砦《とりで》の真ん中にいる。ここでは、わしの間者は一人だが、石堂やその一味の間者は二〇人はいるだろう。おそらく、今度のこともその一人がもたらした情報だろう。

「安針の護衛を二倍に増やせ。あの男はわしにとって、いまは一〇〇〇人の家臣にも匹敵する値打ちがある」

今朝、綾の方を送ってから、虎長は庭の茶室にもどったが、彼は安針が見かけより弱っており、目ばかり光っているものの実際にはひどく疲れているのに気がついた。そこで自分自身の高まる気持ちと、もっと深く尋ねてみたい欲求とを抑えて、続きは明日聞くと言って、彼を解放してやった。安針を桐の世話にまかせ、医者に診せ、健康を回復させること、彼が欲しがるなら異人の食事を与えてやること、そして、虎長がこれまで使っていた寝室を彼に使わせることなどを指示した。「必要と思うものがあれば、なんでも安針に与えてやれ」彼は桐にこっそり言い含めた。「あの男には一刻も早く元気になってもらいたい、心身ともにな」

その際、安針は、件《くだん》の修道士は老人であるうえに病気なので、今日にも牢獄から出してやってほしいと頼んだ。虎長は考えておこうと答えて、ねぎらいの言葉とともに異人を送り出したが、実はすでに、侍を牢獄に直行させ、その修道士を連れてくるように命じてあることは、安針には言わなかった。この修道士は、彼にとっても石堂にとっても、同じように貴重な存在となるはずだ。

虎長は、この囚人がスペイン人であり、ポルトガル人と仇《かたき》同士であることは、ずっと以前から知っていた。しかし、この男は太閤《たいこう》の命令で牢に入れられたので、太閤の囚人であったし、虎長はこの大坂では、なんの司法権ももっていなかった。彼は安針を故意にあの牢獄に送り込んだのだが、それは、この水先案内人は無価値だということを石堂に思わせるためのものであると同時に、この男が修道士の注意を引き、その知識を引き出してくれるかもしれないという望みをつないだからでもあった。

あのとき、牢獄に送り込まれた安針の命を奪おうとした最初の襲撃は、平凡で失敗に終わった。そして、安針のまわりにはただちに安全な防御の垣が張り巡らされた。虎長は、配下の間者である駕籠《かご》かきのサスケに報酬を与えることにし、彼を牢から出すと、自分の駕籠四台を与え、同時に、東海道の江戸に近い宿場で駕籠屋を営業する世襲の権利を与え、その日のうちに彼をひそかに大坂から送り出した。翌日から虎長の耳には、別の間者たちから二人の異人が仲よくなり、修道士が話をし、安針が質問をしているという知らせが入ってくるようになった。石堂もおそらく牢内に間者を放っていただろうが、別に障害はなかった。安針は守られており、安全であった。すると石堂は、思いがけぬことに、彼を連れ出して異人たちの手に渡そうとたくらんだ。

虎長は、自分と広松とで仕組んだ、そのあとの待ち伏せ劇のおもしろかったことを思い出す。あのときの盗賊の浪人たちは、実は、虎長が大坂周辺に潜ませている腹心の侍の集団の一つだった。そして、微妙なころあいを見計らって、矢部があの場を通るようにした。その結果、矢部は何も知らずに救出の役割を演じてしまった。そうして、矢部が再び石堂の顔を逆なでする操り人形となったことがおかしくて、虎長と広松は腹を抱えて笑ったものだった。

すべてのことがみごとにうまく運んだ。少なくとも、今日までは。

修道士を連れ出すために派遣した侍は、手ぶらでもどってきた。「宣教師は死にました。名前を呼ばれても出てまいりませぬので、連れ出しに入ってみますと、すでに死んでおりました。まわりにいた罪人たちの話では、獄吏に名前を呼ばれたとたんに倒れたそうで、それがしが抱き起こしたときにはすでに死んでおりました。あの男を連れ出すために出向きながら、お役に立ちませんでしたことをお許しください。死体につきましては、上様が、首だけか、あるいは異人であるので死体ごと持ち帰るのかどちらを望んでおられるのかわかりませんでしたので、首をつけたままで運んでまいりました。まわりの罪人たちのなかに、改宗者であるという者がおりまして、死体を持ち去らぬようにというばかりか、渡そうとしませんでしたので、何人かを斬らねばなりませんでした。死体は悪臭を放ち、虫がわいておりますが、そのまま中庭に置いてございます」

なぜ修道士は死んでしまったのだろう。虎長は再び自分に問うてみた。それから、広松が何か問いかけているのに気がついた。「なんだ」

「水先案内人を殺そうとしたのは、だれだと思われるのかと、お伺いしました」

「切支丹《きりしたん》だ」

柏木矢部は、朝早く、緊張しながら広松のあとについて回廊を渡っていった。微風に乗って懐かしい潮の香りが運ばれ、故郷の三島を思い出させる。長い間待たされていた虎長に、やっと会えるようになったのはうれしかった。沐浴《もくよく》すると、入念に身繕《みづくろ》いをした。この会見がうまくいかなかった場合の彼の意志を、妻と母あてにしたためた最後の手紙はすでに封印してある。矢部は愛用の村正を腰に差した。その鞘は戦歴を物語るものだった。

二人がもう一度角を曲がったとき、意外なことに、広松は鉄で補強した扉を開けて階段を上がり、城郭の中心である天守に入った。警固の侍が大勢当直しており、矢部は、何か危険を予感した。

螺旋《らせん》状の石段を上って、堅固な砦に出た。護衛の侍たちが鉄の扉を開けた。出ると、そこは石垣の上だった。ここからおれをほうり出せと広松は命じられているのだろうか、それともおれに、ここから飛び込めと命じるのだろうか。そう思ったが、覚悟はできていた。

と、驚いたことに、虎長がそこにいた。さらに信じ難いことには、虎長は立ち上がって、丁重に、にこやかにあいさつをしてくれたのだ。想像もできなかった。虎長は関八州を統治する大名、自分は伊豆の一大名にすぎないのに。座布団がしかるべく置かれている。絹の袱紗袴《ふくさばかま》に包まれた茶瓶が一つ置いてあった。豪華な衣裳は着ているが、角顔で不美人の若い女が丁寧にお辞儀をした。女の名は佐津子といい、虎長の七番目の側室で、年は最も若く、いまは身重の体だった。

「よう参られた。柏木矢部殿。長い間待たせて、すまなかった」

そういう虎長は、手段はなんであれ、おれの首を斬るつもりだなと矢部は確信した。相手を殺そうと考えたり、決めたりしたときほど、相手に対して礼儀正しく振舞うのが普通だからだ。

彼は大小を腰から外すと、敷石の上に静かに置き、案内されるままに上座《かみざ》に座った。

「夜明けのさまをながめるのも風流ではと思ってな、ここからの景観はまことにみごと。そうそう、若君のおられる本丸の天守閣よりよいのではないかな」

「まことに、美しいながめにございます」矢部も遠慮せずに、そう答えた。彼はいままで、この城のこれほど高いところまで上がったことがなかった。虎長は〝若君〟のことを口にして、彼と石堂との間の秘密交渉が知られてしまったことをほのめかしている。「このような美しい景観を御一緒にながめることができることは、光栄至極に存じます」

眼下に広がる町や港や島々は、まだ眠っている。西に淡路島が浮かび、その東の海岸線を見せている。東の空に昇りはじめた朝日が、雲を紅に染めぬいていた。

「これが佐津子だ。佐津子、この御仁が柏木矢部殿。伊豆の大名であられる。このたび、異人の宝船を献上してくだされた」彼女は会釈した。矢部も一礼すると、彼女は再び礼を返した。

茶の湯が始まり、彼女は最初の一服を矢部に献じたが、矢部はその名誉を丁寧に辞退し、それを虎長に差し上げてくれと彼女に頼んだ。虎長はそれを断ると、彼が受けるようにすすめた。そして最後に、賓客《ひんきやく》として、彼はそれを受けさせられることになった。広松が二番目にいただいた。節くれだった指先で不器用に茶碗を持ち、刀を握っている片方の手はひざの上に置いたままだ。虎長は三杯目を受け取って、茶をすすった。それから彼らは、自然を味わい、日の出をながめた。あたりは静まり返っていた。

カモメの鳴き声が聞こえた。町が目覚めはじめた。一日がようやく明けていく。

佐津子の方は、ほっとため息をついた。その目は涙にうるんでいた。「こうしておりますと、なんだか自分が天上の女神になって、美しいものを見ているような気持ちになります。でもこういうときは、二度と返ってこないと思うと、ほんとうに悲しくなります」

「うむ」と虎長が答えた。

太陽が地平線に半分顔を出したころ、彼女は一礼すると立ち去った。矢部にとって意外なことには、警固の侍たちもまた姿を消し、残ったのは彼ら三人だけになってしまった。

「お手前からの贈り物、うれしくちょうだいいたした。船を一隻に、積み荷が積んだままとは、まことに思いがけないことであった」虎長が言った。

「手前の持ち物はすべて、殿の持ち物にござります」矢部の言葉には夜明けの美しさの余韻があった。もう少しこうしていたいものだ。このような計らいをするとは、虎長はなんと風雅なのだろう。この広さの中に、しばし私を置いてくれたとは。「夜明けを見せていただきありがたく存じております」

「手前から差し上げられるのは、このくらいだ。お喜びいただいてうれしい」

しばらく、二人とも黙っていた。

「ときに矢部殿。阿弥陀党について何か御存じか」

「だれでも知っているようなことしか存じませぬ。一〇人ずつの組からなる秘密の集団で、一つの組は、頭が一人に九人の部下よりなり、なかには女も混じっております。あの者たちは阿弥陀如来の名のもとに服従と純潔と死を誓っており、その一生は、人殺しとなるための訓練一筋でございまして、頭の命令さえあれば、直ちに人を殺します。万一目的の相手を殺すことに失敗した場合は、男か女か子供かを問わず、即刻自分の命を断ってしまいます。死ねば阿弥陀に救われて極楽往生できると信じておりますところの狂信者たちでございます。いまだかつて、生きて捕らえられた者は一人もおりませぬ」矢部は虎長の命がねらわれたことを知っていた。それはすでに大坂中に知れ渡っている。そして、虎長が鉄の輪の中に入っていて安全だったことも。「あの者たちは、めったに殺しませんし、秘密は完全に守られておりますので、仕返しをすることは不可能で、あれらが何者で、どこに住み、どこで訓練しているのか、知る者は一人もおりませぬ」

「あの者たちに仕事を頼みたいときにはどうなさる」

「平南寺、阿弥陀寺の門、それに浄法寺、この三ヵ所へ行って内密に話をいたします。依頼主として認められますと、一〇日以内に、しかるべき者を通じて連絡が届きます。すべては秘密裡に、込み入った手順で運ばれますので、あの者たちをだまして捕らえようとしても、それは全く徒労に終わりましょう。ちょうど一〇日目に、殺される人の身分に応じた金額を、銀で請求してまいります。値切ることはできませぬ。請求どおりに前払いせねばなりませぬ。すると、一〇日以内に仲間の一人が殺しをするということだけが保証されます。噂によれば、殺しが成功すると、殺した者は自分の寺にもどり、盛大な自殺の儀式をとり行うという話でございます」

「それでは、今日の企てにだれが金を出したか、探り出すことはできないということか」

「はい」

「また襲ってくると思われるか」

「どちらとも申せませぬ。普通、一度に請負うのは一回の襲撃だけですが……しかし、よりいっそうの安全を図られるほうが賢明かと存じます……御家来や、御女中たちのなかにまぎれこんでいるかもしれません。阿弥陀党の女たちは、短刀と絞殺の名手であるばかりでなく、毒殺の訓練も受けているとの噂でございますから」

「いままでに、雇ったことは」

「ございませぬ」

「お父上は雇われたのでは……」

「確かなことは存じません。太閤殿下の御命令で、父が一度話をしたことがあるとは聞いております」

「その襲撃は成功したか」

「太閤殿下は何事にも成功なさいました」

矢部は背後に人の気配を感じた。護衛の侍がひそかにもどってきたのだと思った。彼は自分の刀との距離を目測した。虎長を殺してしまおうか。今朝はそう決心したのに、いまはぐずついている。気持ちが変わった。なぜだ。

「この首を、お手前がねらうとすれば、いくら払われるかな」虎長が聞いた。

「たとい国中の銀を積んだとしても、そのようなこと、企てることはできませぬ」

「ほかの者が払うとすれば」

「二〇〇〇、五〇〇〇、一万、いや、それ以上かもしれませぬ」

「もし、それで将軍になれるとしたら、一万でも払われるかな。お手前の血筋は、高島家から出たものだし……」

矢部は誇らしげに答えた。「手前なら一文も払いませぬ。金は不浄な物……女や下賤の商人のもてあそぶものでございます。一人息子の命を除き、この命も、妻と母の命も、一族の命も、伊豆の家臣たちとその家族のすべての命を差し出すことにいたしましょう」

「ならば、将軍の位ではなく、関八州を手に入れるためだったら、何を差し出される」

「妻と母と息子の命のほかは、ただいま申しました者のすべての命を」

「では、駿河一国だったら」

「何も払いませぬ」矢部は軽蔑したように言った。「伊川持久にはなんの値打ちもありませぬ。この世で持久とその一族の首を斬れなければ、来世でそれを果たすまでのことでございます。末代まで持久とその子孫を辱めてやります」

「お手前に持久を呈上するとして、そのうえに駿河全土……と、隣国の遠江まで加えるとしたら」

　矢部は急に、この鬼ごっこのようなやりとりと、阿弥陀党の話とを打ち切りたくなった。

「虎長公には手前の首をお望みとか……覚悟はすでにできております。夜明けを見せていただきましたことに、ありがたくお礼を申し上げます。ただし、これ以上お話をしておりますと、せっかくの雅致が薄れます。さ、どうぞ、御遠慮なく」

「お手前の首を斬るとは決めておらぬ。どうしてまたそのようなお考えを。だれか敵に吹き込まれたのであろう。石堂かな。お手前はこの虎長と盟約した間柄ではござらぬか。お手前に敵意があれば、警固の者もつけずに、ここでおもてなしをするようなことはいたさぬ」

　矢部はそろそろと振り返った。自分の後ろに刀を構えた侍が立っているものとばかり思っていたが、そこにはだれもいなかった。彼は再び虎長のほうに向き直った。「手前にはわかりませぬ」

「お越し願ったのはほかでもない。内々に話がしたかったからだ……夜明けをお見せしながら。ところで、伊豆と駿河と遠江を始めてみる気はござらぬかな。もちろん今度の戦でわしが勝ったらの話だが」

「はい、ぜひとも」矢部の胸に希望がふくらんできた。

「では、この虎長の家中に入らぬか。わしを主君と仰ぐ気はないか」

矢部は即座に答えた。「それはばかりはできませぬ。盟約を誓い、指導者と仰ぎ、手前が低い身分に甘んじることは、いつでもお約束いたします。この命も、全財産も投げ出せとおっしゃるなら、それもお受けします。しかし手前は伊豆の大名で、伊豆の土地はだれにもお譲りすることもできませぬ。手前は父にそれを誓っております。伊豆を我が一族代々の領地として定められた太閤殿下も、最初は父に、次は手前に誓ってくださいました。太閤殿下は、伊豆は永久に柏木矢部とその子孫のものであると、お認めになりました。太閤殿下は我らの主君であり、お世継ぎが成年になるまでは二君に仕えないことをお誓い申し上げております」

広松の刀を握る手に、わずかに力がはいった。虎長様はなぜこのおれにひと思いに斬って捨てよと言われないのだろう。殿も承知しておられるのだが。なぜいつまでもくだらん話をしておられる。頭は痛むし、小便でもして横になったほうがましだ。

虎長は股ぐらをかいた。「石堂は何をくれると言っておった」

「虎長公の首が飛んだ暁には、持久の首とその領土とを」

「その見返りは」

「戦が始まったときは味方になること。そのときは虎長公を南側面から攻めること」

「お受けになられたのか」

「手前のことでしたら、よく御存じのはずではございませぬか」

石堂の館にいる虎長の間者は、密約ができたという知らせをよこした。それによれば、虎長の三人の息子、信雄、数忠、長門を暗殺する仕事も矢部のものだった。

「ほかには。味方になるだけでよいのか」

「あとは手前の自由でございます」矢部は微妙な言い方をした。

「暗殺もか」

「戦が始まりましたら、全力を尽くして味方のために戦うつもりでございます。いずれにせよ、手前は石堂の成功を約束できます。弥右衛門様が未成年の間、大老は一人で十分。したがいまして、虎長公と石堂との間の戦は避けられぬものと思われます。ほかに道はございませぬ」

矢部は虎長の心の底を読み取ろうとした。彼は虎長の優柔不断を軽蔑していた。自分のほうがましだと信じていた。虎長には自分の助力が必要だ。とすれば、結局は自分の勝ちだ。だが、この場をどうするか。妻の百合子がここにいて助言してくれればいいのだが……彼女なら最も賢明な道を知っているはずだ。「手前はお役に立てる人間です。虎長公がただ一人の大老になるために、力をお貸しいたしましょう」それは賭けだった。

「どうして、わしが一人で大老にならねばならぬのだ」

「石堂がしかけてまいりましたら、虎長公をお助けして石堂を倒しましょう。石堂が平和を破ろうとしたときは」

「どのように」

彼は鉄砲を使う作戦を説明した。

「五〇〇人の鉄砲隊……」広松は怒った。

「そのとおり。鉄砲の威力をお考えになっていただきたい。全員そろって動くように訓練された精鋭です。これに二〇門の大砲もいっせいに火をふきます」

「くだらん考えだ。聞くだけで胸がむかむかする」と広松が言った。「お手前にはその秘密が守れまい。こちらがその気になるころには、敵もその気になっておるわ。そういう恐ろしい話には際限がないが、そこには名誉もなく、明日もない」

「目前の戦いのことを、まず考えねばなりますまい、広松殿。まず虎長公のお命のことを考えねばなりますまい。それが虎長公の盟友や臣下の務めではありませぬか」

「うむ」

「虎長公がなさることはただ一つ、戦に勝つことです。勝てば、すべての敵の首と、権力とが手に入るのです。それには、先ほどの戦略こそ虎長公に勝利を与える鍵となりましょう」

「いや、わしはそうは思わぬ。名誉、信義にもとる。胸の悪くなるような考えだ」

矢部は虎長のほうに向き直った。「近ごろはそういう言葉の意味も、見直す時代ではないかと存じます」

カモメが一羽、鳴きながら頭上を高く飛んでいった。

「石堂はその作戦をどう考えている」と虎長が聞いた。

「まだ石堂には話してございませぬ」

「なぜじゃ……もし、その作戦がわしにとって役立つものなら、石堂にとっても同じだろう。いや、それ以上かもしれぬ」

「虎長公は手前に夜明けの景観をお贈りくださいました。あなた様は石堂のような田舎者とは違います。国ぢゅうで最も賢明で、最も老練な指導者であられます」

ほんとうの理由はなんだ。虎長は心の中でつぶやいた。ほんとうに石堂に話していないのか。

「その作戦を行うとすれば、半分は矢部殿の部下、半分はわしの部下ということではどうだろう」

「承知いたしました。手前が指揮をいたします」

「わしの部下を副隊長にするのは……」

「結構です。鉄砲と大砲の訓練のために、安針をお貸しください」

「しかし、安針は末長くわしの財産となるものだ。若君のように、大事にしていただかねばならぬ。安針の身柄に責任をもち、わしの言うとおりにしてもらえますな」

「承知いたしました」

虎長は、しばらく茜《あかね》色の雲を見ていた。そんな作戦は全く意味がないと、彼は思う。〝紅天〟作戦を宣告し、わしは先頭に立って京都目指して進撃するのだ。一〇万の軍勢がその一〇倍の敵を相手にする……「だれが通訳をする。いつまでも、まり子をひきとめられてはかなわぬが」

「ほんのひと月と思いますが。あの異人がこの国の言葉を覚えるかもしれませぬ」

「それには何年もかかる。いままでに日本語を覚えたのは、切支丹の宣教師だけだろうが、それも何年もかかってのことだ。あのツウジは日本に来てかれこれ三〇年になるではないか。安針もそう早くは話せるようにはなるまい。我々が異人の汚い言葉を覚えることができないようなものだ」

「しかし、あの安針は、まことに早く覚えてしまうのではないかと思いますが」矢部は、近江が教えてくれた話を、まるで自分の考えであるかのように話して聞かせた。

「それは、かえって危険かもしれぬ」

「そうすれば安針も早く覚えましょうし、おとなしくもなりましょう」

しばらく間をおいて、虎長が聞いた。「その訓練の間、どうやって秘密を守る」

「伊豆は半島で、これ以上安全な地はございませぬ。網代村の近くに場所を選びます。ここは安全を期するにはもってこいの辺地でございます」

「よかろう。網代から大坂と江戸へ飛ばす伝書鳩の支度をさせよう」

「申し分ありませぬ。五、六日もあれば……」

「六日の猶予もあるまい」広松は、それならそれで十分だというふうにうなずいた。

「お手前の間者たちはどこへいっているのだ。間者からの報告は届いておるのか。石堂は動いておる。大野も動いておる。我々は、ここで袋の鼠《ねずみ》だ」

矢部は返事をしなかった。

「それで……」虎長が次を促した。

矢部は答えた。「間者からの報告は、いま起こっていることばかりでして、明日のことはしれませぬ。もし、六日間しか猶予がないとすれば、それはそれで方法がございます。しかし、虎長公は袋の鼠になるようなお方ではありませぬし、まして、戦を早めるようなことはなさらぬお方と存じますが」

「わしがお手前の作戦に同意したら、わしを指導者と思ってくれるか」

「もちろんです。もし虎長公が勝利を得られましたなら、駿河と遠江を永久に手前の領地としてちょうだいします」

「遠江は、作戦の成功いかんによる」

「承知いたしました」

「わしに従うのだな。名誉にかけても大丈夫だな」

「武士道にかけても。御仏に誓っても。母と妻と、子々孫々の命にかけましても」

「結構」虎長は言った。「この取引きを祝って、小便でもしよう」

彼は端まで歩いていった。二〇メートル下に、内庭が見える。広松は主人の無鉄砲ぶりに驚いて息をのんだ。すると、虎長は振り向いて、矢部を手招きした。矢部はそれに従った。ほんのひと突きすれば、二人は転げ落ちて死んでしまうだろう。

虎長は着物の前を開け、下帯を横にずらした。矢部もそれにならった。二人は並んで小便をし、小便は混じり合って下の庭にしずくとなって落ちた。

「太閤殿下と約束を交わしたときも、こうやってしたものだ」虎長は膀胱《ぼうこう》を空っぽにして、すっきりした気分だった。「あれは、太閤殿下が、関八州を領地としてわしに下さるときのことだった。もちろんそのときは、まだ北条の所有地だったから、やつらを追い払うのがまず最初の仕事だった。やつらは最後まで残った敵だったからな。もちろんわしは、先祖代々の領地である三河と、尾張、伊勢を手放さねばならなかった。だが、わしは同意して、一緒に小便をしたのだ。その約束はわしにも太閤殿下にも幸便のものだった。わしは、一年足らずの間に北条を倒し、五〇〇〇〇もの首を斬った。そして北条の一族は滅んだ。お手前の言われたとおりかもしれぬ。お手前は、わしが太閤をお助けしたときのように、わしを助けてくれる人かもしれぬ。わしがいなければ、太閤にはなれなかったかもしれぬからな」

「手前には、虎長公をただ一人の大老にして差し上げられる自信はございますが、将軍となると……」

「もちろんだ。敵がそう言っているだけのことで、わしは将軍の名誉は求めてはおらぬ」虎長は、敷石の上に無事に飛び降りた。振り返ると、矢部は帯を直しているところだった。彼は矢部の生意気さに一矢報いるために、その背中をひと突きしてやりたいような気もしたが、それをする代わりに、腰を下ろし、風を切るように大きな声で言った。「やれやれ。ところでそちらの小便袋はどうだ、広松」

「まことにすっきりいたしました」広松も端のほうに行くと、放尿してすっきりした。しかし彼は、虎長と矢部のした場所からはしなかった。それによって矢部と仲間にならなくてすんだのを喜んだ。あのような約束は、おれにとっては決して名誉なものではない。

「矢部殿。このことは一切、秘密にしておかねばならぬな。二、三日のうちに出発されるのがよかろう」と虎長が言った。

「かしこまりました。鉄砲と、あの異人を連れましして」

「船で行かれたらよい」虎長は広松を見て言った。「船を準備してやれ」

「船は支度してございます。鉄砲と火薬は、まだ船倉に入れたままでございます」広松は答えた。その顔には、不賛成の表情がありありとうかがえた。

「よかろう」

やったぞ。矢部は叫びだしたいような気持ちだった。おまえは鉄砲も、安針も、何もかも手に入れたのだ。そのうえ六ヵ月という時までかせいだのだ。虎長は急には戦を起こす人間ではない。そして、仮に石堂が二、三日のうちに虎長を暗殺したとしても、おまえの得たものに変わりはない。御仏《みほとけ》よ、私が海に出るまで虎長をお守りください。「ありがとうございます」彼はあからさまに謝意を示しながら言った。「虎長公には、この矢部以上に信義に厚い盟友をもたれることはありますまい」

矢部が去ると、広松は虎長のほうに向き直った。

「まずいことをなさいましたな。あの取引きは屈辱ものでございます。手前、御意見申し上げたことが、お耳に入らなかったことも恥ずかしいしだいです。手前は殿にお仕えするには、すでにもうろくいたしまして、いささかくたびれております。あのくそ大名めは、殿を人形のように扱いましたが、私もあのように、殿の面前で村正を腰に差すような、ずうずうしさを覚えたいものでございます」

「知っておる」と虎長が言った。

「手前には、神々が殿をたぶらかしたものとしか思えませぬ。殿は公然とあのような辱めを受けながら、あの男が殿の前でほくそ笑むのをお許しになりました。殿はまた我々一同の前で、石堂から辱めをお受けになりました。殿は我々一同が殿をお守りすることもお断りになりました。殿は、手前の孫娘が名誉を守って死ぬことを拒絶なされました。殿は大老会議を支配する力を失われました。殿より、敵は知略にたけております。そして殿はいま、いままで耳にしたこともないような忌まわしい作戦を約束して、小便を一緒になされました。殿は、あの男の父親のように、不浄と害悪と裏切りを業とするあの男と行動を共になさるのですな」広松は怒りに震えていた。虎長は答えなかった。まるで広松が何も言わなかったかのように、静かに彼を見つめているだけだった。

「殿は、八百万《やおよろず》の神々にたぶらかされておられるのです」広松は叫んだ。「この老人がこれほど殿に異議を唱え、怒声をあげ、侮辱いたしましたのに、殿は私をながめているだけでございますか。殿は気が狂われたのか、それともこの老人が狂ったのか。なにとぞ、手前に切腹をお申しつけくださりませ。お許しくださらぬときには、頭を丸めて坊主になります。いや、なんでもよろしゅうございます。さもなければ手前、気が狂ってしまいます」

「何もするな。それより、宣教師のツウジを呼んでこい」

そう言うと、虎長は声をあげて笑った。

第19章

アルヴィト神父は、イエズス会のいつもの信徒たちを連れて、大坂城からの坂道を馬で下りてきた。そろって仏教の僧侶の装いをしており、違うところは、腰につけたロザリオと、キリスト像のついた十字架だけだ。馬で従っている四〇人は名門の切支丹《きりしたん》侍の息子たちで、長崎にある神学校の生徒だが、大坂まで神父に同行してきたものだ。みな相当の乗り手で、装具もみごとで、規律正しい姿は大名が側近を従えているかのようだった。

神父は暖かい日差しにも気がつかないかのように、きびきびと速足《はやあし》で馬を急がせた。森を抜け、町中を駆けて、イエズス会の教会に向かった。それは西欧ふうの大きな石の建物で、波止場に近く、付近に並んだ宝物庫や倉庫からひときわぬきんでて建っている。このあたりは大坂の絹取引きの中心地だ。

一行は、見上げるような石壁の一角に作られた鉄門を、ひづめの音を立てて通り抜け、石畳の中庭に入ると、玄関で馬を止めた。そこにはすでに召使いたちが待っていて、アルヴィト神父が馬から下りるのを手伝った。神父は滑るように鞍から下りると、手綱を召使いのほうにほうった。本館の石の廊下をすたすたと歩いていくその足元で、拍車が小さな音を立てる。神父は角を曲がり、小さな礼拝堂の前を通り、アーチをいくつかくぐると、奥の庭に出た。そこは噴水のある静かな庭園になっている。控えの間のドアが開いている。彼は不安を振り払い、気を取り直すと、中に入っていった。

「いま、お一人……」とアルヴィト神父が聞いた。

「いや、一人じゃないよ、マルティン」と、ソルディ神父が答えた。神父は小柄で、温和で、顔にあばたがある。ナポリの出身で、かれこれ三〇年以上も巡察使卿の秘書をしている。そして、そのうちの二五年をアジアで過ごしている。「いま、フェリエラ艦長と御一緒だよ。そう、あの気取り屋が来てるわけですよ。でも、あなたが見えたら、すぐに入っていただくようにとのことでした。何かまずいことでも……」

「べつに」

ソルディ神父は何かぶつぶつ言いながら、また羽根ペンを削りだした。「〝べつに〟と、賢い神父がおっしゃった。まあ、そのうちわかるでしょう」

「そうですよ」アルヴィトは、この神父が好きだった。彼は奥のドアのほうに歩いていった。暖炉で薪が燃えている。磨き込まれて艶《つや》の出た、どっしりとした家具がその炎に照らされて見える。暖炉の上には、巡察使卿がローマから持ってきたティントレットの聖母子像が掛かっている。アルヴィトはこれを見ると、いつも心が和《なご》むのだった。

「また例のイギリス人に会いましたか」とソルディ神父が、後ろから問いかけた。アルヴィトはそれには答えず、ドアをノックした。

「どうぞ」

カルロ・デラクァはアジア担当の巡察使卿で、イエズス会の会長の代理を務め、同会では最も長老である。したがって、アジア地域では第一の権力者であったし、また背もいちばん高く、一メートル九〇もあり、それにふさわしいりっぱな体格をしていた。オレンジ色のローブにみごとな十字架を下げている。白髪頭の中央を剃髪《ていはつ》しており、年は六一歳、ナポリの出身である。

「ああ、マルティン。どうぞどうぞ。ワインはどうかね」彼はイタリア人らしいよどみのない口調で、ポルトガル語をしゃべった。「イギリス人に会ったか」

「いいえ、虎長だけでした」

「だめか」

「ええ」

「ワインはどう」

「ありがとうございます」

「だめって、どの程度かね……」と、フェリエラが尋ねた。暖炉のそばの革製の背の高い椅子に、鷹《たか》のように気位の高い艦長がはでに飾って座っていた。彼はフィダリオ、つまり、今年やってきた黒船ナオ・デル・トラト号の艦長である。三〇代半ばで、やせているが、手ごわい感じがする。

「非常に悪いと思います。例えば、虎長は今年の交易の件は少し待ちたいと言っています」

「しかし、交易が待てないのは明らかだし、私ももう待てない。潮に合わせて出航するつもりだ」

「しかし、出航許可書が下りません。残念ですが、お待ちになるより仕方がないでしょう」

「もう何ヵ月も前に、ちゃんと準備されてると思っていたが」またしてもフェリエラは、すべての船は出港の許可書が必要という日本の規則を、いまいましく思った。「こんなばかげた規則に我々が縛られることはないんだ。あなたは、この会談は形式にすぎない、ただ書類をもらってくるだけだと言ったな」

「そのはずでしたが、間違っていました。ちょっと御説明をしたほうが……」

「こちらはいますぐ、マカオに帰って黒船の支度をしなければならない。二月の広東の品評会で、一〇〇万ダカット分の最高級の絹地を購入してしまったし、少なくとも一〇万オンスの中国産の金を選ばねばならん。マカオとマラッカとゴアの有り金全部、それに、マカオの貿易商と市中の教会から借りられるだけ金を借りて、今年の商売に投資するということは、あなたにもはっきり説明しといたはずだ。それに君らの金もな」

「我々にも、それが重大なことぐらいわかってるよ」と、デラクァ卿はむっとしたように言った。

「残念ですが、艦長。虎長は大老の筆頭でして、まず、彼のところにいくのが順序です」と、アルヴィトが言った。「虎長は今年の交易と出港許可書については、話し合いに応じませんよ。暗殺は許可しないと、初めに言いましたから」

「暗殺って、だれが……」と、フェリエラが聞いた。

「虎長はなんのことを言っているんだ、マルティン。何かの計略かね。暗殺……我々と、なんの関係がある」

「虎長はこう言ってました。『あなた方切支丹《きりしたん》は、あの捕虜の水先案内人を、なぜ暗殺しようとするのだ』と」

「なんだって」

「虎長は、昨夜の事件はイギリス人が目当てであって自分ではないと、信じています。それに牢獄でも、あの男は襲われたそうです」アルヴィト神父は、艦長をじっと見つめた。

「あんたは私を疑うのか、神父」と、フェリエラが言った。「暗殺だって……この私が……大坂城で……日本に来たのはこれが初めてだというのに」

「何も知らないとおっしゃるのですか」

「異教徒は早く死んでもらったほうがいいということに関しては、否定しないよ」フェリエラは冷たく言い放った。「もし、オランダ人とイギリス人が、アジアぢゅうにやつらの毒をばらまきはじめたら困ったことになる。我々だれもがな」

「もうすでに困ったことになってます」と、アルヴィトが言った。「中国交易の独占権のおかげで、ポルトガル人がぼろもうけをしていることを、虎長は例のイギリス人から聞いたと言ってます。ポルトガル人しか買えない中国の絹に、途方もない金額を上乗せしたり、中国人が交換に受け取る日本の銀を、とんでもない安値で買っていることも聞いたそうです。虎長は、『日本と明《みん》国間が断交中のため、直接交易ができず、ポルトガル人だけが交易を許されている以上は、水先案内人の言う〝暴利〟に対して、ポルトガル側は正式に文書で釈明すべきである』と、言っています。そして、銀と絹、絹と銀、金と銀をそれぞれ交換するときのレートを大老に報告するよう、虎長はあなたに要請しています。もちろん、私たちが明国側だけから利益をむさぼっているのなら、許してくれるそうですが……」

「もちろん、そんな傲慢な要求は拒否するのだろうな」と、フェリエラが言った。

「それは非常に難しいことです」

「では、嘘の報告書を出せ」

「そんなことしたら、我々の立場も危うくなってしまう。すべて信頼のうえになりたっているのだから」と、デラクァ卿が言った。

「日本野郎《ジャッポ》を信頼しているのか、ばかばかしい。我々の利益は秘密にしておけばいい。なんだ、邪教徒めが」

「お言葉ですが、ブラックソーンは細かく事情を知っているようです」アルヴィトは、無意識にデラクァ卿を見た。ふっと、自制心がゆるんだ。

デラクァは何も言わない。

「ジャッポはほかに何を言った」フェリエラは、二人の視線に気がつかないふりをして、神父たちの知っていることを聞き出そうとした。

「虎長は明日の正午までに、ポルトガルとスペインの境界線を記した世界地図と、各種の条約を認めたローマ法王の名前と、その条約の日付とを報告するようにと言っています。さらに三日以内に、我々が新世界を〝征服〟したと言っていることに関しての説明を、文書で提出するよう要求しています。それに、これは虎長に言わせれば〝単なる個人的興味〟だそうですが、新世界からスペインやポルトガルへ持ち帰った金と銀の量も、報告してほしいということです――虎長はブラックソーンが使った〝略奪〟という言葉をそのまま使いましたが。それからもう一つ、一〇〇年前、五〇年前、それから現在のものと、スペイン帝国とポルトガル帝国の支配地域を示す地図を三枚要求しており、ついでに、マラッカからゴアに至る範囲の我々の基地の正確な位置を記入するようにとのことです。虎長はそういう地名を正確に言うことができるんです。全部、紙に書きとめてあるんですから――そうそう、それから、それぞれの基地で雇っている日本人の傭兵の数も知りたいそうです」

デラクァ卿もフェリエラも、そこまで言われると開いた口がふさがらなかった。「断固として、拒否しなければならんな」と、艦長はうめくように言った。

「虎長の言うことを断るなんてできませんよ」と、デラクァ卿が言った。

「あなたは、虎長の身分を買いかぶっているんじゃないんですか。その虎長なんて人物は、そこいらの暴君の一人で、たかが野蛮な邪教徒にすぎない。恐れることはないにきまっておる。拒否してください。黒船がなかったら、この国の経済は壊滅してしまうんだ。やつら、中国の絹を欲しがっていて、絹がなけりゃキモノだってできないんだ。やつらには我々の商売が必要なんだ。虎長がなんです。こっちは切支丹大名と交易をすればいい……ええと、何といったっけ……木山に大野だ。それに九州には、ほかにも切支丹大名がいる。とにかく長崎があるし、あそこへ行けば、我々のほうが強い。交易はみな、あそこでやっているのだからな」

「それはできません、艦長」と、デラクァ卿が言った。「あなたは、日本に来たのはこれが初めてでしょう。だから、ここでどんな問題を抱えているか御存じない。確かに彼らには我々が必要です。でもそれ以上に、我々にとっても彼らが必要です。もし、虎長や石堂の好意がなければ、切支丹大名は、我々の言うことをきかなくなります。そうなれば、長崎はもちろん、過去五〇年間つくりあげてきたもののすべてを失うことになります。例の異教徒水先案内人を襲わせたのは、あなたですか」

「私はロドリゲスにも公言したし、それから、話を初めから聞いてくれる者にはだれにも言ってある。あのイギリス人は、接触した者にはだれにでも悪影響を及ぼす危険な海賊だ。だから、なんとしても消してしまわねばならん。巡察使卿、あなたも言葉こそ違え、同じようなことを言ってらしたではないですか。あんたもだ、アルヴィト神父。この件については、二日前、大野と木山の会談のときに出たじゃないか。そのとき、君は、この海賊が危険だと言わなかったか」

「言いました。しかし……」

「神父、あんたには悪いが、軍人というものは、ときには最善を尽くして神の御心を行うことになっているのだ。私はロドリゲスが、嵐の最中に〝事故〟を起こさなかったことに非常に腹を立てている。ロドリゲスともあろう者が、そんなこともわかってなかったとは。ええい、くそ。あのイギリスの悪魔めが、ロドリゲスに何をしたか見てくれ。あのばかめは、生命を助けてもらって感謝しているんだ。わざと助けたのはみえすいた策略だったのに。ロドリゲスはだまされて、あの異教徒の水先案内人に後甲板を強奪され、そのために、もう少しで死にそうになった。城の襲撃の件なんかだれが知ってるんですか。ここの土人の命令したことだ。日本人の軍略だ。やつらがやるぶんには、こちらはなんともない。ただ、失敗したのは胸くそ悪い。私が、やつを消す計画をたてれば、必ず消すから安心していいですよ」

　アルヴィトはワインを一口飲んだ。「虎長は、ブラックソーンを伊豆に移すと言ってました」

「あの東にある岬か」と、フェリエラが聞いた。

「ええ」

「陸路か、船か」

「船です」

「そりゃいい。残念だが、あいにくの嵐がやってきて、みんな海のもくずとなってしまうかもしれんな」

アルヴィトは冷たく言った。「残念ですが艦長、虎長がこう言っていました。彼の言ったとおりそのままお伝えしましょう。『ツウジさん、あの水先案内人には身辺警備の侍をつけるつもりでいる。もし何か起これば、わしの力の及ぶかぎり、そして大老として権力の及ぶかぎり、取り調べることになろう。そして万が一、切支丹か、あるいは切支丹にかかわりのあるものの責任ということになれば、追放令を見直すことも考えられるし、すべての切支丹教会、学校、安息所などが、直ちに閉鎖ということも考えられる』そうです」

デラクァ卿が言った。「それは、神の御意思にもとることだ」

「はったりだ」と、フェリエラがあざ笑った。

「あなたは間違ってます。艦長。虎長はマキャベリのように賢明で、フン族のアッチラ王のように残忍な男です」アルヴィトはデラクァ卿を振り返った。「もしあのイギリス人に何か起こったら、我々のせいにするのは簡単ですからね」

「そのとおり」

「あなた方の問題の源をかたづけたほうがいいだろう」フェリエラはぬけぬけと言った。「では虎長をかたづけよう」

「冗談を言ってるときじゃない」と、デラクァ卿がたしなめた。

「インドやマラヤ、ブラジル、ペルー、メキシコ、アフリカ、カリブ海、どこでもみごとにやってきたのだから、ここでもうまくいくはずだ。マラッカとゴアじゃ、ジャッポの傭兵《ようへい》の手を借りて私自身が十数回もやったんだ。あなた方の影響も受けず、知識も与えられずにね。切支丹大名を使えばいい。もし虎長が問題なら、彼を消すのに大名のだれかに手を貸す。征服軍《コンキスタドーレス》の二、三〇〇人も貸せば十分だろう。〝分割して統治せよ〟だ。私から木山にもちかけよう。アルヴィト神父、もしあなたが通訳をして……」

「日本人を、インド人やインカの未開人と一緒にはできませんよ。分割も、統治もだめでしょう。日本人はほかのどんな国の人間とも似てないんです。全然違うんだから」デラクァ卿はうんざりしたように言った。「艦長、正式にあなたにお願いしておきましょう。この国の内政に干渉しないでください」

「わかりました。私の言ったことは忘れてください。率直にすぎまして失礼しました。だが、運よく、嵐の多い時期ですな」

「もし嵐になったら、それは神の御心です。だが、水先案内人をあなたが襲ってはいけませんん」

「ほう……」

「いけません。ほかの者に命令してやらせてもいけません」

「私は、私の王の敵を滅ぼすように命を受けている。あのイギリス人は敵国人であり、寄生虫で、海賊で、異教徒ときている。もし私が彼をかたづける気になったとしても、それは私の商売ですからな。私は、今年の黒船の総指揮官です。ということは、今年のマカオの総督でもあり、この領海全域に対して、王の代理としての力を行使することができます。私がかたづけたいと思った人物は、イギリス人だろうと、虎長だろうと、やりたいときにやりますよ」

「私が直接下した命令に反してやるのなら、どうぞ御自由に。その場合、直ちに破門ということも覚悟しておいてください」

「これはあなたの管轄外のことだ。世俗的なことであって、宗教の問題ではない」

「ここでの教会の立場は、残念なことに、政治や絹の取引きがからんでいます。だから、そういうものは教会の安全の問題にかかわってくるのです。私が生きているかぎり、ここの母教会の将来を危険にさらすようなことはだれにもさせません」

「明快なお話をありがとう。巡察使卿。ジャッポの事情については、もっと研究してから、かかりましょう」

「ぜひ、そうお願いしたい。日本でキリスト教がこんなに大目にみられているのも、もし我々を追放し、信仰を滅ぼしてしまったら、黒船は二度ときてくれないと大名たちが信じてるからなのです。イエズス会士が歓迎され、言うことをきいてもらえるのも、つまりは、ポルトガル語と日本語をしゃべれて貿易の通訳をできるのが我々だけだということからなのです。残念ながら、信仰に関しては彼らはまだ真の信仰に至っていません。しかし、我々や教会の立場がどうなっても、貿易が続くだろうことは確かだと思っていますよ。というのは、ポルトガルの貿易商は、主への奉仕というよりも、自分の私利私欲が先なのですからね」

「私利私欲というなら、聖職者も同じです。彼らは、自分たちの行きたい港は、どこであろうと我々に強引に行かせるし、自分たちの好む大名ならだれであろうと取引きさせたがり、私たちの危険というものは考えてくれない。そしてしまいには、ローマ法王に権力の法制化を頼むほどだ」

「艦長、自制心をお忘れですね」

「日本とマラッカの間で、去年の黒船が乗員もろとも消えたことは忘れていませんぞ。あれには二〇〇トン以上の金と五〇万ポルトガル金貨相当の純銀が積んであった。あなたの個人的な要求で、いたずらに台風シーズンまで出航を遅らせられたためにそうなった。この災害のおかげで、日本からゴアまでの全員がほとんど破産しそうになった」

「それは太閤の死と、それに伴う継承問題があったので、やむをえず遅らせたのです」

「あなたが三年前、ゴアの総督に黒船のキャンセルを頼んだことも忘れてません。あなたは、あなたの指示する時期に、指定の港に来てくれと言ったが、総督はそれを傲慢な干渉だといって断りましたな」

「あれは太閤を抑えるためだった。彼が明国と高麗《こま》を相手にばかげた戦をやっている間に、この国を経済危機に陥らせようとしたわけだ。その理由は、太閤が長崎殉教を命じたこと。教会に対して狂った攻撃をかけたこと。そして、我々を日本から締め出す追放令を発布したことなどに対する報復だ。もし、あなたが我々に協力する気なら、忠告に従ってください。日本を一代のうちにキリスト教国にしてみせます。あなたはどちらのほうが大事なのです……貿易と、魂の救済と」

暖炉から炭が一つ転がり落ちて、じゅうたんの上でパチパチと音を立てた。近くにいたフェリエラが足でけって中にもどした。「私が引っ込むとすれば、あの異教徒や虎長をどうするおつもりです」

デラクァ卿は椅子に腰を下ろし、勝ったと思った。「いまは何も考えていない。しかし、虎長を消すなどという考えはばかげている。彼は我々に、とても好意的だし、貿易を拡大することにも好意的だ」声が少し、しゃがれてきた。「つまり、あなた方の利益にも好意的だというわけだ」

「そして、あなたの利益にも」フェリエラはまたからんできた。

「我々の利益は、主のお仕事のためです。あなたにも十分承知のことですが」デラクァ卿は疲れたようにワインをつぐと、フェリエラの気持ちを和らげようと思ってそれをすすめた。「さあ、フェリエラ、こんなことでいさかうのはやめよう。異教徒のすることだ。ほんとうに。喧嘩はなんの役にも立たない。君の助言や、知恵、それに力を借りたい。信じてほしいが、虎長は我々にとってきわめて重要なのだ。彼がほかの大老を抑えないかぎり、この国はまたしても乱世になってしまう」

「そのとおりです、艦長」と、アルヴィトが言った。「しかし、なぜ虎長が大坂城に残っているのか、会議の延期に同意したのか、私にはわからない。一見、策略にひっかかったようにみえるが、信じられないことです。大坂城が、十字軍の貞操帯よりも堅く閉ざされていることは、虎長自身がよく知っているはずだから、何日も前に江戸に帰っていなければならないのに」

「虎長がそんなに重要な人物なら、なぜ、大野と木山をあなたは支持するんだ。この二人は石堂側についたのではないか。そんなことしないほうがいいと、あなたは忠告してやったらどうですか。つい二日前に話し合ったあのときにでも」と、フェリエラが言った。

「二人の決意は聞いたが、そういう話にはならなかった」

「話し合うべきでしたね、巡察使卿。そんなに重大なら、二人に命令したらどうですか、破門するっておどしたら……」

デラクァ卿は嘆息した。「そんなに簡単ならいいのだが。日本では万事そういうふうにはいかないのだ。彼らは、内部の問題に外から口を出されるのをひどく嫌うのだ。我々の考えを述べるときでも、まるで腫れものにでも触るようだ」

フェリエラは銀の器を傾けて飲み干すと、ワインをつぎ直し、気持ちを落ち着かせた。彼としても、味方にイエズス会士が必要だった。彼らに通訳してもらわないことには手も足も出ない。おまえはどうしてもこの旅を成功させなければならない。おまえが、この一一年というものを、軍人として汗を流して王のために働いてきたのは、王が与えることのできる最高の報償のためだった。すなわち、一年間黒船の総司令官になること、それに伴う名誉の一〇分の一、そして一回の交易で得られる全利益の一〇分の一、すべての絹の一〇分の一、すべての金の一〇分の一、すべての銀の一〇分の一である。それさえあれば、一生を裕福に暮らせるばかりか、三〇回生まれ変わってきても大丈夫なだけの富だ。もし成功すれば、この一回の旅でそれが手に入るのだ。

フェリエラの手が長剣の柄《つか》のほうに伸びた。そこには銀の細工で、十字架がついている。

「キリストの血にかけても、私の黒船は予定どおりマカオから長崎へ行く。そのあと、この有史以来の高価な宝船は、一一月には季節風を背に南へ向かいゴアに行く。そして帰国の途に就く」そして彼は心の中で付け加えた。「このために日本全国、それにマカオも明国も、焼き払わなければいけないとしても、私はやる」

「我々も、御無事をお祈りしましょう」デラクァ卿は本気でそう言った。「あなたの航海の大事なことはわかっています」

「では、どうすればいい。出航許可書も貿易許可書もなくては、どうしようもない。大老抜きではだめですか。何かほかに手はないんですか」

デラクァ卿は首を横に振った。「マルティン、君は交易のベテランだが」

「残念ながら、手はありません」と、アルヴィトが言った。彼は、互いに憤りの火花を散らした二人のやりとりを聞いていた。無礼で、思い上がった、あわれむべき男めと、思ったが、すぐにその気持ちを抑えた。ああ神よ、忍耐の心をお与えください。この男たちがいなければ、教会はここでやっていかれないのだ。「しかし、ここ一両日のうちに煮つまってくると思います。遅くても一週間です。虎長はいま、特に頭の痛い問題を抱えていますから。大丈夫ですよ、きっと」

「一週間は待つが、それ以上は待たない」フェリエラの声には、ぞっとするようなおどしの響きがあった。「あの異教徒をひっつかまえてやりたい。しめあげて真実を吐かせるんだ。虎長は仮想の艦隊のことについて何か言っていたか。敵の艦隊のことだ」

「いいえ」

「あれがほんとうかどうか知りたいものだ。帰航時となると、こちらの船は、まるで太った豚のようにふくれ上がり、絹が船倉にいっぱいになっている。そして、世界一大きな船だが護衛艦がいない。だから、たった一隻の敵のフリゲート艦に海の真ん中で捕まったら、あるいはあのオランダ船エラスムス号めにでも捕まったら、それこそ相手のなすがままだ。なんの苦もなく、ポルトガル国旗は引きずり降ろされてしまう。あのイギリス人に、砲兵や大砲や弾丸を積み込んで海に出てもらっては困るのだ」

「全く、そのとおり」とデラクァ卿は、イタリア語でつぶやいた。

フェリエラはワインを飲み干した。「ブラックソーンは、いつ伊豆へ送られる」

「虎長はいつとは言いませんでしたが、すぐ、という感じでした」と、アルヴィトが答えた。

「今日か」

「さあ、どうですか。大老会議は四日以内に開かれる予定です。たぶん、そのあとでしょう」

デラクァ卿が重々しく言った。「ブラックソーンに干渉しないでください。虎長にも」

フェリエラが立ち上がった。「船にもどりますが、一緒に食事しませんか。日が暮れたら。いい鶏があるし、牛肉の骨つき、マデラのワイン、それに焼きたてのパンもありますよ」

「それは御親切に。ありがたいですな」デラクァ卿の顔が和んだ。「そう、また、おいしい食事にありつけるとは結構ですな。御親切に、ありがとう」

「虎長から何か言ってきたら、すぐお知らせします」と、アルヴィトが言った。

「ありがとう」

フェリエラが立ち去り、デラクァ卿は盗聴のおそれのないことを確かめると、心配そうに聞いた。「マルティン、虎長はほかに何か言わなかったかね」

「鉄砲の密輸入の件と、征服軍への要請について、文書で説明を提出してほしいと言ってます」

「参ったね……」

「虎長は、いままでは好意的で、おとなしかったのですが……とにかく、こんな虎長を見るのは初めてですよ」

「正確にはどう言っていた」

「『ツウジ。あなたの教団の前任の院長であられたダ・クンハ神父が、マカオ総督、ゴア総督、及びマニラのスペイン人総督ドン・シスコ・イ・ヴィヴェラあてに、一五八八年七月に文書を書き送ったそうですな。それによると、故太閤殿下に対して企てられた切支丹宣教師たちの反乱に加担する切支丹大名を援助するために、何百人という武装スペイン兵の上陸を要請したそうではないか。その大名どもはだれなのだ。兵は送られてこなかったが、代わりに、マカオから、キリスト教団の封印を施して、膨大な数の銃が長崎に送られてきたというのは事実なのか。その後、巡察使卿は一五九〇年の三月か四月に、ゴアの大使として再び日本を訪れた折に、これらの銃をひそかに回収して、ポルトガル船サンタ・クルス号でこっそり長崎からマカオに運んだというのは真実なのか』」アルヴィトは手の汗をぬぐった。

「ほかに、何か……」

「あとは、たいしたことは言いませんでした。私には何も言わせず、すぐに下がれと言われました。言葉は丁寧でしたが、命令は命令ですから……」

「あのイギリス人は、いったい、どこからそんな情報をつかんだのだ」

「それがわかればいいのですが」

「その日付やら、名前のことだが、あなたは間違えていないだろうね。虎長が、はっきりそう言ったのかね」

「いえ、名前は紙に書いてありまして、それを見せてくれました」

「ブラックソーンの字か」

「いえ、日本語の平仮名で書いてありました」

「だれが虎長の通訳か、つきとめたいものだ。驚くほどの通訳にちがいない。我々の仲間でないことは確かだな。まさか、マヌエルじゃないだろうね」デラクァ卿は、激しい調子で益村次郎の洗礼名を口にした。次郎は、子供のときからイエズス会士に教育された切支丹侍の息子で、聡明で信心深かったので、日本では初めてという四つの誓願を立てる正式の聖職者になるよう修行するために、選ばれて神学校に入った。次郎はイエズス会士として二〇年も神に仕え、そのあと、信じられないことに、叙品を前に会を離れ、いまや、教会に対して激しい敵対行為をしている男である。

「いや、マヌエルはまだ九州にいます。あれは、依然として虎長に対して激しい敵対感情をもっていますから、彼の手伝いはしないでしょう。幸いなことに、あの男はこれまで政治的策謀に関与したことがありません。通訳はマリアだったのです」と、アルヴィトは戸田まり子の洗礼名を言った。

「虎長がそう言ったのか」

「いいえ。でも、彼女が城を訪れていたのが偶然わかりました。彼女がイギリス人と一緒のところを見た者がいます」

「ほんとかね」

「この情報は正確です」

「よろしい。神のお助けだ。すぐに彼女を呼びなさい」

「もう会ってきました。偶然に、彼女に会うように仕組んでから会いました。いつものように、にこやかで、恭《うやうや》しく、信心深いところは変わりはなかったのですが、私が質問する前に、ぴしりと言われました。『もちろん、日本という国はとても閉鎖的なところでございましょう、神父様。ですから、しきたりで、内密にしておかなければならないことがいろいろございます。それはポルトガルでも、イエズス会でも同じでございましょう……』って」

「君は彼女の告解聴聞司祭だね」

「ええ。でも彼女は何も言いませんよ」

「なぜ」

「そこで起こることについて口外することを、前もって禁じられたのは明らかです。私には、あの人たちのやり方はよくわかるのです。彼女はこの件に関しては我々より、虎長の言うことをきくと思います」

「彼女の信仰心はそんなものなのかね。我々の教えはそんなに無力だったのかね。そんなことはない。彼女は、いままで会ったどんな女性よりも信仰が厚く、模範的なクリスチャンのはずだ。いつかは修道女になる人だ……日本では初めてのことだが……」

「ええ。でもいまは、何も言わないでしょう」

「教会の危機ですよ。重大なことです。重大すぎるほどです」デラクァ卿は言った。「きっと彼女はわかってくれる。わからないような頭の人じゃないよ」

「失礼ですが、このことで彼女の信仰を試したりなさらないでください。ここは、我々が負けなければいけません。彼女が、そう警告しました。彼女は読んでるみたいに、すらすらと、さっきの言葉を言いました」

「試してみるのもいいかもしれんよ、彼女自身の救済のためにもね」

「それは巡察使卿の御心にまかせます。しかし彼女は、我々ではなく、虎長に従うと私は思いますが」

「マリアについては少し考えよう」と、デラクァ卿は言って、視線を暖炉の火に落とした。宗務の責任の重さを、ひしと感じていた。かわいそうなマリア。いまいましい異教徒め。どうやって、この危地をしのぐ。銃に関する事実は隠しおおせるのか。ダ・クンハのような、修道院長で、修行も積んでおり、経験も豊かで、マカオと日本に七年間もいて事情に詳しいはずの者が、どうしてあんなひどい間違いを犯してしまったのだろう。

「どうしてなんだ」デラクァ卿は炎に向かって聞いてみた。

わかってると、デラクァ卿は思った。わかりきったことだ。あなたは気が転倒したか、神の栄光を忘れたか、思い上がったためか、傲慢になったのか、あるいは石頭になったのか。しかし、あんな状況のもとでは、だれがそうならないといえよう。日暮れに、太閤に快く迎えられ、華やかな雰囲気のうちに会談は大成功に終わり、式が行われ、だれが見ても太閤はいまにも改宗しそうな気配だった。それなのに、夜中に突然たたき起こされてみれば、例の追放令だった。すべての教団は、二〇日以内に日本から退去しなければ死刑、再来日は禁止、さらに悪いことに、切支丹に改宗した全国の日本人に対しては、直ちに元にもどるか、海外追放か、死刑ということになった。

絶望の淵に立った院長は、大野、三崎、木山それに長崎の播磨を含む九州の切支丹大名たちに、教会を救うため反乱を起こすよう激しく説く一方、狂ったように、スペインの征服軍に反乱の応援を求める手紙を書いたのだ。

暖炉の中でパチパチと火がはねて飛んだ。そう、事実はそのとおりだと、デラクァ卿は思った。この私が知っていたら……ダ・クンハがまずこの私に相談してくれていたら……しかし、どうやって……手紙がゴアに着くには六ヵ月もかかる。その返事が着くまでに、さらに六ヵ月かかる。それにダ・クンハは、実際にすぐ書いたのだ。しかしその一方で、彼は院長として、自分でただちにこの惨状に対処する必要があったのだ。

手紙を受け取ったデラクァ卿は、大急ぎでゴアの総督から大使の信任状をもらって、ただちに出航したが、マカオに着くまでに何ヵ月もかかり、わかったことといえばダ・クンハは死に、自分を含めて神父たちが日本に行くことは禁じられており、行けば死刑ということだった。

しかし、銃はすでになくなっていた。

それから一〇週間ほどして、日本では教会はなお存続しており、太閤も新しい法律を強制しなくなったという知らせが届いた。約五〇の教会が焼かれただけで、完全に破壊されたのは高山だけだった。禁令は法的には効力のあるものの、太閤は、神父たちが改宗をすすめるのを慎重にすること、改宗者たちも分別をもって行動すること、はでな布教活動を公衆の面前で行わず、狂信者による仏教寺院などの焼き討ちなども起こさないこと、という条件で、いままでどおりに黙認するつもりらしいという噂が流れてきた。

そして、厳しい受難の時期が終わりを告げようとしていたある日、デラクァ卿は、例のダ・クンハ院長の封印をつけたまま、何週間も前に行方不明になったはずの銃が、長崎のイエズス会の倉庫に眠っているのを知った。

何週間もの冷や汗の日が続いたあと、やっと、銃は秘密裡にマカオまで送り返すことができた。そう、今度は私の封印をつけてだった。どうかこの件は永久に眠らせておいてほしい。しかし、秘密のあるかぎり心が安まる日はこない――いくら祈ろうとも。

あの異教徒はどこまで知っているのだろう。一時間以上も、巡察使卿は革の椅子に体を沈めたまま身動きもせず、見るともなく暖炉の火に目をやっていた。アルヴィトは書棚の近くで、ひざに手を置いて、じっと待っていた。巡察使卿の後ろの壁に掛けてある十字架上のキリスト像に、太陽の光線が差し込んで、光っている。片側の壁には、ベニスの画家ティチアーノの油絵の小品が掛かっている。これはデラクァ卿が、法律の勉強にイタリアのパドアにやられていたころに手に入れたものである。その反対側の壁面には、ラテン語、ポルトガル語、イタリア語、それにスペイン語等の本や聖書が並んでいる。一〇年前に、高いお金を出してデラクァ卿自身がゴアから取り寄せた移動式印刷機が長崎のイエズス会にあり、それで印刷した日本語の本や、パンフレットも書棚二段分になっている。それは、イエズス会の手で苦心して日本語に翻訳された祈禱書《きとうしょ》や、教義問答書であり、また、ラテン語を学びたいという日本人の侍祭や助手たちのために、日本語からラテン語に翻訳した本もあった。そして、棚の端にある小さな二冊の本は値段はつけられないようなもので、一つはサンチョ・アルヴァレス神父のライフワークになる日本最初の葡和文法書で、六年前に印刷されたものだ。その隣は、それと対をなす、葡－羅－日辞典という信じられないような本で、ローマ字と平仮名で印刷されている。これは二〇年前にデラクァ卿の指令で着手され、昨年完成したもので、日本語の辞書としては最初のものである。

アルヴィト神父はその本を取り上げ、いとおしそうにその表紙をなでた。彼には、それに費された苦労のほどがよくわかる。というのも、この一八年間、彼自身がこういった辞書の編集に取り組んできたが、いまなお完成にはほど遠かったからだ。もっとも、アルヴィト神父が取り組んでいる辞書は、注解づきで、内容もずっと詳しいもので、日本語ならびに日本への入門書ともいうべきものだった。これを完成すれば、アルヴァレス神父の辞書とともに、うぬぼれではなく、偉大な作品といわれるものになると彼は思っていた。もし彼の名前が後世に残るようなことがあれば、それはこの本と、巡察使卿のおかげであろう。卿は彼が知っているただ一人の〝神父〟だった。

「ポルトガルを離れて、神の奉仕をしたいというのかね」初めて会ったとき、彼がそう聞いた。

「はい。お願いします、神父様」彼はあこがれに満ちていて、いまにも神父のほうに、首が伸びそうだった。

「年はいくつかな」

「わかりません、神父様。たぶん一〇歳か一一歳だと思います。でも、読み書きはできます。司祭様が教えてくれたんです。それにぼくは一人ぼっちなんです。親も兄弟もいません。ですから……」

デラクァ卿はまずゴアに、そして、そこから長崎に連れてきてくれた。長崎で、アルヴィトは待望のイエズス会の神学校に入った。アジアにおける最年少のヨーロッパ人であった。そして、驚くべき言語の才を発揮し、やがて、通訳兼貿易顧問という信用ある地位に迎えられるようになった。最初は、肥前領主播磨忠雄だった。やがて、太閤その人に仕えるようになった。やがて叙品され、のちには第四番目の誓いの特権も与えられた。この誓いはイエズス会士のなかでもエリートだけのものであり、一般的な清貧、貞潔、従順の三つの誓いの上にあり、法王個人に対する服従という特別な誓いである。神の仕事を果たすための生きた道具となり、法王から個人的に命令された場所に行き、法王の指示することを行う特権なのである。

やっとデラクァ卿は立ち上がると、伸びをして、窓辺に歩み寄った。高くそびえる天守閣の金箔の瓦に、太陽がまぶしく反射している。その巨大さに似合わぬ、微妙に優雅な建築である。悪の塔だと彼は思う。いつまでもそこに立って、我々の思い出を刺激するのだ。あれは一五年前か……いや、一七年前だった。太閤は国民をしぼりあげ、四〇万人もの人を、この彼自身の記念碑の建築に動員した。そしてたったの二年で、大坂城は完成した。信じられぬような男、信じられぬような民族だ。そう、そして城は難攻不落を誇って立っている。しかし神の御手にかかれば、一瞬のうちにへし折られてしまうだろう。

「さて、マルティン。仕事がありそうだ」デラクァ卿は部屋の中を歩きはじめた。声も足取りも確然としている。「イギリス人の水先案内人のことだが、我々が守ってやらないと、殺されてしまって、虎長の機嫌を損ねることになる。我々が守ってやることができれば、あいつは、やがては首でもつるだろう。しかし、それまで待てるかね。そのめでたい日までに、まだあいつがどんなことをするかわかったものではないし、あいつの存在は脅威なんだ。いっそ、虎長に殺させるか、それともあいつを改宗させるか」

アルヴィトは目をみはった。「何ですって」

「あいつは頭がいい。カトリックについても造詣が深い。イギリス人だって心はカトリックじゃなかろうかね。もし、王か女王がカトリックなら答えはイエスだし、プロテスタントならノーだろう。彼らは宗教に無頓着だよ。いまのところ、我々に反抗するのに夢中になっているが、それは艦隊があるせいじゃないだろうか。おそらく、ブラックソーンは改宗させることができるぞ。そうすれば最良の解決になる……それに、あいつの異教の魂の受ける却罰《ごうばつ》を救ってやることもできる。

次に虎長のことだが、彼にはお望みどおりの地図を渡そう。そして、〝勢力圏〟の説明もしなさい。それはポルトガルとスペインの布教活動を分ける境界線でもあるからね。そう、そのとおりだ。虎長にこう言いなさい。その他の重大な御指示に関しては私が自らとりそろえ、できるだけ近いうちに御報告いたします、と。私はマカオ関係の事実を確認してみたいのだ。相応の理由があれば、遅れも認めてくれるだろう。そして同時にこう言うんだ。うれしいことに黒船は三週間早く来る。それにはいままでになく大量の絹と金を積んでいる。そして我々の割り当て分の商品や、船荷は……」と言いかけ、少し考えて「少なくとも、船荷の三〇パーセントは、虎長の出入りの商人に扱わせる……」

「しかし、あの艦長は、早く来航することをいやがり、それに……」

「あなたの責任で、フェリエラのために、虎長から即時出航の許可書をとってやりなさい。私の答えをもって、いますぐ虎長に会ってきなさい。我々の力のほどを印象づけるのです。それは虎長の好きなものの一つなのだからね。即時出航許可書があれば、フェリエラも譲歩して早く来航することぐらい認めるだろう。それに扱い業者はだれであろうと、あの人の知ったことではない。いずれにしても、とにかくあの人の分け前は変わらないのだから」

「しかし、いつもは大野と木山と播磨で仲買料を山分けするんですが、そうなると彼らが、うんというでしょうか」

「そのへんはうまくやりなさい。虎長は交換条件を与えれば、報告の遅れを認めるだろう。彼が代わりに欲しいものは、武力、権力、金の三つだ。我々は彼に何を与えることができる。まさか、切支丹大名を与えるわけにいかないが……」

「しかし」と、アルヴィトが言った。

「たといできたとしても、そうすべきか、そうするかどうかは別問題だな。大野と木山は大変な敵同士だが、彼らが一緒になって虎長に対抗しているのは、虎長が、きっと教会を……つまり、木山たちを滅ぼすだろうと思っているからだ。それに、虎長が大老たちを牛耳《ぎゅうじ》るようにでもなれば……」

「虎長は教会を支持しますよ。石堂こそ真の敵です」

「マルティン、私はそうは思わない。木山と大野がクリスチャンだからこそ何万という臣下がクリスチャンなのだ。彼らの感情を害してはいけない。虎長に与えることができる唯一の交換条件は、貿易に関することだけだ。彼は交易に熱を上げているが、自ら手を出したことはない。だから、もし、私の考える交換条件で、虎長が報告提出の遅れを認めてくれさえすれば、永久に遅らせていいことになるかもしれない。あなたも承知のように、日本人はこういった形の解決法が好きだ……大きな棒が後ろにある。だが、双方ともそれに気がつかないふりをする。どうだい……」

「私が思いますには、この時期に大野と木山を虎長に背かせるのは、政治的にうまくないやり方です。逃げ道をあけておけ、という諺《ことわざ》がありますが、いかがでしょう……虎長に二五パーセント提供するよう、彼らに提案するという手はどうですか……つまり、大野、木山、播磨それに虎長の四人で平等に分けるわけです。それによって、いま、虎長と対立して、石堂についている摩擦の具合を和らげる足しにはならないでしょうか」

「しかし、石堂にばれたら、石堂は大野らを信用しなくなるし、我々を憎むようになるだろう」

「石堂はいまでも、我々をひどく憎んでいますよ。大野らが石堂を信用してるほどには、石堂は彼らを信用していません。だから、なぜ彼らが石堂側につくのかわかりませんね。大野と木山の同意を得て、石堂と虎長の間を公平に維持することを、純粋に我々の案のような顔をして正式に提案してみませんか。虎長には、ひそかに二人の寛大な譲歩のことを教えておきます」

デラクァ卿はこの策略の長所と短所を考えてみたうえで、「結構だ」と言った。「実行に移しなさい」さて、あの異教徒だが、あいつの航海日誌を今日、虎長に渡してやりなさい。いますぐ虎長のところに取って返して、航海日誌はひそかに我々のところに送られてきたものだと言いなさい」

「虎長に渡すのが遅れた理由は、どうしましょう」

「言い訳はしなくていい。ありのままを話せばいいではないか。ロドリゲスが持ってきたのだが、我々二人とも、この封をした包みの中身が、なくなった航海日誌とは気がつきませんでしたと、言いなさい。事実、二日間は包みを開けなかったのだから。あの異教徒の騒ぎのおかげでほんとうに忘れていたよ。航海日誌は、ブラックソーンが海賊であり、盗賊であり、逆賊であることを証明するものだ。自分の書いたもので自分の首を絞めるとは、それこそ神の裁きというものだ。虎長には真実を話していい。村次が航海日誌をセバスティオ神父に渡したが、神父はどうしたらいいかわからないので、我々のところに送ってきたとね。そうすれば村次もセバスティオ神父も潔白となる。村次にはこのことを伝書鳩で知らせておこう。虎長だって、我々が、矢部より虎長の利益のほうを大切にしていることに気づいてくれるはずだ。虎長は、矢部が石堂と取引きしたことを、知っているのだろうか？」

「もちろんだと思います。しかし、虎長と矢部は親しいという噂《うわさ》です」

「矢部みたいな悪魔の子は信頼しないよ」

「虎長は信用していないと思います。矢部は何か虎長に約束したのではないのでしょうか」

突然、二人の会話は、室外の口論で中断された。ドアが開いて、頭巾のついた僧衣を着た修道士が、ソルディ神父を振り払って裸足で入ってきた。「イエス・キリストの御加護がありますように」修道士の声は敵意に満ちていた。「主よ、この者たちの罪をお許しください」

「ペレス修道士……何しにきたのです」デラクァ卿が怒った。

「私は邪教徒に神の言葉を伝えるために、再びこの汚れた地にもどってきたのだ」

「だが、おまえは暴動を起こしたので追放令にかかり、もどってくれば死刑の身ですぞ。長崎の殉教を奇跡的に免れて逃げ出し、おまえには……」

「あれこそ神の御心が行われたのだ。人殺しの狂人のつくった追放令など、私にはなんの関係もない」と、修道士が言った。背が低く、やせたスペイン人で、あごひげは伸び放題だ。「神の教えを広めに、またやってきたのだ」彼はアルヴィト神父のほうを見た。「交易はどうですか、神父」

「スペインのためには大変順調だよ」アルヴィトは冷ややかに答えた。

「私はもう、事務所などで時を過ごすのはやめた。信者たちと共に過ごすんだ」

「それは結構」と、デラクァ卿は鋭く言った。「だがそれは法王のお決めになった土地で行うことだな……日本以外の地で。ここは我々の独占地域だ。それにポルトガルの領土であって、スペインのではない。三人の法王が、我々以外のすべての宗派に対して日本から出ていくよう命令したのを忘れたのか。フェリペ王も同じことを命令された」

「お黙んなさい。神の仕事は、地上の命令をしのぐ。私はもどってきた。そして、教会の門をたたき壊し、大衆が不信心者に対して立ち上がるよう、蜂起《ほうき》を促すのだ」

「何度、警告すればよいのだ。日本人を、インカ保護国のような歴史も文化もないジャングルの野蛮人と同じように扱ってはならない。布教は禁止する。そして聖令に従いなさい」

「邪教徒を改宗させるのだ。よく聞け。私の仲間が一〇〇人ほどマニラで、ここに来る船を待っている。みな善良なスペイン人だ。それに必要なら、我々を守ってくれる征服軍もいる。我々は堂々と説教もするし、正規のローブもつける。イエズス会士のように、まやかしの絹のシャツなどに身を隠したりはしないのだ」

「その筋に手向かってはならない。さもないと、母教会が灰になってしまうのですぞ」

「お断りしておくが、我々は日本にもどって、このままここにいる。あなた方がいてもかまわん。司教だろうが、王だろうが、法王だろうが、かまわん。我々は神の言葉を広める」そう言って修道士は、音を立ててドアを閉め、出ていった。

デラクァ卿は怒りで真っ赤になりながら、マデラ・ワインをついだ。磨き込まれたデスクの上にワインが少しこぼれた。「あのスペイン人めは、我々を破滅させる気だ」デラクァ卿はゆっくりと飲みながら、気を静めようとした。しばらくして、「マルティン、だれか人をやって、あの修道士を見張らせなさい。あなたは木山と大野にこのことを、すぐ知らせておいたほうがいい。あのばか者が公衆の中を練り歩いたりしたら、何が起こるかわかったものではない」

「わかりました」アルヴィトはドアのところで立ち止まった。「ブラックソーンが現れたかと思えば、今度はペレス。なんだか偶然にしてはできすぎてますね。もしかして、マニラのスペイン人はブラックソーンを知っていて、我々を苦しめるために、ここによこしたんじゃないでしょうね」

「ありうるかもしれん。だが、たぶん、そうじゃない」デラクァ卿はワインを飲み終わり、器をデスクに置いた。「いずれにせよ、神の御加護を祈り、日々の勤めに励み、あの二人には、我々の聖なる母教会に害を与えることは許さないぞ。いかなる犠牲を払おうとも」

第20章

「これが人生でなけりゃ、おれはスペイン野郎になりさがったぞ」

ブラックソーンは厚い布団の上にうつ伏せになり、手を枕の代わりにし、極楽気分だった。女の手が筋肉をもみほぐしながら、背中を走る。凝りがほぐれ、気分がよくなり、思わずのどでも鳴らしたくなる。別の女が小さい磁器の杯《さかずき》に酒をついでくれる。もう一人女がいて、お盆の上に、竹の籠《かご》に盛ったポルトガルふうの魚のフライと、酒と、はしを載せて控えている。

「ナンデスカ、安針様、なんとおっしゃいました」

「ニホンゴじゃ言えない、麗子さん」と言って、ブラックソーンは酒をすすめてくれた女に笑ってみせた。そして代わりに酒杯を指差して聞いた。「これはなんという、ナマエ」

「サカズキ」女が三回言ってくれて、ブラックソーンもそれについて繰り返した。もう一人の麻という女が魚をすすめたが、彼は首を振った。「イイエ、ドウモ」彼は、おなかがいっぱいだと日本語で言えなかったので、代わりに、「お腹はすいていない」と言おうと思った。

「ええと……イマ、ハラ、ヘッテ、オラン」麻が彼の日本語を直し、説明をつけた。彼もまねして、その言葉を何度か言ってみたが、発音がおかしいといって、みんな大笑いした。でも、しまいに言えるようになった。

日本語なんか勉強してやるもんか。発音は英語とは似ても似つかないし、ラテン語やポルトガル語ともほど遠い。

「安針様」麻が、また食事をすすめた。

彼は首を振ると、腹に手を当ててみせた。だが酒だけは受けて、それを飲み干した。背中をもんでいた園が手を休めた。彼はその手を取って、自分の首筋に当てて、気持ちよさそうな声を出してみせた。すると園は、すぐ意味を悟って、またもみはじめた。

杯を空にするとすぐついでくれる。ゆっくりやれよと思うが、これで三本目だ。つま先まで暖まってきた。

麻、園、麗子の三人は、朝になると、お茶を持ってやってきた。刺客に襲われて以来、眠りが浅くなるくせがついたが、熱い、苦い茶を飲むと、元気が出た。

それから、四人の護衛の侍に付き添われ、女たちは、彼を城内のいちばん端にある風呂場に連れていった。湯気が立ちこめている。そこで風呂の係に引き継がれた。彼が風呂に入り、ひげを剃り、髪を洗い、背中をもんでもらう間、ずっと、四人の侍は汗だくになって見張っていた。

風呂を出ると、驚くほど元気になった。新しい木綿の着物を着て足袋《たび》を履き、外に出ると、女たちが待っていて、彼を別の部屋に連れていった。そこには、桐の局《つぼね》とまり子がいた。まり子の言うには、虎長は、安針を静養のため、数日中に虎長の領地の一つに連れていくと決めており、虎長は安針を気に入っており、彼を自分の側近において安全を計るので、もう何も心配は要らないとのことだった。それから安針様、材料を差し上げますので、地図を作る用意をしていただけませんか。間もなく、また殿にお会いすることになります。殿は安針様の御質問の通訳に私をお使いになるそうです。虎長様は、安針様に、日本のことをぜひ学んでほしいとお望みでございます。また殿御自身も、日本の外の世界のことや、航海術や、航路のことを学びたいと、熱心におっしゃっておられます。それからブラックソーンは医者のところに連れていかれた。医者は、侍と違ってまげがなく、髪は短く伸ばしている。

ブラックソーンはもともと医者が嫌いだし、恐れている。だが、この医者は違う。優しく、信じられないくらい清潔だ。ヨーロッパの医者は床屋の兼業が普通で、下手くそなうえに汚くて、シラミをもっていることは一般人と変わらなかった。だが、日本の医者は注意してからだに触り、丁寧に診てくれる。ブラックソーンの手首を取って脈を計り、目、口、耳をのぞき、背中、ひざ、足の裏などを軽くたたいて調べた。その態度や触り方は安心できるものだった。ヨーロッパの医者のやることといえば、舌を出させ、「どこが痛い」と聞く。それから、血液中の悪いものを除くと称して瀉血《しゃけつ》をし、内臓の中の悪いものを出すといって、強烈な吐剤をかけるだけだ。

ブラックソーンは、血を取られたり、吐剤をかけられたりするのが大嫌いだった。そんなことをされると、きまって前より悪くなるのだ。だがこの医者は、メスも、瀉血用の容器も持っていない。それに、医者特有のあのいやな薬品のにおいもしなかった。彼の心は少し落ち着き、楽になった。

医者が、彼の股《もも》の傷跡を不審そうに、指で触れた。ブラックソーンは短銃の音をまねしてみせた。何年も前に、マスケット銃の弾が貫通してできた傷だったから。医者は「アー、ソウデスカ」と、言ってうなずいた。さらに腰から腹にかけて、かなり力を入れて探ったが、べつに痛くはなかった。しばらく調べて、医者は麗子に何か言った。彼女はうなずくと、お辞儀をして医者に礼を述べた。

「イチバンカ」ブラックソーンは、大丈夫かどうかと聞くつもりでそう言った。

「はい、安針様」

「ホントカ」

「ほんと」

そしてまた女たちに連れられて部屋に帰った。布団に横たわると、着物をゆるめて、園が柔らかく背中をさすりはじめた。そしたら、医者のところで、女や侍に裸を見られたことを思い出した。しかし、そのときは気にもしなかったし、恥ずかしいとも思わなかった。

「なんですか、安針様」麗子が聞いた。「なぜ、お笑いになるの」彼女の白い歯がこぼれた。

眉は剃り落とされて、眉墨が三日月型に引いてある。黒髪を高く結い上げ、桃色の花柄の着物に緑がかった帯を締めている。

「よい気持ちなんだ、麗子さん。わかってもらえるかな。実に気分がいいんだ。故郷を出てから、いま初めて肩の荷が下りた感じだ。背中はほんとに気持ちいいし……何もかも、すばらしい。虎長はおれの言葉に耳を貸すし、いまいましいイエズス会の者には大砲を三発お見舞いしてやったし、ポルトガルの野郎には六発くらわした」そう言って、彼はすっくと立ち上がると、着物の前をしっかり合わせ、水夫たちの歌をうたって拍子をとりながら、陽気なホーンパイプを踊りだした。

麗子たちも一緒に調子を合わせた。障子がさっと開いて、侍が顔を出したが、みな一様に目を丸くしている。ブラックソーンは、大声で歌って踊っているうちに、とうとうこらえきれなくなって、その場に笑いくずれた。女たちは拍手かっさいした。麗子がまねしようとしたがうまくいかない。着物の裾が邪魔だ。ほかの女も立ち上がって教えろとせがむので、やってみせることにした。三人の女は着物の裾を手に持ち、一列に並んで彼の足元を見守った。うまくできない。やがて、しゃべったり、笑ったりで、にぎやかな騒ぎになった。

突然、侍が態度を改め、ひれ伏した。虎長が入口に立っていた。その横にまり子と桐、それにいつもの護衛の侍たちが見えた。女たちは座り直し、両手をついてお辞儀をしたが、その顔から笑みは消えず、恐れた様子はなかった。ブラックソーンも、女たちのように低くはできなかったが、丁寧にお辞儀をした。「殿が、何をしていたのかと、お聞きでございます」と、まり子が言った。

「踊っていただけだ」と答えたが、羽目を外しすぎたと思った。「ホーンパイプといって、船乗りの踊りなんだ。踊りながら、はやし歌もうたう。つい、よい気持ちで……酒のせいだろう。許してくれ、虎長公の邪魔をしたんじゃないか」

まり子が通訳した。「殿は、踊りと歌を御覧になりたいとおっしゃいます」

「いまか……」

「もちろん、いまです」

虎長はすぐ、あぐらをかいて座った。続いて家臣たちも、そこ、ここに座り、ブラックソーンを待ちかまえた。

だから、おまえはばかなんだと、ブラックソーンは自分に言った。すぐ警戒心を忘れるから、調子っぱずれの歌をうたい、下手くそなダンスを踊る羽目になるんだ。

それでも彼は、帯をきちんと締め直すと、声を張り上げて、愉快そうにぐるっと回ったり、足をけったり、飛びはねたりしながら踊ってみせた。

終わると、静まり返った。

「殿がこんな踊りを御覧になったのは、生まれて初めてだとおっしゃってます」

「アリガト、ゴザイマシタ」ブラックソーンは汗でぐっしょりだ。踊ってかいた汗が半分で、あとは冷や汗だ。虎長は、刀をわきに置き、着物の裾をからげると、彼のそばに寄ってきた。

「殿が、これから一緒に踊られます」と、まり子が言った。

「えっ」

「教えてくれと、おっしゃってます」

始めることにした。まず、基本のステップを踏んでみせた。そして何回も、繰り返してみせた。虎長はすぐに覚えた。このでっぷりとした腹と、大きな尻をした年配の男の意外な身の軽さに、ブラックソーンは少なからず驚いた。

それからブラックソーンが歌って、踊りはじめると、虎長がそれについて踊った。初めは、見ている人たちにおだてられてやったのだろうが、しばらくすると、虎長は着物を脱ぎ捨て、両腕を組むと、横にいるブラックソーンに負けぬほど元気に踊りはじめた。それを見ると、ブラックソーンも着物を脱いで、さらに大きな声を張り上げ、テンポを速めて踊りはじめた。初めは自分たちのやっていることが滑稽《こっけい》に見えたが、そのうちに、いつの間にかおもしろくなってしまった。最後にブラックソーンは三回飛びはねて終わりにした。そして拍手をしながら、虎長に一礼した。一座もそろって主君にかっさいを送った。虎長はすこぶる満足の様子で、部屋の中ほどに座ったが、呼吸は乱れていなかった。麗子がすぐに虎長を扇であおぎ、ほかの女は着物を着せかけた。すると虎長は、自分の着物をブラックソーンの方に押しやって、代わりに、彼の粗末な着物を手にした。

「その着物を、あなたに差し上げたいとのことです」と、まり子が言った。「日本では、たとい着古したものでも、主君の着物を賜るのはこの上ない名誉とされています」と言った。

「アリガト、ゴザイマシタ」ブラックソーンは低く頭を下げると、まり子に言った。「大変名誉であることは、よくわかる。だが、残念ながら自分では言えないので、あなたから、改まった正式のお礼の言葉を言ってくれないか。それから、ちょうだいした着物はもちろん大切にするが、それ以上に、一緒に踊ってもらった名誉は忘れない、とな」

虎長もそれ以上に満足だった。桐壺と召使いの女たちが、ブラックソーンに虎長の着物を着せ、帯の締め方を教えた。それは茶色の絹の着物で、五つの緋色《ひいろ》の家紋がついており、帯は白い絹だった。

「殿は、踊りがおもしろかったそうでございます。この次は日本の踊りをおどってみせたいとのことです。そしてできるだけ早く、日本語が話せるようになってほしい、とのことでございます」

「おれも、そう思っているが」とは言ったものの、それより、おれはやはり自分の服を着たい、いつもの食事をしたい、それも大砲を積んだおれの船の、おれのキャビンで……ベルトに短銃だ……帆が風を受けて傾いたあの後甲板が懐かしい……そう思えてくる。「いつ、船を返していただけるのか、虎長公に聞いてくれないか」

「何をですか」

「船だ、まり子さん。いつ返してくれるのか聞いてくれないか。それに乗組員も。船荷は全部どこかに持っていかれてしまった。金庫の中には二万枚の銀貨が入っていた。おれたちが商人であることは虎長公もわかってくれると思う。よくしてもらってありがたいが、もともとは商売に来たのだし、持ってきた品物を交易して、国に帰りたいのが本音だ。国に帰るには、これからまだ一年半もかかるんだ」

「殿は、心配はないとおっしゃっています。なるべく早く、そうしてくださるそうです。あなたはまずからだを丈夫にしてください。夕方に出発いたします」

「なんだって」

「あなたは、夕方出発することになっているということです。私、何か間違えて言いましたか……」

「いや、確かにそう聞こえた。しかし、一時間かそこら前には、二、三日のうちに出発という話だった」

「ええ。ですが、殿は、今晩出発だとおっしゃっています」まり子はこのやりとりを虎長に通訳した。虎長はそれに答えた。「今晩出発するほうが、あなたにとっても都合がよいそうです。御心配は要りませんよ、安針様。殿がじきじきに、あなたの面倒をみてくださいます。そして御帰国に先だって、桐壺様を江戸に送り返すおつもりですが、あなた様も局《つぼね》と御一緒に出発なさるわけです」

「感謝していると申し上げてくれ。それから、聞いてもいいのかどうか知らないが、ドミンゴ修道士を釈放してもらえたのかどうか……あの人は、大変学識のある人物だが……」

まり子が通訳した。「お気の毒ですが、その方は亡くなられたそうです。昨日、あなたに頼まれて、すぐ迎えをやったのだそうですが、すでに亡くなられたあとだったとのことです」

ブラックソーンはがっかりした。「なんで死んだんだ」

「名前を呼ばれたとたんに、亡くなったのだそうです」

「かわいそうなことをした……」

「殿がおっしゃるのには、死も、生も同じだそうです。僧の霊魂は四〇日たって、再び生まれ変わるので、なんの悲しいこともない。それが永劫の自然の法則だとのことです」それから彼女は何か言いかけたが、思い直したらしく、こう言った。「安針様、仏教では、私どもは何度も生まれ変わるものとされています。そうやって長い時間をかけて、人間は完全なものになり、涅槃《ねはん》にたどりつくのです……つまり天国に」

ブラックソーンは、自分の悲しみをしばらく横において、虎長と現在のことのみを考えることにした。「もう一つ聞きたいが、乗組員は……」虎長が後ろを振り返ったので、彼は口をつぐんだ。若い侍が急いだ様子で部屋に入ってくると、虎長に一礼して、かしこまった。

虎長が言った。「なんだ」

ブラックソーンには、二人が何を言っているのか理解できなかったが、アルヴィト神父の別称の〝ツウジサン〟というのが、聞こえたように思えた。虎長の目がちらりとブラックソーンを見たようだったし、かすかに笑いが浮かんだようにみえた。自分が虎長に彼らのことを話したので、神父が呼ばれてきたのかなと思った。それならいいのだが。アルヴィトなんて肥《こえ》だめに落ちて死ねばいいんだ。ほんとにあいつが来たのか、それとも別のやつなのか、知りたかったが、虎長に聞くわけにもいかなかった。

「待てと言え」

「かしこまりました」と言って、侍は一礼して出ていった。虎長はブラックソーンのほうに向き直った。「なんだ、安針殿」

「おっしゃりかけたのは、乗組員のことですね」と、まり子が聞いた。

「あの連中も虎長公が保護してくれるのだろうか。面倒をみてもらえるのだろうか。一緒に江戸に行くことになるのか……」

まり子が通訳した。虎長は刀を腰に差した。「もちろん、そうなっているそうです。乗組員のことも、船のことも心配なさることはないとのことです」

「船は大丈夫だろうか。面倒みてくれているのかな」

「はい。船はもうすでに江戸にいっているとのことです」

まり子が取り次いだ。

虎長が立ち上がった。一同がお辞儀をしたとき、ブラックソーンが割って入った。「最後に、もう一つ……」と、言いかけて口をつぐみ、しまったと思った。不作法なことをしたことに、自分で気がついたからだ。すでに虎長は、明らかにこの会見を終わらせたのであり、家臣たちはお辞儀をしかけたのに、自分が割って入ったために、そのお辞儀も宙に浮いたものになってしまったではないか。

「なんの用かな」むかっとしたような、機嫌の悪い声だった。虎長も、一瞬、面食らったのは事実だ。

「申し訳ありません。間違って失礼なことをしました。ただ、出発の前に、しばらくまり子さんと話をさせていただけると、大変ありがたいと思います」

虎長は威厳のある態度で黙ってうなずくと、出ていった。そのあとに桐や警固の侍が従った。気の短い野郎ばかりだ。ここじゃ、よっぽど気をつけないといけないぞ。彼は袖で、額の汗をぬぐった。すると、まり子がすぐに困ったような顔をした。麗子が急いで小さな布を差し出した。彼女らは帯のどこかにこれをはさんでいて、いくらでも出てくるようなところが不思議だった。そこで、はたと、自分が〝殿の着物〟を着ていることに気がついた。つまり額の汗をふくようなことはできない着物なのだ。ちぇっ、また、どじをふんだ。こりゃとてもだめだ、やっていけるもんじゃない。

「安針様」麗子が酒をすすめてくれた。

ブラックソーンは礼を言って杯をあけた。またすぐについでくれる。見ると、みんなの額に汗が浮いている。

「ゴメンナサイ」ブラックソーンはみんなに謝ると、杯を取ってまり子に差し出しながら、冗談を言った。「いい習慣かどうか知らないが、酒を一杯どう……それとも、畳におでこをぶっつけて謝らなきゃだめかな」

　彼女は笑った。「ええ、大変に結構な作法ですわ。でも、どうか、額に怪我などなさいませんように。それに、何も私に謝ってくださることはないんですよ。この国では男は女に謝ったりしません。男は何をしても正しいのです。少なくとも、女にはそう見えますわ」と言って、彼女は自分の言ったことをほかの女たちに日本語で言った。みんな大まじめにうなずいたが、目は好奇心に輝いている。「でも安針様はそんなこと、御存じなかったのですものね」と、まり子が続けた。酒を一口飲んで、杯を彼に返しながら、「ありがとうございました。もうお酒は結構です。飲むとすぐ、頭やひざにきますので。でも、あなたは物覚えが早いですね……日本語は難しいでしょうに。今後のことは御心配なさらないで、殿はあなたの態度は見たこともないものだと、おっしゃってました。お気に入らなければ、御自分のお召し物をくださるなんてことはなさいませんもの」

「虎長公がツウジさんを呼んだのか」

「アルヴィト神父様のことですか」

「そう」

「殿にお聞きになればよろしかったのに。私は聞いておりません。そういうところは、殿は賢い方ですわ……女は政治のことなんて何も知らないし、あさはかなんですもの」

「アア、ソウデスカ。おれたちの国の女も、そういうふうにわかってるといいんだがな」

まり子は扇子《せんす》で風を入れた。「あなたの踊りは、おみごとでした。お国の女の方も、同じように踊りますの」

「いや、男だけ。あれは男の踊りだ。船乗りが踊るものだ」

「私にお尋ねのことがおありだそうですが、先にお聞きしてよろしいでしょうか」と、まり子が言った。

「どうぞ」

「あなたの奥は、どんなお方」

「年は二九。あんたよりずっと背が高い。おれたちの寸法でいうと、おれは六フィート二インチ。女房は約五フィート八インチ。あんたは五フィートくらいだから、頭一つ分高いことになるな。それに比例して、横のほうも太いよ。髪の色は……」と言って、彼は、磨き込まれた杉の鴨居を指差した。「ちょうどあんな色だな。少し赤みがかった金髪だ。目はおれよりずっと青くて、青緑をしている。髪は長くて、たいていはそのまま垂らしているね」

まり子が通訳してみんなに伝えると、みな感心したように、杉の鴨居と彼の顔を見比べた。警固の侍たちもひざを乗り出していた。麗子が質問した。「体つきは、私たちと同じなのかと、麗子さんが聞いています」

「同じだけど、尻はもっと大きくて丸いよ。胴はもっとくびれている……だいたいにおいて、おれたちの女のほうが肉がついていて、胸も出てる」

「あちらの女の方って……男もですけど、だれもそんなに背が高いんですか」

「まあ、そうだ。でもなかには、あなた方くらいのもいる。小さいほうがかわいらしい。感じがいいよ」

麻が何か質問すると、みんなひざを乗り出した。

「枕の話になりますが、あちらの女の方と比べて、日本の女はいかがですかと、麻さんが聞いています」

「すまんが、なんのことを言っているんだ」

「ごめんなさい。枕を交わすって……秘めごとのことですわ。つまり男と女が体を重ねることをいいますが、露骨な言葉はいやですもの」

ブラックソーンはひどく当惑したが、仕方がない。「おれは、えーと、ここに来て、まだ一回だ……その……枕の経験が……それは、えーと、村で……あまりよく覚えていないんだ。航海ですごく疲れて、半分寝ていたような起きていたような状態だったたから。でも、そうね……なかなかよかったよ」

まり子が眉をひそめた。「ここにお着きになってから、まだ一回ですの……」

「そう」

「ひどく御遠慮なさってますのね。ここにいる女の方たちは、よろしければ、だれでも喜んでお相手いたします」

「えっ」

「そうですわ。ここにいる人たちがお気に召さなくても、御心配なさらないでください。だれも怒ったりはしません。あなたのお好みを教えていただければ、手配いたしますから」

「ありがとう。そのうち頼むよ」と、ブラックソーンは答えた。

「ほんとうですか……失礼ですが、桐壺様からの特別の御指示で、あなたのからだの面倒をみて、元気になっていただくようにと言われています。枕のほうがなくとも、元気でいられますか。男の方にとっては、欠かせぬことではございませんか」

「ありがたいが、しかし……そのうち」

「時間はまだございます。私、出直してまいりましょう。お話の時間も十分にございます。日没までまだ四刻もありますが、それまでは出立いたしませんから」

「ありがとう、でも、またいずれ」彼女のすすめ方はあまりにあからさまで、情緒がなかった。

「みんな、喜んでお相手しますのに。ああ、そうでした……もしかして、男の子のほうがお好みかしら」

「えっ」

「男の子ですよ。それでしたら、もっと簡単ですわ」彼女の笑顔には悪びれた様子がなく、声は事務的だった。「どうなさいました」

「男の子って、本気で言っているのか」

「ええ、それが、どうかしまして……もしお望みでしたら、男の子をお世話しますって、言っただけですわ」

「そんなもの、要らないよ」ブラックソーンは、顔に血が上るのを感じた。「おれが、男色にみえるっていうのか」

彼の声が部屋に響いた。みな、すくんで彼のほうを見た。まり子は畳に頭をすりつけるようにしてお辞儀をした。「どうかお許しくださいい。とんだ不届きをいたしました。喜んでいただこうと思って申し上げただけでした。私はいままでに、神父様以外、外国の方とお話ししたことがございませんので、その、そのほうの習慣について何も存じておりません。神父様はそんなことを口になさいませんし……日本では時々、男の子を相手になさる方がいます。特にお坊様などは、時々、そうしています。で、つい、同じような習慣があるのかと思ってしまいました」

「おれは僧ではないし、普通は、そういった習慣もない」

警固の侍の頭《かしら》である加須央安が、怒ったように二人を見守っている。彼はこの外国人の安全と健康を守る役目だが、先ほど、虎長が、安針に対して信じられぬほどの好意を示したのを自分の目で見たばかりなのに、どうしたわけか安針は怒っている。「いったいどうしたというのだ」と、侍は突っかかるように聞いた。愚かな女が何か変なことを言ったために、この大切な客人の感情を害したのではないのか。

まり子は、さっきまでの二人のやりとりを説明した。「この方が、なぜこれほど腹を立てたのか、わかりません」

央安も信じられないようだった。「少年を世話すると言っただけで、猛牛のように怒ったというのか」

「はい」

「丁寧に話したのか。悪い言葉遣いはしなかったか」

「いえ、そんなことはございません。恐ろしいこと……これは私の責任でございます」

「何かほかの原因だろう」

「いいえ、ほかにはございません」

「蛮人のすることは、わからん」と、央安は腹立たしそうに言った。「とにかく、なだめてくれ、まり子殿。長い間、女を抱いてないので、いらいらしているのにちがいない。おまえは」と、園に命じた。「もっと酒を持ってこい。麗子、おまえはこいつの首をもんでやれ」二人はすぐに支度に走った。突然、思いついたように央安が言った。「もしかしたら、この男、不能かも知れぬ。村で女と寝た話も、あいまいであった。かわいそうに、全くできないのに、あんたがそういう話をもちだすから、怒ったのかもしれぬ」

「お言葉ですが、お医者は、大変りっぱなからだだとおっしゃってました」

「しかし、不能だとすれば、話がわかるではないか。わしだって怒りだすぞ。そうにちがいない。聞いてみてくれ」

まり子は言われたとおり、聞いてみた。するとまた、ブラックソーンの顔に血が上り、わけのわからない蛮語で怒鳴るのには、央安は僻易《へきえき》した。

「違う、と言っています」まり子の声も消え入りそうだ。

「あれだけ怒鳴りまくったのに、〝違う〟というだけか」

「外国人は興奮しますと、たくさんの汚い言葉を使いますが、意味は一つです」

央安は自分の責任のような気がしてきて、心配のあまり汗が出てきた。「やつを落ち着かせろ」

年配の侍が、横から助言した。「央安殿、これはひょっとしたら、犬などを好む手合いではございませんか。高麗《こま》ではニンニク食らいどもが妙なことを……つまり犬が好きで……思い出した、犬や鶏を相手にするとか、……この南蛮も、体の臭さからすると、連中と同じかもしれませんな」

央安が言った。「まり子殿、聞いてみてくれ……いや、聞かんでいい。とにかく落ち着かせ……」央安は、途中で口をつぐんだ。向こうの角に、広松が姿を現したのだ。〝鉄拳〟の戸田広松は、とにかくひどい雷親父で、このところずっと、尻に腫れものができた虎のように怒り狂っていたが、今日は特に機嫌が悪かった。整頓が悪いといって、一〇人が格下げになったし、不寝番はそろって、恥知らずな城内引き回しとなり、見張りの時間に遅れた二人の侍が切腹になり、肥くみの四人は、庭に少しこぼしたといって、胸壁から突き落とされた。

「やつは、おとなしくしておるか、まり子」広松の声はいらいらしている。事件の種をまいたあのばか女が洗いざらいしゃべったりすれば、我々の首がそろって飛んでしまうと、央安は思った。

しかし、意外なことにまり子は、「はい、おかげ様で順調に進んでおります」と、答えた。

「おまえも、桐壺の局と一緒に出発することになった」

「はい、わかりました」広松はそれだけ言いおいて、見回りを続けた。まり子は、なぜ自分も一緒に行くのだろうかと思案した。航海の間、ただ桐様と異人との通訳をするだけのためだろうか。それはたいしたことではないだろう。虎長公のほかの側室も御一緒なのかしら。佐津子様は……あの方、いま船でいらしては危ない。私と桐様だけだろうか。それとも主人も一緒……もし夫が残るとしたら――殿と御一緒に残るのは務めですもの――だれが夫の面倒をみるのだろう。なぜ船で行かなければならないの。東海道はまだ安全なのに。石堂様は攻撃してくるおつもりかしら。たぶんくるでしょう……なぜなら、佐津子様や、桐壺様の人質としての価値を考えればわかるわ。だから、船で行くのかしら……

まり子は昔から海が嫌いだった。見ただけで気分が悪くなった。でも行くことになれば、行かなければならない。仕方がない。彼女は逃れられぬ運命のほうは考えないことにして、困った異人のことを考えようと思ったが、これもやっかいで、悲しくなってくる。

〝鉄拳〟の広松が角を曲がって姿を消すと、央安は頭を上げ、みなと一緒にため息をついた。麻が酒を持って廊下を急ぎ足でやってきた。

侍たちは女にかしずかれている異人の様子を見ていた。表情は固く、おもしろくなさそうに酒を受けている。

「央安殿、女たちを、鶏を捕まえにやっては……」と、老侍がおもしろそうにささやいた。「そこへ放してみるんです。もし、あの蛮人がそれを望んだら万事それでうまくいくし、要らないのなら見ないふりをするだけでしょうから」

まり子は首を振った。「もう、そんなことなさらないでください。この異人さんのような方は、枕ごとの話をお嫌いのようです。こういう方は初めてですから、心して、おつきあいをしなければ」

「そのようだ」と、央安が言った。「その話がでるまでは、おとなしかったのだからな」と、麻の顔を見た。

「申し訳ございません、央安様。私が悪うございました」と麻はすぐ、畳に額がつかんばかりに深くお辞儀をして謝った。

「この件は、桐壺様に申し上げておこう」

「はい」

「お方さまも、この異人さんと枕ごとのお話をなさるときには注意なさらないといけませんもの」と言い、まり子は如才なく付け加えた。「央安様、ほんとによいお考えですわ。でも、考えようによっては、麻が役に立ったようですね。考えてもくださいい。もし昨日、桐壺様が殿の御前で、同じようなことをお尋ねになられたとしたら、そして、あの異人さんが、今日のように怒ったとしたら、どんなにまずいことになったでしょうか……」

央安も考えるとぞっとする。「血が流れてたことだろう。あなたの言うとおりだ。麻に礼を言うか。桐壺様にとっては幸いしたと、お伝えしておこう」

まり子が、ブラックソーンに酒をすすめた。

「もういい」

「ばかなことを言いまして、ほんとに失礼いたしました。この私に何かお話があるとのことでしたが」

ブラックソーンは、最前から、まり子たちが勝手にしゃべり合っているのを見て、理解できずにいらだっていた。彼らの無礼な言動をののしるわけにもいかず、侍たちの頭をつかんで張り倒すわけにもいかず、腹の立つことばかりだった。「そうだ。ここでは、男色が普通のことだと言ってたが」

「それはもう、お許しください。何かほかのお話を」

「いいとも。しかし、まず、その話にけりをつけよう。あなたを理解できるかもしれないからな。男色がここでは普通のことだと言ったが」

「枕のことはなんでも普通です」彼女は突っぱねるように答えた。ブラックソーンの態度の悪さと、無知さとが、いささか気に障ったのだ。しかし虎長が、政治以外のことは何を教えてやってもよいが、あとで異人の質問を逐一報告するようにと言われたことを思い出した。それに、ばかげたことには彼女は取り合うつもりはなかった。しょせん、安針は蛮人だし、たぶん海賊で、いまの虎長の気まぐれで未執行になっているけれど、彼は死刑の宣告をされた人間だ。

「枕を交わすのはなにも特別のことではございません。男の方が、ほかの男や少年を相手にしても、それはその方たちの問題で、ほかの人は関係ありません。それが他人にどんな迷惑がかかるのですか……私にも、あなたにも、だれにも迷惑の及ばないことです」私はいったいなんだと、彼女は思った。無知で頭の悪いはみ出し者か。蛮人におどされているばかな通訳か。いや、私は侍のはしくれなのよ。そうよ、まり子。でも、やはりあなたはばかよ。女のくせに男一人をもてあますなんて。お世辞を言って、はい、はいと言って、いい気持ちにさせてやりなさいよ。自分の武器を忘れたの……まるで一二歳の女の子のようにあしらわれているじゃない。

彼女は意識して声の調子を和らげた。「でも、もしあなたが……」

「男色はみだらな罪で、悪だ。忌み嫌われていて、それを犯した者は、社会のくずといわれる」ブラックソーンはまり子をさえぎると、そう言った。そんな仲間の一人とみられたことに、まだ腹が立っていた。なんで、彼女までが……しっかりしろと、自分に言い聞かせた。おまえの言っていることは、まるで狂信的な清教徒か、カルヴィン派みたいだぞ。なぜおまえは男色をそんなに毛嫌いする。海につきものだからか。たいていの船乗りは経験しているが、そうでもなけりゃ、何ヵ月も海の上で、気が狂わずにいられるか。おまえもその気になったことがあり、その気になったことで自己嫌悪に陥ったからじゃないのか。でなけりゃ、少年のころ、組み伏せられ、犯されそうになったからじゃないのか。あのときは振りほどいて、相手の一人ののど元にナイフを突き立てて殺したな。一二歳のときだった。あれがおまえの初めての人殺しだ。「ひどい罪だ……絶対に、神と人間の掟に背くことだ」

「キリスト教の罪という言葉は、もっとほかのことを指すのですわ」相手の武骨さが気に障って、彼女もしんらつに言い返した。「罪だなんて……あれのどこが罪ですの」

「わかっているはずだ。あなたはカトリックだろう。イエズス会で教育されたのだろう」

「神父様は、ラテン語とポルトガル語の読み書きができるように教育してくださいました。あなたが〝カトリック〟というとき、何を意味するのか、私にはわかりません。でも私はキリスト教の信者ですし、一〇年前からそうです。でも神父様は、枕ごとについて教えてくださいませんでした。外国の枕本も読んだことがありません……読んだのは宗教の本だけです。枕ごとは罪なのですか。なぜ、そうなのです。人に楽しみを与えてくれるものが、どうして罪深いことなのでしょうか」

「アルヴィト神父に聞いてくれ」

そうしたいところですわと、彼女は複雑な気持ちで思った。でも、ここでの話は、桐様と殿以外にはだれにも話してはいけないと言われている。神様と聖母マリア様に、お助けくださるようお祈りしたけれど、お返事はなかった。あなたが日本に来てからというもの、災いばかり起きているわね。私も、災いばかり……「あなたがおっしゃるように、それが罪なら、なぜ、僧がなさるのですか。ある仏教の派では、礼拝の一つの形式になっています。曇りや雨のときほど、人間はいちばん天に近づけるのではございませんか。僧は邪悪な方ではありませんし、神父様のなかにも、その方法で枕ごとをなさる方があると聞いています。その方も邪悪なのですか。そうではありませんね。女を禁じられてるのに、なぜ、そんな当たり前の楽しみまで奪われなければならないのでしょう。枕ごとはすべて罪で、邪悪だとおっしゃるのは、ばかげていると思いますわ」

「男色は忌み嫌われ、すべての掟に反している。聴聞司祭に聞くがいい」

あなたこそ忌み嫌われる人よ……と、まり子は大声で叫びたかった。どうしてそんなに低能なの。神に背くんですって……ばかな。それはあなたの邪悪な神に対してでしょう。あなたは自分でクリスチャンだと言っているけど、はっきり違っているわ。嘘つきの詐欺師よ、確かにあなたは驚くようなことを知っているし、見知らぬ国へも行ってるのでしょうが、あなたは決してクリスチャンではない。冒瀆者《ぼうとくしゃ》です。悪魔の使いなの……罪だなんて、滑稽だわ。

　私が、あなたも、それからすべての外国人を軽蔑していることを、教えてあげたいわ。ほんとに私の人生は外国人に狂わされてきた。私の父は外国人を信用せず、彼らをこの地から追放するよう公然と黒田公に願い出たために、外国人は父を憎むようになり、やがて黒田公に讒言《ざんげん》し、そのおかげで黒田公にとっていちばん忠実な武将で、中村様や虎長様より、もっとお助けしたはずのあの父を、黒田公は嫌うようになりました。公が父を侮辱し、考えられないようなことを無理強いして、父を狂気に追いやったのも、みな外国人のせいじゃありませんか。私の悩みも、すべてそこからきているんです。

　そう、あれは全部、あの人たちのしわざだった。いやそれ以上のことさえした。でも同時に、ありがたい神のお告げをもたらしてくれたのもあの人たちだった。あの忌まわしい追放から、もっと忌まわしい生活に連れもどされたときの苦難の暗闇の中で、巡察使卿は、私に行く道を教え、私の目と心を開き、洗礼を施してくれた。その道は私に耐える力を与え、限りない安らぎで私の心を満たし、永劫の苦しみから私を解放し、祝福し、永久の救済を約束してくれた。

　何事が起ころうとも、いま私は神の御手の中にある。ああ、聖母マリア様、安らぎをお与えください。そして、この哀れな罪人を助けて、あなたの敵に勝たせてください。

「失礼をお許しください」と、まり子は言った。「あなたのお腹立ちはごもっともで、私が悪うございました。どうか機嫌を直して、私の愚かさをお許しください」

そう言われると、ブラックソーンの怒りはすぐに消えはじめた。女が、人前で非を認めて謝っているのに、怒り続ける男がいるだろうか。「こちらこそ。許してくれ」口調は少し和らいだ。「しかし、おれたちの間では、相手を、男色とか獣姦呼ばわりすることは、いちばんの侮辱になるんだ」

だから、あなたがたは子供で、愚かで、卑しくて、ぶざまで、不作法なのよ。でも蛮人に期待しても無理というものと、まり子は思った。そして、うわべは反省したような顔で言った。「わかりました。私も悪気ではありませんでした。どうか、お許しくださいませ。ほんとうに」と言って、ため息をついた。彼女の声にはなんともいえない甘さがあって、夫が機嫌の悪いときでも、それを聞くと、心が和むのだった。「ほんとに、私が悪うございました。お許しくださいませ」

太陽が水平線に沈もうとしている。アルヴィト神父は、重い航海日誌を抱えたまま、相変わらず大広間で待っていた。

いまいましいブラックソーンのやつめと、彼は思った。

虎長が彼をこんなに待たせるのは、初めてのことだ。どの大名も、太閤でさえ、こんなに彼を待たせたことはない。太閤の統治の最後の八年間、彼は即時面会という破格の特権を与えられていた。太閤は、彼が日本語に堪能であることと、商才にたけているという理由でこの特権を与えてくれた。実際、彼の国際交易の内部の仕組みに関する知識を利用して、太閤は莫大な利益を得たのだった。太閤はほとんど無学だったが、語学の能力と政治的な知恵は大変なものだった。だからアルヴィト神父は、この独裁者とひざを交じえて教えたり学んだりするのが楽しかった。そして、もし神の御意思とあれば、改宗もさせただろう。やがて彼は、太閤の腹心の友となり、太閤個人の宝物庫を拝見できる四人――外国人ではただ一人――のなかの一人になった。

歩いて数百歩のところに天守閣が見えている。七層に高くそびえたその建物の四層目には、鉄の扉に閉ざされた七つの部屋がある。中は金塊と金貨がぎっしり詰まっていた。その上の層には銀の部屋があり、同じく鋳塊や銀貨ではち切れそうになっていた。さらにその上の層には、絹や陶器、刀剣、甲冑《かっちゅう》などの貴重品が詰まっていた。まさにそれは国の宝だった。

それらは、アルヴィトの考えでは、少なく見積もっても、時価にして、五〇〇〇万ダカットはすると思われた。それは、スペイン帝国、ポルトガル帝国、いやヨーロッパ全部の一年分の歳入以上のものである。現金による個人的財産としては、世界一だ。

この富の一〇〇分の一あれば、日本中のあらゆる町に聖堂を建て、教会をつくり、村という村に伝道所を設けることができる。我々の手に、わずかそれだけでもあれば、神の栄光のために使えるのだが。

太閤は権力を愛した。そして、金が人を左右する力をもつゆえに金を愛した。彼の財産は、彼が独裁的な権力を誇った一六年の間に、全国の大名から、毎年、義務として差し出された莫大な献上品と、太閤自身の領地からの上がりであった。全国を制覇した彼は、全土の四分の一を所有して、年間収入は五〇〇万石以上であった。そして、彼が勅任の統治者であったとすれば、理屈のうえでは、全土からの収入は彼のものだった。しかし、太閤は税を全く取らなかった。それに対して、大名から士、農、工、商、盗賊、浪人、異人に至るまで、全国民が自ら進んで献上したものである。それが安全の道だったから。

この富と、大坂城が無傷であるかぎり、その実際の持ち主である弥右衛門は、成年した暁には、虎長がいても石堂がいても、彼の天下がくるだろうと、アルヴィトは思う。

太閤の死は惜しい。彼の過ちも、辣腕《らつわん》も、ともに我々を悩ませたものだったが。黒田が死んだのも、嘘ではなく惜しかった。彼は我々の真の友であった。しかし、彼は死に、太閤も死んだ。そしていまは別の異教徒、虎長と石堂が相手だ。

アルヴィトは、太閤が死んだ夜のことを覚えている。その夜、彼は太閤に呼ばれて不寝の番をした。ほかに、太閤の妻綾の方と、側室の落葉の方が一緒だった。夏の夜は芳しかったが、いつもより長いように思われた。

やがて、臨終となり息が絶えた。

「御昇天なされました。いまはもう、神の御手にあられます」彼は臨終を確かめると、静かにそれを告げ、なきがらの上に十字を切った。

「どうか仏様、上様がまたすぐこの世に生まれ変わって、いまひとたび天下を治めることができますよう、お願い申し上げます」綾の方は、黙って涙を流していた。綾の方はいい人で、武将の妻にふさわしい気立てを持ち、五九歳のこの年まで四四年もの長い間、太閤の貞節な妻として、よき相談相手として過ごした。彼女はなきがらの目を閉じさせ、悲しげに三度遺体を拝むと、落葉と神父を残して去った。

安らかな死だった。何ヵ月も病床にあり、今夜あたりが危ないといわれていた。二、三時間前に、太閤は目を開け、落葉と綾のほうに笑いかけ、ささやくような声で言った。「よいか、いまから辞世を詠む」

露のごと生まれ消え行くわが身なれ
　難波の城も夢のまにまに

いまわのきわに、二人の女とアルヴィト神父に残したこの独裁者の微笑は優しかった。「あの子を頼みます」そして、日の光が消えた。

アルヴィト神父は、その辞世にひどく感動したのを覚えている。それはいかにも太閤らしかった。太閤の枕元に呼ばれたときには、今度こそ太閤も、いままでの仕打ちを悔い改め、死の床で真の信仰と秘蹟を受け入れる気になったのではないかと思った。しかし、そうではなかった。「かわいそうに、永遠に神の御国は許されませんね」アルヴィトは悲しげにつぶやいた。彼は太閤を、政治と軍事の天才として敬慕していたから。

「あなたの言う天国が、異人のお尻の穴だったら、どうなのです」と、落葉が言った。

「なんですって」彼女の思いがけない悪意に満ちた言葉に、彼は聞き違いではないかと思った。

アルヴィトは、一二年前、落葉がまだ一五のときから知っている。その年、太閤の側室に迎えられた彼女は、従順で、おとなしく、いつも黙って、ただにこにこしていたものだった。それがいまはどうだ……。

「あなたの言う天国が、異人のお尻の穴だったらどうなるのかと言いましたが」

「神があなたを許したまうことを……たったいま、殿が亡くなられたばかりだというのに」

「殿は亡くなられました。ですから、殿への、あなたの影響もなくなったわけではありませんの。殿はあなたをここへ呼んだ。結構ですわ。どうぞ御自由に。でも、冥土《めいど》からは命令できません。代わりに私がいたします。いままでもそうでしたが、あなたは臭い。あなたがいると空気が汚れます。いますぐ城を出ていってください」

ろうそくの火が落葉の顔に揺れた。日本で最も美しい女の一人だ。無意識にアルヴィトは十字を切っていた。

「出ていくのです。二度ともどってきなさるな。余命もなかろうが」その笑い声は冷たく氷のようだった。

「なんの用だ。ツウジ」

日本語が耳元で聞こえ、アルヴィトは我に返った。

虎長が警備の侍を従えて、入口に立っていた。

アルヴィト神父は気を取り直し、お辞儀をした。背中や額に汗をかいている。「突然に伺いましたことを、お許しください。考えごとをしていて、失礼しました。日本に来て、運よく、いろいろな経験をしましたが、そのことを思い出していました。私の人生はずっとここで、ほかにはありません」

「おかげで世話になった」

虎長は、座布団に座ったが、疲れているようだった。侍たちが、音もなくそのまわりに人垣をつくった。

「あなたは、天正三年に日本に来たのだったな」

「いえ、四年の子《ね》の年でした」

「あれから二四年か……さまざまなことがあったな、ツウジ」

「はい」

「黒田公が出て、死に、太閤も死んだ。さて、これからは」声のこだまが返ってくる。

「それは自然の定めです」アルヴィトは、キリスト教とも仏教ともとれる言葉を使った。

「わしに会いたかったのは……」

「はい。大切な用だと思いましたので、お招きもないのに参りました」

アルヴィトは、ブラックソーンの航海日誌を取り出して、虎長の前に置き、デラクァ卿が助言したとおりの説明をした。虎長の顔がこわばるのを見て、彼は喜んだ。

「海賊の証拠か」

「はい。日誌には、命令の言葉がそのまま書かれています。例えば、〝必要なら、力ずくで上陸せよ、到着し、発見した土地は領土とせよ〟などというのもあります。お望みでしたら、適当な部分を翻訳いたします」

「すべて通訳してくれ。すぐに」と、虎長が言った。

「その前に、巡察使卿からお耳に入れておくようにと言われたことがあります」と言って、アルヴィトは、例の地図と報告書と黒船について、打ち合わせたとおりに話した。すると、虎長が満足そうな顔をしたので、うれしかった。

「結構。黒船が早く来るのは確かだな。間違いないな」

「はい」アルヴィトは、きっぱりと答えた。神よ、万事うまく運びますように。

「よろしい。報告書をお待ちしていると、卿に伝えてくれ。うん、確かめるのに、何ヵ月かはかかるだろうな」

「できるだけ早く、御報告したいと申しておりました。お望みの地図もお持ちするつもりです。

航海許可書を艦長に出していただくわけにはいきませんか。もし黒船が早く来るとするなら、そうしてくださると、助かるのです」

「早く来ることを保証するか」

「風と嵐と海のことは保証できません。しかし、船はマカオを早く出航させます」

「日没までに許可書を出そう。ほかに何かあるか。大老会議の終わるまで、明日から三日間は暇がないが」

「何もありません。ありがとうございました。天が常にお守りくださるよう、お祈りいたします」アルヴィトは頭を下げると、退出の許可を待った。しかし虎長は、警備の侍たちを外に出した。

アルヴィトが虎長の前で二人きりになるのは、初めてのことであった。

「ここへ来て座れ、ツウジ」虎長は自分の横へ招いた。

近くに呼ばれたのも初めてだった。信頼のしるしか、それとも懲罰のためか……

「戦が始まる」と、虎長が言った。

「はい」と答えたが、始まれば、終わらないだろうと思った。

「おかしなことに、切支丹《きりしたん》大名の大野と木山が、わしに反対している」

「大名のお気持ちは私にはわかりません」

「よくない噂がある。その二人についても、ほかの切支丹大名についても」

「賢者は、いつも心の中で国の利益を考えています」

「そうだ。だが一方では、不本意なことに、日本は二つの陣営に分かれてしまった。わしと石堂だ。ということは、国の利益はいずれか一方にあるということになる。中間ということはない。切支丹の利益はどこにある」

「平和にございます。切支丹は宗教でして、政治の団体ではないのです」

「巡察使卿は日本の教会の長でもある。そのほうたちはこの神父の名のもとに、命令が下せるだろう」

「我々は、日本の政治にかかわりをもつことを禁じられています」

「石堂は、そのほうたちに好意的か」虎長の声がこわばった。「あれは、そのほうたちの宗教には全く反対だ。わしは常に好意を示してきた。石堂は太閤の追放令をすぐに履行し、あらゆる南蛮人を締め出したがっている。わしは交易を拡大したいが」

「我々は、どの切支丹大名も抑えてはいません」

「では、どうしたら、わしの言うことをきくか」

「助言をできるほど、よく知りません」

「木山と大野は石堂側につき、切支丹大名と彼らの一族郎党も彼らにつくことはよくわかっているだろう。そうなると、一対二〇の関係になってしまう」

「もし、戦ということになれば、私は虎長様のために祈ります」

「もし二〇対一になれば、お祈りなどしてもらっても、どうしようもない」

「戦を避ける方法はありませんか。始まったら、終わらなくなります」

「わしもそう思う。そうなればみんなが損をする。我々も、南蛮人も、切支丹の教会も。しかし、切支丹大名がそろってわしに味方をするという態度を見せれば、戦は起きない。石堂の野望は、永久に抑えられる。たとい石堂が旗印を掲げて反抗してきても、大老たちは、あの男をウジ虫のように踏みつぶしてしまうだろう」

アルヴィトは、縄で首を絞められるような気がした。「我々は、神の言葉を広めに参ったのです。政治に口を出しに参ったわけではございません」

「そのほうの前任者は、こちらが九州を征服する前に、九州の切支丹大名を太閤にお仕えするようにさせてしまった」

「あれは間違いでした。教会や大名から許されてのことではありません」

「軍勢を九州へ輸送するのに、前任者は、ポルトガル船を使うように太閤に申し出てくれたし、ポルトガル兵まで貸そうと申し出てくれた。高麗《こま》や明《みん》国討伐のときもな」

「もう一度言いますと、あれは間違いでした。だれからも許されていませんでした」

「どちらか、決めなければならなくなるぞ、ツウジ。そう、もうすぐだ」

アルヴィトは、脅威を肌で感じた。「私は、いつもあなたの味方です」

「もし、わしが負けたら、一緒に死ぬか。殉死するか……つまり忠僕な家臣と同じように、死ぬまでわしと行動を共にできるか」

「私の生命は神のものです。ですから死も、神の御心のままです」

「ああ、そうであった。切支丹の神のものだ」虎長が刀をわずかに動かしたような気がした。

それからひざを乗り出すとこう言った。「大野と木山はわしにまかせた。四〇日以内に、大老会議は太閤の布告を廃止することになるだろう」

どこまで打ち割ってよいのか。アルヴィトは困って自問自答した。いったい、どの程度まで……「あなたが信じているほど、我々にはそれほどの力はありません」

「そのほうの上司に命令してもらおうか。そうだ、命令しなさい。石堂は、そのほうや木山を裏切る。あれがどんな男か、わしにはわかっている。落葉の方もそうだ。世継ぎの君をそそのかして、そのほうに反抗するように仕向けているではないか」

そのとおりと、アルヴィトは叫びたかった。しかし、大野と木山は、お世継ぎの師範の任命を二人にまかせ、そのうち一人は切支丹でもよいという石堂の密約を文書でもらっていた。そして二人は、虎長が石堂を消した暁には、教会を捨てるだろうと確信している。「巡察使卿は命令はできません。許すことのできない内政干渉をしたことになります」

「四〇日のうちに大野と木山の手で太閤の布告は撤回される。もうこれ以上、蛮人の僧は入ってこなくなる。大老は、彼らが日本に来ることを禁じてしまう」

「なんですって」

「そのほうの宗教だけにする。ほかは一切受け入れない。臭い、乞食のような黒装束は許さない。つまらないおどし文句を並べて、問題ばかり起こすやつらだ。欲しければ、日本にいるやつらの首をそろえて進呈しようか」

アルヴィトのからだ全体が、用心しろと叫んでいる。虎長がこんなに打ち割った話し方をするのは初めてのことだ。ここで、少しでも間違えて彼を怒らせれば、永久に教会の敵になってしまうだろう。

虎長の提案を考えろ。日本全土に我々の教団だけだぞ。明らかなことは教会がただ一派で、しかも安全だと保証されれば、強くなるだろうということ。金では買えないほどありがたいということ。それに、虎長以外にはできない提案だということ——たといローマ法王でも。木山と大野が公然と虎長につけば、虎長は石堂をつぶし、大老会議を支配することができる。

アルヴィト神父は、虎長がこれほどはっきり言うとは思ってもいなかった。そして、これほどの提案をしようとは。木山と大野は寝返ることを承知するだろうか。二人とも互いに憎み合っており、手を組んだのは、虎長に対抗するためだけだということは彼らも承知だ。さて、どうしたら、二人を石堂に背かせることができるか。

「私には、そのようなことについて、お答えしたり、話し合ったりする資格がありません。私たちには、魂を救うという目的があるだけです」と、アルヴィトは言った。

「わしの息子の長門は切支丹信仰に興味をもっておるようだが……」

虎長はおどしているのか、それとも提案しようとしているのか。長門のキリスト教入信を許そうという提案なのか……それなら大成功だ。そうではなく、「協力しないのなら、長門の入信は許さない」と、言っているのだろうか。「長門様は、宗教に対して寛大な心をおもちの方々の一人です」

突然、アルヴィトは、虎長の直面している窮地の重大さに気がついた。彼は追い込まれている……我々と取引きしなければならなくなったのだ……そう思うと、アルヴィトは喜びが込み上げてきた。虎長はそうせざるをえないのだ。我々が望めば、虎長は望みどおりのものを出さざるをえまい――もし我々が、虎長と取引きする気になるとすれば……ついに、切支丹大名が勢力争いの鍵を握ったことを、虎長が公然と認めたのだ。なんでも望みしだいだぞ。だが何がある……何もない。あれだけだ……

アルヴィトは意識して、虎長の前に置いた航海日誌に視線を落とした。虎長は手を伸ばして航海日誌を取ると、着物の袖に収めた。

「そうだ、ツウジ」虎長の声は妙にかすれていた。「もう一人の南蛮……例の海賊がいたな。そのほうの国の敵だ。そのうち大挙してやってくるという話だったな。連中が来て、失望するようになるかな、それとも喜ぶようになるかな……」

アルヴィト神父は、すべてはこっちの思いのままだと思った。この取引きのあかしに、ブラックソーンの頭を銀皿に載せていただこうか――予言者ヨカナンの首のように。それとも、江戸に大聖堂を建てる許可でもいただこうか。いや、大坂城の中に建ててもらおうか。アルヴィトは生まれて初めて握った大きな権力の前に、何をしていいのか、よくわからなかった。

虎長の申し出を受けるだけで十分だ。それ以上は望むまい。だが、いまこの場で手は打てないものか。もし私一人の裁量にまかされているのなら、これに賭けるだろう。虎長ならわかっているから、賭けてもいい。そう、もし大野と木山が同意しなかったら、母教会のためにも、二人を破門してしまおう。何千、何万、何百万の人の魂を救うために、二つの魂を見放すだけだ。正しいことだ。そうだ、やるんだ、神の栄光のために。しかし、私には何の約束も締結できない。私はただの使い走りだ。そして、その使いの仕事の一部は……。

「そのほうの助けがいる、ツウジ。いますぐだ」

「私ができることは、なんでもいたします、虎長様。お約束いたします」

すると虎長は、きっぱりと、こう言った。「四〇日待とう。そう四〇日間」

アルヴィトはお辞儀をした。すると虎長は、いままでにないほど、深く丁寧にお辞儀を返した。それはまるで太閤にしているかのようだった。神父はよろめく足を踏みしめて立ち上がった。そして、部屋を出ると、廊下を歩いていった。その足取りが少しずつ速くなり、いまにも走り出しそうになった。

虎長は狭間《はざま》越しに、神父が眼下の庭を横切っていくのを見ていた。障子がそろそろと開いた。虎長は、侍たちの姿を認めると、自分を一人にしておかないと打ち首にするぞと、怒鳴りつけた。虎長の目はじっと、アルヴィトを追っていた。その姿は鉄門を通り抜け、前庭に出て、城門の入り組んだ建物の陰に消えていった。

やがて、だれもいない静かな部屋の中で、虎長は一人笑みを浮かべた。そして着物の裾をからげると、踊りはじめた。ホーンパイプだった。

第21章

日がすっかり暮れた。桐壺は二人の女房に付き添われて、不安そうに階段を降りてきた。そして庭の離れのわきに置かれた御簾《みす》の下がった駕籠《かご》に向かった。笠をかぶり、旅仕度の着物の上にもう一枚重ねて着ているので、ひどくかさばって大きく見える。

佐津子の方は縁側に出て、桐の来るのを、大きなお腹を抱えてじっと待っていた。そのそばに、まり子もいる。ブラックソーンは鉄門の近くの壁に寄り掛かっていた。茶色の侍の着物に帯をしめ、足袋《たび》を履いて、わらじを履いていた。門の外の前庭には、総勢六〇人の供の侍たちが、武装してきちんと列をつくっていた。三人目ごとにたいまつを手にしている。その先頭で、矢部が、まり子の夫の文太郎と話をしている。文太郎は背が低く、ずんぐりして、猪首《いくび》だった。二人とも鎖かたびらを着込み、弓と矢筒を肩にしている。荷物運びと駕籠かきは、おびただしい数の荷物の前でしゃがんで、じっと、静かに待っている。

そよ風に夏の気配が感じられるが、ブラックソーン以外はだれも気づいていない。さらに彼は、あたりの空気が異様に緊張しているのにも気がついていた。それに、自分だけが武装していないことも、強く意識していた。

桐が縁側に姿を現した。「佐津子様、お寒いところでお待ちになってはいけません。お風邪を召してしまいますよ。お腹の御子のことをお考えください。春の宵は、まだまだ肌寒いですからね」

「寒くはありません。いい夜で、気持ちのいいこと」

「おからだ、順調ですか」

「はい、申し分ありません」

「私が行かなくてもよいのならいいのだけれど。ほんとに、行きたくないことね」

「御心配なさることはございません」まり子が慰めるように、口をはさんだ。彼女も笠をかぶっているが、桐の笠がどちらかといえばくすんだ色なのに対して、彼女のは明るい色をしていた。「江戸にお帰りになれて、よろしゅうございますね。二、三日すれば、殿ももどられますし」

「明日のことなんてだれにもわかりませんわ、まり子さん」

「明日は神の御手《みて》の中ですわ」

「明日は、きっと、いい日です。でも、もしそうならなくても、それはそれでいいわ」と、佐津子が言った。「明日の心配はよしましょう。いまがいいの。桐様はお美しくて、みんなに好かれているし、まり子さんもそうですわ」物音がして、彼女は鉄門のほうを見た。文太郎が、たいまつを落とした侍を大声で叱りつけているところだった。

　文太郎より年配の矢部が、形のうえで一行の責任者ということになっていた。矢部は桐壺が出てきたのを見ると、門の中にもどった。そのあとに文太郎が続いた。

「これは矢部様……文太郎様も」桐はそう言いながら、慌てたように、お辞儀をした。「お待たせして申し訳ありません。殿が一緒にここへお見えになるとのことでお待ちしていたところ、おとりやめとなり、私だけ行けとおっしゃられたものですから。どうぞお許しくださいませ」

「お詫びには及びませぬ」矢部は一刻も早く、この城、この大坂を発って、伊豆に帰りたかった。とはいえ、彼にとっては、こうして、異人や、銃や、その他の土産を持って生きたまま伊豆に帰れるとは夢のようだった。江戸にいる妻に、三島のほうの準備が整っているかどうか確かめるように、伝書鳩を送っておいた。網代の近江にもそうしておいた。

「では、お支度はよろしいですか」

　桐の目に涙が光った。「ちょっと、ひと息つかせてくださいまし。そしたら、お駕籠に乗りますから。ほんとに、行かずにすむならうれしいのに」彼女はあたりを見回して、ブラックソーンを捜した。やっと、暗がりにいるブラックソーンの姿を見つけると、声をかけた。「安針様の当番の方はだれですか。船までの道中の」

　文太郎が腹立たしげに返事をした。「妻の駕籠のわきを歩くように命じておきました。もし、妻の手に負えなくなりましたら手前が代わります」

「矢部様には、佐津子の方をお送りしてくださいますか」

「曲者っ！」

前庭のほうから警固の叫び声が聞こえた。文太郎と矢部が鉄門を抜けて前庭のほうに走り、そのあとを侍たちがなだれていった。同時に、城内の入り組んだ通路のあちこちからも侍たちが姿を現した。

石堂が城壁の間に姿を現した。そのあとに二〇〇人の灰色の侍を従えている。鉄門の外の前庭で石堂は足を止めた。向かい合った両陣営は、ともに敵意をあらわにせず、だれも刀に手を掛けるわけでもなく、弓に矢をつがえるのでもなかったが、一触即発の気がみなぎっていた。

石堂はことさら丁寧にお辞儀をした。「いい夜ですな、矢部殿」

「まことに」

石堂は、文太郎には軽くうなずいてみせただけだった。文太郎も同様に、できるだけ素っ気なく礼を返した。かつては、二人とも太閤のお気に入りの武将だった。朝鮮では石堂が全面的な指揮をとり、文太郎はその一隊の指揮をしていた。互いに、相手の裏切りをなじりあう仲になったが、仲裁が入ったのと、太閤のじきじきの命令もあって、流血や、仇討ちの騒ぎにならずにすんだこともあった。

石堂は茶色の侍たちをながめ渡し、なかにブラックソーンがいるのを見つけた。その男は、石堂に軽く頭を下げた。門のほうを見ると、女性が三人と駕籠が見える。石堂は再び、矢部のほうを見て言った。「その様子では、儀礼的に桐壺の方のお伴をするというよりは、戦に行くように見えますな、矢部殿」

「広松殿の命令です。阿弥陀党の襲撃があるかもしれぬということで……」

そのとき、文太郎が気短に一歩足を踏み出し、門の中央に仁王立ちになったので、矢部は口をつぐんだ。「甲冑を着けていようといまいと、こちらはいつでも戦の用意ができておる。一人で一〇人はお引受けしよう。高麗のニンニク侍なら五〇人でも結構。仲間を見捨てて、敵に背を見せるような臆病風に吹かれた者は一人もおりませぬ！」

文太郎の言葉に、石堂は顔に軽蔑の笑いを浮かべながら、刺すような鋭い声で言った。「おお、さようか、間もなくその機会がこよう。ニンニクではないほんとうの侍を相手にしてな」

「いつだ。今夜はどうだ。いまここでどうだ」

矢部は用心しながら二人の間に入った。彼も高麗に出陣した仲間だ。彼からみると、朝鮮での一件は双方に言い分があるのだが、その両方とも信ずるに足りないこと、特に、文太郎のほうが石堂よりそうなのはわかっていた。「今夜はよそう、文太郎殿。お連れもあることだ」矢部はなだめるように言った。ここで事を起こせば、このままずっと、城から出られないことになるかもしれないではないか。それだけはどうしても避けねばならない。「連れの手前もある、文太郎殿」

「連れ……確かに連れはいる。しかし敵がここにいるんだ」文太郎は、石堂のほうに向き直って言った。「その侍というのはどこだ、石堂殿。それとも大勢でかかってくる気か。それなら、穴の中から引きずり出して、目の前に並べてくれ。佐倉の領主戸田文太郎がお相手いたす。一人でもそのような勇気のあるやつがおるなら」

全員、いまにも抜くつもりになった。

石堂は、悪意に満ちた目でにらみ返した。

矢部が口をはさむ。「場所が悪い、文太郎殿。連れもあり、敵とか……」

「連れとはなんだ。この肥だめの中にでもいるのか」文太郎は地面にぺっと、唾を吐いた。

石堂側の一人の手が、さっと刀の柄《つか》に走った。矢部側の一〇人がそれにならう。間髪を入れず、石堂側の五〇人が刀に手を掛ける。全員、石堂が抜くのを待つだけになった。そのとき、広松が庭の暗がりから姿を現した。鉄門を通り前庭に歩を進めるその手の中の大刀は、すでに鯉口が切られていた。

「ときには、肥だめの中にも、連れはいるものだ、文太郎」と、広松は静かに言った。刀の柄に掛けた手をわずかにゆるめた。すると、弓に矢をつがえて、いまにも発射しそうだった双方の侍の緊張も解けた。「連れも仲間もこの城におる、大坂ぢゅうにおると、虎長様はいつも言っておられる」広松は、たった一人生き残った自分の息子の血走った目を見ながら、岩のようにその前に立ちはだかった。先刻、石堂が近づいてくるのをみたとき、広松は中の廊下の入口を守る態勢に入った。そして、最初の危機が過ぎると、猫のように音もなく、暗がりの中に身を移したのだった。広松は文太郎の目を見下ろして言った。「そうではないか、文太郎」

文太郎はしぶしぶうなずくと、一歩あとへ下がったが、依然として、庭園への道はふさいだままだ。

広松は石堂のほうに向いて言った。「石堂殿、今宵お見えになるとは、お聞きしておりませぬが」

「桐壺様にごあいさつをと思ってな。御出発とは、つい先ほどまで知らせがなかった」

「文太郎を喜ばせるお気持ちですか。我々は敵同士ではなく、仲間同士と思っております。それとも、我らは人質で、お手前らに頭を下げねばならぬとでも申されるのか」

「いや。虎長公とは、御訪問中のしきたりについてお約束を交わしている。身分の高い方の御到着、御出発は、御送迎の都合もあるので、一日前に知らせることになっておるのを御存じであろう！」

「今度は虎長公が急遽お決めになったこと。御内室を江戸に送るようなささいなことで、石堂様を煩わせることもないと、お考えになったと思われますが」と、広松が言った。「そう、これは虎長公御自身の出発の準備をなされただけのことです」

「それは、もう決まったことか」

「大老会議の終わる日に。お約束どおり、いずれ正確な日時のお知らせがあると存じますが」

「結構だ、もちろん。しかし、会議はまた遅れるかもしれない。木山殿の病気が悪くなっている」

「遅れるのですか、遅れないのですか」

「かもしれぬと、言ったまでだ。こちらは、虎長公に一日でも長くいていただきたいと思っている。明日は、手前と一緒に狩りにいっていただく約束になっておる」

「会議までは、狩りのお誘いを全部お断りするよう、手前から殿には申し上げております。なにしろこのあたり一帯は物騒でございますゆえ。妙な刺客が、いとも簡単に見張りを通り抜けることができるのですから、城壁の外での謀反などは、たやすいことでしょうな」

石堂はこの軽蔑の言葉を聞き流した。これを聞いて、部下の侍たちは、怒りをあおりたてられただろうが、まだ自分のほうから導火線に火をつけるのは得策ではないことを、彼は知っていた。いやむしろ、もう少しで自制心をなくすところだったのを、広松が現れてくれたので助かったと思っていた。少し前までは、土の上に落ちた文太郎の首が、歯をくいしばっている姿ばかり頭に浮かんできて困っていたのである。

「御承知のように、あの夜の警備の責任の者は、みな冥土《めいど》に送ってある。阿弥陀の連中は、残念ながら自分で身を始末する掟だ。しかしながら、連中はいずれ根こそぎにするつもりだ。大老たちはあの連中をきっぱり処分してしまうように言われておる。さて、桐壺殿にごあいさつをさせていただこうか」石堂は歩きはじめた。その身辺警固の侍たちがそれに続いた。と、一瞬、いっせいにたじろいで、歩を止めた。文太郎が、矢は下に向けてはいるものの、弓をいっぱいに引きしぼっているのを見たからだ。「この門より、石堂方は一歩も入ってはならぬ。約束ずみのことだ」

「わしは当大坂城を預かり、世継ぎの君の身辺警固の任にある者だ。どこに行こうとわしの勝手だ」

もう一度、広松は二人の仲裁をせねばならなくなった。「なるほど、石堂様は世継ぎの君の警備の任にあるお方で、どこへ行こうと勝手の御身分であられる。しかし、この門をくぐるなら、お供はせめて五人ほどになされてはいかがです。虎長公と、そういう約束をなされたのでは」

「五人も五〇人も同じだ。このように侮辱されては……」

「侮辱……伜《せがれ》がいつ侮辱しましたかな。お手前と虎長公との取り決めに従ったまでですぞ。五人です。五人」それは命令であった。広松は石堂に背を向け、自分の息子を見た。「石堂殿は御丁寧にも、桐壺様にごあいさつをしたいと申し出ておられるのだぞ」

広松の刀は鯉口が切られ、わずかに刀身がのぞいているが、それは騒ぎになったとき、石堂を斬るつもりのものか、それとも弓を向けた文太郎の素っ首をたたき落とすためのものであるのかは、だれにもわからなかった。二人の間には父と子の愛情はなく、互いに相手の敵意を感じ取っていた。「さあ、文太郎、世継ぎの君の警固の方になんと返事するのだ」

文太郎の顔に汗が流れた。やがて、彼は一歩わきに下がり、弓の弦をゆるめた。しかし矢はつがえたままだ。

石堂は、文太郎が二〇〇歩の距離の弓術の試合に出場したのを何度も見たことがある。最初の矢が標的を射るまでのわずかの間に、六本の矢を連射し、そのすべてが命中するのだった。しかし石堂が、いま攻撃の命令を下せば、この二人――父と子――を初めとして、相手をみな殺しにできるだろう。だが、彼には、この二人をまず血祭りにあげるのは愚かなことだとわかっていた。やるなら虎長である。いずれにせよ戦ということになれば、広松は誘われて虎長のもとを去り、虎長を向こうに回して戦うことになるはずだ。落葉の方は、時期がくれば、この鉄拳の戸田と話し合うと言っていた。彼女は、広松が、世継ぎの君を見捨てるようなことは決してないと確信している。そして彼女は、広松を虎長から離して彼女の側につけ、できれば広松に虎長を暗殺させ、それによって無用のいざこざを起こさせない手もあると言っていた。しかし、落葉は広松のどんな弱み、どんな秘密、どんな事情を知っているのだろうか。石堂は再び、自分に問うてみた。彼は落葉の方に、もしできれば、大老会議の前に江戸から姿を消してくれるよう命じてある。全大老が同意して虎長を告発したあとでは、落葉の生命など米粒一つの値打ちもないものになるだろう。必要とあらば、告発をして、虎長を即時切腹に追い込むのだ。もし彼女が、その前に逃げてくれればそれでよし、もし逃げなければどうにでもなれ。いずれにしても、世継ぎの君は八年以内に天下を取ることになる。

石堂は大股で門を抜け、庭園に入った。広松と矢部が同行し、そのあとに石堂の侍が五人続いた。石堂は桐壺に丁寧に一礼して、道中の無事を祈る言葉を述べた。何も異常のないのを見届けると、彼は満足し、侍たちを連れて引き揚げていった。

広松はほっと、吐息をつくと、尻のあたりをかいた。「矢部殿、もう出発したほうがよかろう。あのウジ虫どもは、もう邪魔だてはしないでしょうが」

「では、ただいますぐに」

桐は額の汗をぬぐった。「あの方はほんとに魔物ですね。殿のことが心配です」涙がはらはらとこぼれる。「行きたくありません」

「殿の身は御心配なく。お約束いたします」と、広松が言った。「さあ、早く御出発のほどを」

桐はすすり泣きを押さえながら言った。「あ、矢部様。佐津子様がおもどりになるのに付き添って差し上げてくださいますか」

「承知しました」

佐津子は一礼すると、急いで去っていった。矢部がそのあとに続いた。若い彼女は階段を走るように上がった。そして、もう少しで上りきるというときに、滑って転んだ。

「まあ、赤子が」と桐が叫んだ。「お怪我は」

みな、いっせいに倒れた佐津子を見た。まり子が走っていったが、矢部が一足早く、佐津子を抱き起こした。佐津子は怪我はともかく、びっくりしたようだった。「大丈夫です」と、あえぐように言った。「御心配なさらないで、大丈夫です。私がばかでしたわ」

矢部は佐津子が元気なのを確かめると、前にもどり、すぐ出発の仕度に取りかかった。門のところにもどってきたまり子は、ほっと安堵の胸をなでおろした。ブラックソーンが庭のほうを見て、何かに見とれたような顔をしている。

「なんですの」と、まり子が聞いた。

「べつに」ちょっと間をおいて答えた。「桐壺さんはなんと叫んだんだ」

「赤子が……お怪我はと、おっしゃいました。佐津子様は身重なのです。それが転んだので、おからだを心配したのです」

「虎長公の子か」

「そう」と、まり子はうなずくと、佐津子のほうを振り返った。彼女は、階段の上でもう一度手を振ると、中に入っていった。鉄の扉が音を立てて閉まった。あの音はまるで死を告げる鐘の音みたいと、まり子は思った。また、あの人たちに会えることがあるのかしら……

「石堂は何しに来たんだ」と、ブラックソーンが聞いた。

「あの方は……なんと言っていいのでしょう。調べにきたとでもいいましょうか……前触れなしに、視察に見えたんです」

「なぜ」

「大坂城の責任者ですもの」まり子は、ほんとうの理由は言いたくなかった。

矢部が行列の先頭で、大声で命令を下すと、一行は出発した。まり子は駕籠に乗り込むと、外が見えるように少し開けておいた。文太郎がブラックソーンに、そのわきにつくように合図した。ブラックソーンはそれに従った。

桐の駕籠が通り過ぎるのを待った。簾《すだれ》越しに彼女の影が見え、小さくすすり泣く声が聞こえた。お付きの麻と園が、何かおびえた様子で、駕籠のそばについて歩いていった。ブラックソーンは、最後にもう一度振り返ってみた。広松が一人、離れのわきで、刀を地面に突いて立っていた。侍たちが巨大な鉄門を閉めると、庭園は見えなくなった。

まり子の駕籠が動きはじめたので、ブラックソーンもそのわきについて歩いた。文太郎と後衛の侍たちがそのあとに続いた。ブラックソーンは自分の前を行く駕籠の、重そうな駕籠かきの足取りと、簾越しにぼんやりと映る姿を見つめていた。彼は、抑えようとしても、ひどく胸騒ぎがしてならなかった。先刻、桐壺が突然、叫び声をあげたとき、彼はとっさに彼女のほうを見た。ほかの者はいっせいに、階段の上の倒れた佐津子を見た。彼もそちらを見ようと思ったそのとき、桐壺が突然、驚くような速さで、さっと離れの中に走り込むのが見えた。一瞬、彼は錯覚かと思った。それほど、桐壺の黒っぽい旅着や、笠は夜目にはよく見えなかった。桐壺の姿はしばらく消えたかに見えたが、再び現れ、素早く駕籠の中に走り込むと、さっと垂れ幕を下ろしてしまった。そのほんの一瞬、ブラックソーンと目が合った。見ると、虎長だった。

第22章

二丁の駕籠《かご》を囲んだ小さな行列は、迷路のような城内をゆっくりと進み、検問所を次々に通っていった。検問所に止まるたびに、いちいちかしこまった礼が交わされ、そのたびに通行証がしさいに調べ直され、付き添う灰色の侍たちの一回が交代し、やっとまた動き出す。止まるたびに、警固の侍の頭《かしら》が、簾《すだれ》の下がった桐壺の駕籠の中を吟味しようと近づいてくるのを、ブラックソーンは、そのたびに、はらはらしながら見守った。侍は、判で押したように、半ば隠れて見えない駕籠の中の人物に向かってひざまずき、恭しく一礼し、中からもれてくる押し殺したようなすすり泣きの声を聞くと、行列に、進めと手を振るのだった。

自分以外に知っている者がいるかどうか、ブラックソーンは、頭の中で考えを巡らせていた。お付きの女たちは知っているにちがいない――だからあんなにおびえた様子をしているのだ。おそらく、広松も知らないはずがない。それに佐津子もそうだ。彼女は人の注意をそらす囮《おとり》だったのだ。まり子はどうだ。知っているとは思えない。矢部はどうだ。虎長があの男を信用しているか。あの猪首で頭のおかしい文太郎は。やつはおそらく何も知ってはいまい。

この脱出計画が、絶対の秘密裡に企てられたことは間違いない。だが、虎長はなぜ、命を危険にさらしてまで、城外へ出ようというのか。城の中にいたほうが安全ではないのか。なぜ、秘密裡に……だれの目を逃れて……石堂か。刺客か。それとも、城にいるほかの人間か。おそらくそれら全部だろう。そう思うと、あとはただ無事に船に乗り、海へ出られるように祈るだけだ。ここで虎長が見つかれば、事は面倒になる。戦いは避けられず、有無をいわさぬ殺し合いとなるだろう。おれは丸腰だが、たとい短銃を持ち、二〇ポンド砲に一〇〇人の兵隊を引き連れていたところで、あの灰色の侍たちにかかったら、ひとたまりもなくけちらされるだろう。逃げ場所も、隠れ場所もない。まさに八方ふさがりだ。

「お疲れになるでしょう、安針様」まり子の上品な声がした。「よろしければ、お乗りください。私は歩きますから」

「ありがとう」彼はぶすっと答えた。長靴が欲しい。わらじは慣れていないので履きにくい。「足は大丈夫だ。無事に海へ出たいだけだ」

「海なら、もう安全ですか」

「たいていはね」そう言いながら、ブラックソーンは彼女の言葉をほとんど聞いておらず、頭の中は考えごとをしていた。しっかりしてくれ。虎長の正体をばらすようなことになるなよ。ばれたら、ひどいことになる。虎長の姿を見なければよかった。運が悪かった。ちょっとした手違いでもあれば、この水ももらさぬ脱出計画もだめになってしまうことだってありうる。桐の方は見事な役者だった。それとあの若い女のほうも。あのトリックにおれがひっかからなかったのは、あのとき、桐の方が叫んだ言葉の意味がおれにはわからなかったからだ。だが運悪く、おれは虎長をはっきり見てしまった。女装をし、桐の方そっくりに着込んでいたが、顔は虎長だった。

次の検問所に来ると、灰色の警備の侍の頭は、それまでよりずっと駕籠の近くに寄ってきた。お付きの女たちは泣きながらお辞儀をし、自分たちがその侍の邪魔になることも気がつかないかのように、ぼんやり立っている。隊長は、ブラックソーンをじろじろ見ながら、その前を通り過ぎた。その疑わしげな検査がすむと、侍はまり子に話しかけた。彼女は頭を振って答える。やがて侍はぶつぶつ言いながら矢部のほうにもどり、通行証を返すと、行列に向かって、行けと合図した。

「あの男は、なんと言ってたんだ」と、ブラックソーンが聞いた。

「あなたがどこから来たのか、つまり、国はどこなのかと聞いたのです」

「あなたが首を振っていたのはどういうこと」

「ああ、そうでした。あなたの国の先祖は、私たちの神とつながっているのかと聞いたのです」ほんとうは、さっきの侍は「この異人はイタチの子孫かね」と言ったのだ。とにかく、体の臭さがひどいというわけだ。

彼女はもちろん、そうではないと言ったのだが、侍の粗野な態度を恥ずかしく思った。この安針さんは、ツウジさんや巡察使卿や普通の異人さんのような、いやな体臭はしないのに。この方の体臭は、いまではほとんど感じられないくらいになっているわ。

ブラックソーンには、彼女がほんとうのことを話してないのがわかっていた。おれにも、このわけのわからない言葉がわかればいいのに。だがそれよりも、このいまいましい島国から抜け出したい。エラスムス号にもどり、乗組員を集め、食糧、酒、火薬、弾丸などの品物を交易し、国へ帰るのだ。いつそうなる。虎長はすぐだと言った。信用できるのか。江戸までどうやって船を持っていく。ひかせるのか、あのポルトガル人に頼むのか。ロドリゲスはどうしている。やつの脚は治ったか。やつが二本足で生きられるか、それとも一本足になるか、いまごろはもう見当がついている時分だ。もっともそれも、切断手術が成功していればの話だが――あるいは死んでいるかもしれない。主よ、守りたまえ。

また検問所だ。一生かかってもわからないのは、なぜこいつらは、こう丁寧で、我慢強いかということだ。敵も味方も落ち着き払って、礼を交わし、通行証を差し出し、またそれをもどす……いらだつ様子もなく、ほほ笑みさえ浮かべている。おれたちとはまるで違う。

彼はまり子のほうを見やった。その顔は、笠と被衣《かつぎ》の陰ではっきり見えなかったが、それでも彼は、彼女を美しいと思い、彼女のあのときの失敗を許しておいてよかったと思った。もう二度とあんなばかなことはしない。この豚侍のばか野郎め、くそくらえ、早くしやがれ。

今朝、彼女に謝られたあと、性の話題を避けて、彼は江戸のこと、日本の習慣、城、石堂などについて、あれこれ尋ねてみた。彼女は長々と答えてくれたが、政治的なことは説明せず、その答えは参考にはなるが無味無害だった。そのあと間もなく、彼女とお付きの女たちは出立の支度のために出ていってしまい、部屋には警固の侍と彼だけが残った。

特に四六時中つきまとわれていると、いらいらしてくる。だいたい人間が多すぎる。蟻みたいだ。たまには、樫《かし》の扉のついた部屋に中から閂《かんぬき》を掛けて寝てみたいものだ。船に乗る日が待ち遠しい。海へ出るんだ、広い空の下へ。あのくそったれの和船でもいい。

大坂城の中を歩みながら、彼は虎長が自分の領域に入ってこようとしているのに気がついた。海だ。そこではおれが王様だ。話し合う時間はたっぷりある。通訳はまり子だ。一切の話をつけるんだ。貿易の協定、船、銀貨の返還、銃と火薬の代金など。来年には、山積みの絹を持ってもどってくる協定もしたい。ドミンゴ修道士はかわいそうだった。しかし、教えてもらったことは役に立った。エラスムス号で珠江を広東までさかのぼり、ポルトガルと中国の封鎖線を突破するのだ。船さえ返してもらえれば、金持ちになれる。ドレイクよりも。国に帰ったら、プリマスからゾイデル海までの船乗り野郎を集めて、アジアの貿易を一手に引き受けてやる。ドレイクがフェリペ王のひげを焦がしたとすれば、おれはやつのきんたまを引っこ抜いてやる。絹がなければマカオはだめになる。マカオがなくなればマラッカもだめになる。そしてゴアもだ。ポルトガル帝国など、丸めてポイだ。「インドと貿易がなさりたいのですか、陛下。それともアフリカ……アジア……日本……五年でやる方法をお教えしましょう」

「立つんだ、サー・ジョン」

そうだ、おれはいま、爵士《ナイト》が目の前にある。あるいはもう少し上か。船長や航海士たちは昔から提督になり、爵士になり、貴族になり、さらには伯爵にもなっている。イギリスの平民が、この国で楽に暮らせる地位を得る方法は唯一つ、女王のお気に入りになることだ。そして、そのお気に入られる方法は、女王に財宝をもたらすことであり、それによって、あの鼻持ちならぬスペイン野郎や法王と戦う費用をつくってやることなのだ。

三年あれば三つの旅ができるぞ、ブラックソーンはほくそ笑んだ。ちょっと待て——よい仕事といえば、なぜ、今年の黒船をねらわないのだ。それで一切が手に入るじゃないか。

だが、どうやって。

簡単だ——船に護衛船がついていなければ、気づかれずに拿捕《だほ》できる。だが、こちらには十分な人手がない。待てよ、長崎だ。あそこにはポルトガル人がいるではないか。長崎はまるでポルトガルの港みたいだと、ドミンゴが言っていたじゃないか。ロドリゲスも同じことを言っていた。船乗りのなかには無理やり乗せられているやつもいれば、金のためなら船長がだれで、どこの国の船なのか見もせずに、飛び乗ってくるやつもいる。だからエラスムス号と銀貨があれば、船乗りを雇える。できるとも、三年など要らない。二年で十分だ。おれのいまの船と乗組員があれば二年だ。そして帰国だ。金持ちになり、有名になる。それからやっと仲間と別れる、つまりおれは海と別れる。永久にな。

虎長が鍵だ。あいつをどう操るかだ。

一行は検問所をもう一つ通過し、角を曲がった。前方に、城内最後の落とし門と出口が、そしてその向こうには、最後のはね橋と堀が見えている。だが堀を渡った先に、もう一つ難所が控えていた。たくさんのかがり火が、夜空を真っ赤に焦がしている。

石堂が暗闇から姿を現した。茶色の侍たちは、一瞬のうちにその姿を認めた。殺気が、さっとみなぎった。文太郎が、ブラックソーンを飛び越えそうな勢いで行列の先頭に走っていった。

「あのばかは、戦がしたくてうずうずしてやがる」と、ブラックソーンが言った。

「あの……いま、何かおっしゃいました」

「いや、ただ……あなたの御主人が……いや、石堂が、あなたの御主人をカッとさせたようだと、言っただけだ」

まり子は返事をしなかった。

矢部が行列を止まらせた。出口を固めている隊長に無造作に通行証を手渡すと、彼は石堂のほうへゆっくり近づいていった。「またお会いしようとは思いませんでした。たいした警備ですな」

「おほめいただいては恐縮する」石堂の目は、文太郎と、その背後の御簾《みす》の下りた駕籠にじっと注がれた。

「通行証の吟味は、一度で十分のはずだ。あるいはせいぜい二度だ。これほどまでにするとは、どういうおつもりか。無礼ではござらぬか」

「そのようなつもりはない。刺客の件以来警固を厳重にしただけのこと」石堂は、ブラックソーンに視線を走らせた。この男を行かせてやろうか。それとも、大野と木山のいうとおりここで捕らえてしまおうかと、迷った。それからまた文太郎を見た。ざこめ、もうすぐその頭に穴があくのだ。まり子のような美しい女が、どうしておまえのような猿と一緒にいられるんだ。

隊長は、一人一人細かく調べ、通行証と引き比べた。それから行列の先頭にもどると、矢部に言った。「別条ありませぬ。結構です。通行証はもう必要ありませぬ。ここでお預かりいたします」

「そうか」矢部は石堂を振り返った。「では、またいずれ」

石堂は懐から巻き紙の書状を取り出した。「桐の方に、これを江戸までお持ちいただけるかどうかお尋ねしたい。手前の姪あてなのだが、当方は当分、江戸へは行けそうにないので」

「かしこまりました」矢部は手を差し出した。

「いや、矢部殿を煩わすのは恐縮です。自分でお願いしてみよう」そう言うと、石堂は駕籠に歩み寄った。お付きの女たちが、にこやかに彼を差し止める。麻が手を出した。「私がお取り次ぎをいたしましょう……」

「いや、断る」

そう言われて、女たちが道をあけようとしないのには、石堂も、まわりの者も驚いた。

「あのお方様には……」

「のけ」文太郎がほえた。

二人の女は驚いて飛び上がると、かしこまった。

石堂は御簾の前にひざまずいた。「桐の方様。この手紙を、江戸の手前の姪のもとまでお届けくださいますとありがたいのでございますが」

すすり泣きがとぎれ、ややあって、承知したというふうにうなずく影が見えた。

「ありがとうございます」石堂は、細い巻き紙を御簾の前に差し出した。

すすり泣きがやんだ。ブラックソーンは虎長が罠《わな》にかかったと思った。作法に従うなら、虎長は、巻き紙を受け取り、手で、下がれという合図をしなくてはならない。

みながその手の現れるのを待っている。

「桐様……」

なんの動きもない。石堂はさっと、一歩前へ出て、御簾を引いた。そのとたん、ブラックソーンはどら声をあげて歌いはじめ、気がふれたようにその辺を踊りだした。石堂もほかの者も、あっけにとられて彼のほうを見た。

一瞬、虎長の全身が、石堂の後ろに見えた。二〇歩も離れていれば、だれもそれを桐の方だと思ったであろう。だが、いまはその距離も五歩ほどで、被衣の上からでもはっきりわかる。そして、その長い一瞬が過ぎると、御簾を閉めた。いまは矢部も、桐は虎長であることを悟ったはずだ。まり子もそうだ。おそらくは文太郎も。それに何人かの侍も。ブラックソーンは飛び出すと、巻き紙をひったくり、御簾のすきまから押し込んで、後ろを振り向きざま早口にわめきたてた。「おれの国では、王子というものは平民野郎とは違って、手紙を自分で手渡したりしないもんだ……たたりがあるぜ」

それはあれよあれよという間の、一瞬の出来事だった。石堂が刀を抜いたときには、ブラックソーンは、彼の前で、狂ったようにひょこひょことお辞儀を繰り返しながら、何かまくしたてていた。我に返った石堂は、ブラックソーンののど元に斬りつけた。

ブラックソーンの必死の目に、まり子が映った。「助けてくれ……参った……」

まり子が、きゃあと叫んだ。刃の先が、首筋から髪一筋のところに止まった。まり子はぺらぺらと、ブラックソーンの言ったことを説明した。石堂は刀を下ろし、しばらく聞いていたが、すぐに怒って、わめきはじめた。怒りはしだいに激しくなり、いきなりブラックソーンに平手打ちをくわせた。

ブラックソーンもカッとなり、こぶしを固めて石堂に殴りかかった。

さっと、刀を振り上げた石堂のその腕を、矢部が素早く押さえなかったら、ブラックソーンの首は地面の上に転がっていただろう。同時に、文太郎もブラックソーンに飛びつき、あわや石堂ののど元を絞めようという彼の腕を押さえた。茶色の侍が四人がかりで彼を石堂から引き離すと、文太郎がその首のつけ根に後ろから一発くらわせた。ブラックソーンはそのまま気を失った。灰色の侍たちが、石堂を守ろうと前に躍り出れば、茶色の侍たちも、駕籠とブラックソーンを囲み、にらみあいとなった。お付きの女たちは、まり子を交じえてことさら声を張り上げて泣きじゃくり、混乱を大きくし、事態をまぎれさせようとした。

矢部は石堂をなだめようとした。まり子は涙を浮かべながら、半ば取り乱したふりを装って、この気の変な異人の行為は、石堂を王子だと思い込んで悪霊から救おうとしたのだと、繰り返し述べ立てた。

石堂は息を吹き返したブラックソーンを怒鳴りつけ、けとばした。彼は黙って、おとなしくしていた。その目は澄んでいた。まわりを包囲している灰色の侍は三〇倍もいるだろう、みな刀を抜いているが、まだ怪我人は出ておらず、静かに命令を待っている。

ブラックソーンは、みんなの視線が自分に注がれているのを見た。味方がいることも確かめた。

石堂は再びブラックソーンに向かってきた。彼は怒鳴りながら近寄ってくる。茶色の侍たちの彼を押さえる手にも力が入るのを感じた。拳《こぶし》が飛んできた。しかし彼は、押さえている腕を振りほどいて殴りかかるかと思えば、予期に反して、そのまま地面にくずれ落ち、また立ち上がると、腕を振りほどき、狂ったように笑いながら、ホーンパイプを踊りだした。日本では、狂人は神がかりと考えられ、そうなった者は罪に問われないと、牢の中でドミンゴ修道士から聞いたことがある。だから狂態を装うことに決めたのだ。拍子に合わせた歌の文句は、まり子にこう告げていた。「頼む……お願いだ……これ以上はもたないぜ……頼む」やけくそで狂態を演じ続けながら、一行が助かる道はこれしかあるまいと思っていた。

「この方は気が狂いました。神がかりになりました」まり子が叫んだ。ブラックソーンのトリックがわかったのだ。

「いかにも」と言ったが、矢部は、安針のこの狂態が本物なのか、芝居なのか、はっきりしなかった。それより彼は、虎長を目撃した驚きからまだ立ち直っていなかったといってよかろう。

まり子はすっかり上がっていた。何をしたらよいのかわからなかった。安針さんが殿を助けた。でも、どうして知っていたのだろうと、うつろに心の中で繰り返していた。

ブラックソーンの顔は、殴られたところを除けば、血の気が引いて蒼白だ。彼は狂ったように踊り続けた。助けを待っているが、だれも来てくれない。矢部も文太郎も臆病風に吹かれやがって、だらしのねえ野郎だ。それにまり子の間抜けづらはなんだ。ブラックソーンは突然、踊るのをやめ、石堂に向かって下手な操り人形のように引きつったお辞儀をすると、踊るような足どりで出口の方へ歩いていった。「ついてこい、ついてこい」と、叫んでいるその声は、いまにも絞め殺されそうな声だった。そして笛吹きパイパーよろしく、みんなを誘導しようとした。

灰色の侍たちが行く手を阻んだ。ブラックソーンは怒ったふりをしてわめきたて、横柄に、「そこをどけ」と命じるや、そのあとすぐに、けたけたと、笑ってみせた。

石堂は弓と矢をつかんだ。灰色の侍たちが、さっと散った。ブラックソーンは門を出かかった。堀をながめ、走ってもむだとみると、また、狂った踊りを始めた。

「狂人だ、気のふれた犬め。こうしてくれるわ」石堂はそう言うと、ねらいを定めて矢を引き絞った。

とっさに、まり子は付き添っていた虎長の駕籠を離れると、ブラックソーンのほうへ歩きだした。「おやめください、石堂様、大丈夫です……しばらくすれば直りますから……もしよろしければ、私が……」近寄った彼女は、疲労しきったブラックソーンの顔とその狂気じみた微笑を見て、我にもあらずぞっとした。「お助けします、安針様」彼女は早口に言った。「いいですか。歩いて出ましょう。あとからついて行きます。大丈夫、あの人たち射ってきはしません。踊るのはもうやめてください」

ブラックソーンはすぐ踊りをやめ、向きを変え、落ち着いた足取りで橋に向かった。一歩遅れてまり子が続く。いつ、矢がうなって飛んでくるかと思いながら。

一〇〇〇にも及ぶ数の目が、狂気の大男と、小柄な女と橋を渡り、遠ざかっていくのを見ていた。

矢部がほっとして、口を開いた。「石堂殿。あの男を殺したければ、手前にやらせてください。お手前の出る幕ではござらぬ。大将は手を下す必要はございますまい。そのための兵卒ですぞ」そう言いながら近寄って、声をひそめた。「あの男を生かしておきませんか。かわいそうに、石堂殿に殴られて、気が狂ったのです。あれでも、国では大名の身分だと、まり子も言っておりましたが、生かしておけば役に立つこともあります」

「なんだと」

「殺してしまっては、元も子もない。おまかせください。いつでも殺せるが、生かしておいたほうが得策かと……」

矢部の顔は真剣で、本気だった。石堂は弓を下ろした。「よかろう。だが、いずれ生きたままもらい受け、穴倉に逆さにつるしてやるぞ」

矢部は、ほっと息をつき、軽く一礼した。そして、そわそわと手を振って、行列に進めと合図したものの、石堂がこの駕籠と〝桐壺〟のことを思い出すのではないかと思った。

文太郎は何も気がつかないような顔で指揮をとり、行列を出発させた。彼にとって、この行列の中に、突然虎長が、それこそ神のように出現したことは問題ではなかった。むしろ、自分の主人がほとんど無防備の状況で危険にさらされていることのほうが問題だった。石堂の目が、安針とまり子にくぎづけになっているのを文太郎は見た。しかし、それにはかまわず、石堂に軽く一礼すると、虎長の駕籠の後ろについた。いざ戦闘になり、矢が飛んでくれば身をもってかばうつもりだった。

行列が門に近づいた。矢部は最後部を一人で歩いている。行列がいつ呼び止められるかと覚悟していた。灰色の侍のうち、何人かは虎長に気がついたに相違ない。やつらはいつ石堂に知らせるか。そうなれば、あの男は、このわしも脱出計画に一役買ったと思うだろうな。それで、わしも身の破滅かな。

橋の中ほどで、まり子は、ちょっと後ろを振り返ってみた。「ついてきます、安針様。駕籠は二丁とも門を通って、いま橋を渡りかけています」

ブラックソーンは何も答えず、振り返りもしなかった。ただもう立っているのがやっとだった。わらじはすでになく、殴られた顔はひりひりし、頭も痛い。最後の警固の侍が、落とし門を開けて彼を通し、続いてまり子が、そして最後に駕籠が通った。

ブラックソーンは先頭に立ってゆるい坂を下り、空地を横切り、その先の橋を渡った。雑木林に入り、城がすっかり見えなくなると、彼はその場に倒れ込んでしまった。

第23章

安針様……安針様……

夢うつつのなかで彼は、まり子から何やら酒のようなものを飲まされた。行列は止まっており、御簾《みす》の下がった駕籠《かご》を茶色の侍たちがぴたりと囲んでいる。行列の前後には、灰色の侍たちが同行している。文太郎が、付き添いの女たちに怒鳴ると、女たちは慌てて荷物の駕籠から酒を取り出した。それから警固の武士たちに、だれも桐の方の駕籠に近づけないようにと命令すると、まり子のところに走った。「安針さんは大丈夫か」

「はい、そう思います」そこへ、矢部も来た。

灰色の侍の隊長を追い払おうとして、矢部は無造作に、こう言った。「ここから先は大丈夫だ。侍にまり子をつけて残していく。異人が気がついたら、一緒にあとからくるだろう」

「お言葉でございますが、無事に船までお送りするのが、私どもの務めでございます」隊長はそう言った。

ブラックソーンが酒を飲んで、少しむせた。「ありがとう」と、彼はせきこんで言った。「みな無事ですか。だれかほかに知っている……」

「もう大丈夫ですわ」まり子はみなまで言わせないようにした。そして、隊長のほうへ背を向けると、ブラックソーンに目くばせした。「安針様、もう何も心配は要りません。わかりますね。発作を起こされただけです。まわりを御覧になって……もう大丈夫ですから」

ブラックソーンは言われたとおりに見回した。灰色の侍と、その隊長がいたので事情を了解した。酒のせいか、彼の体には早くも力がもどってきた。「ありがとう。大変なざまだったろう。もう年だ。時々、気が変になって、あとで全く覚えていないことがある。ポルトガル語でしゃべると疲れるよ」そして彼は、ラテン語に切り替えた。「汝《なんじ》は、わかるや否や」

「了解」

「このほうが、〝安全〟か」

「たぶん」彼女は、彼が用心しようとしてくれているので、ほっとした。ラテン語は日本人には難解で、これがわかるのは、一握りほどのイエズス会で教育を受けた聖職者以外にはいないが、まり子はそんななかで、ラテン語とポルトガル語の両方が話せるただ一人の女性であった。

彼女は言った。

「いずれの言葉も安全とはいえぬ。いずれを使うも危険あり」

「だれかほかに、例の危険を知れる者は」

「夫と、行列を率いる男と」

「確かなりや」

「そのあかしあり」

灰色の侍の隊長がじりじりしてやってくると、まり子に何か言った。

「彼は、貴下は危険な状態なりや、手足は動かずやと問う。否と答えたり。汝は治癒《ちゆ》したりや」

「うん」彼はポルトガル語にもどった。「よく発作を起こすんだ。だれかに顔を殴られると頭にくる。いや、すまなかった。そういうときは、あとで何も覚えていないんだ」彼は、隊長が自分のくちびるに注意力を集中しているのを知っていた。この野郎、おまえがポルトガル語を知ってることくらい、こっちはお見通しだぞ。

園が駕籠の垂れの前にかしこまると、何か聞いている様子だったが、やがて、まり子のところにもどってきて、言った。

「ごめんくださいませ。桐壺様が、気のふれた男はもう歩けるかと、お尋ねでございます。行列は、潮の都合もあって急がねばなりませんので、あなた様の駕籠をあの方にお貸しなされてはどうか、とのことでございます。気がふれたときには、お方様も大変に驚かれました。一時の神がかりとのことで、平癒を祈っておられました。船に着きましたなら、じきじきにお薬を賜るとのことでございます」

まり子は通訳した。

「ありがとう。でも、もう元気だ」

ブラックソーンは立ち上がって、脚を動かしてみせた。

矢部が、大声で何か命令した。

「駕籠にお乗りになるようにと、矢部様がおっしゃっています」ブラックソーンが不平そうな顔をするのを見て、まり子はほほ笑んだ。「私、脚はとても強いので、どうぞ御心配なく。駕籠の横について参りますから、よければお話しください」

言われるままに、彼は駕籠に乗って楽をさせてもらうことにした。行列はすぐに出発した。駕籠の揺れは心地よく、彼は後ろへゆったりともたれた。灰色の隊長が行列の先頭へ歩み去るのを待って、彼はまり子にラテン語で、そっと注意した。「隊長は、ラテン語もポルトガル語も知ってるよ」

「はい、ラテン語も少しはと思いたり」彼女も同じように小声で答えた。そして、しばらく黙って歩いてから、「汝は勇敢な者なり。主君を救いたまいしことに深く感謝するものなり」と言った。

「汝はさらに勇敢にして強し」

「主、我が足を道におかせたまい、我に役立つことを教えたまいしのみ……いま一度の感謝を受けたまえ」

夜の町は夢の国であった。富裕な家では、門口にも庭にも色のついたちょうちんや、あんどんや、ろうそくの灯があふれていた。障子に映る灯の影は楽しいものだ。貧しい家でも、障子の明かりには情緒がある。ちょうちんの灯が、徒歩の者や、駕籠や、馬に乗った侍たちの足元を照らしている。

「あなたは勇敢な人だ。ありがとう。あなたががんばってくれたおかげで、矢に当たらずにすんだ」と、ブラックソーンが改めて言った。

「いいえ、あれは神の御意思でした」

「あなたは勇敢だ。それに、きれいだ」

彼女はそれには答えず、しばらく黙って歩いた。いままでに、私をきれいだなんて言ってくれた人はいない――一人もいなかった。「私は勇敢でもないし、きれいでもありません。美しいのは刀です。そして名誉も美しいものですわ」

「勇気とは美しいものだ。そして、あなたは勇気にあふれている」

まり子は返事をしなかった。そして、今朝の彼の意地の悪い言葉と、考え方とを思い出していた。男って、勇敢かと思えばばかで、優しいかと思えば残酷で、よいかと思えばいやなことをする……どうしてあんなことができるのだろう――しかも同時に。この安針さんだって、駕籠から石堂の注意をそらせるために、あれほど勇敢だったし、そのあと気のふれたまねをして、虎長様を罠から救うほどに賢い人なのに。それにしても、こんなふうに脱出するなんて、虎長様のお知恵のみごとなこと。でも気をつけなさい、まり子と、彼女は自分に警告をした。異人のことなど考えないで、虎長様のことだけを考えるのですよ。今朝のあの悪さを思い出したら、彼の甘い言葉にうずくような気分になったりしないことです。

「ラテン語は学校で習ったのか」

「いいえ、大人になってからですわ。結婚してから長いこと、遠い北国のほうにいました。召使いたちと村の人たちだけの、一人ぼっちの生活で、持っていた本といえば、ラテン語とポルトガル語のものばかり……それも文法の本と、宗教の本と、そして聖書でした。言葉の勉強はいい暇つぶしになり、私、それればかりやっていました。運がよかったというか」

「御主人はどこにいたの」

「戦ですわ」

「何年一人でいたのですか」

「時は物差しでは計れないという諺《ことわざ》がありますわ。それは、ときによって、霜にもなれば、光にもなり、涙にも、城攻めにも、嵐にも、日暮れにも、岩にもなるものですわ」

「よい諺だ」彼はうなずいた。「しかしあなたのポルトガル語はとてもうまい。ラテン語もだ。おれよりずっとうまい」

「お世辞がお上手ですわ。安針様」

「いや、ほんとうだ」

「私のいたその村に、ある日、神父様が来られました。私たちは、まるで二人の迷える小羊のようでした。神父様は、四年間そこに滞在されて、私を導いてくださいました。これほど上達したのもそのおかげですわ」彼女は自慢するつもりではなかった。「父は、私に言葉を習わせようとしました」

「どうして」

「取引き相手の悪魔たちのことを知りたいのですって」

「頭がいいな」

「それが、違いますの」

「どうして」

「いつかお話ししますわ。悲しいことですから」

「どうして、ずっと一人でいたんだ」

「少しお休みになっては。まだまだ先がありますから」

「駕籠に乗らないか」彼がそう言って立とうとしたが、彼女は首を振った。

「ありがとうございます。でもどうぞ、お乗りになっていてください。私、こうして歩いているほうが楽しいのです」

「よかろう。だが、もう話はしたくないか」

「よろしければ、いくらでも。でも何がお知りになりたいの」

「どうして、ずっと一人でいたかというわけさ」

「夫に追い出されましたの。私の存在が、気にいらなかったのですわ。でもあの人のしたことは少しも間違ってはいません。離婚もせずに、私の体面を守ってくれたのですものね。そのあと、さらに夫は、私を家にもどし、子供を返してくれたのです」まり子はそう言って彼の顔を見た。「その子ももう一五歳、私は、すでにおばあさんですわ」

「信じないな」

「でも、ほんとうです」

「結婚したとき、いくつだったんだ」

「おばあさんになっていたわ」

「おれの国に、こういう諺がある。年齢とは、霜にもなり、城攻めにも、日暮れにも、ときには岩にもなる」

彼女は声を立てて笑った。彼女のもつ雰囲気はとても優雅だと、彼はうっとりしながら思った。「あなたのような貴婦人は、年もまた魅力なんだ」

「安針様、年をとった女はだめですわ」いままで、私を美しいと言ってくれた人はだれもいない。彼女は繰り返し、心の中でつぶやいた。ほんとうに美しいのならいいのだけれど。

「この国では、夫を持つ女に目を向けるのは、よくないことですわ」と、彼女は言った。「とても厳しいしきたりがありますの。例えば、もし、結婚した女が男の人と、障子を閉めた部屋に二人きりでいるところを見つかったとしたら……そして、二人きりで打ち解けた話をしていたら……その女の夫なり兄弟なり父なりが、即座に女を殺してもいいことになっています。もしその女がまだ未婚の身であれば、父親が自分の好きなように娘を処分していいのです」

「そんなことは正しくないし、野蛮だ」と口をはさんで、すぐに後悔した。

「私たちはそれが文明的だと思っていますのよ、安針様」まり子は、彼にまた侮辱されたのをむしろ喜んだ。おかげで魔法が解け、冷静に帰れたからだ。「私たちのしきたりはとてもよくできていますわ。たくさんの未婚の女たちのなかから、男は一人を選びます。それは、女にとっては保護を与えられるわけで、妻は夫にだけ尽くすことになります。辛抱強く。私たちが進んでいるところを言いましょうか。女も男も、それぞれの分《ぶん》をもちます。一人の男は普通、正式な妻は一人しか持ちません……それはもちろん、側女《そばめ》はたくさんいます……でも、私が知っているかぎり、この国の女は、スペインやポルトガルの女よりずっと自由なのです。好きなときに好きなところへ行けますし、その気になれば夫のもとを去ること、つまり、別れることもできます。縁談も女のほうから断ることもできます。あなたの家では、だれがあなたのお金や財産を管理しますか」

「おれだ、もちろん」

「この国では、妻が一切を管理します。武士にとってお金はなんの意味もありません。男にとって、お金のことにかかずらうのは恥辱ですらあります。夫の雑事一切は私の仕事です。夫はなんでも好きなようにものを決めます。私は夫の思うとおりにして差し上げ、お金を払ってやります。それによって、夫は家を忘れて忠勤を励むことができます。それが武士のただ一つの務めなのですから。そうですとも、安針様、あれこれ悪口をおっしゃる前に、辛抱強く、御覧になってみたらいかがですの」

「べつに悪く言うつもりじゃなかった。ただ、生命の尊さを言いたかっただけだ。だれも裁判を受けずに死ぬことはないんだ。女王陛下の法廷でな」

彼女はそんなことで言いくるめられたくなかった。「あなたは、私にわからないことばかりおっしゃってますわ。でも、安針様。〝正しくないし野蛮だ〟とおっしゃらなかったでしょうか」

「そう言った」

「それは悪口じゃございませんの。虎長様も、あなたがよく知りもせずに批評をするのはよくないとおっしゃっていました。私たちの文化は何千年もの歴史をもっていることを、どうかお忘れにならないで。そのうち三〇〇〇年は記録されていますの。ええ、私たちは古い民族なのです。中国と同じくらいに。あなたのお国の文化は、どのくらいの歴史をもっていますの」

「そんなに古くはない」

「いまの後陽成天皇は、いちばん最初の神武天皇から数えて一〇七代目の子孫にあらせられます。あなたのお国の王様は何代続いていられます」

「女王陛下は、チューダー王朝の三代目だ。しかしいまは年をとられ、子供もないので、ここでとぎれるだろう」

「天皇は一〇七代、それも先祖は神なのですよ、安針様」まり子は誇らしげに繰り返した。

「もしそれを信じるんなら、どうしてカトリックなんかになれたんだい」

まり子は、ふん、というような態度をした。「私はキリスト教徒になってからまだ一〇年なので、初信者にすぎませんし、もちろん、心からキリスト教の神、父と子と聖霊とを信じておりますけれど、でも、私たちの天皇は神様の直系の御子孫で、神であられます。それについては、私などにはとうていうかがい知ることのできないことが、とてもたくさんあります。でも、天皇が神聖であるということは疑いのないことです。ええ、私はキリスト教徒ですわ。でもその前に、私は日本人です」

これがあんたたちを解く鍵だろうか。何よりもまずあんたが日本人であるということが。彼は彼女の顔を見た。彼女の言ってることは驚くようなことばかりだ。風習は狂ってるとしか思えない。真の男にとって、金はなんの意味もないんだって……それで虎長は、最初に会ったとき、おれが金のことを口にしたら、あんなに軽蔑したような態度をみせたのだな。一〇七代目だと……そんなことはありうるはずがない。閉まった部屋に男と女がいただけで、罪もないのに殺される……野蛮もいいところだ、堂々と殺人がまかりとおるのだからな。こいつらは人殺しを擁護し、賛美する気だ。ロドリゲスもそう言っていたな。近江もそれを実演してみせた。あの百姓をその場で殺しちまったじゃないか。ああ、そうだった。近江のことはもう何日も忘れていた。村のことも、あの穴倉のことも。そしてあいつの前に手をつかされたことも……あいつのことは忘れろ。まり子の言うことをきくんだ。彼女の言うとおり、辛抱して、まず質問をすることだ。そうすれば彼女は、虎長がおれの計画に手を貸すような方法を教えてくれるかもしれない。今回おれは、虎長に確実な貸しをつくった。彼を救ったのはおれだ。彼にはわかっている。いや、みんながそれを認めている。

一行は町並みを抜け、海へ向かった。矢部が先導している。その後ろ姿を見ていると、ふと、ピーターゾーンの絶叫が風に乗ってくるような気がした。「一度に一つのことだ」と、ブラックソーンは自分に聞かせるようにつぶやいた。

「そうですわ」と、まり子がそれを受けた。「あなたには、とてもわかりにくいでしょうね。私たちの世界はとても違ったものですもの」前を行く駕籠の中に、虎長の姿がおぼろげに映って見える。彼女は、虎長がこうして脱出できたことを、もう一度神に感謝した。「安針様、思い出話を一ついたしますわ」と、彼女は言った。「私が子供のころ、父は黒田という大名に仕える武将でした。そのころ、黒田様はまだ天下を取ってはおられず、一人の大名として、その座を争っていました。ある日、父は、その黒田様と主だった家臣の方をお招きして宴を開くことになりました。ですが父には、こうした場合につきものの山海の珍味や、酒や、器などを調達するだけのお金はありませんでした。といっても、どうか、母の家計の切り盛りの仕方が悪いのだとはお思いになりませんように。母はそういう人ではありませんでした。父の収入は、ほとんど、御家来の方たちにいってしまうのです。父には四〇〇〇の家来を養う収入がありましたが、母はそれをやりくりし、おかげで父は、五三〇〇もの兵を率いて、主君のために戦うことができました。その陰で、私たち家族は、食べるものもないようなときがありました。しかし、父や御家来たちは、みごとな刀剣をそろえ、みごとな馬を持って、りっぱな御奉公ができたのでした。

そうでした。ですから父には御接待のお金がなく、母は京都へ参りまして、着物と髪の毛を売りました。いまでも覚えておりますが、母の髪はほんとうに黒くて背中の中ほどまでありました。母はそのお金で御接待に必要なものを買い整え、父は面目を保つことができました。お金を払うのは女の仕事。ですから母は務めを果たしたまでです。私たちにとって、〝務め〟ということは、いちばんに大事なことなのです」

「あなたのお父さんは、それをみて、母さんになんて言ったんだ」

「ありがとうと言う以外に何か言わねばなりませんの……お金をつくるのは母の務めです。夫の名誉を守るために」

「彼女は、お父さんを愛していたんだろう」

「愛というのは、キリスト教の言葉です、安針様。愛はキリスト教の思想で、その理想です。私たちには、あなた方がいう意味での〝愛〟という言葉はありません。義務、忠誠、名誉、尊敬、願望といった言葉や考え方は私たちにもあり、それだけで十分間に合っています」彼女はブラックソーンを見た。すると、なぜか知らないが、さっきの事件がまた頭に浮かんできた。この人が虎長を助け、ひいては自分の夫をも助けてくれた。二人は危地に立っていた。この方がいなかったら、二人とも死んでいたろう。それを忘れてはいけない。

彼女は、そばにだれもいないのを確かめてから、「先ほどは、どうしてあんなことをなさったのですか」と、聞いた。

「わからない。たぶん、それは……」彼は言いかけて止まった。どういうふうに言えばいい……虎長は孤立無援で、おれも斬り刻まれるのはいやだったからさ……彼の正体がばれたら、おれたちはぱくられておしまいだと思ったから……おれ以外に知ってるやつはいないと思ったし、おれがばくちをうつよりしようがなかったからさ……死にたくはなかったからな……おれの人生はまだまだすることがあるし、虎長がいないと、おれに船と自由を返してくれるやつがいなくなるからな……だが、そのどれでもなく、彼はラテン語でこう答えた。「神は〝皇帝《カエサル》のものは皇帝に帰すべし〟と言えり」

「ええ、私もいま、同じようなことを考えていました。皇帝にはこれこれのものを、そして神にはこれこれと決まっていますね。私たちもそうです。しかし、私たちの神は神として、天皇は神の子孫です。でも皇帝は皇帝で、それ以上ではありませんね」それに返事をした彼の理解の速さと、声の優しさに、まり子は心を動かされた。「あなたは賢い方ですね。あなたは口には出さなくても、なんでもわかっていらっしゃるようだわ」

おまえは、これだけはしないと誓ったのを忘れているんじゃないのか……ブラックソーンは自問した。偽善者になっちまったんじゃないのか。まあ、そういうところもある。おれはやつらにはなんの借りもないんだぞ。おれは囚人だ。やつらは船と品物を盗んだうえに、仲間の一人を殺しやがった。やつらは異教徒だ――いや、カトリックも混じっている。しかし、おれは異教徒にもカトリックにも借りはない。それなのに、おまえはあの女と寝たがって、早くも御機嫌をとってるじゃないか。

良心はどこへやった、ばか野郎め。

海が近くなってきた。たくさんの船が見える。停泊灯をつけたポルトガルのフリゲート艦もいる。獲物としては最高だ。二〇人も手があればやれる。彼はまり子を振り返った。不可解な家に生まれた、不可解な女。なぜ彼女は、文太郎のようなゴリラと結婚したんだ。あんなやつとどうして寝られるんだ。彼女が口にした〝悲しいこと〟とは何なんだ。

彼は優しい口調で続けた。「あなたのお母さんは、りっぱな人だったんだな」

「ええ、母の話はいまや伝説です。母の名は長く残ることでしょう。母は侍でした……父と同じように」

「女にも侍がいるのか」

「そうですわ、男も女も、同じように侍になれ、同じように主君のために戦いますわ。母は真の侍でした。母が父への務めを果たしたことは、何ものにもまさっています」

「いまも一緒に住んでいるのか」

「いいえ、父も母もいません。身寄りは一人もおりません。私は家系のなかではただ一人の生き残りです」

「何かあったのか」

まり子は、何か急に疲れたように思った。ラテン語やポルトガル語でしゃべるのにも疲れた。教えるのにも疲れた。私は教師ではない。ただの女、自分の務めをわきまえ、それを穏やかに果たしたいと思っている女なのだ。私にはもう愛は要らない。私の心を乱すこんな男もいてほしくない。

「ええ、ありました。またいつかお話ししますわ」彼女はそう言うと、足を速めて、前の駕籠のほうへ行った。二人の侍女が、気を遣うように微笑で迎えた。

「まり子様、まだかなり歩くのですか」と、園が尋ねた。

「もうすぐだと思うわ」彼女は、元気づけるように答えた。

駕籠の反対側の暗がりから、灰色の侍の隊長が突然姿を現した。安針と自分の話を、どこまで聞かれただろうかと、まり子は心配した。

「駕籠に乗られては……お疲れであろうに」と、隊長が言った。

「いいえ、結構です」彼女はわざと歩をゆるめて、虎長の駕籠から離れさせようとした。「私、少しもくたびれてはおりません」

「あの南蛮人はおとなしくしていますか。世話がやけませんか」

「いいえ、すっかり落ち着いています」

「何を話していました……」

「いろいろなことを。この国のしきたりとか、風習などをお教えしておりました」彼女は城を振り返った。天守閣がくっきりと浮いて見えた。「あのお方に何かと教え込めという、虎長様の仰せですので」

「そうか、虎長公が……」隊長は城のほうを振り返り、それからブラックソーンを見た。「しかし、虎長公は、なぜそれほど異人に興味をもたれるのだろう」

「知りません。変わった異人だからでございましょう」

一行は辻を折れて、別の通りに入った。垣根のある家が並んでいる。人影はほとんどない。向こうに波止場と海が見えている。マストが軒越しにそびえて見え、空気は海藻の香りを運んできた。「ほかにどんなことを話された」

「変わった考えの方ですから、例えば、お金のことをいつも考えていたり」

「噂では、あいつの国は汚らわしい海賊のような商人ばかりで、侍のようなものは一人もいないそうだが、虎長公は、あいつをどうなさるおつもりだろう」

「私は何も知りませんので」

「噂では、本人は切支丹《きりしたん》だと称しているということだが」

「私どもと同じ切支丹ではありません。あなた様も切支丹でございましょう……」

「殿が切支丹であられるので、私も切支丹だ。私は木山藩の者だ」

「木山様はよく存じ上げております。ありがたいことに、私どもの子供に御自分の孫娘を賜りました」

「知っております。戸田様」

「木山様の御病気はいかがですか。どなたもお会いできないという、お医者の話だとか」

「私もここしばらく、殿にはお目にかかっておりません。中国疱瘡《ほうそう》ではないかとのことで、とかく中国はやっかい者……」そう言うと彼は、ブラックソーンのほうをじろりと見た。「医者の話では、あのような南蛮人どもが、中国やマカオに疫病をまき散らし、それが日本にも入ってくるということですぞ」

「我らはみな神の御手にあり《スムス・オムネス・イン・マヌ・ディ》」と、彼女は言った。

「確かに《イタ》、アーメン」

隊長は反射的にそう答えてしまい、まり子の罠にかかった。

ブラックソーンにも隊長の失言が聞こえ、怒った彼の顔が赤くなり、まり子に何か嚙みついているのが見えた。彼女の顔も赤くなり、何も言わなくなった。ブラックソーンは駕籠から下り、二人のそばに近寄った。「隊長、ラテン語が話せるのならば、しばし語らずや。このすばらしき国につき、伺いたし」

「いかにも異国人よ、我は貴下の言葉を話す」

「ラテン語は母国の言語にあらず。そは教会の言葉にして、教育ある人の言葉なり。汝はラテン語に巧みなれど、いつ、どこにて習いしか」

まり子は、ブラックソーンが自分と隊長の間に割って入ってくれたのがうれしかった。三人はしばらく黙って歩いた。

「この隊長は、きわめて流暢にラテン語を話す」ブラックソーンは、まり子にそう言った。

「はい、汝は神学校で習いしや」

神学校と聞かれて彼は、マカオの神学校のことが頭に浮かんだ。子供のころ、木山の命令で、諸外国語を覚えさせられるために送られたのだ。彼はまんまと罠にかかったのが悔しく、腹が立った。この女はひどく賢いという話を木山から聞かされていたのに、ひっかかったのだ。しかし、忘れるな。この女は生涯、逆賊の汚名を着て過ごす女で、この海賊は悪魔の申し子だぞ。やつらの行動を見張り、会話を記憶するんだ。あるとき、この女が後悔して、大老会議において反虎長の証人になるかもしれないからな。いいか、待ち伏せ隊が攻撃をかけると同時に、この南蛮をたたっ斬るのだぞ。

突然、数本の矢が闇をかすめて飛んできたと思うと、その一本が隊長ののどに突き刺さった。倒れた彼の胸は、熱い火で包まれるような感じになった。もう死ぬと思ったが、薄れていく意識のなかで、待ち伏せはこんな場所ではなく、もっと先の波止場のはずであり、ねらうのは行列ではなく、異人一人のはずだったがと思っていた。

一本の矢はブラックソーンの頭をかすめ、二本は桐壺の駕籠の御簾に当たり、もう一本は麻の腰に刺さった。彼女の叫び声を聞くと、人夫は空の駕籠をほうり出して暗闇の中へ逃げ込んでしまった。ブラックソーンは、ひっくり返った駕籠の陰にまり子を引っ張り込んだ。警固の侍たちは、灰色も茶色も、それぞれに散開した。二つの駕籠目がけて矢の雨が降ってきた。その一本が、まり子がいままで立っていた地面に突き刺さった。鎖かたびらを着込んだ文太郎が、おのれのからだを楯に、虎長の駕籠をかばっている。矢の雨がやんだすきをねらって、彼は駆け寄って、御簾を引きちぎった。二本の矢が飛んできて、虎長の胸とわき腹に当たったが、着物の下に鎧《よろい》を着込んでいたので怪我はない。矢を払い捨てると、笠とかつらをむしり取った。

文太郎は闇を透かすように、敵を捜した。すでに手にした弓には矢がつがえてある。虎長は駕籠を抜け出し、刀を抜き、すっくと地面に立った。まり子が虎長を助けに走り出そうとするのを、ブラックソーンは大声で制止した。その瞬間、矢が飛んできて、駕籠を包み込み、茶の侍が二人と、灰色が一人死んだ。もう一本は、ブラックソーンのほほを文字どおりかすめて通り、続く一本は、彼の着物の裾を貫いて地面に刺さった。倒れた麻は声もあげずに、けなげに苦痛をこらえている。園がそれを介抱している。突然、矢部が上を指差しながら大声で命令した。瓦屋根の上に、黒っぽい姿がいくつか現れた。闇の中から、また矢の雨が駕籠を目がけて降った。文太郎と茶色の侍たちが、虎長の前に立ちふさがった。一人が死んだ。矢の一本が文太郎の鎖かたびらの目を通し、彼はうめいた。それが最後の攻撃で、矢部は侍たちと追跡に転じたが、待ち伏せの連中の姿は闇に消えた。茶色も灰色も一緒になって、数名がなおそのあとを追ったが、むだということはわかっていた。ブラックソーンは手をついて立ち上がり、まり子を助け起こした。彼女は震えていたが、怪我はなかった。

「ありがとうございます」そう言うと彼女は、虎長のもとへ走り、灰色の侍に虎長を見せまいとした。文太郎が大声で、家来たちに、駕籠の近くのたいまつを消せと怒鳴った。そのとき、灰色の侍の一人が「虎長公……」と言った。それは小さな声だったが、だれにも聞こえた。たいまつの揺れる明かりに照らし出された虎長の顔は、したたる汗に化粧がところどころはげて、なんともおかしかった。

灰色の侍のうち、身分のあるものが一人、慌てて一礼した。信じられぬことだが、主君石堂の敵虎長が、城を抜け出し、こんなところに平気で立っているのだ。「虎長公には、ここにて、しばらくお待ちくださるよう」と言うと、家来の一人に「おい」と声をかけた。「直ちに、御主君にお知らせしろ」言われた家来は、走り出した。

「行かせるな」虎長が静かに言った。文太郎が続けざまに矢を二本射た。その侍は倒れて死んだ。命を下した侍は双手に刀を振りかぶり、虎長目がけ、気合いの声も鋭く飛び込んでいった。が、文太郎が一瞬早く、それを受け止めた。それが合図であったかのように、灰色も茶色もいっせいに刀を抜いて突進し、入り乱れての斬り合いになった。通りは、たちまちのうちに混戦のるつぼとなった。文太郎と相手の侍は互いに激しく斬り合っている。不意に、灰色の侍が一人、囲みを破って虎長に斬りかかった。まり子はとっさに、たいまつを一本手に取ると、走り寄って、その侍の顔にたたきつけた。文太郎は相手を唐竹割りにし、返す刀で二人目を胴斬りにすると、虎長に近づこうとした一人をも斬って捨てた。まり子はすぐにまた取って返し、両手で刀を握りしめたまま、虎長と、阿修羅のような文太郎とから目を離さなかった。

灰色が四人一団となって、まだ駕籠の横に突っ立っているブラックソーンにかかっていった。しかし、丸腰の彼はなすすべもなく、迫ってくる敵を見ているだけだ。矢部と味方の侍の一人が助けにきて、敵を引き受けた。そのすきにブラックソーンは、素早くたいまつをつかむと、水車のように振り回して相手をたじろがせた。矢部は、一人、続いてもう一人と、斬った。すると四人の茶の侍が駆けもどって、残る二人の敵をかたづけた。矢部と負傷した茶色の侍が、虎長を守るべく敵に襲いかかった。ブラックソーンは走って、槍を拾うと、虎長のそばに駆けつけた。虎長は刀を鞘《さや》に納めたまま、怒号の渦巻くなかに、一人平然と立っていた。

灰色たちは勇敢に戦った。虎長の懐へ、四人が捨て身で迫ってきた。茶色がそれを追い散らし、優位に立った。灰色はまた一団となり、飛び込んできた。灰色のなかの身分の高いのが一人、援軍を乞うために配下の三人を城へ走らせることにし、あとの侍にその援護を命じた。三人の灰色が走り出し、茶色が追跡した。文太郎が一人を射止めたが、あとの二人は逃げていった。残りは死んだ。

第24章

彼らは人通りの絶えた裏通りを、波止場から船へと急いだ。人数は一〇人、虎長を先頭に、矢部、まり子、ブラックソーン、それに侍が六人だった。あとの侍は、文太郎が率いて、駕籠《かご》や長持《ながもち》とともに予定どおりの道を歩いており、急ぐふうもなく船に乗り込んでくるようにとの、命を受けていた。駕籠の一つには、侍女麻のなきがらが乗っていた。戦いが小やみになったとき、ブラックソーンは彼女の体から矢を抜いてやった。その傷口から血のふき出すのを見た虎長は、ブラックソーンが彼女を静かに死なせてやらず、介抱するのには当惑したものだった。彼はまた、戦いが終わったあと、この異人の水先案内人が、彼女の体を優しく駕籠に入れてやるのも見た。麻は気丈な女で、うめき声一つあげず、彼を見つめたまま、息を引き取っていった。虎長はその彼女を駕籠に乗せたまま、囮《おとり》に使うことにした。もう一つの駕籠にも、負傷した侍が一人乗せられた。これも囮だった。

虎長側の警固の侍五〇人ほどのうち、一〇人が殺され、一一人が瀕死の重傷を負った。その一一人も名誉を守って三人が自刃し、八人は文太郎の介錯《かいしやく》を受けた。文太郎は、残りの侍を、御簾《みす》を下ろした駕籠のまわりに集めて出発した。道の端には四八の灰色の侍の死体が転がっていた。

虎長はほとんど無防備で、危険な状態になってしまったが、それとは別に満足感があった。危ない橋を渡ったにしては、すべてはうまくいったと思った。人生とはおもしろいものだ。最初に、桐に化けたのをあの水先案内人に見られたのは、凶の目だった。そのあと、その水先案内人が、わしの危機を救い、気のふれたまねをみごとに演じてみせ、おかげで石堂から逃げることができた。石堂が庭に来ることは読んでいたが、出口で待っていようとは、思ってもみなかった。思慮が足りなかったのだ。しかし、石堂はなぜ、あそこにいたのだろう。あのような念の入れ方は石堂らしくない。だれの入れ知恵だ。木山か、大野か、それとも綾の方か。女はいつも現実的だから、こうした詭計《きけい》を見破りやすいものだが。

計画はうまくゆくはずであった――ひそかに脱出を謀る――何日もかけて練った計画だった。石堂がわしを城にとめおき、その間に、ほかの大老たちをなんらかの餌で懐柔して自分の側につけ、江戸にいる落葉の方の犠牲などはいとわず、大老会議の最後の日までそうやってわしを監視し、最後の会議でわしを追いつめ弾劾し、始末しようという、その腹はわかっていた。

虎長が昨日、夜になってから広松を呼んで、自分がいま企てていること、それをいままでためらっていた理由などを説明したとき、彼は開口いちばんこう言ったものだ。

「そんなことをなさっても、あの方々が、殿を糾弾することに変わりはございませんな。たとい殿が、いまここから逃げおおせたとしても、あの方々は、殿に面と向かって言うせりふを、殿の背中に向かって言うだけの差でございましょう。そして、あの方々の命令で、殿は御切腹ということになりましょう」

「いかにも、ほかの四名が反対に立つならば、五大老の長であるわしの切腹は避けられまい。だがここに……」と言って、彼は袂《たもと》を探って巻き紙を取り出した。「これは、わしが大老職を退く正式の辞職願だ。わしの脱出したことが知られたら、おまえから石堂に渡してもらいたい」

「なんですと？」

「職を辞してしまえば、もはや大老の誓約には縛られない。そうであろう。仮に太閤殿がお許しにならなくてもな。そうだ。ついでに、これを石堂に渡してくれ」彼は五大老の長としての彼の印を、広松に手渡した。

「そうなりますと、殿は全く孤立されることになります。それは身の破滅かと……」

「そうではない。よいか。太閤殿の御遺言の意図は、五人からなる大老会議で統治するということだ。ところが、大老は四人になる。そこで、統治の実権を新たに天皇から拝受するためには、新たに一人を選任せねばならぬ。石堂、大野、木山、杉山の四人が合意せねばならぬということだ。よいか。新大老となる者は、この四人のだれにも反対されてはならぬのだ。さて、そこでだ。広松。仇同士が、勢力の配分に対して合意することなど考えられるか。連中はいいたずらに議論するばかりで、結論は出ない。そして……」

「その間に、当方は戦の準備をいたしますか。殿はもはや自由の身で、あちらへ甘い汁を少し、こちらへ苦い汁を少しとふりまかれ、お互いに食い合わせる……」広松は続けざまに言った。

「吉井虎長様はまさしく男のなかの男でございますな。この国で殿にまさる賢い人間がおりましたなら、この広松が、かんかん踊りをおどって御覧にいれます」

確かに、よい計画だった。それぞれの芝居もうまかった。広松、桐、佐津子……しかしいま、この者たちは大坂城に閉じ込められている。果たして、外に出してもらえるのか、それともそのままになるのか。おそらく城を出ることは許されまいな……

あの者たちを失うのは残念だ。

虎長は確かな足取りで先頭に立っていた。速く、一定した歩調で。彼は必要とあれば、このまま二日一晩、歩き続けることができた。まだ桐の方の着物を着たままだが、袴《はかま》の下から具足のすね当てがのぞいている。

一行はまた一つ、人気《ひとけ》のない道を横切り、それから小さな路地に入った。そろそろ石堂のもとに伝令が着くころだ。そして、本式の追手が繰り出してくるだろう。だが、時間は十分にあると、虎長は思った。

よい計画だった。だが、最後の待ち伏せは計画に入っていなかった。三日間は、ばれないつもりだったのが、あれでだめになってしまった。桐は、少なくとも三日間はうまくごまかしてみせますと、言ってくれたのに。それがばれては、船に乗って海へ出ることも危なくなった。だが、だれをねらった待ち伏せだったのだ。私か、あの水先案内人か、むろんあの男のほうだろう。だが、矢は二つの駕籠をねらっていたではないか。そうだ、射手からは距離があったし、暗くて目標が見えにくかったから、いずれにせよ二人とも殺してしまったほうが利口だし、安全だというわけか。

あの襲撃を命じたのはだれだ。木山か、大野か、それともポルトガル人か、神父たちか。虎長は、ブラックソーンを振り返って確認した。彼も、並んで歩いているまり子も、疲れているだろうが、そんな様子はみせていない。夜空に巨大な城が見え、天守には男根にも似た角が突き出していた。今夜は二度も命拾いをした。あの城はわしにとっては鬼門かもしれぬ。太閤は生前、よくこう言っていた。「大坂城があるかぎり、わしの血筋は絶えぬ。そしておぬし、簑《みの》原《わら》の虎長の碑銘はこの城の壁に刻んでやる。おぬしは大坂城を枕に死ぬのだ」そう言っては、いつもけらけらと笑っていたのには、腹が立ったものだった。

城に吸い寄せられていた目を引き離し、また一つ角を曲がり、迷路のような細い路地へ入った。最後に、半ば朽ちたような門の前で足を止めた。魚の絵が門柱に彫ってある。その家の戸を合図に従ってたたいた。すぐに戸が開き、粗末な衣服の侍が手をついた。

「これは、これは」

「配下の者を率いて、ついてこい」

虎長はそれだけ言うと、また歩き出した。
「かしこまりました」その侍は茶の服を着ておらず、浪人のようなぼろをまとっていたが、彼は、虎長がこうした緊急の事態に備えて、ひそかに大坂へ送り込んであった腕利きの隠密隊の一人だった。同じような身なりの、武装した一五人の侍が彼に従い、素早く虎長の前後を固め、一人はほかの忍びの一隊に急を知らせに走った。間もなく、五〇人の部下が虎長に従った。別に一〇〇人ほどが側面を固めた。必要なら、夜明けにはさらに一〇〇〇人が加わる手はずになっていた。虎長はひと息入れ、歩をゆるめた。水先案内人とまり子が疲れると思っての配慮だった。この二人には元気でいてもらわなければならない。

虎長は蔵の建物の陰から、自分の船と船着き場、浜辺などの様子を調べた。矢部と侍の一人が彼のそばに立っている。ほかの者はひとかたまりとなり、一〇〇歩ほど手前の路地で待っていた。

数百歩先の船着き場には、一〇〇人ほどの灰色の一隊ががんばっている。その手前はずっと踏み固めた地面で、進めば音がし、不意の攻撃がかけられないようになっている。虎長の船は一〇〇歩ほど海に向かって突き出した船着き場に横づけになって、もやってあった。櫂《かい》が整然と並んでいて、甲板にいるたくさんの水夫や武士の姿がぼんやりと見えた。

「あれは敵か、味方か」虎長が静かに聞いた。

「遠くてはっきりわかりませぬ」と、矢部が答えた。

満潮である。船の向こうには、夜釣りの舟が出たり入ったりしている。提灯《ちょうちん》の灯が停泊灯ともなり、集魚灯ともなる。浜沿いに北のほうには、大小さまざまの漁船が岸に上げてあり、数人の漁師が見張りをしている。五〇〇歩ほど離れた南の船着き場には、ポルトガルのフリゲート艦サンタ・テレサ号が横づけになっており、かがり火の下で、荷揚げ人夫の一団が樽や船荷を運んでいる。ここにも大勢の灰色の一団がぶらぶらしている。

「お許しがありしだい、直ちに攻撃をかけますが」先刻の侍がささやいた。

「いや、それは待て」と、矢部が言った。「船にいるのが、味方かどうかわからぬ。それに、このまわりには一〇〇〇人からの兵が隠れているに相違ない、あの連中」と、ポルトガル船近くの灰色の侍を指差して言った。「あいつらが大声で騒ぎだすだろう、そうなれば、我々が船に乗って海へ出ることはできず、その前に捕まってしまう。逃げるにはいまの一〇倍の味方が必要だ」

「石堂殿は、間もなく知らせを聞くことでしょう」と、侍が言った。「そうなれば大坂方は総勢で繰り出し、新しい戦場に群がるハエのように、よい獲物だとばかりに押し寄せてくるでしょう。当方には、一五〇人の兵が控えております。いまなら、これだけで十分と思いますが」

「だが安全ではない。味方の漕ぎ手が配置についていないかぎり、その人数では不足だ。それよりまず敵の注意をそらすことが先決だ。連中の注意を引き、隠れているやつらをおびき出すのだ。それにあいつらも……」矢部は、フリゲート艦の近くにいる侍たちを、もう一度指差した。

「どんな手を使う」と、虎長は聞いた。

「町に火をつけましょう」と、矢部が答えた。

「それはできませぬ」その侍は、驚いて抗議した。火つけをすれば、その張本人のみならず、家族全員が公衆の面前で火あぶりの刑になる。

「殿のお命と、わずかな町並みが焼けるのと、どちらが大事だ」と、矢部が詰問した。

「しかし、火は燃え広がるものです。この大坂を焼くわけにはまいりませぬ。ここには、一〇〇万もの民が住んでいます」

「それがそのほうの返答か」

矢部にそう言われると、武士は青ざめて、虎長のほうを見た。

「殿の仰せに従います。いかがいたしましょう」

虎長は、矢部を見ているだけで答えない。

矢部は、吐いて捨てるように言った。「二年前にこの町の半分が焼けたのに、もうこの繁盛だ。五年前にも大火があった。何万人が死んだと思うか。だが、それがどうしたというのだ。死んだのはただの商人であり、職人であり、物乞いのたぐいだ。大坂は、百姓ばかりの村というわけではないからな」

虎長は、それより前から、風を測っていた。微風で、炎をあおるほどの力はなかった。だが、わずかな風も町をなめつくす大風に、いつ変じないともかぎらぬ。しかし、城は残る。もし城を焼くことができるなら、なんのちゅうちょもせぬのだが。

虎長はくるりと向きを変え、一同のほうへもどってきた。

「まり子、そなたは、水先案内人と六人の侍を連れて、わしの船へ行け。取り乱して駆けつけ、待ち伏せがあってやられたと、石堂の部下どもに申し出るのだ。相手は追いはぎなのか浪人者なのか、よくわからぬが、場所はこれこれ、そなたは、石堂のつけた護衛の隊長に頼まれて知らせに参りましたが、戦いは続いています。救援を待っている。桐壺は殺されたらしい。早く行ってくれと、そう言うのだ。そなたの芝居がうまければうまいほど、大半の侍はそちらに行ってしまうだろう」

「かしこまりました」

「そのあとは、敵が何をしようと、水先案内人を連れて船に乗れ。そこに味方がおって、船が安全無事であれば船べりのはしごまで引き返してきて、そこで気を失うふりをするのだ。それが合図だ。よいか、間違いなくはしごの上でするのだぞ」虎長は、ブラックソーンに目を向けた。「あの男におまえのすることを話しておくがよい。だが、気絶するまねのことは黙っておれ」

彼は家来のほうに向き直り、命令を与え、例の六人の侍にも特別の指示を与えた。虎長の指示が終わると、矢部が彼をわきへ呼んだ。「なぜ、あの異人をやるのです。殿のためにも……」

「確かに、ここにいたほうがあの男の身は安全だ。しかし、まずわしの安全をはからねばならぬ。あれはりっぱな囮《おとり》になる」

「町に火を放つほうが、安全な策ではございませぬか」

「それはそうだ」虎長は、知恵の回る矢部を石堂側につけず、こちらの味方にしてよかったと思った。昨日、この男を城の上から突き落とさずにおいてよかった。

「殿」

「なんだ、まり子」

「恐れ入りますが、安針様が言うには、もし、船が敵の手にあったらどうするのか、とのことです」

「病人なら、行かなくてもいいと言ってやれ」

虎長の言葉をまり子から聞いて、ブラックソーンは、怒りを抑えた。「虎長公に言ってくれ。この計画は、あんたには無理だ。あんたはここに残ったほうがいい。この仕事はおれがやる」

「そんなことは言えません。殿のお言葉に反します」まり子はきっぱりと言った。「殿のお考えになる計画は、なんであれ、間違いはないのです」

議論の余地はないと、ブラックソーンは悟った。この残忍で、威張った石頭どもめ。だが、それにしても勇気のあるやつらだ。あの男も、この女も。

さっきの襲撃のさなかに、この女は自分の背丈ほどもある大刀を手にして、虎長のために命を捨てる覚悟で戦っていた。刀の使いぶりは鮮やかで、文太郎が彼女の相手を斬ってはくれたが、そこまで追い込んだのは彼女だった。彼女の着物にはまだ血がついており、ところどころ裂けている。顔も汚れたままだ。いまこうして彼女を見ていると、この女の身の上に、これ以上何も起こってほしくないと、ブラックソーンは思う。「おれが侍と一緒に行く。あんたはここにいてくれ」

「それはできません」

「じゃ、おれに短刀をくれ。できれば二本」

彼女は虎長にこの要求を伝え、許された。ブラックソーンはその一本を懐に入れ、着物の帯にはさんだ。もう一本は、着物の裾を裂いて絹の紐をつくると、柄を下にして腕に縛りつけた。

「殿が、イギリス人はみな、短刀をそんなふうに袖《そで》の中に隠して持つのかとお尋ねです」

「いや、これは船乗りの習慣だ」

「変わっていますね……ポルトガル人もそうですか」と、まり子が言った。

「短剣を忍ばせるのには長靴がもってこいだ。いざというとき、とっさに使える」

まり子が通訳すると、虎長と矢部が警戒するような表情をしたので、おれに武器を持たせるのを好んでいないのだと思った。しかし、大丈夫のようだ。おれから取り上げる気配はなさそうだ。

それにしても、虎長は不思議なやつだ。待ち伏せした連中が逃げ、灰色の侍たちが殺されたあと、虎長はまり子を通して、侍たちの前でおれの〝忠誠〟に対して感謝の意を表してくれた。だが、それだけだ。それ以上、なんの約束も、報酬も、ほうびもなかった。たぶん、あとでくれる気だろう。しかし、牢にいた老修道士は、この国では、忠誠〟に対してのみ報酬があると言っていた。「忠誠と義務、いいかね、彼らにとって、それは宗教のようなものだ。つまり武士道だ。我々が神と父と子と聖母マリア様とに仕えるように、あの連中はひたすらおのれの主人に仕え、犬ころのように死んでいくのだ。忘れるなよ、やつらは動物なんだからな」

いや、動物ではない。ブラックソーンはいまはそう思う。神父よ、あんたの言ったことはかなり間違っていたし、片寄って誇張されているよ。

彼はまり子に言った。「合図が要る……船が安全だとか、そうでないとか」

彼女は今度は素直に通訳した。

「侍の一人がすることになっているとの仰せです」

「男の仕事をさせるために、女をやるのが勇敢とはいえないよ」

「我慢してください、安針様。男も女も同じです。女も、ときには侍になります。この計画も、男より女のほうが向いております」

虎長が、手短に何か彼女に告げた。

「よろしいですか、安針様、出かけましょう」

「ひどい計画だが、ばかを相手にしゃべっていてもらちがあかない。出かけよう」

彼女は笑い、虎長に一礼すると走り出した。ブラックソーンと六人の侍がそのあとを追った。彼女の足は速く、辻を曲がり、彼がやっと追いついたときには、広い場所に出ていた。身を隠すところもないガランとしたところに彼はほうり出された思いであった。二人の姿を見て、すぐ、灰色の侍たちが走り寄ってきて、取り囲んだ。まり子は、その侍たちに、夢中になってしゃべりまくり、彼も、ポルトガル語、英語、オランダ語をいっしょくたにした言葉でまくしたて、早く助けにいけと手振りをしてみせた。

船べりを伝うようにして昇降口まで行くと、はしごにもたれた。息の切れたまねをする必要もなかった。船の中の様子を知りたかったが、中はよく見えず、ただ、侍や水夫のちょんまげ頭がいくつか見えただけで、着物の色まではわからない。

後ろから、灰色の一人が早口に話しかけてきた。彼は振り向くと、言葉はわからない、とにかく早くあそこへ行け、あの通りで戦いが続いている、というようなことをまくしたてた。

「ワカリマスカ。早く消えてなくなれ、このくそったれのばかどもめ。ワカリマスカ。戦がおっぱじまってるんだ」

まり子は、灰色の侍の頭《かしら》らしい男に、夢中になってまくしたてている。するとその侍は、船にもどってきて大声で何か命令した。声に応じて、たちまち一〇〇人ほどの灰色の侍が船から飛び出してきた。そのうちの数人は、北の岸辺のほうで送られてくる負傷者を待つ配備についた。一人はポルトガル船の近くにいる仲間に救援を求めに走った。そして一〇人を昇降口の整備に残すと、その侍は、残る全員を連れて問題の場所を目指して走り出した。もちろんそれは船着き場から遠い町の中である。

まり子がブラックソーンのところにもどってきた。「船は大丈夫のようですか」

「ああ、浮いてるよ」ブラックソーンは気力をふりしぼって昇降口の縄をつかむと、甲板へ降り立った。まり子、茶色の侍の二人がそれに続いた。

左舷に固まっていた水夫たちが道をあけた。四人の灰色が後甲板で見張り、さらに二人が前甲板にいる。みな、弓や刀を手にしていた。

まり子が水夫の一人に尋ねると、男は丁寧に答えた。「水夫たちは、桐の方を江戸へお連れするために雇われたと言っています」彼女は、ブラックソーンに言った。

「それではその男に……」と言いかけて、彼は小柄でずんぐりした男に気がついた。例の嵐のあと、彼がこの船の船長にした男だ。「コンバンハ、船長さん」

「コンバンハ、安針さん。ワタシ船長さん、ナイ」その男はにやりと笑いながら、そう答え、頭を振ってみせ、そして、後甲板に一人で立っている白髪混じりのちょんまげをつけた水夫を指差した。「アレ、船長さん」

「オー、ソーデスカ、ハロー、船長さん」ブラックソーンは、そう声をかけてお辞儀をすると、声をひそめて言った。「まり子さん、下に敵がいるかどうか見てくれ」

彼女は彼の言ったとおりにした。

船長がやってきた。彼女は彼からいろいろ聞き出していたが、ブラックソーンに乗ってもらうことが必要だと、その男が言うと、合わせるように、彼女はブラックソーンのほうにお辞儀をしてみせた。「船長は、あなたが船を救ってくださったことを感謝しています。そして、出帆の用意はできていると言っています」それから、小声で付け加えた。「ほかのことは、何も知っていません」

ブラックソーンは、岸のほうをながめた。北のほうには、文太郎や一行の姿はまだ見えてこない。サンタ・テレサ号のほうへ行った侍は、まだ船の手前一〇〇歩ほどのところを走っており、何も気がついていない様子だ。

「さて、どうする」待つのにはしびれがきれた。

彼女は考えていた。船は安全といっていいのか……決めるのよ……

「あの男、もうあそこへ着いてしまうぞ」フリゲート艦のほうを見ながら彼が言った。

「なんですって」

彼は指差した。「あれだ……あのサムライ」

「どの侍……ごめんなさい。あんなに遠くまで見えませんの、船の上なら全部見えますが、どの男ですって」

「あと五〇歩ほどだ。ほら見えてきた。助けはこないのか。合図はだれが出すんだ。早く合図をしないと手遅れになるぞ」

「私の夫は……何か見えませんか」

彼は首を振った。

殿と船との間にいる敵は一六人だわと、彼女はつぶやいた。おお、マリア様、殿をお守りください。

彼女は運を天に託すと、あるいは自分の判断は誤っているかもしれないと思いながら、弱々しい足取りで歩き出し、昇降口のはしごの上で、失神を装って倒れた。

ブラックソーンは知らぬ顔をしていた。彼女の頭は、音を立てて船べりの板にしたたかぶつかった。すぐに水夫たちの人だかりができた。灰色の侍たちも船着き場や甲板から集まってきた。それを見て、彼は飛び出していくと、彼女を抱き上げ、男たちの間をかき分けて後甲板へ運んだ。

「水をくれ……水だ」

水夫たちは言葉がわからず、ただ見ているだけだ。彼は日本語を探した。あの老修道士が何回も教えてくれたじゃないか、ええい、ちくしょう、あれはなんと言った……「そうだ、ミズだ、ミズ」

「ああ、水か、ハイ、安針さん」水夫の一人が取りにいった。突然、ときの声が起こった。

陸を見ると、三〇人ばかりの浪人ふうのいでたちの虎長の侍が、路地から走り出てきたところだ。船着き場から船のほうに来ていた灰色の侍は、とっさに、昇降口を引き返した。後甲板や船尾にいた者たちは、何ごとかと身を乗り出した。だれかが大声で号令した。弓を持った者は矢をつがえた。下にいた侍たちは、敵も味方もいっせいに刀を抜き、波止場へと駆けもどった。

「盗賊だ」茶の一人が合図の言葉を叫んだ。それをきっかけに、甲板にいた茶色の二人は、一人は船首へ、一人は船尾へと走り、陸の四人は散開して、待機中の灰色の連中の中に斬り込んだ。

「止まれ」

しかし、虎長の浪人ふうの侍たちは突進した。矢が一人の胸に当たり、どうと倒れた。すかさず船尾にいた茶の侍が、矢を射た相手を殺し、別の一人にも斬りつけた。が、敵も素早く刀を抜いて斬り合いとなった。「謀反だ」と、灰色の侍が仲間に怒鳴っている。後甲板にいた灰色は、敵の一人を斬ったが、ほかの三人に追い詰められ、昇降口の上まで下がってきた。付近にいた水夫が逃げ散った。

下の船着き場では死闘が続いている。灰色のほうが、四人の茶色よりも優勢だ。彼らは、自分たちは謀られたのであり、襲撃者たちによってすぐに囲まれるであろうことを知っていた。甲板の灰色たちの長である、年配のひげを生やした大柄な武士が、ブラックソーンとまり子に向かってきた。

「謀反人は斬れ」彼はそう叫ぶと、気合い鋭く二人に斬りかかった。

まり子はまだ気を失ったままだ。なんとかしなければ二人とも殺されてしまうが、水夫たちは頼りにならない。

ブラックソーンは短刀を抜いて投げつけた。それは侍ののどに突き刺さった。だが、その後ろから二人の灰色が続いてブラックソーンに襲いかかり、刀を振り上げた。彼はもう一本の短刀を抜くと、まり子のからだをかばって立った。彼女を防がねばならない。昇降口付近の戦は、味方が勝ちそうなのが、ちらりと目の隅に入った。下の桟橋を守る灰色はわずか三人になっている。これが斬られれば、味方が船になだれこんでくるだろう。あと一分生きていられればおれは助かる。おれが助かればまり子も助かる。殺せ、そいつらを殺せ。

相手の切っ先が自分ののどもとをかすめるのを感じ、素早く後ろへ下がった。続いてもう一人が、斬りつけてきた。先の男がまり子の前に立ち、刀を振り上げた。そのときだった。息を吹き返したまり子が、相手の足をつかんで引っ張った。不意をつかれた男は、甲板にひっくり返った。続いて彼女は、倒れている別の死体の、まだひくひくしている手から刀をもぎ取ると、相手の侍に向かって、気合いとともに突っ込んでいった。相手は起き上がって、これまた怒声をあげながら彼女に立ち向かった。彼女は勇敢に闘ったが、しだいにあとずさりし、ブラックソーンには、やられたかに見えた。相手が強すぎた。ブラックソーンは自分の相手の斬り込んでくるのをかわすと、そいつをけとばしておいて、短刀をまり子の相手に向かって投げつけた。それは相手の背中に刺さり、振り上げた刀は宙を斬った。だが、ブラックソーンは素手になってしまった。後甲板にただ一人、孤立無援だ。敵が一人、こちらに駆け上がってくる。そしてもう一人、前部での戦いに勝ったのが甲板を走ってくる。彼は手すりに飛び上がり、海に飛び込もうとしたが、血でぬれた甲板に足がすべった。

まり子は蒼白な顔で、自分をすみに追い詰めている大柄の武士と向き合っていた。相手はすでに足がふらつき、気力も弱まってはいたが、まだ立っている。彼女は渾身の力をこめて斬り込んだ。しかし、相手は体をかわすと彼女の刀をつかみ、ねじり取った。そして、最後の力を振りしぼって斬りかかろうとしたとき、浪人ふうの侍たちが飛び込んできた。一人がまり子の相手に斬りつけ、別の一人は後甲板の敵に向かって矢を放った。

矢は灰色の侍の背中に当たり、よろめいた敵の刀はブラックソーンをかすめて、手すりに当たった。ブラックソーンは這って逃げたが、相手は彼を捕らえ、甲板に押し倒して両目をつぶそうとした。別の矢が、いま一人の灰色の侍の肩を貫いた。男は刀を落とし、苦痛と怒りにうなり声をあげながら、矢を引き抜こうとした。しかし三本目の矢が彼をのけぞらせた。口から血があふれ出して息がつまり、両目をカッと見開いたまま、男はブラックソーンの方へよろめき、その上に倒れてきた。そのとき、残った最後の敵が短刀を手にブラックソーンを襲ってきた。もうだめかと思ったそのとき、味方の手が男の腕をつかんだ。次の瞬間、その男の首は胴から離れていた。血がふき上げた。自分の上に折り重なった二つの死体を引き放してもらうと、ブラックソーンはやっと立ち上がることができた。顔の血をふきながら見ると、まり子が倒れており、浪人ふうの侍たちがそのまわりを囲んでいた。ブラックソーンは助け起こしてくれた人たちの手を振り払うと、まり子のほうへ、おぼつかない足取りで歩き出した。しかし、ひざがいうことをきかず、彼は前へのめりこんだ。

第25章

ブラックソーンがひとりで立てるようになるまでには、一〇分もかかった。その間に、浪人姿の侍たちは重傷者の始末をつけ、死体を海にほうりこんでいた。六人の茶の侍は討ち死にし、灰色も全員死んだ。船はきれいに洗ってあり、いつでも出帆できるようになっている。水夫たちは櫂《かい》の座に着いており、残りは船着き場の柱で、もやい綱を解く用意をしている。かがり火は全部消してある。数人の武士が北のほうの浜へ、文太郎の一行の迎えにいっていた。虎長配下の大部分は、二〇〇歩ほど先の南の防波堤のところで防御の陣を敷いており、フリゲート艦から押し寄せてくる一〇〇人余りの灰色の侍に備えていた。彼らは明らかに先刻の戦いを目撃しており、急遽、こちらに向かってくるところである。

船の念入りな点検が終わると、指揮の侍が両手を口に当て、陸のほうに向かって、おーいと、叫んだ。と同時に、矢部の率いる浪人姿の侍たちが闇の中から姿を現し、北と南に散開して、警備の態勢をとった。続いて虎長が姿を見せ、ただ一人、船に向かってゆっくり歩き出した。すでに女装は解いており、化粧も落としていた。鎖かたびらを着込み、具足を着け、その上に茶色の着物を着、腰に刀を差している。その背後に、最後の侍たちの一団がぴたりとついて、足並みも整然とこちらへ向かってくる。

虎長のばかめと、ブラックソーンは心の中でつぶやく。おまえは残酷で冷血な男だ。しかし、おまえが権力者であることだけは疑いもない事実だ。先ほど、まり子は若い女に助けられて下へ降りていった。それを見て、彼は彼女の傷は重傷ではないと思うことができた。深傷《ふかで》を負った武士は、自刃できぬ場合には殺されるのであり、深傷だったら彼女もまた死を選んだろうから。

両手にまだ力は入らなかったが、彼は舵輪《だりん》をつかむと、水夫たちに支えられて立ち上がった。立っていると微風が疲れをとってくれ、気分がよくなる。ふらつく足を踏みしめ、虎長のやってくるのを見ていた。

突然、天守閣からパッと火が上がり、警鐘の音が風に乗ってかすかに聞こえてきた。次いで、城壁で、空をも焦がす勢いで火がたかれはじめた。合図ののろしだ。

ちくしょうめ、知らせが届いたな。虎長の脱出を知って慌てたことだろう。

静まり返ったなかで、虎長は城を振り仰いでいた。消えていた家並みの灯が、ちらちらしはじめた。虎長はゆっくりとこちらに向き直り、船に上がってきた。

遠く北のほうから、叫び声が風に乗って聞こえてきた。文太郎だ。間違いない。彼の一行だろう。ブラックソーンは闇を透かして見たが、何も見えなかった。南側の、攻める灰色たちと守る茶色の距離は、みるみる縮まっている。彼は人数を数えた。目下はほとんど同数だ。だが、それはいつまでか。

虎長が甲板に降り立つと、みなそろって頭を垂れた。虎長は、後ろから来た矢部に合図をした。矢部は、すぐに船を出せと命令した。すると、岸の一隊からすぐに五〇人の侍が船に駆け上がり、船を守る配備につき、浜に向かって弓に矢をつがえた。

だれかがブラックソーンの袖《そで》を引っぱっている。

「安針さん」

「ハイ」振り返ると船長だった。舵《かじ》を指差して、何やら言っている。船長の質問は、ブラックソーンが舵を握っているので、船を離岸させてもいいかと許可を求めているのだと、見当がついた。

「ハイ、船長さん」彼は答えた。「出航だ。イソギ」そうとも、一刻も早くだと、彼は自身に言いながら、その日本語を覚えていたのに驚いた。

船はゆっくりと船着き場を離れた。風と、熟練した漕ぎ手とに助けられて。ブラックソーンが振り返ると、灰色の侍たちは、すでに南の防波堤のあたりに押し寄せており、激しい斬り合いが始まっていた。そのとき、浜に引き上げてある舟の陰から、三人の武士と一人の女が飛び出してくるのが見え、それを追って、九人の灰色が走りながら斬りつけている。ブラックソーンには、文太郎と侍女の園の顔がわかった。

文太郎は戦いながら船着き場へと退いてくる。血刀を下げ、武具の背にも胸にも矢が刺さっている。女も槍を手にしてはいるが、足はふらついて、力尽きている様子だった。茶色の一人が、勇敢に踏みとどまって文太郎らを逃がした。灰色たちが彼を斬り倒した。文太郎は石段を駆け上がる。女と、最後の一人になった茶色の侍がそのわきに付き添っている。文太郎は振り向くと、猛牛のように相手にぶつかった。まず二人が、三メートルも高い波止場の上から墜落した。一人は下の石で背骨をしたたか打ち、もう一人は右腕を切り落とされ、悲鳴をあげながら落ちていった。灰色たちは一瞬、ひるんだ。そのすきに女は槍を構え直した。が、それは、構えだけであることは船上の者にはわかっていた。茶色の最後の一人が文太郎の横を走り抜け、敵に突進したが、敵はそれを斬り倒すと、一団になって襲ってきた。

船から矢が次々に放たれ、追っ手の侍たちも、あるいは死に、あるいは深傷を負い、とうとう二人だけになってしまった。文太郎は斬り込んできた一人をかわすと、あごに一発かませ、首根っ子をつかまえて、へし折った。追っ手はだれもいなくなった。

女はその場に座り込み、息をついている。文太郎は、素早く、追っ手が全部死んだのを確認した。そして、船着き場の上が全く安全であるとわかると、海のほうに向き、虎長に一礼した。疲労しきっていたが、心は満足だった。礼を返す虎長の顔にも笑みが浮かんでいた。

船はすでに船着き場から二〇歩ほど離れており、その距離はどんどん開いていている。

「船長サン」ブラックソーンは身ぶりをまじえて叫んだ。「波止場へ引き返せ、イソギ」

船長は大声でそのように命令した。櫂がいっせいに上がると、すぐに、後ろに向かって水をかき出した。すると、矢部が後甲板に飛び出してきて、船長に何やらいきまいた。命令ははっきりしていた。船を引き返してはならんというのだ。

「まだ時間はある。あれを見てくれ」ブラックソーンは、浪人姿の一隊が灰色たちを食い止めて戦っている防波堤のほうを指差した。

だが、矢部は首を振った。

陸からの距離は三〇歩に開いた。ブラックソーンは心の中で叫んでいた。どうした、あれは文太郎だぞ、彼女の夫だぞ。

「あの男を殺す気か。やつはおまえの仲間だぞ」ブラックソーンは、矢部はもちろん、船中に聞かせるように怒鳴った。「あれだ。文太郎だ」船長を振り返った。「もどせ、イソギ」だが船長は、今度はただ首を振るだけで進路を守り続け、漕ぎ手の頭《かしら》は太鼓を打ち続けた。

ブラックソーンは矢部に背を向けると、岸をながめている虎長のところに駆け寄った。すぐに四人の警固の武士が刀に手を掛けて、彼の前に立ちふさがった。彼は叫んだ。「虎長サマ。ドウゾ。船をもどせと命令してくれ。岸だ。ドウゾ。もどるんだ」

「だめだ、安針」虎長は、城の合図の火を指してみせ、次いで防波堤を指差して見せただけで、横を向いてしまい、とりつくしまがなかった。

「この臆病者めが……」と言いかけて、すぐにやめた。かわりに船べりへ走ると、身を乗り出して叫んだ。

「おーよーげー」そう言いながら、泳ぐ身振りをしてみせた。「泳ぐんだ」

文太郎は理解した。女を立ち上がらせ、何か言うと、波止場の端へ半ば押しやるように連れてきた。だが、女は泣きながら、彼の前にくずれ折れた。彼女は泳げないらしかった。

何かないかと、ブラックソーンは甲板を探した。ボートを降ろしている暇はない。綱を投げても届くまい。おれには、あそこまで泳いでいってもどってくる力はない。救命衣もない。最後の手段だ。彼はいちばん近い漕ぎ手にぶつかった。二人がなぎ倒されて、漕ぐ手が止まった。それによって左舷の漕ぎ手たちの拍子が乱れ、櫂と櫂とがぶつかり合った。船は首を振り、太鼓の音もやんだ。ブラックソーンは漕ぎ手に自分のねらいを身振りで説明した。侍二人が彼を止めに出ようとしたが、虎長は、ほっておけと命じた。

ブラックソーンと四人の漕ぎ手が気合いをそろえて、一本の櫂を、船べりから矢のようにほうり投げた。櫂はそのまま飛んで、うまく海面に落ち、その勢いで船着き場に届いた。

そのとき、はるか防波堤のほうから、どっと、勝ちどきの声の上がるのが聞こえてきた。敵の援軍が、町のほうからなだれこんできたのだ。そうなると、いまのところは浪人姿の一隊が敵を支えているとしても、敗退はもう時間の問題となってきた。

「こーい」ブラックソーンは叫んだ。「イソギー」

文太郎は女を引っ張って立たせ、櫂を指差し、船へ行けと教えた。女はかすかにうなずいた。

彼は女を放し、振り向いて、戦いのほうをながめた。その大きな足が船着き場をしっかりと踏まえている。

女はまず、船に向かって呼びかけた。船からも女の声がそれに答えた。それを聞くと彼女は飛び込んだ。頭が水面に現れた。もがきながら櫂をつかんだ。櫂は彼女の重みを支えるに十分で、小さな波がきたが、無事に乗り越えて、彼女は船へ近づいてきた。それから、何に驚いたのか、手を放したので櫂が逃げた。しばらくもがくうちに、彼女のからだは波の下に見えなくなってしまった。

そして、二度と浮いてこなかった。

一人になった文太郎は、船着き場に立って、戦いの進退をじっと見つめていた。騎馬隊も混じえた敵の援軍は南から続々とやってきており、間もなく、防波堤は人の波で洗われることになるだろう。彼は注意深く南から北へと状況を観察した。それから戦いに背を向けると、船着き場の突端にやってきた。船はそこから七〇歩ほど離れて安全に止まっている。漁船はすべて難を避けて港の両すみに寄っており、その遠くの明かりが暗い中で無数の猫の目のように見えた。

船着き場の端で、文太郎は武具を外すと、自分の横に置いた。それぞれ抜き身の大刀と小刀は別々に置いた。それから上半身裸になり、身に着けていたかたびらを海中に捨てた。それから大刀を取り、名残りを惜しんでいたが、やがて、力をこめてそれを深みへ投げ込んだ。刀は、ほとんど波も立てずに沈んでいった。

彼は船に向かい、後甲板に姿を見せている虎長に恭しく一礼した。虎長も礼を返した。そして、居ずまいを正し、小刀を自分の前に正しく置いた。月の光に刃がキラリと光る。そのまましばらくは、船のほうを向いた形で祈っているかのように、身じろぎ一つしなかった。

「何を待っているんだ」ブラックソーンはつぶやいた。船は太鼓の音も絶えて、不気味に静まり返っている。

「なぜ、飛び込んで泳いでこないんだ」

「夫は、切腹するつもりです」いつのまにか、まり子が横に立っていた。若い女が彼女を支えている。

「なんだ、まり子さんか。大丈夫なのか」

「大丈夫です」そう答えたものの、彼女は、彼の言うことはほとんど聞いていなかった。やつれた横顔は相変わらず美しい。

左の腕の肩に近いあたりに巻いた白布が、生々しかった。袖《そで》は肩からなくなっており、それを裂いてつくった布で腕をつっている。白布には血がにじんでおり、腕には血の流れた跡がある。

「それはよかった……」そう言いかけて、彼女が口にした言葉に、はっと、気がついた。「セップク……では自殺するつもりか……なぜだ。ここへ来る暇は十分あるじゃないか。泳げないのなら……見てくれ、あの櫂につかまればいい。楽に来れる。ほら、船着き場の下だ……見えるか。見えないか……」

「見えますが、夫は泳げます。虎長様の家臣はだれでも泳げなくてはいけないと、常々、言われておりますので。でも、夫は泳いでこないことに覚悟を決めたのです」

「いったいぜんたい、なんのためだ」

不意に、岸のほうで新たな騒ぎが起きた。マスケット銃が何丁が火を吹き、防衛線がくずれた。浪人姿の侍の数人が倒れ、再び血みどろの白兵戦になった。敵には新しく槍の一隊が加わり、味方をけちらしている。

「泳ぐように言ってくれ、さあ早く」

「だめです、安針様。夫は死ぬ覚悟です」

「死にたけりゃ、あっちで戦って死ねばいいじゃないか」ブラックソーンは、戦闘の場を指差した。「なぜ仲間を助けにいってやらないんだ。死にたけりゃ、なぜ戦って死なない。男らしく」

まり子は若い女に寄りかかったまま、船着き場をじっと見ている。「それは、捕まるかもしれないからですわ。泳いだとしても、途中で捕まるかもしれません。捕まれば、町人たちの前にさらし者になり、ひどい辱めを受けることになるのです。武士は生きて縄目の恥を受けるわけにはいきません。敵に捕まること——それは最も不名誉なことです。ですから夫は、男として、武士として、すべきことをしようとしているだけです。武士は従容《しょうよう》として死に就きます。武士にとって、命とはなんだかわかりますか。それは無です。捕まる前に名誉を守って死ぬこと、それが武士の権利であり、義務なのです」

「ばかなむだはよせ」ブラックソーンは吐き捨てるように言った。

「腹を立てないでください」

「腹を立てるなって……まだもっと嘘をつく気か。あんたはなぜ、おれを信用しない。まだおれの働きが足りないのか。あんたは嘘をついたな。気を失ったふりをした。だが、あれは合図だった。おれが聞いたとき、あんたは嘘を言った」

「そういう御命令でした。あなたを守れと。私はもちろんあなたを信用しています」

「あんたは嘘をついた」彼は言い続けた。自分が理不尽なのは承知だった。しかしこの国が、狂気のように命を粗末にするのには我慢がならなかった。ああ、おれは眠りと平和が欲しい。自分の国の食べ物と、酒と、船が欲しい……「あんたらはみんな動物だ」彼はまり子にわからない英語でそう言うと、歩み去った。もちろん心にもないことだった。

「あの方、なんと言われたのです、まり子様」

若い女は、不快の念を隠すことができなかった。彼女はまり子より頭半分だけ高く、体格がよく、四角な顔に小さな歯がのぞいている。まり子の姪で、宇佐美藤子といって、まだ一九歳であった。

まり子が話して聞かせた。

「まあ、恐ろしい方……恥知らずな、いやな人。よく辛抱していられますね。まるで青い目をした金色の猿だわ。子供が見たら、ひきつけを起こすわ」藤子は身震いし、彼から目をそらすと、また文太郎のほうに目をやった。しばらくしてから、彼女は言った。

「あなたの御主人がうらやましいわ」

「そうね」まり子の返事は悲しそうだった。「でも、介錯《かいしやく》する人がいてくれたらねえ」

「それも、前世の縁《えにし》よ」と、藤子が言った。

「ええ、でも、かわいそう……夫はいつも、死ぬときに介錯がいないのを恐れていたのに」

「女は、男より幸せね」女は懐剣でのどを突くから、介錯が要らない。

「そうね」と、まり子が言った。

叫び声や、ときの声が、風に乗って聞こえてきて話がとぎれる。防波堤はまた突破された。すると、虎長の浪人姿の一隊五〇人ほどが、北のほうから応援に駆けつけてきた。なかに数人、馬に乗ったのもいる。防波堤は再び確保され、情け容赦ない斬り合いののち、敵は後退し、味方の運命は少し延びたようにみえた。

時間をかせいでもむだだぞ。ブラックソーンは怒鳴ってやりたい気持ちだ。虎長は一人で安全になっちまったんだ。海の上だ。やつはおまえらを捨てていくんだ。

太鼓が再び鳴りだした。

櫂が水をかき、船は波を切り分けて進みはじめ、船尾に航跡が尾を引いた。城壁には相変わらず合図の火が燃え上がっている。もう町中が気がついたようだ。

敵の主力が防波堤を襲った。ブラックソーンは文太郎を見た。「おい、このばか野郎」と、英語でわめいた。「おい、この大ばか野郎め」

そしてくるりと向きを変えると、階段を降りて主甲板を、舳先《へさき》のほうへ歩いていった。彼が後甲板から消えたのを知っていたのは、藤子と船長の二人だけだった。

漕ぎ手はよくそろっていて、船は順調に進んでいた。海は静かで、風は快い。ブラックソーンは潮の香をかぎ、いい気分になった。それから、一キロほど先の港の出口に群がっている小舟に気がついた。それは漁船だ。しかし、舟の上は侍でいっぱいだ。

「罠《わな》にかかったぞ」と彼は叫んだ。いずれにしても、敵にちがいなかった。

船の上を戦慄が走った。岸の戦いを見ていた連中が、舳先に集まった。

ブラックソーンは後ろを見てみた。防波堤では、灰色の侍たちがすでにあと始末を始めており、一部は、ゆっくりと、文太郎のいる船着き場のほうに向かっていた。だが、そのとき、北のほうから、四人の茶色の侍が馬に乗って疾駆してきた。先頭の侍は空馬を引いている。その男はひづめの音も高く広場を駆け抜け、空馬を引いたまま石段を駆け上がって船着き場の突堤を一直線に進んだ。あとの三人はむちを鳴らすと、やってくる敵をけちらしにかかった。文太郎は正座したまま振り返ったが、馬に乗った侍が彼の背後に来て止まると、彼は手で「帰れ」

と合図をし、両手で小刀を握ると、腹に突き立てようとした。その瞬間、虎長が口に両手を当てて怒鳴った。「文太郎、馬に乗れ、この場を逃れろ」

その声は、波の間に繰り返して聞こえてきた。文太郎の耳にも、はっきり聞こえた。彼はためらい、動揺し、刀を置いた。また声が聞こえてきた。それには厳然とした、有無をいわさぬ響きがあった。

彼はぱっと立ち上がり、馬の鞍にとびつき、その腹をかかとでけった。そして、件《くだん》の侍と一緒に走り去った。連れの三人も、二人の脱出を援護しながらそのあとに従い、追ってくる灰色の侍たちを斬り倒して、夜の闇の中へ消えていった。数人の敵が、馬で追っていった。

船上では、歓声が上がった。

虎長も喜んで、船の手すりを拳固でたたいた。矢部も侍たちも、ときの声を上げた。まり子も笑みを浮かべていた。ブラックソーンはたまらなくなって怒鳴った。「一人が逃げたからって、なんの騒ぎだ。死んだやつはどうなるんだ。見ろ、あそこには三〇〇、いや四〇〇人の死体が転がっているんだぞ。あれが見えないのか」

だがその声も、笑い声にかき消された。

そのとき、舳先から叫び声が聞こえ、同時に笑い声はぴたりとやんだ。

第26章

「あの間を突き抜けられるか」

虎長が穏やかな口調で船長に聞いた。その目は、二キロほど先に、こちらの航路をふさいでいる漁船の一団にくぎづけになっている。

「できませぬ、殿様」

「やむをえぬ」と矢部が言った。「やるしかない」彼は船尾のほうを振り返った。岸辺や船着き場にあふれた灰色の一団の勝ち誇ったようなあざけりの声が、風に乗って聞こえてくる。

虎長と矢部は船尾の甲板に移った。太鼓の音はすでにやんでおり、船は穏やかな海面に揺れている。乗組員は、どうなることかと成り行きをうかがっている。自分たちが袋の鼠であることはわかっていた。岸にもだめ、前にもだめ、待つのもだめであった。網は少しずつ絞られて、最後には捕まってしまうだろう。必要とあれば、相手はああしていつまでも待っているだろう。

矢部は腹を立てていた。文太郎一行の到着を待つためにむだな時間を使うことなく、まっすぐ港口に向かっていたら、いまごろは無事に外海へ出ていられたのだ。虎長の頭も衰えてきた。

石堂はおれが裏切ったと思うだろう。しかし、どうしようもない。進路は力ずくで切り開くより仕方がないが、いずれにしても、おれは虎長派として石堂の軍勢と戦うことになる。虎長の首を石堂への進物とでもしないかぎりだめだ。そうすれば、おれは大老になり、関東をもらえるかもしれん。うまくすれば、六ヵ月後には鉄砲隊を率いて大老会議の長にもなれるかもしれん。なんとみごとな褒賞ではないか。石堂を排して弥右衛門の補佐になり、大坂城の守護役に就く。そうすれば天守閣に眠っていると伝えられる莫大な財宝のすべてが手に入り、弥右衛門が未成年の間は日本国の全権を握り、成人後は弥右衛門に次ぐ権力者となる。そのとおりだ。

いや、それよりも大きな褒賞は将軍位だ。弥右衛門を排して、おれが将軍になるのだ。たった首一つをうまくやれば、それだけのものが手に入る。

そう考えると、矢部のひざが震えた。やるのは簡単だ。だが、その首を持ってどこへ逃げるのだ。

「戦闘配置につけ」考えた末、虎長はそう命令した。

矢部がその命令を伝え、侍たちが準備を始めると、虎長はブラックソーンのことを思い出した。彼は叫び声のしたときから、船尾の甲板で、メインマストに寄り掛かったまま動いていない。

あの男のことはどうもよくわからんと、虎長は思う。ひどく勇敢かと思うと、次には妙に臆病になる。役に立つかと思うと、たちまち無能になり、人殺しをするかと思うと、臆病風に吹かれ、言うことをきくかと思えばすぐ暴力をふるう。男であって女、陽にして陰、両極端で中間がなく、しかも予測がつかない。

虎長は、城から脱出するときも、待ち伏せのときも、そのあとも、彼を観察していた。また、まり子や船長からも戦いぶりを聞いている。その反面、ブラックソーンの、数分前の驚くほどの憤激ぶりも見たし、文太郎が救出されたあとでの彼の叫び声も聞いたし、その顔に表れた不快な表情も見て取った。そして、笑うべきときに、この男は怒っていた。

敵を出し抜いてやったというのに、なぜ笑わないのだ。前世の縁《えにし》のゆえに、武士らしい美しい死をさえぎられて、悲劇を免れたのに、なぜ笑わない。前世の縁しだいでは、あの若い女のようにいたずらに死ぬこともあるのに。笑うことによってのみ我々は神と一つになり、それによって、この地上でのあらゆる恐怖や、病苦に耐えて生きていけるのではないか。今夜は、勇気ある者たちがあの岸で、何万年も前から定まっていた自分の運命に出会っていたではないか。笑うことによってのみ人間らしくしておられるのだ。

あの水先案内人とて、この前世の縁を逃れられないということが、どうしてわからないのだろうか。わしもそうだ。いやイエス・キリストとても、宣教師の言うことが真実なら、丘の上で町人どものような不名誉な死にざまをしたのは、あいつの前世からの縁なのだ。

すべては縁だ。

「矢部殿、あれに聞いてくれ」と虎長は言った。

「は」

「あの水先案内人に、どうすればいいか聞いてくれ。これは海戦だ。あれは海のことはなんでも知っていると、言っていたではないか。それが間違いないかどうか、みてみよう」

矢部の口元がへの字にゆがみ、当惑するのを見るのはおもしろかった。

「まり子殿」矢部が怒鳴った。「例の男に、この船が港を抜け出す手段を尋ねてみてくれ」

言われるままに、まり子は船べりから離れていった。藤子がその体を支えて一緒に歩いた。

「もう大丈夫よ、藤子さん、ありがとう」藤子は手を放し、ブラックソーンを不快そうに見やった。

「この方は、大砲を使うと言っております」とまり子が伝えた。

「首を斬られたくなければ、もっとよい手を考えろと言ってくれ」矢部がわめいた。

「あの男に腹を立てなさるな」と虎長が口をはさんだ。「まり子、丁寧にこう話すのだ。『残念だが、この船には大砲はない。何かよい手はないか。陸へはもどれない』とな。あれの答えはそっくりそのまま訳してくれ。そのままにだぞ」

まり子はそうした。そして、「申し訳ありません。この方は、ただ『ない』と言うだけでございます」と言った。

「なるほどな」彼はにこやかに言った。「安針は大砲だという。安針は海の主だ。とすれば、やはり大砲だ……船長、あそこへ行け」彼のずんぐりした指が、どういうわけかポルトガルのフリゲート艦を指した。「矢部殿、用意はいいか。もし、あの南蛮人どもが大砲を貸さなければ、奪い取る。よいな」

「かしこまりました」矢部は穏やかに言った。

「おぬしも正しかったが、あの男も利口だ」

「しかし、いまの答えは殿が見つけられたのでは」

「答えのわかっている問題を解いただけだ。大坂城に対する答えはどうだ。和合か」

「それはありませぬ……太閤殿はその道の名人でしたが」

「そうだった。では、裏切りへの答えは」

「もちろん、不名誉な死があるのみでしょう。しかし、またなぜ、手前にそのような簡単なことをお尋ねなされるのか、わかりませぬが」

「いや、思いついたのでな……手を握るか」虎長はブラックソーンを見やった。「なるほどあいつは利口な男だ。わしには利口な男がいくらでも要る。さて、まり子、あの野蛮人めらは大砲を貸してくれるか」

「もちろんだと思います」その逆のことなど、彼女には考えられないことだった。

「で、もしやつらが貸さぬときは、そなたは、あの切支丹《きりしたん》たちを殺すことができるか」虎長は尋ねた。

「汝《なんじ》、殺すなかれ、というのは大切な掟だそうだが」

「そのとおりでございます。ですが、殿のためならば、私ども戸田家の者は地獄におちてもかまいません」

「うむ、りっぱな武士の心がけだ。先ほども、おまえが刀をとってわしを守ってくれたが、決して忘れないぞ」

「私は何もしておりません。もし、つたない腕がお役に立ったとすれば、私の務めを果たしたにすぎません。もし、お覚えおきくださるのでしたなら、なにとぞ、夫と息子をお願いいたします。二人は、今後も殿のお役に立つものでございます」

「いまはおまえのほうが、わしの役に立つのだ」

「なんでございましょう。どのようなことでもいたしますが」

「異教の神を追い払えないか」

「殿……」まり子の顔が凍りついた。

「そなたの神と別れないか。あちこち義理立てが多過ぎるのでな」

「私に、背教者になれということでございますか。切支丹の神を捨てろと……」

「そうだ。その神様を適当な場所にもどしておく、つまり、表に出さず、背中にくくりつけておくことができぬなら、別れるより仕方がない」

「お許しくださいませ」彼女は震える声で言った。「私が神を信じましても、殿に不忠を働きましたことはございません。信仰は私事としてとどめてまいりました。殿のお気に障ることがございましたでしょうか」

「いままではない。だが、これからそうなる」

「では、どうすればよろしいのでしょうか」

「切支丹が、わしの敵になりそうなのだ」

「殿の敵は私の敵でございます」

「宣教師たちは目下、わしに反対している。いつ、切支丹信徒たちに虎長を相手に戦えと命令するかもしれん」

「そのようなことはありません。切支丹は平和を願う人間でございます」

「では、もし切支丹がこのままわしに反対を続け、わしに戦をしかけるようなことになったら、どうする」

「私の忠誠につきましては、御心配は要りません」

「安針は正直者のようだが、おまえの宣教師たちは嘘をつくのでな」

「宣教師にもよい人間と、悪い人間がおります。ですが殿は、私の御主君であられます」

「わかった」と虎長は言った。「よかろう。そなたは、今日からあの異人と親しくなり、あれの知っておることをすべて学び取り、あれの話すことをすべて報告し、あれの考え方を学び、そなたのしていることは何も告解せず、宣教師には疑いの目をもって接し、宣教師たちが話したことはすべて報告するように命令するぞ。それなら、そなたの神とは折合いがつくだろう、どこかで……だめかな」

まり子は、目に入った髪を手で払った。

「御命令どおりにいたします。それでも信仰は守れると思いますので、お誓いいたします」

「よかろう。切支丹の神にかけて誓いなさい」

「神かけて、誓います」

「よし」虎長は首を回して呼んだ。「藤子」

「はい」

「女中を連れてきておるか」

「はい、二人連れております」

「では一人はまり子に貸してやれ、あとの一人に茶を持たせなさい」

「お酒もございますが」

「茶でよい。矢部殿は茶か、酒か」

「茶を」

「安針には酒をやれ」

まり子の首に掛かっている小さな金の十字架が、キラリと光った。彼女は、虎長の目がそれに注がれているのに気づいた。

「これは……お気に召さなければ、外しますが」

「いや」と彼は言った。「そなたの誓いのあかしだ。かまわぬ」

一同はフリゲート艦のほうを見ていたが、ふと、虎長は自分を見ている視線を感じて、まわりを見回した。こわばった顔と冷たい青い目があり、そこに憎悪を感じた。いや、憎悪ではない。不信だ。蛮人のくせに、わしに不信の念をつきつけるとはたいしたやつだ。

「安針に聞いてくれ。あの南蛮船に、大砲が山ほどあることをなぜ教えなかったのかと。あれに護衛させて、あの囲みを出ればよいと思っていたはずだが」

まり子は通訳し、ブラックソーンが答えた。

「あの方は……」まり子は一度ためらってから、一気に言った。「お許しください。あの方の言うには、殿が自分の頭で考えたほうがためになる、とのこと」

虎長は笑った。「あいつに礼を言ってくれ。わしの頭はとても役に立つ。おまえの頭と代えてやろうかとな。そうそう、船の上では、あいつはわしと対等なのだな、と」

「対等ではない。自分に船と乗組員を返してくれれば、海の敵は一掃してやると、言っておられます」

「まり子、あの男はわしをだれだと思っているのだ。スペイン人や南蛮人と同じように思っておるらしいな」しかし、虎長はそれ以上追及する気はなかった。

穏やかな風が吹いて、彼女の髪が目に入った。彼女は大儀そうにそれを払った。

「そのお返事は、私にはわかりかねます。ですが、あの方は……大変に変わった方です。私には理解できるのかと、自信がないような」
「時間はふんだんにある。そのうち、相手が話してくれることもあろう」

ブラックソーンは、先ほど、警固の灰色侍たちが降りてしまうと間もなく、フリゲート艦がひそかにとも綱を解くのを目撃した。大型のボートが下ろされ、それが艦を曳航《えいこう》して停泊場所から引き離すのも見た。いま、艦は岸から離れた海の深みにあり、船首から錨を下ろし、舷側《げんそく》を岸に向けて止まっている。これは、一般的に、ヨーロッパの船が見知らぬ土地、あるいは非友好国の港で接岸が危険なときに停泊するやり方である。これまで甲板の上にはなんの動きも見られなかったのに、いつのまにか、全部の大砲が点火用意をすませ、マスケット銃には火薬が詰められ、葡萄《ぶどう》弾や、砲丸、鎖弾などが積み上げられ、剣架には長剣が納まり、横静索《シュラウド》には武器を持った男たちが立っているのも、ブラックソーンにはわかっていた。見張りは全方位を見張っている。この船も針路を変えればその瞬間に、発見されてしまうだろう。船尾の三〇ポンド砲二門が、まっすぐこっちに向いている。あれに火を吹かれたらたまらない。ポルトガル人の砲手は、イギリス人に次いで世界で最も優秀なのだ。

それに残念だが、彼らは虎長がここにいることを知っているはずだ。彼らは利口だから、荷揚げ人夫や灰色の侍たちの口から、事件の内容を聞きだしているにちがいないのである。さもなければ、なんでも知っているあのいまいましいイエズス会の神父どもが、虎長やおれの脱出の報を届けているはずだ。

緊張した神経は、自分の髪の縮れ具合まで感じるほどだ。あの大砲のうちどれか一発でも命中すれば、我々は地獄行きだ。が、しかし、虎長が乗船しているかぎり撃たないだろう。虎長様々だ。

「軍艦に近づきたいときには、どうするしきたりかと、殿がお尋ねです」まり子が聞いた。

「大砲があれば、号砲というのを撃つ。なければ、舷側に近寄る許可をもらうために旗で合図をする」

「殿は、その旗がないときはどうするのかと」

「虎長の旗印をマストヘッドに掲げろと、船長に言ってくれ。それだけで通じる。つまりそれが正式であって、だれが乗っているかを相手方に教えることだからな。もっとも、向こうはとっくの昔に知っているがね」

すぐに旗が揚がった。船にいる者は少し元気になったようだ。ブラックソーンもそうだった。こういう旗が揚がると、彼でも気分がよくなる。

「こちらが船を近づけたいという意向を、どのようにして先方へ伝えるのかと、殿がお尋ねです」

「信号旗がない場合の方法は二つだ。射程距離外に待機して、使いをボートで送るのが一つ。もう一つは、かまわないから射程距離内に入って、どんどん近づくのさ」

「あなたならどちらにするか、と」

「まっすぐ近づくね。用心する理由はない。虎長公が乗っているんだからな。日本でいちばん偉い大名だ。やつらは協力するにきまっているし、それに……ちぇっ、くそ」

「なんですって」

彼は答えなかった。まり子は彼の言ったことを虎長に伝え、次の質問をした。

「いまの続きをお聞かせください。それと、途中でやめられたわけも」

「急に気がついたのさ。虎長公は、いま石堂と戦争中だ。とすれば、フリゲート艦は協力してくれないかもしれない、とな」

「いいえ、殿に味方するにきまってますわ」

「そうじゃない。考えてみろ。ポルトガル人にとって、虎長と石堂とどちらが得だ。もし石堂側に利ありとみれば、やつらはおれたちを地獄に突き落とすさ」

「ポルトガル人が日本の船に向かって大砲を撃つなど、考えられぬことですわ」まり子がすぐに言った。

「いや、撃つ。ほんとうだ。まず、あのフリゲート艦はおれたちの接近を許さないにきまってる。おれがあの艦の水先案内人だとしても許さないな。ちくしょうめ」ブラックソーンは岸に目をやった。

気勢をあげていた灰色の侍たちはすでに突堤から離れ、浜辺に沿って散開を始めている。上陸するのは無理だと、彼は思った。港口には漁船の一団が意地悪くかたまっている。こちらにもチャンスはない。「港から出る手は一つしかないと、虎長公に言ってくれ。それは嵐だ。嵐になればあの漁船はひっくり返るが、こっちの船は漕ぎ出せる。それで脱出というわけだ」

虎長は船長に何か聞いた。船長は長々と答えていた。それからまり子がブラックソーンに聞いた。「嵐はきそうですかと、お尋ねです」

「おれの鼻はきそうだといっている。二、三日のうちだ。それまで待てるのか」

「鼻でわかるのですか。嵐ににおいがありますの」

「いや、ただそう言っただけだ」

虎長はしばらく思案して、命令を決めた。

「射程距離内を行く。安針」

「では、あの艦の船尾へ行くと船長に言ってくれ。そこがいちばん大砲が少ない。いいな、やつらは腹黒いから撃ってくるかもしれんぞ。金のためなら、どっちにも簡単にひっくり返るやつらなんだ。その点はオランダ人よりひどい。あのフリゲート艦が虎長公の逃亡を助けたとなると、石堂はポルトガル人全部を追放すると言い出すだろうから、やつらはそんな危険は冒さないにきまってる」

「殿は、その答えはすぐに出るだろうとおっしゃっています」

「おれたちは裸同然だ、まり子さん。あの大砲にやられたらひとたまりもない。たとい中立だとしても、あいつらに敵意があれば沈められちまうぞ」

「ですが、あの人たちを手なずけるのはあなたの仕事だと、殿がおっしゃっています」

「おれにできるわけがない。おれとは敵同士だからな」

「戦いでも平和でも、よい敵はよい味方以上の価値があると、殿はおっしゃっておられます。あなたは、あの人たちの考え方を知っておられましょうから、説き伏せる手を考えてくれとのことです」

「手だては一つ、力ずくだ」

「よかろう。ではどうやってあの艦を奪うつもりか……」

「なんだって」

「殿のお言葉です。どうやってあの船を分捕るつもりか。どうやってあれに勝つのか。あの艦の大砲を使わねばならない。ごめんなさい。はっきりしませんか」

「もう一度繰り返して言う。私は、あの船をやっつけるつもりだ」フリゲート艦の艦長、フェリエラはそう言い切った。

「それはいかん」後甲板から虎長の船をながめていたデラクァ卿が答えた。

「砲手、やつはまだ射程距離に入らんのか」

「まだです」砲手長が答えた。

「やつが近づいてくるのは、戦闘以外に理由がありますか。そうでなければ、逃げればいいんです。航路は空いている」

フリゲート艦は港口から離れていて、乗組員の目には待ち伏せしている多数の漁船団は見えなかった。

「あの船を沈めても、失うものはなく、得るものは莫大です」とフェリエラが言った。「虎長が乗船しているのを知らなかったというふりをすればいいのです。海賊が……異教徒の海賊が攻撃してきたと思ったと言えばいいでしょう。心配は要りません。射程距離にくれば、一発かませるのは朝飯まえです」

「それはいかん」デラクァ卿は命令した。

アルヴィト神父が船べりから振り返った。

「あの船には虎長の旗が掲げられていますよ、艦長」

「インチキだよ」フェリエラはばかにしたように言った。「使い古した手だ。虎長は見えない。乗ってなんかいない」

「違いますね」

「戦いが始まれば、ひどいことになる。今年の黒船の商売が全滅しないまでも大損になる。私はその損は負担できない。商売の邪魔をするやつは許さない」

「私たちの財政だって君自身のより悪くなるよ、艦長」デラクァ卿が言った。「今年、交易をしなければ、教会は破産だ。いいね。この三年間、ゴアからもリスボンからも収益はない。去年は利益がなかったし、私のほうが、君より事の重大さは心得ている。それでも、答えはノーだね」

ロドリゲスは自分の椅子に座っていたが、苦しそうだった。片脚にそえ木を当てて、羅針儀に縛りつけた、柔らかい椅子の上に、その足を乗せている。「艦長の言うとおりだ、神父」と彼は言った。「何かの目的がなくて、どうして船がくるんだ。なぜ逃げない。こいつは一発やってやるか」

「そのとおりだ。これは我々軍人の決めることだ」フェリエラが言った。

アルヴィトがきっとなって、向き直った。「いや、ここでは巡察使卿が決定権を持っておられます。虎長を撃ってはなりません。助けるのです」

ロドリゲスが言った。「戦いが始まったら最後、いつまでも続くと、あんたから耳にたこのできるほど聞かされてきた。ところが、その戦いはもう始まった。いま見たじゃないか。あれで商売はだめになる。しかしだ、虎長が死ねば戦いは終わり、おれたちの商売も御安泰というわけだ。だからあの船を沈めてしまうのだ」

「それに、あの異教徒も殺してやるのだ」フェリエラはロドリゲスを見ながら付け加えた。

「神の威光で一つの戦いを未然に防ぎ、もう一人の異教徒を地獄へやるのだ」

「そんなことをすれば、不当内政干渉になります」デラクァ卿は、真の理由を言うのを避けた。

「我々はしょっちゅう干渉してきている。イエズス会はその道では有名だ。我々は、単純ではかな百姓じゃない」

「だれもそうは言っておらんよ。だが、私がこの船に乗っている間は、あの船を沈めてはいけない」

「では、岸にお上がりください」

「あの人殺しの親玉が、早く死ねば死ぬほどいいんだ」とロドリゲスが言った。「やつだろうと石堂だろうと、どこが違うんだ。どっちも異教徒だ。信用できるもんか。艦長の言うとおりだ。こんないい機会はないぜ。おれたちの黒船のことを考えてみろ」ロドリゲスは、今年は、黒船の水先案内人として全利益の一五分の一がもらえることになっていた。本ものの黒船の水先案内人は三ヵ月前、マカオで痘瘡《とうそう》で死んだので、ロドリゲスが、自分の船のサンタ・テレサを降りて、願ってもない新しい水先案内人としての地位に就くことができたのだった。痘瘡というのは表向きの理由で、噂では、前の水先案内人は売春宿で喧嘩をして、日本人の浪人に斬られたということだった。ちくしょう、またとない機会なのに、商売の邪魔をされてたまるか。

「責任はとる」フェリエラが言った。「これは軍の決定することです。我々は内乱の戦いに巻き込まれ、私の船は危機に直面している」彼はもう一度、砲手長のほうを振り向いた。「まだか」

「それは艦長、獲物によってきまるところだね」砲手長は、ろうそくの先端を吹いて火勢を強くした。

「いまなら、どこでも吹っ飛ばしてみせますぜ。船首でも、船尾でも、ど真ん中でも。だがよ、きまったやつを殺せってんなら、もうちょっと射程距離に入ってくるまで、待ってもらわなくちゃ」

「私は虎長を殺したいのだ。それとあの異教徒だ」

「あのイギリスの水先案内人のことで」

「そうだ」

「だれか、その日本人野郎を教えてくれ。水先案内人のほうはよくわかっているが」

ロドリゲスが口をはさんだ。「虎長を殺すのに、あの水先案内人を殺さなくちゃいけねえんなら、おれは賛成するけど、そうでなけりゃ、艦長、あいつは助けてやりましょうや」

「やつは異教徒で、我が国の敵だ。現に、ここに来ても我々の邪魔ばかりして、マムシの巣よりも始末の悪いやつだ」

「だけど、あのイギリス人は、まず水先案内人だってことよ。それも世界一の水先案内人ですぜ」

「水先案内人には何か特権があるのか。異教徒でも」

「そのとおりで。だから、やつらがおれたちを雇うこともありゃ、こっちもやつらを雇うこともある。ああいった経験のある者を殺すなんざ、全くのむだってもんだ。水先案内人がいなくちゃ、どんな国だってやっていかれねえし、商売もできねえ、なんにもできねえ。そうとも、おれがいなけりゃ、黒船もねえ、もうけもねえ、帰ることもできねえ。だったら、このおれの意見を聞かなきゃ」

マストヘッドから叫び声がした。「おーい、後甲板。船がコースを変えたぞう」

こちらへ真っ直ぐ進んでいた虎長の船が、いまは数ポイント左舷に寄ってきている。

すぐさまロドリゲスが怒鳴った。「戦闘準備につけ。上舷、見張りにつけ。総帆を張れ。錨《いかり》を巻け」直ちに全員が、命令に従って行動した。

「どうかしたか。ロドリゲス」

「わからねえ、艦長。だがこちらが外海に向かっているのに、あのでぶ女は風上に進んでる」

「それがどうした。あんなやつはいつでも沈めてやる」とフェリエラが言った。「まだ積み荷は残しているし、神父も大坂に返さねばならん」

「だけど、敵の船なら、こっちの風上につこうというばかはいねえ。しかし、あの女は風に頼らなくていいからどこへでもいける。回ってこっちの船首にぶつかる気だ。あそこにゃ大砲は一門しかねえからな。乗り込んでくるぜ」

フェリエラはばかにしたように笑った。

「こっちには大砲は二〇門もある。やつらには一門もない。あの異教徒の豚どもの小舟が、我々に攻撃をかけるとでも思っているのか。ばかだな、おまえのその頭は」

「そうさ、艦長。だから、いまだに体にくっついていられるんだ。サンタ・テレサ号、出帆」

帆がはためき、風をはらんだ。帆桁《ほげた》がきしむ。見張り二人が甲板で戦闘位置についている。フリゲート艦は進みはじめたが、船脚はゆっくりだった。「来てみろ、この野郎」ロドリゲスがわめいた。

「準備完了です、艦長」砲手長が報告した。「やつらよく見える。だが、じきに逃げられそうだ。虎長はどれだ。教えてくれ」

虎長の船の上は暗かった。唯一の明かりは月の光だけだった。その船は依然として船尾一〇〇ヤードのところにいたが、いまは左舷に回り、対岸に向いている。水をかく櫂《かい》のリズムも一定している。「あれが水先案内人か。後甲板にいる背の高い男だ」

「そうだ」ロドリゲスが答えた。

「マヌエル、ペルディト。後甲板をねらえ」

最寄りの大砲の方向がわずかに調整された。「虎長ってのはどれだ。早く。舵手、二ポイント右舷へ」

「二ポイント右舷だ、砲手」

船底が砂を噛みそうな浅瀬が近くにあるのを意識しながら、ロドリゲスは横静索を見つめていた。必要なら、砲手長の命令はいつでも無視するつもりだった。しきたりで、船尾砲撃の場合の操舵権は、砲手長にあった。「おーい、左舷主甲板大砲」砲手長が怒鳴る。「砲撃を始めたら、船を風下に回せ。全砲門を開いて片舷斉射に備えろ」砲手たちは命令に従うと、後甲板の士官たちのほうに目を向けた。そして神父のほうにも。

「さあ、艦長、虎長はどいつだ」

「どれがそうですか、神父」フェリエラはまだ虎長の顔を知らなかった。

ロドリゲスは、虎長が侍たちに囲まれて前部甲板にいるのを知っていた。が、しかし、自分から教える気になれなかった。そんなことは、神父にやらせればいい。やれ、神父。ユダのまねをしろ。なんだっておれたちゃ、こんないかがわしい仕事をしてるのかな。おれだってやつらに金貨の一枚もやる気はねえけど。

神父は二人とも黙っていた。

「早くしてくれ。どっちが虎長だ」砲手長が繰り返した。

ロドリゲスは我慢できずに、彼を指差した。「あれだ。豚どもの真ん中にいる、背が低くて太ってるやつだ」

「わかった」

砲手たちは、砲の最後の微調整をした。

フェリエラが、砲手長の手からろうそくを取った。

「ねらいはいいか」

「いいとも、艦長。そちらはいいか。おれが手を下ろすのが、発射の合図だ」

「よろしい」

「汝、殺すなかれ」デラクァ卿の声だった。

フェリエラが、きっとなって振り返った。「やつらは異教徒だぞ」

「あのなかにはキリスト教徒がいる。たとい、いなくても……」

「やつにかまうな、砲手長」艦長フェリエラがわめいた。「用意がよければ、砲撃しろ」

デラクァ卿は大砲の鼻先に進み出ると、その前に立ちふさがった。巨体が後甲板を圧し、射撃しようとしていた男たちをすくませた。その手は、首にかけた十字架の上にある。

「汝、殺すなかれ」

「我々はいつだって殺す、神父」フェリエラが言った。

「そうだ。恥ずかしいことで、いつも神に許しを乞うている」デラクァ卿はこれまで大砲やマスケット銃、葡萄弾などで武装し、死の準備を整えた軍艦なるものの後甲板に立ったことはなかった。

「私がここにいる間は、殺しはいけません。まして、こちらから攻撃することは許しません」

「では、敵のほうで攻撃してきたら……この船を奪おうとしてきたら……」

「神が、私どもに力をお貸しくださるようお祈りする」

「それなら、遅かろうと早かろうと、同じじゃないか」

デラクァ卿は答えなかった。汝、殺すなかれ、である。しかも、虎長は多くを約束してくれた。石堂は何もしてくれない。

「どうするんだ、艦長。やるならいまだぜ」砲手長が怒鳴った。「いまだ」

フェリエラは、神父たちにくるりと背を向けた。点火用のろうそくを投げ捨てて、手すりに寄った。

「砲撃態勢解除」と彼は叫んだ。「ただし、やつが黙って五〇ヤード以内に入ってきたら、そのときは神父が何を言おうと、やつらを地獄へたたきこめ」

ロドリゲスも艦長におとらず腹を立てていたが、しょせんは、神父に対して頭の上がらないことは彼と同じであった。汝、殺すなかれ、だと、何を言ってやがる。おまえはどうなんだ。彼はそう叫びたかった。宗教裁判所の死刑宣告はどうなんだ。〝有罪〟だの〝魔女〟だの〝悪魔〟だの〝異教徒〟だのと宣告している神父たちはどうなんだ。おれが最初にアジアに航海した年には、ポルトガルだけで二〇〇〇人の〝魔女〟を火あぶりにしたのを忘れているのか。ポルトガルとスペインじゃ、どこの町、どこの村でも、神の懲罰官と称して威張りくさった宗教裁判官たちが捜査にきたが、やつらの通ったあとは、肉の焼けただれるにおいでいっぱいだったじゃないか。おお、主イエス・キリストよ、我らを守りたまえ。彼は身震いすると、いやな気分を追い払い、船のほうを見た。ブラックソーンが目に入った。おい、イギリス人よ、会えてうれしいな。舵なんぞ握って、おつに澄ましやがって、格好よいこと。おまえは牢屋から刑場送りかと思っていたが、生きていてよかったな。だが、おまえがちっぽけな大砲一つ船に積んでいないのは、運がよいことだ。さもなきゃこのおれが、おまえを吹き飛ばしているところだ。あんな神父が何を言おうとな。

おお、マリア様、我らをあの神父から守りたまえ。


「おーい、サンタ・テレサ号」

「おーい、イギリス野郎」

「ロドリゲスか」

「そうだ」

「脚は」

「いいぞ」

ロドリゲスは、海の向こうから、高笑いが聞こえてくると、うれしくなった。

この三〇分ばかりというもの、両船は各々に有利な地位に立とうとして、腕を競い合ってきた。虎長の船は風上に立ち、フリゲート艦を浅瀬に追い込もうとし、フリゲート艦のほうは少しでも広いところに出ようとし、場合によっては港外に出るつもりで、互いに相手にかぶせたり、間切ったり、逃げたりした。だが、どちらも優位に立つことはなかったが、この追いつ追われつの間に、フリゲート艦の乗員たちは、初めて港口に群がっている漁船に気がつき、やっと意味がわかってきた。

「だから、やつらは来たのか。助けがほしいんだ」

「これで、やつを沈める理由が増えたというもんだ。石堂からいつまでも感謝されることになるぞ」

デラクァ卿は、依然としてがんこだった。

「虎長は非常に重要な人物なのだ。なんとしても、まず彼と話をすべきだ。あなたは彼を沈めたがっているが、相手は大砲を持っていない。大砲を持たないものを大砲で攻撃すべきでないことぐらいは、私にもわかる」

ロドリゲスは、この対立の打開のために、彼らに息を入れる時間を与えることにした。両船はほぼ港の真ん中にあり、漁船からも、また互いに相手からも、安全な距離をおいていた。フリゲート艦は風をはらみ、いつでも離れる用意ができており、虎長の船は櫂を上げて、こちらの船と並行に、呼べば聞こえるほどの距離に浮いていた。

「乗船を許すかね」

「だれの、イギリス人か」

「虎長公とその通訳、それに護衛と」

フェリエラは静かに答えた。「護衛はいかん」

アルヴィトが言った。「ですが、いくらかは認めないと、顔が立たないでしょう」

「あんなあばたづらを立てるのか。護衛は許さん」

「侍は乗せたくないな」とロドリゲスが味方した。

「五人だけ、どうですか」とアルヴィトが言った。「身辺の護衛として。どうかね、ロドリゲス」

ロドリゲスはしばらく考えてから、うなずいた。「五人ならいい、艦長。こっちもあんたの護衛を五人用意して、一人一人に短銃を持たせよう。神父に交渉をまかせよう、艦長。神父ならそのへんのことがわかってるよ。さあやってくれ、神父。だが、やつらの言ったことは、訳してくれよ」

アルヴィトは船べりに寄って叫んだ。「嘘をついてもなんにもならんぞ。いいか、一〇分だけ待つ、一〇分たったら、艦長がおまえたち海賊を地獄へ送ってやる」

「虎長公の旗が目に入らないのか」

「そんな旗はにせものだ、海賊め」

フェリエラが一歩進み出た。「なんのゲームをやっているのだ、神父」

「しばらく黙っていてください、艦長」とアルヴィトは言った。「体裁を整えるためにやっているのですから。こうやらないと、この船が虎長の旗印を無視してきた理由が立たず、相手は怒るでしょう。事実、こっちが無視したのですからね。虎長とはそのへんの大名ではないのです。彼一人で、スペイン国王よりずっとたくさんの軍勢を持っていることを覚えておかれたほうがいいですよ」

風が帆を鳴らし、帆柱がきしんだ。後甲板に火がともされ、虎長の姿がはっきり見えるようになった。風に乗って、彼の声が聞こえてきた。

「ツウジ。どうしてこの船を避ける。ここには海賊などおらぬ。海賊は港口の漁船の中だ。わしは早急に船を横づけしたい」

アルヴィトは、驚いたふりをして、日本語で叫び返した。「申し訳ありません虎長様。知らなかったものですから。旗はにせものだと思っていました。灰色の侍が言うには、浪人の賊たちが船を乗っ取ったということでした。で、イギリスの海賊がにせの旗を掲げて、賊たちを指揮しているのかと思いました。いますぐ私たちがそちらへ行きましょう」

「いや、わしのほうが、いますぐ横づけにする」

「虎長様、どうか私にお迎えに行かせてください。私の上司の巡察使卿と艦長もここにおります。お二人とも、お詫びをしたいと言っています。どうか、我々の謝罪を入れてください」アルヴィトはポルトガル語にもどって水夫長に命令した。「大型ボートを下ろせ」それからまた日本語で、虎長に、「すぐ小舟を下ろします」と叫んだ。

ロドリゲスは、アルヴィトの卑下した声を聞きながら、日本人というのは中国人よりも扱いにくい人間だと思った。中国人は交渉、妥協、譲歩、報償などの術を心得ている。だが、日本人は誇りが高すぎ、そしてその誇りがちょっとでも傷つけられると、侍であろうとなかろうと、受けた侮辱を返すためには命なんぞ簡単にほうりだしてしまう。いいかげんにしてくれと、言いたくなる心境だ。

「艦長、私が行ってきます」アルヴィト神父がしゃべっている。「デラクァ卿、御一緒してくだされば、彼をなだめるためにはありがたいのですが」

「そうしよう」

「それは危ない」フェリエラが言った。「二人とも、人質にされるぞ」

デラクァは言った。「だましたとわかれば、私たちのことにかまわず、あの船を沈めてしまいなさい」彼は後甲板から離れて主甲板へ降り、大砲の横を通った。風になびくロープの後ろ姿に威厳がある。昇降口で、彼は足を止め、十字を切った。それから階段を降り、ボートに乗り移った。

水夫長がボートを出した。水夫たちは短銃を持ち、導火線のついた火薬の樽は水夫長の足元にある。

フェリエラが船べりから身を乗り出して、下に向かって小さな声で言った。「異教徒を連れておもどりください」

「なんだ。なんと言った」デラクァ卿は、艦長をからかうつもりで聞こえぬふりをした。フェリエラの無礼さには、いいかげん腹が立っていた。もちろん、彼自身もブラックソーンを捕まえたかったし、いまのフェリエラの声は聞こえていたのだが。

「あの異教徒を連れてきてくださいい、いいですね」フェリエラが繰り返した。

後甲板にいたロドリゲスに、押し殺した声で、「わかった、艦長」と言うのが聞こえた。艦長、あんたは、何か汚い手を考えているのかね。

椅子の中で、彼は苦労して体の位置を変えた。顔には血の気がない。脚はきりきりと痛んでおり、苦痛をこらえるのはつらいことだった。骨はうまく接合しているし、ありがたいことに、傷口もきれいになっていた。だが、骨折はどこまでも骨折だ。船が止まっているときのわずかな揺れでさえもこたえる。彼は羅針儀にぶら下げた愛用の皮袋を取って、ラム酒をあおった。

フェリエラが彼を見ていた。「脚が痛むのか」

「大丈夫だ」酒は痛みを麻痺させる。

「マカオまでの航海は大丈夫か」

「ああ。その間、ずっと海戦があっても大丈夫だ。夏までにまた帰ってきても平気だ。そこが聞きたかったんだろう」

「そのとおりだ」フェリエラはあざけるような薄笑いを浮かべた。「おれの欲しいのは、元気な水先案内人だ」

「おれは元気さ。脚もよくなってる」ロドリゲスは苦痛を振り払った。「あのイギリス人は、この船へ来るのをいやがるだろうよ」

「おまえが間違っているほうに、おれは一〇〇ギニー賭けよう」

「それだけありゃ、おれは一年食っていけらあ」

「では、リスボンに着いたら払おう、黒船のもうけからな」

「決まりだ。おれは一〇〇ギニー余計にもうかった。しめた」

「ばかだな。おれよりイエズス会の神父どもが、やつをここへ来させたがっているのを忘れたのか」

「どうしてだ」

フェリエラは彼を見たまま返事をしなかった。例の、皮肉な薄笑いが浮かんでいる。それから、ロドリゲスの気を引くように言った。「虎長はおれが引き離す。そしたら、あの異教徒を捕まえてしまえ」

「おれはあんたの仲間でよかった。あんたと黒船のためにも役に立つぜ」とロドリゲスが言った。「あんたの敵にはなりたくねえよ」

「やっと意見が合ったじゃないか、水先案内人」


「港の外まで護送を頼みたい。それも早急に」虎長はアルヴィトの通訳で、デラクァ卿にそう言った。まり子もそばで、矢部と並んで聞いている。

「さもなければ、あなたの軍艦で、あの漁船団を追い払ってくださるか」

「しかし虎長様、それは不正な内政干渉行為になりましょう。あなたとて、フリゲート艦がそのようなことをするのは、お許しにならないでしょう」デラクァ卿は虎長に向かって話した。いつものことだが、アルヴィトの同時通訳を見ているとおかしくなってくる。「とてもできません。公然たる戦闘行為ですから」

「では、どうすればよい」

「どうか、フリゲート艦へお越しください。艦長に相談しましょう。彼に策があるかもしれません。あなたの問題はよくわかりました。しかし、私たちは艦長のように軍人ではないので」

「その男を、ここへ連れてこい」

「あちらへお越しいただくほうが早い。お越しいただければ、このうえない栄誉です」

虎長はそうせねばなるまいと思った。ついいましがた、弓を持った侍を満載した新たな漁船の群れが、南側の岸から出ていくのを目撃したばかりである。いまは無事でも、一時間としないうちに、港の口は敵の船でいっぱいになることは明らかだった。

道は一つしかない。

先ほどの追跡は失敗に終わったが、あのとき、安針がこう説明した。「フリゲート艦にはとても近づけない。ロドリゲスは頭がよすぎる。風向きさえ変わらなければ、あるいは、あいつらがミスをすれば追いつけるが。交渉のほうがいい」

「あの男は間違えることはないか。風向きが一定になることはないのか」虎長はまり子に聞かせた。

彼女は答えた。「安針様が言うには、貿易風とか、外洋の風以外の風は当てにならない。こういうところは、山があるために風が巻いて流れる、とのことです。それからロドリゲス水先案内人は、間違いはしないと言っています」

虎長は、この二人の水先案内人が互いに知恵比べをしあっている姿を見て、疑いもなくこの二人は、名人であると思った。そして、自分も、自分の領土も、いやこの日本国全体が近代的な南蛮船を持たずには、決して安泰ではないということをしみじみと悟ったのだった。こういう船を使って初めて自分たちの海を守れるのだ、と。それはいささか、気のめいることであったが。

「だがどうやって交渉するか。私に対して見せたあのようなあからさまな敵意を、どう言い訳するつもりだ。あのような無礼を働かれては、あの者どもを成敗しなくてはわしの名が汚れる」

すると安針が、偽旗の策略を説明してくれた。敵船に接近したり、あるいは敵船を避けるために、どの船もこの手を使っている。やつらもそれは百も承知だ。それを聞くと虎長も納得した。お互いの顔を立てる解決案になるだろう。

「すぐに参られたほうが、よろしいかと存じます」とアルヴィトが言った。

「承知した」虎長はうなずいて、「矢部殿は残って、船を頼む。まり子、安針は後甲板にいて舵を握っておるように言うのだ。そなたはわしと一緒だ」

「かしこまりました」

大型ボートがやってきたとき、その大きさから、虎長は、五人以上の侍を連れていけないことを見て取った。だが、それも読み筋に入っており、その場合の最終的な案は単純だった。すなわち、フリゲート艦が援助を断れば、自分は供の侍とともに、艦長と、水先案内人と、神父たちを斬って捨て、船室の一つに立てこもることになろう。それと同時に、安針の言うように、自分の船が舳先からこの艦に突っ込み、フリゲート艦を力ずくで乗っ取ってしまう。どっちにしても、答えは急がねばならない。

「名案だ、矢部殿」彼はそう言った。

「交渉には、代わりに手前が参りましょうか」

「向こうが承知すまい」

「なるほど。だが、この一件がかたづきましたら、日本国から異人どもを一掃いたしませんか。そうすれば、殿に味方する大名は増えこそすれ、減ることはあるまいと思いますが」

「考えておこう」虎長はそう答えたが、腹の中では、ほかの切支丹大名を集めるために、大野と木山の二人の切支丹大名を味方にせねばならず、それに失敗すればこっちがやられるなどとはばからしいことだと思っていた。矢部はなぜフリゲート艦へ行きたがる。援助が得られないときは、どんな裏切りを働く気か。

アルヴィトが、デラクァに代わって言った。

「殿、安針さんをお連れしてもよろしいでしょうか」

「なぜ」

「仲間のロドリゲスに会いたいだろうと思いましたので。ロドリゲスは脚を折っているので、ここには来られませんでした。よろしければ、もう一度安針さんに会って、命を助けてくれた礼を述べたいと言っております」

虎長は、安針が行ってはいけない理由が思いつかなかった。彼は自分の部下である以上、相手も手は出さないだろう。「安針さえよければ、かまわん。まり子、ツウジのお供をしなさい」

まり子はお辞儀をした。彼女は自分の仕事は双方の話を聞き、その内容が間違いなく相手方に伝えられているかを確かめる役であることを承知していた。

彼女とアルヴィトは一緒に後甲板へ上がっていった。ブラックソーンが帯に短刀を差し、汚れた着物を着ている姿がなかなか似合うとアルヴィトは思った。この男は、虎長の信頼をどこまで勝ちとったのか。

「これは、ブラックソーン水先案内人」

「驚きましたな、神父さん」ブラックソーンは愛想よく返事をした。

「あの船でお話しませんか。虎長公は、あなたをフリゲート艦にお招きしてもよいとお許しくださいました」

「命令か」

「もし、よろしければ」

「いや、よろしくない」

「ロドリゲスが、あなたに会ってお礼を言いたいと言っています」

「よろしく言ってくれ、今度会うときは地獄で会おうとな。でなきゃ、ここへ来い」

「脚を痛めて動けません」

「具合は」

「回復しています。あなたの救助と神の御加護のおかげで、あと二、三週間で歩くようになりましょう。足を引きずることにはなるでしょうが」

「よろしくな。さあ、早く行けよ、神父。時間がもったいないぜ」

「ロドリゲスが会いたがっています。テーブルに食事を用意してきました。ラム酒と新鮮な野菜と、肉汁を添えたローストチキンに、新しいパンとバター。こんな食事を棒に振ることはありますまい」

「なんだって」

「こんがりと焼いた、皮のぱりぱりしたパンです。バター、それに牛のわき肉。ゴア産の新鮮なオレンジと、マデラ・ワインが一ガロン、お望みならブランデーもあるから、いくら飲んでも結構。ビールもあります。それからマカオ産の熱くて柔らかいチキンも。何しろ艦長が美食家なのでね」

「ちくしょう、ばか神父め」

「私のことならおかまいなく。ただ、あるものを言っただけです」彼は、ブラックソーンの顔に突然変化を生じたのを見て取った。その顔からは、もう少しでよだれが垂れそうで、胃袋は引きつっているようだった。無理もない。自分とて、今夜の艦長室に用意されていた豪勢な料理を見たときには、急に空腹を感じたものだった。輝く銀の食器、真っ白なテーブル・クロスと、本ものの革張りの椅子、そして新しいパンやバターや、うまそうな肉の香り……飢えてもいないし、日本食に慣れている自分でもそうだったのだ。

男を捕まえるのはひどく簡単だ。問題は餌しだいだ。「では、失礼する」アルヴィトは背を向けて、舷門のほうへ歩き出した。ブラックソーンは、あとを追った。

「どうした、イギリス野郎」ロドリゲスが聞いた。

「食い物はどこだ。話はそれからだ。まずは約束の食い物だ」ブラックソーンは主甲板で、よろよろしている。

「こちらへどうぞ」アルヴィトが言った。

「どこへ連れていくんだ、神父」

「無論、艦長室さ。虎長公が艦長と話している間、ブラックソーンは食べていればいい」

「いや、やつはおれの部屋で食え」

「なるほど、そのほうが楽だ。食い物はあるし」

「水夫長、この水先案内人の腹に詰め込んでやれ。おれの部屋だ。欲しがるものはなんでも出してやれ。おい、イギリス野郎。ラムか、それともワインか、ビールか」

「まずビール、そのあと、ラムだ」

「水夫長、下へ連れていって飲ましてやれ。それからペサロ、おれのロッカーから服とブーツを出してやれ。そして、呼ぶまでやつにサービスしてろ」

ブラックソーンは黙って、水夫長のペサロについて甲板昇降口を降りていった。アルヴィトは虎長とデラクァ卿のところへもどろうとした。ロドリゲスが、それを呼び止めた。

「神父、ちょっと待った。あんた、やつに何を言った」

「おまえが会いたがっているということと、食事の用意がしてあると言っただけだ」

「いつ、おれがやつに飯を食わせると言った」

「いや、ロドリゲス、そうは言っていない。だが、おまえは、仲間の水先案内人が腹をすかしていても、食事を出さないのか」

「あのばかは腹がへったなんて上品なもんじゃない。やつは飢えている。こんなときに食わせりゃ、飢えた狼みたいに、なんでもがつがつ飲み込んじまうよ。あげくの果てに、酔っぱらいの淫売みたいに、すぐゲロを吐く。だからおれは、たとい異教徒であろうと、天下の水先案内人様が虎長の前で動物のようにがつがつ食らい、へどを吐くのを見せたくないんだ、わかるか、神父。あの、へげたれのくそばか野郎の、おたんこなすの前でよ」

「おまえは、もう少し慎みのある言葉遣いを覚えるんだな」とアルヴィトは言った。「地獄におちてもいいのかね。アベ・マリアを一〇〇〇回唱え、二日間は食べ物でも抜きにしたらどうだ。パンと水だけで」

「ありがとう、神父。そのとおりにするよ。このひざが曲がれば、あんたの十字架にくちづけするところだ。あわれなこの罪人はあんたの我慢のいいのに感謝して、言葉に気をつけることにするぜ」

フェリエラが昇降口のところから呼んだ。「ロドリゲス、下へ降りられるか」

「あの汚ねえ船がいる間は、甲板で見張ってるよ、艦長。用があるならこっちへ来てくれ」アルヴィトが向こうへ行きかけた。ロドリゲスがまり子に気づいた。「ちょっと待った、神父。あの女はだれだ」

「ドンナ・マリア・戸田。虎長の通訳の一人だ」

ロドリゲスは音のしないように、口笛を吹いた。

「ポルトガル語は」

「りっぱなものだ」

「だがこの船に乗せるのはまずいぜ。戸田といったが、戸田広松の女の一人か」

「いや、その息子の嫁だ」

「女を連れてきたのはまずかったぜ」ロドリゲスは水夫の一人を手招きして、「ポルトガル語をしゃべる女が来たと、みんなに言ってこい」

「わかりました」男は急いでそばを離れ、ロドリゲスはアルヴィト神父のほうを振り返った。

神父は、ロドリゲスが腹を立て、おどしをかけたくらいでは平気だった。「マリア夫人はラテン語も話せる……それも完璧に。ほかに何か聞くことは」

「ない。おれはアベ・マリアでも始めたほうがよさそうだ」

「そう。そうしなさい」神父は十字を切って、去っていった。ロドリゲスは、排水口にぺっと唾を吐き捨てた。舵手の一人はそのけんまくに驚いて、胸に十字を切った。

「この薄ばか野郎の間抜けめ、マストにでもぶらさがってろ」ロドリゲスはわめいた。

「すまん、おれが悪かった。神父がそばにいると緊張しちまって……悪気じゃねえんだ」その若い男は、最後の砂粒が砂時計のくびれを通過するのを見ると、逆さにひっくり返した。

「その砂が半分になったら下へ降りて、桶に水を入れ、ブラシを持って、おれの部屋を洗え。水夫長にあのイギリス人を上に連れていかせて、おまえは部屋の掃除をするんだ。いいな、きれいにしろよ。さもないと、てめえの腸を引きちぎってやるからな。掃除中は我慢して、アベ・マリアでも唱えろ」

「わかったよ」若い男は意気地なく答えた。

ロドリゲスは、常軌を逸したきれい好きだった。だから彼の船室はいつも、まるで聖杯のように光っていた。天気がどうであろうと、彼はせっせと掃除をした。

第27章

「艦長、何か解決の方法があるでしょう」デラクァ卿は、辛抱して穏やかに言った。

「友好国に対して、明白な戦争行為を起こせというのですか」

「もちろん、そうじゃない」

大船室の中の一同は、これが一つのジレンマであることにすでに気がついていた。少しでも公然たる行動を起こせば、とりもなおさず、虎長に味方して石堂に敵対したことになってしまう。それは、石堂が最後の勝利者になった場合には、ひどくまずいことになるはずのものだ。

虎長がアルヴィト神父を通して言った。

「何がそのように難しい。海賊どもを港の入口から追い払うだけのことではないか」

虎長は大きなテーブルを前に、主賓席の背の高い椅子に腰を下ろしていたが、座り心地は悪そうであった。その隣にアルヴィトが座り、向かいに艦長、その隣にデラクァ卿がいた。まり子は虎長の後ろに立ち、護衛の侍たちは、扉のそばに、武装した水夫たちと向かい合って立っている。通訳はアルヴィトで、彼がその部屋での話をすべて虎長に通訳するのではあるが、そのほかにまり子という存在が、虎長の利益に反することを口がすべっても言わないように、また、通訳が正確であるようにとの見張りであることを、白人たちは十分に意識していた。

デラクァ卿が身を乗り出した。「殿、石堂のもとに使者を出されてはいかがですか。解決の道は交渉のなかにあると思いますが。この船を、交渉のための中立の場として提供いたします。この方法で戦争をやめることができますでしょう」

虎長は軽蔑したように笑った。「戦だと……石堂とわしとはべつに戦などしてはおらぬ」

「しかし、海岸で戦っているのを見ましたが」

「ばかなことを。殺されたのは、つまらぬ浪人どもではないか。だれが、だれを襲ったというのか。浪人か、海賊か、慌て者の狂った連中だ」

「それでは、待ち伏せの件は……茶色と灰色の侍が戦ったと聞きましたが」

「盗賊が我々を襲った。わしの家来は、わしを守るために戦った。夜には、こういう間違った小競り合いがよく起こるものだ。茶の侍が灰色の侍を斬ったとしても、残念ながら間違いにすぎぬ。そのような少人数の人間がしたことがどうしたというのだ。ささいなことだ。戦など始まってはおらぬ」

虎長は相手が信用しないのを見て取った。「ツウジ、みなに話してくれ。日本では軍勢同士が戦い合うのを戦というのだとな。こうしたつまらぬ小競り合いや闇討ちは小手先の探り合いで、失敗すれば忘れてしまうものだ。戦は今夜始まったものではない。太閤が亡くなったときにすでに始まっておる。成人した跡取りも残さず死ぬ、その前からだ。いやいや、それより以前、黒田殿が殺されたときからだ。今夜のことなどは、明日になればだれも覚えてはおらぬ。そのほうたちには、この国のことも政治のこともわかるまい。わかるはずはない。無論、石堂はわしを殺そうとしている。ほかの多くの大名も同じことを考えている。昔からそうだ。これからもそうだろう。木山と大野も味方になったり敵になったりしている。よいか、もしわしが殺されれば、石堂にとって事態は簡単なものになる。だが、それもつかの間だ。確かに、いまわしは、石堂の手の中にあるが、あの男がこれで成功したとしても、ほんのつかの間、優勢になるだけだ。もし、わしがここを抜け出せば、何事もなかったことになる。しかし、だれにもはっきりさせておきたいことは、わしが死んでも戦の原因がなくなるわけでもなく、争いの種がなくなるわけでもないということだ。もし石堂が死ねば、争いはなくなるだろう。というわけで、いまは戦はないのだ。何もない」そう言うと虎長は、船室にたちこめた料理油と、風呂に入っていない異人の体のにおいをいやがるかのように座り直した。「しかし我々は緊急な問題をかかえている。大砲が欲しい。それもいますぐだ。港の入口で海賊どもがわしを待ち伏せている。前からわしはツウジに、だれもが、どちらにつくか決めなければならぬときがくると言ってある。いま、そのほうたちの王や教会はどちらにつく。わしのポルトガルの友人たちは、わしに味方するのか、敵対するのか」

デラクァ卿は言った。「御安心ください、虎長公。我々はみな、あなたの側につきます」

「よし。ではすぐに、海賊を追い払うのだ」

「それは戦闘行為だが、こちらには全くもうからない話だ。何か交換条件はあるのだろうな」

フェリエラが言った。

アルヴィトはこれを通訳せず、代わりにこう言った。「我々は内政に干渉することはしたくない。我々は商人だと、艦長が申しました」

すると、まり子が日本語で虎長に言った。「残念ながら、いまの通訳は正しくありませんでした。別のことを言われました」

アルヴィトは嘆息した。「艦長の言葉をいくつか抜いてお伝えしました。艦長は外国人ですので、礼儀を知りません。まだ日本をよく理解しておりません」

「そなたは理解しておられるようだな、ツウジ殿」虎長が言った。

「努力しております」

「正確にはなんと申したのだ」

アルヴィトは虎長に話した。

間をおいて虎長が言った。「あの安針が、ポルトガル人は商売熱心で、こと商売のことになると礼儀も、余裕もないと言っておった。話はわかった。そちらの説明も聞き届けた、ツウジ。だがな、これからは言葉どおりに、正確に通訳するのだ。よいな」

「わかりました」

「艦長にこう伝えてくれ。戦が終わったら商売を広げてやろう。わしは商売が好きだが、石堂は違う」

デラクァ卿は二人のやりとりを見ながら、アルヴィトが、フェリエラの愚かな言葉を救ってくれることを祈っていた。「我々は政治家ではありません。信仰と信徒とを代表するものであります。そして、あなたの味方です」

「よかろう、わしの考えでは……」虎長が語りはじめると、アルヴィトは通訳をやめ、目を輝かせていたが、虎長の日本語がしばし頭の中でうつろになってしまったようだった。「デラクァ卿、申し訳ありません。虎長公は『あなたがたの活動への信頼のあかしとして、江戸に大寺院を建ててはくれないかと申し出ようと思っていたところだ』と言っておられます」

虎長が八ヵ国の領主となって以来、長いこと、デラクァはこの権利を取るためにどれほど画策を続けてきたことだろうか。そしていま、この日本第三の都にそれを建てる許可をくれるということは、金では買えない利権であった。巡察使卿は大砲問題を解決する潮時がきたと思った。「マルティン・ツウジさん、お礼を申し上げてください」それはあらかじめアルヴィトと打ち合わせてあった暗号で、それに従って、あとはアルヴィトが予定どおりうまく取り仕切っていくことになっていた。「お望みどおりにいたしますと話してください。それから寺院についてのお考えを伺ってください」と、艦長の利益のために付け加えた。

「殿、しばらくの間、私から直接お話し申し上げたいと思います。私の上司はあなた様に感謝し、あなた様の先刻のお申し出はおそらく可能だと申しております。あなた様にお力添えできるよう努力いたしますでしょう」

「力添えに努力するとはあいまいな言葉で、不十分だな」

「ごもっとも。しかし、殿」アルヴィトは、ちらと、護衛の者たちを見やった。彼らは聞かぬふりはしているが、聞いているにちがいない。「しかし、以前あなた様は、あいまいな言い回しは、ときとして、賢明なことがあると、おっしゃったのを覚えております」

虎長はすぐに理解し、家来に部屋を出ていくように手を振った。「外で待て」

家来たちは心配そうではあったが、命令に従った。アルヴィトはフェリエラのほうを振り返った。「艦長、あなたの護衛も不要になりました」

侍たちが出終わると、フェリエラは自分の部下を去らせ、まり子のほうを、ちらと見た。彼は腰のベルトと長靴の中に、短銃を一つずつ忍ばせていた。

アルヴィトは虎長に言った。「まり子さんに座っていただいたほうがよろしいのでは」

再び虎長は理解した。しばらく考えてから、うなずくようにすると、振り返らずに言った。「まり子。護衛を一人連れて安針を捜しにいくのだ。わしが呼びにやるまで安針のところにおるように……」

「わかりました」

彼女が出ていき、扉が閉まった。

四人だけになった。

フェリエラが言った。「見返りはなんだ。こいつは何をくれると言っている」

「お待ちください、艦長」とデラクァ卿が答えた。彼は指で十字架を軽くたたき、成功を祈った。

「殿」アルヴィトは虎長に話しはじめた。「私の上司は、例のあなた様のお申し出のことをすべて実行するつもりでおります。期間は四〇日で、途中の様子は内密にお知らせいたします。お許しをいただければ、私が使いとして参ります」

「もし、成功しなかったなら」

「その場合も、努力や、説得や、思案が足りなかったからではありません。卿がお約束いたします」

「切支丹《きりしたん》の神にかけて」

「はい、神にかけて」

「よろしい。書面にして、そのほうの印をいただこう」

「ときとして、約束の細部や、微妙な約束は書面にしないほうがよいとか……」

「わしが約束を書面に書いて渡さねば、そちらもくれないということか……」

「私はただ、侍の名誉は一枚の紙切れより重いという、あなた様の言葉を思い出しただけでございます。巡察使卿も、侍のように、名誉にかけても約束を守ります。御信頼いただけなければ卿が嘆くことでございましょう。やはり、書面は必要でございますか」

しばらく黙考していたが、虎長が口を開いた。「よろしい。イエスの神にかけての約束だな。あの男の神にかけて誓うのだな」

「彼に代わってお約束いたします。そのように、十字架にかけて誓っております」

「あなたもか。ツウジ」

「私も、神かけて、十字架にかけましてお約束いたします。大野、木山のお二人が、あなた様の側につくよう卿が説得するのを助けるために、私のできることはなんでもいたします」

「その代わり、わしも、いま約束したように取り計らうことにする。四一日目に日本中でいちばん大きなキリスト教寺院の礎石を置くがよい」

「そのような土地が、すぐに手に入りましょうか」

「江戸に帰ったらすぐに手配する。さて、あの海賊どもをどうするか。漁船に乗った海賊どもを、直ちに追い払ってくれるか」

「大砲があれば、御自分で追い払われますか」

「無論だ」

「殿、手間どって申し訳ありませんが、こちらにも都合がございまして。大砲は私どものものではありませんので、しばらく時間をお与えください」アルヴィトはデラクァ卿に向かって「寺院のことはすっかり整いました」と言うと、フェリエラに向かって、かねて打ち合わせた計画を話しはじめた。「艦長、あなたは、虎長公を沈めてしまわなくてよかった。彼は、あなたが黒船を率いて出航させるときに、ゴアまで一万ダカットの金貨を運んでいってくれないかとのお話です。現地の市場に投資されるそうです。あなたに金をお預けして、いつもの筋で運用してあげることができればよいですね。虎長公は、利益の半分はあなたが取ってよいと言っておられます」アルヴィトとデラクァ卿の打ち合わせたところでは、黒船が出ていくまでの六ヵ月の間に、虎長が再び大老の筆頭として君臨するようになれば、この運用利益の計画をさらに喜んで認めてくれるだろうし、さもなければ、虎長は死んでいるのである。「あなたは、四〇〇〇ダカットほどを簡単にもうけることができますね。ひとの金で」

「その代わりに何をくれてやるのかね。アジアのイエズス会へスペイン国王がくれる補助金の一年分よりも多いじゃないか。なんの見返りなんだ」

「虎長公は、海賊が港の出口をふさいでいて出られないと言っておられます。彼らが海賊に間違いないことは、あなたよりもよく御存じです」

フェリエラも虎長の手前、事務的な調子で答えた。「この男を信用するのは、お門違いではないのか。切り札は敵の手の中にある。キリスト教徒の大名は彼の敵だ。特に、大物の二人については、私自身が会って聞いたのだからな。二人の言うことには、そこにいるジャッポがほんとうの敵だということだ。私はあの二人は信じるが、このばかは信じられんな」

「虎長公は、だれが海賊で、だれがそうでないのかについては、我々よりもよく御存じです」

デラクァ卿は、相手のペースに乗らなかった。アルヴィトが考えているように、彼としても解決案はわかっていた。「海賊に対して、虎長公のとられる態度には反対ではないでしょうな」

「もちろん」

「あなたは、予備の大砲をたくさん積んでおられます」と巡察使卿は言った。「いくつか、こっそりわけてやれませんか。実際は売るのですがね。武器を売るのもあなたの御商売だ。大砲四門もあれば十分です。火薬と弾丸をつけて、大型ボートで運べるでしょう。それで事は解決します」

フェリエラは嘆息した。「あの船では大砲は使えない。砲座も、繋索《けいさく》も、繋柱もない。たとい砲手がいても大砲は使えない」

二人の神父にとって、それは晴天の霹靂《へきれき》だった。「使えない？……」

「そうだ」

「だが、ドン・フェリエラ、なんとか使えるように……」

「改装しなければ大砲は使えない。まず、一週間はかかる」

「どうかしたのか」虎長が、疑わしそうに聞いた。彼らが隠そうとしても、何か不都合なことが起きたことはわかってしまう。

「虎長公が、どうしたのかと聞いておられます」アルヴィトが言った。

デラクァ卿は手から水がもれたのを感じた。「艦長、どうか助けてください。お願いします。

我々は信仰のために、大きな交換条件をいただいておるのです。私の言葉を信じてください。そうです、私を信じてください。ともかく、虎長を助けて港から出してあげなければなりません。教会に代わって、あなたにお願いします」

フェリエラは勝利の恍惚感《こうこつかん》を、ちらとも表に見せなかった。そればかりでなく、かえって、もったいぶって言った。「巡察使卿、教会の名において彼を助けようとおっしゃるからには、もちろんそのようにしたい。彼をこの窮地から救ってやりましょう。その代わり、来年も私を黒船の艦長にしてくれますか。今年の黒船が成功しても、しなくても」

「あれはスペイン国王の個人的な贈り物です。私が差し上げるわけにはゆきません」

「では……さっきの金の件は承諾する。が、ゴアやここの総督から、金や黒船に関してとやかく言われることはないと、あなたが保証していただきたい」

「私と教会を人質にして、身代金を取る気ですか」

「これは、ただあの猿をめぐっての、私とあなたの間の商売の話だ」

「あの男は猿なんかではありませんぞ、艦長。それは覚えておかれたほうがいい」

「次に。今年の積み荷の一〇パーセントではなく、一五パーセントにすること」

「不可能です」

「次に。いろいろな仕事をやりやすくするために、あなたから、いまここで、神に誓ってお約束いただきたい。あなたも、あなたの支配下の神父たちも、今後、事あるたびに私を破門すると言っておどかさないでもらいたい。私が神を冒瀆《ぼうとく》する行いをしないかぎりね。もちろん、今回のことはそうではないが。それからあなたや神父たちが、私と二度の黒船とを積極的に支持し援助することも」

「さて、次はなんです、艦長。それだけではないでしょう、まだほかにありますね」

「最後に。例のイギリス人の異教徒を私にいただきたい」


まり子は、船室の戸口からブラックソーンの様子を見ていた。彼は食べたものを吐き出して、半ば昏睡状態で床にのびていた。水夫長は寝台に寄り掛かってしきりに彼女に流し目を送っていた。黄色い歯茎が見えている。

「毒を飲まされたのですか。それとも酔っているのですか」と、彼女はそばにいた加納遠江に聞いた。テーブルの食い物や吐物の悪臭、目の前の醜悪な水夫の悪臭、そして船全体に広がっている船底の悪臭が鼻をふさいでもにおってくる。「毒を盛られたようですね」

「たぶんそうです。あの汚物を御覧ください」彼は不愉快そうにテーブルに向かって手を振った。そこには血のしたたるようなローストビーフの残りや、串焼きの鶏肉の残がいや、ちぎったパン、チーズ、こぼれたビール、バター、ベーコン油の肉汁、半分空いたブランデーの壜などがいっぱいに散らかっていた。

二人とも、動物の肉を食べるのを見たことがなかった。

「なんか用かね」水夫長が聞いた。

「ここには猿はいねえよ。ワカリマスカ、お猿さん、いない、ここに」水夫長は侍に向かって、出ていけと手を振った。「消えうせろ」そして、まり子に流し目をくれた。「あんたの名前は……」

「あの男はなんと言っているのですか」侍が尋ねた。

水夫長は、ちらと、侍を気にしたが、またすぐ、まり子にもどった。

「この南蛮はなんと言っているのだ」

まり子は、呆然と見ていた目をテーブルから離し、水夫長のほうを向いた。「すみませんが、聞いてませんでした。なんと言われましたか」

「え……」水夫長は、口をあんぐりと開けた。彼は太った男で、目がくっついており、耳が大きく、髪は弁髪にしてタールを塗ってある。太い首から十字架をぶら下げ、腰のベルトに、だらしなく短銃を突っ込んでいる。「え……ポルトガル語を話すのかよ。へえー、ポルトガル語のうまいジャップか。どこでその文明語を習ったんだね」

「キリスト教の神父様に」

「こんちくしょう、驚いて目が回っちまわあ。おハナさんが文明語をしゃべるとさ」

ブラックソーンはまた吐いたが、起きあがろうとしても動けなかった。

「どうか、この人をあそこに寝かせてやってください」彼女は寝台を指差した。

「いいとも、この猿が手伝ってくれりゃ」

「だれですって、すみません」

「そいつだ。そのジャッポ」

その言葉は彼女の気に障ったが、とにかく落ち着くのだと自分に言い聞かせた。そして侍に手振りを交じえながら言った。「加納様、この異人に手伝ってやってください。安針様をあそこに寝かせたいのです」

「承知いたしました」

男二人でブラックソーンを持ち上げ、寝台にほうりこんだが、頭が重くて、どさりと落ちた。彼は何か訳のわからないことをつぶやいた。

「洗ってあげなければ」まり子は日本語で言った。水夫長が加納のことを言った言葉を思い出すと、腹が立った。

「では、この蛮人に召使いを呼びにいかせてください」

水夫長はテーブルに手を伸ばして、鶏肉の足を手でむしり取って、彼女に差し出した。「腹へってるか。さあ、かわいいおハナさん、うまいぜ、本もののマカオのものだからな」

彼女は首を振った。

「かわいそうに。じゃ、ここへ何しに来たんだ。お嬢さん」

「水先案内人に会いに。虎長公のお使いです。水先案内人は酔っているのですか」

「そうだ。それに食いすぎだ。がつがつ飲んだり、食ったりしやがったからよ。壜半分、一息に飲んだりよ。イギリスの野郎はみんなこうだ。酒にだらしがなくて、きんたまなんかついちゃいねえ」そう言って彼女を上から下まで見た。「あんたみたいな、ちっこいおハナちゃんは見たことがねえな。文明語を話すジャッポとしゃべったのも初めてだな」

「あなたは、日本の侍や女の人のことをジャッポとか、猿とか呼ぶのですか」

水夫はちょっと笑った。「いやあ、ねえちゃん、口がすべったよ。ほれ、長崎の女郎や淫売のことだよ。悪気じゃなかった。いやあ、こんな文明人の娘がよ、いるとは思わなかったもんでな」

「私も神父さんのほかには、ポルトガルの文明人と話したことはありません。私たちは、ジャッポではなくて日本人です。猿は動物で、人間ではありません」

「そうとも」水夫長は欠けた歯を見せて笑った。「あんたは、おれたちの貴婦人みてえなことを言うな。いや、悪かった。な、お嬢さん」

ブラックソーンが、何かぶつぶつ言いはじめた。彼女は寝台のそばへ行き、その体をそっと揺すった。

「安針様、安針様」

「はい……はい」ブラックソーンは目を開けた。「ああ…これは、どうも……」しかし、ひどい頭痛がするうえに、部屋がぐるぐる回るので、また倒れ込んでしまった。

「召使いを呼んでください。体を洗ってやりますから」

「奴隷はいるけど、そんな仕事はしねえよ。あのイギリス人ならほっとけ。吐いたぐらいで、なんでえ」

「召使いがいない」彼女は目を丸くした。

「奴隷ならいる……黒んぼ野郎だ。だが、ひでえ怠け者だ……なんなら、おれが洗ってやろうか」彼はくちびるを曲げ、にやっと笑った。

まり子はほかに手はないと思った。虎長様はすぐに安針様を必要とするだろう。私がやらねば。

「水をください。私が洗います」

「階段の吹き抜けに桶がある。下の甲板だ」

「取ってきてください」

「あいつにやらせろ」水夫長は加納のほうへあごをしゃくった。

「だめです。あなたが取ってきてください」

水夫長は、ブラックソーンを振り返った。「あんたは、やつのレコか」

「なんですって」

「イギリス野郎のレコかよ」

「レコって、なんのことですか」

「情婦だよ、妾、女、おまんこ、レコ」

「いいえ、違います」

「それじゃ、この猿……じゃねえ、侍のか。それとも、さっきの王様のか、ほれ、船に乗り込んできたトラとかなんとかいうやつの……あいつの女の一人か」

「違います」

「船にいるだれのでもねえのか」

彼女は首を振った。「どうか、水を持ってきてください」

水夫長はうなずいて、出ていった。

「あんなに醜くて、臭いやつのそばへ寄ったのは初めてです」加納が言った。「何を言っていたのですか」

「あの人は、私が水先案内人の情婦かと」

それを聞くと、侍は扉のほうへつかつかと歩み寄った。

「加納様」

「あなたの御主人に代わって、この侮辱に対して仇《あだ》を討つことをお許しください。ただいま、この場でやります。あなた様が異人と通じているというとは」

「加納様、どうか扉をお閉めください」

「あなたは戸田まり子様。こんな身分の方を侮辱するとは不届きなやつ。この侮辱の仕返しをせねばなりませぬ」

「そうです、加納様。そのお気持ちはありがとうございます。仇討ちをお願いいたします。でも、いまは虎長様のお供でここに来ています。殿の御承諾なしには、できないと存じますが」

加納はしぶしぶ扉を閉めた。「承知しました。しかし、我々が船を離れる前に、虎長様にお願いしていただきたいと思います」

「わかりました。私の名誉をお考えくださいまして、ありがとうございました」そう言うと、加納の気をまぎらわすために、彼女は話題を変えた。「安針様は動けませんね。まるで赤ん坊のようですわ。異人はお酒に弱いのかしら。日本人にもいますが」

「これは酒のせいではありません。様子が違います。食べたもののせいです」

ブラックソーンは苦しそうに体を動かし、意識をとりもどそうとしている。

「この船には召使いがおりませんので、私が安針様の奥方の代わりをしなければなりません」と言って、彼女はブラックソーンの衣服を脱がせようとしたが、腕を負傷しているので、うまくできなかった。

「私にやらせてください」加納は器用にやってのけた。「父が酒に酔ったとき、いつもやらされましたので」

まり子は船室の中を見回した。「こんな汚いところでよく暮らせますね。日本の貧民の家よりひどい。あちらの部屋にいたときも臭くてたまりませんでしたわ」

「むかむかいたします。私は、異人の船に乗ったのは初めてです」

「私は、船というものが初めてです」

扉が開いて、水夫長が桶を置いた。彼はブラックソーンが裸なのを見て驚き、寝台の下から毛布を出して、掛けてやった。「死んじまうぞ、死なねえまでも、男を裸にするなんてのはよくねえぜ、こんな男でもな」

「なんですって」

「なんでもねえよ。な、お嬢さん。お名前は」彼の目が光ってきた。

彼女は答えなかった。彼女は毛布をはがして、ブラックソーンの体を洗った。何かしていれば、この船室の汚なさも、いやな水夫長のことも忘れることができるような気がした。いまごろは、あちらの船室ではどんな話をしているだろう。御主君は無事だろうか。

洗い終えると、着物と汚れた下帯を束ねた。「これを洗濯していただけますか」

「えっ」

「すぐ洗うのです。奴隷を呼んでください。お願いします」

「黒んぼの怠け者だって言ったろう。まず一週間はかかるぜ。捨てちまいな、お嬢さん。役に立ちゃしねえ。水先案内人のロドリゲスが、体に合う服をやれと言っていた。ほら」彼は船室のロッカーを開けた。「この中から、どれでも選べとさ」

「何を着せるのか、私にはわかりません」

「シャツ、ズボン、前袋、靴下、長靴、上着だ」

水夫長はそれらを取り出して彼女に見せた。それを受け取ると、彼女と加納とで、まだ意識がよくもどっていないブラックソーンに着せはじめた。

「これは、どうして着けるのですか」彼女は、紐のついた三角の袋のような前袋を持ち上げた。

「よせやい。こうやって前につけてやれ」水夫長は弱った顔で、自分のを指差した。「ズボンの上からそこに当てて結ぶんだ。やつの袋にかぶせて」

彼女は水夫長のを見て、着け方を考えた。彼は見られていると思うと興奮した。

彼女はブラックソーンのそれを注意しながら、その袋に入れ、加納に手伝ってもらって、股の間から紐を後ろに回し、腰のあたりで縛った。彼女は小さな声で言った。「こんな、ばからしいものを着けているんですね」

「よくこんなものを着けておられるものだ」と加納が答えた。「神父たちも服の下に着けていますか」

「私、存じません」

彼女は髪の先まで赤くなった。水夫長に向かって、「安針様の着方は、これでいいでしょうか」と聞いた。

「あとは長靴だ。そこにある。あとでいいよ」そう言いながら水夫長がそばへ来たので、彼女は臭くて息ができなくなった。水夫長は加納に背を向け、声をおとして言った。

「ちょんの間で、いくか」

「なんでしょう」

「おめえはいい娘《こ》だ。どうだね。隣の部屋に寝台がある。そこの連れの旦那を上へ追っ払っちまいな。このイギリス野郎は、まだ一時間は平気だ。相場で払うよ」

「なんでしょう」

「銅貨一枚だよ……おめえのものがよけりゃ三枚やるよ……おれのこいつは、リスボンからこのかた、めったにお目にかかれねえ上まらだぜ」

彼女の顔色が変わったので、加納は驚いた。「どうかしましたか。まり子様」

まり子は水夫長を押しのけて、寝台から離れながら言った。「あの人……あの人が……」興奮して、声が詰まっている。

加納はみなまで聞かず刀を抜き放った。撃鉄を起こした二丁の短銃がこちらを向いている。承知のうえで加納が飛びかかろうとした。

「やめて！　加納様」まり子が息をはずませて言った。「殿のお許しなく刀を抜いてはならないことになっています」

「さあこい、猿め。かかってこい、このくそったれの小便侍。ねえちゃん、この猿に言ってやんな。その刀を振り上げてみろ、屁も出ねえうちに、その首と胴が離れちまうぞってな」

まり子と水夫長の距離は一歩しかない。右手を帯の間に入れ、短刀の柄《つか》を握りしめていた。

しかし、自分の務めを思い出した。「加納様、刀をお納めください。殿の御命令でございます」

加納は怒りをこらえて、刀を納めた。

「くたばれ、このジャッポ」

「この方の失礼をお詫びいたします。そして私も」まり子は努めて丁寧に言おうと思った。

「思い違いをいたしまして……」

「あのばか猿は、刀を抜きやがったぜ。思い違いってことがあるかよ」

「お許しください。すみませんでした」

水夫長はくちびるをなめた。「おめえがそう下手に出るんなら、忘れてやらあ、な、おハナちゃん。隣の部屋へ二人で行くんだぜ。そうすりゃ、この猿のことは忘れてやるから、ここで待ってなと、言ってやんな」

「あなたの名前は」

「ペサロだ。マヌエル・ペサロ。それがどうした」

「いいえ、べつに。どうか思い違いをお許しください」

「隣の部屋へ行け。さあ」

「何をしているのだ。何を……」ブラックソーンは、まだ夢うつつであったが、本能的に危険を感じた。「どうした、いったい……」

「このジャッポの野郎が、刀を抜きやがった」

「思い違いなんです、安針様」まり子が言った。「ペサロさんには謝りました」

「まり子……まり子さんですか」

「はい。安針様、そうです」

彼女はそばへ寄った。水夫長の短銃は加納に向けられたままだ。そのとき、扉が開いて、若い操舵手が桶を持って入ってきたが、短銃を見て驚き、逃げていった。

「ロドリゲスはどこだ」ブラックソーンが、正気にもどろうとして首を振った。

「上だ、席にいるはずだ」水夫長が答えた。その声にはとげがあった。「このジャッポの野郎が抜きやがってよ」

「甲板へ連れてってくれ」ブラックソーンは寝台の縁に手をついた。まり子がその腕を取ろうとしたが、とても持ち上がるどころではなかった。

水夫長は加納に向かって短銃を突きつけ、「この野郎に手伝えと言いな。それからな、何かしやがったら帆桁にぶら下げちまうと言っておけ」


サンチアゴ一等航海士は、艦長室の壁の、人の知らない節穴から耳を離した。最後に、デラクァ卿が、「さて、これで解決しましたね」と言った声が、まだ頭の中で鳴っていた。足を忍ばせて暗い部屋を横切り、廊下へ出ると、扉をそっと閉めた。彼は背が高く、やせて、老けた顔をしており、髪は弁髪にしていた。小ざっぱりした服を着ていたが、足はほかの水夫たち同様、はだしだった。彼は急いで階段を駆け上がり、主甲板を走って後甲板に来てみると、ロドリゲスがまり子と話していた。失礼して割り込むと、ロドリゲスの耳元に口を寄せ、いま自分が聞いたこと、耳にしたことを全部話したが、その声は、後甲板にいるほかの人間には聞こえなかった。

ブラックソーンは船尾の甲板にしゃがみこみ、船べりにもたれ、抱え込んだひざの上に頭を埋めていた。まり子は、ロドリゲスの向かいにきちんと日本流に正座しており、その横に加納が険しい顔をしていた。甲板にも、檣上《しょうじょう》の見張り席にも、操舵席にも武装した水夫が大勢たむろしている。船は、依然として向かい風の形で止まっており、夜気は気持ちよかったが、雨雲が厚くなっており、間もなく雨が降りそうであった。一〇〇ヤード離れて、虎長の船が舷側を見せている。こちらの大砲が火を吹けばそれまでである。櫂《かい》は上げてあるが、両舷に一本ずつを残して、ゆるい潮の流れに船が流れてしまわないようにしている。弓矢を持った武士を乗せた敵の漁船は、近寄ってきてはいるが戦闘には入っていない。

まり子はロドリゲスと一等航海士を見ていた。何を話しているのかは、彼女には聞こえなかった。たとい聞こえたとしても、彼女の育ちからすれば、自分で耳をふさいだであろう。彼女がブラックソーンとともに甲板に上がってくると、ロドリゲスは水夫長の説明を聞き、まり子の話にも耳を傾けてくれた。まり子は、自分が水夫長の言葉を誤解したので、加納が刀を抜いたのであり、罪は自分にあると話した。水夫長はそれを聞いてにやりと笑ったが、相変わらず短銃を加納の背中に突きつけたままだった。

「おれは、この女がイギリス野郎のレコかどうか聞いただけよ。この女がやつの体を洗ったり、やつのものをつかんで前袋に入れたり、派手にやってるからよ」

「水夫長、短銃をしまえ」

「この男は危ねえやつだ。縛っといてくれよ」

「おれが見張ってる。前甲板へ行ってろ」

「危なくこの猿に殺されるとこだったぜ。おれが先に抜いたからよかったけどよ。やつを帆桁につるしてやれ。長崎でやってるように」

「ここは長崎じゃない。前へ行ってろ」

水夫長が行ってしまうと、ロドリゲスが尋ねた。「ほんとうのところは、やつはなんと言ったんだね」

「いえ、なんでもありません。よろしいのです」

「それじゃ、あの男が、あんたとその侍さんに失礼なことをした件は、おれが謝る。おれに代わって、その侍さんによろしく詫びてくれ。それからお二人に、水夫長の失礼の件は水に流してくれるよう、正式にお願いする。ごたごたが起きたんじゃ、あんたの殿様にも、うちの艦長にもためにならねえからな。やつのことは、おれなりに始末するから許してくれ」

彼女はそれを加納に話すとともに、説明に努めたので加納もしぶしぶ納得した。

「加納様には承知していただきましたが、もし陸の上でペサロ水夫長を見かけたときには、首をちょうだいすると言っておられます」

「ああ、そうとも、そのとおりだ。カノサン、ドモアリガト」ロドリゲスはほほ笑んだ。「ドモアリガトゴザマシタ、マリコサン」

「日本語が話せますのね」

「とんでもねえ。ほんの一言だ。おれのかみさんは長崎だ」

「まあ、ずっと日本にいらっしゃるのですか」

「リスボンから来たのは二度目だが、この辺の海で七年も過ごした。マカオとゴアを、行ったり来たりで……おれのかみさんは、少しポルトガル語をしゃべるぜ。あんたの足元にも及ばねえがね。あんたはキリスト教か、そうだろう」

「そうです」

「かみさんも改宗したんだ。木山に仕えていた貧乏侍の娘だ」

「あなたのような方と結婚されて、お幸せですね」

まり子はそう言ってから、少し考えて聞いてみた。「ポルトガル人は、みな私たちを猿と呼んでいるのですか。あるいはジャッポと」

ロドリゲスは、自分の耳飾りを引っ張った。「あんた方だっておれたちを南蛮と呼ばないかね。しかも面と向かって。ところがおれたちは蛮人じゃない。文明人のつもりだ。仏陀の国印度では、日本人を〝東魔〟と呼んで、武器を持った日本人は入国させてもらえない。あんた方は、印度や南のやつを〝黒ん坊〟と呼んで、人間扱いにしない。中国人は日本人をなんと呼んでいる。あんた方は中国人をなんと呼ぶ。朝鮮人をなんと呼んでる」

「しかし、猿と呼ばれては、虎長様も、広松様も、あなたの奥様のお父上も、お喜びになりますまい」

「キリストがこう言っている。『なぜ兄弟の目にあるちりを見ながら、自分の目にある梁《うつばり》を見ないのか』お互いに自分の頭のハエを追えってことだ」

一等航海士が、さらに一段と声をひそめた。

「そいつが、なんと言ったって」思わずロドリゲスが、いまいましそうに大きな声を出すものだから、まり子は聞きたくなくても耳に入ってくる。しかし、そのあと航海士が繰り返した言葉は聞き取れなかった。そのあと、二人がブラックソーンのほうを見たので、まり子もその視線を追ってみたが、二人が、なぜ彼のことを問題にしているのか気になった。

「ほかには何があった、サンチァゴ」ロドリゲスは、まり子を警戒しながらそう言った。

一等航海士は、手で口を囲むようにしてささやいた。

「やつら、まだ、どのくらい下にいる」

「両方で乾杯し、手打ちが終わった」

「ちくしょう」ロドリゲスは、航海士のシャツを引っ張って言った。

「このことはだれにも言うな。神かけて。わかったな」

「当たり前じゃないか、水くせえな」

「念には念を入れただけだ」ロドリゲスは、ブラックソーンを見やった。「あいつを起こせ」

航海士がそばに行って、乱暴に揺さぶった。

「どうした、何か、あっ……」

「ひっぱたいてやれ」

サンチァゴが平手打ちをくれた。

「なんだこの野郎……おれは……」ブラックソーンは赤い顔をして立ち上がったが、よろよろと倒れ込んだ。

「どうしようもねえな。起きろ、イギリス野郎」ロドリゲスは湯気を立てて、二人の操舵手を指差した。「こいつを海にほうりこめ」

「えっ」

「すぐやれ」

二人の男が急いで彼をかつぎ上げたとき、まり子が声をかけた。「ロドリゲスさん、いけません」しかし、彼女と加納が止める暇もなく、二人の男は、ブラックソーンを舷側からほうり出した。彼は七メートルほど落ちて水しぶきをあげ、見えなくなった。しばらくすると、浮いてきて、ぜいぜいしながらもがいていた。水の冷たさで、頭がすっきりするだろう。

ロドリゲスが、苦労して椅子から立ち上がった。

「ちくしょう、手を貸せ」

彼のわきの下に一等航海士が手を入れ、飛んできた操舵手の一人が手伝った。

「ちくしょう、このばかども、おれの足に触るな」

二人は彼を舷側へ連れていった。ブラックソーンはまだせきこみながら、しぶきを立てていたが、ようやく舷側へと泳ぎはじめ、自分をほうりこんだ者へ呪いの言葉をわめきちらした。

「二ポイント右へ」ロドリゲスが命じた。すると船はちょっと風を外れ、ブラックソーンから遠ざかった。彼は下に向かって叫んだ。「こら、おれの船に近寄るな」それから急いで、一等航海士に命じた。「ボートを下ろしてイギリス野郎を拾って、向こうの船に乗せろ。早く、やつにこう言え……」そう言うと、彼は声をおとした。

まり子は、ブラックソーンがおぼれなかったので、ほっとした。「ロドリゲスさん、安針さんは虎長様がお預かりしている方です。すぐに船に上げてください」

「いますぐだ」そう言いながら、ロドリゲスはサンチアゴにささやき続けた。サンチァゴはうなずくと、走り去った。「すみません、まり子さん。ゴメンナサイ。緊急だもので。あのイギリス野郎を正気に返さないとな。あいつが泳げるのはわかってたからな。やつがしっかりしないと、まずいんだ」

「なぜ」

「やつは、おれの友達だ。話しただろう」

「聞きました。でも、イギリスとポルトガルは戦っています。スペインも」

「そうだ。しかし、水先案内人同士は戦争とは別だ」

「では、あなたはだれに忠誠を尽くすのですか」

「船の旗だよ」

「あなたの国王にではないのですか」

「そうであるときもあり、ないときもある。おれは、あのイギリス野郎に命を助けてもらったんだ」ロドリゲスはボートを見守っていた。やがて「ようそろー……風上へ向け」彼は舵手に命じた。

「了解」

彼は、風や近くの岸や対岸の状況などを念入りに観察しながら、船の動きを待った。測鉛手が深さを大声で報告した。

「すまなかった。お嬢さん。なんの話だった」と言いながら、ロドリゲスは彼女のほうをちらっと見ただけで、もう一度自分の船とボートの位置を確認していた。彼女もボートを見た。すでに乗組員はブラックソーンを海から引き上げており、虎長の船に向かってオールを動かしているところだ。彼らは不思議なことに立って漕がず、座って漕ぎ、しかも後ろに漕ぐ。彼らの顔はもうはっきり見えなくなっている。安針の顔はそばにいる男の陰になっている。ロドリゲスがさっき何ごとかをささやいて送り出した男だ。「あの人に何を話したのですか」

「だれにだって」

「あの人です。安針様を拾いにいった人です」

「イギリス野郎の安全を祈って、早くやれというようなことだ」答えはありきたりで、何もつかめなかった。

まり子は、それを加納に通訳して聞かせた。ロドリゲスは、ボートが虎長の船に横づけになるのを見て、またぶつぶつと言いはじめた。「天にましますマリア様、神の母なる……」艦長とイエズス会の神父たちが上がってくると、その後ろから虎長と家来たちも上がってきた。

「ロドリゲス。ボートを下ろせ。神父が上陸される」フェリエラが言った。

「それから」

「それから出航だ。江戸へ」

「なんだ、江戸とは。マカオへ行くんじゃないのか」ロドリゲスは、知らぬふりをして答えた。

「虎長を江戸へ連れていく。それが先だ」

「何をするって……じゃ、あの船はどうするんだ」

「止まっていてもよし、戦って道を切り開いてもよし……」

ロドリゲスはすっかり驚いたように船のほうを見やり、それから、まり子を見た。まり子の目は彼を非難している。

「マツ」ロドリゲスは、彼女に小さな声で言った。

「なんだって」アルヴィト神父が聞きとがめた。「何を待つのかね、ロドリゲス」

「マリア様をたたえると、神父、気が長くなると言っただけだ」

フェリエラが虎長の船を見た。「おい、ボートはあそこで何をしている」

「異教徒を船に送り返しただけだ」

「なんだって」

「イギリス野郎を送り返したのさ。何がいけない。腹が立つから海へほうりこんでやった。おぼれりゃいいと思っていたら、あいにく泳ぎやがったんで、しょうがねえから、拾って、もどしてやったんだ。あいつは虎長さんとやらのお気に入りだそうだから。どこか悪かったか」

「船へ連れもどせ」

「じゃ、鉄砲でも持たせて、どっと送り込みますか。やつは、さんざん怒って怒鳴っていたから、簡単には帰っちゃきませんぜ」

「連れもどせというのだ」

「いったい何があったっていうんだ。あの船が止まってようと動こうと、こっちの知ったことじゃないと、いま言ったばかりじゃないか。あのイギリス野郎はこれでおだぶつだ。それなのになんだ。だれがあいつに用があるんだ。神父は、もちろん、あいつが消えたほうがいいんだよな、そうだな、神父」

デラクァ卿は答えなかった。アルヴィトも黙っていた。この事件によって、フェリエラが提案し、神父と虎長が承知した計画は瓦解してしまった。それにしたがえば、神父たちは直ちに上陸して、石堂や木山や大野などの手前を取りつくろい、海賊がいるという虎長の話は信じたが、虎長が大坂城から〝脱出〟したものとは知らなかった、ということにする。一方、フリゲート艦は虎長の船とは関係なく港の入口に向かい、漁船を追い払う。もしフリゲート艦を攻撃してくるようなことがあれば、大砲でやっつける。賽《さい》は投げられた。

「しかし、漁船は攻撃してこないにきまっている」とフェリエラは推測した。「やつらは虎長の船を捕らえなければならない。巡察使卿、ほかに道はなかったことを石堂に説得するのは、あなたの責任です。結局、虎長公は筆頭大老として残る。最後に、あの異教徒は甲板に残しておく」

二人の神父は、どちらも理由を聞かなかった。フェリエラも、あえて理由を言おうとはしなかった。

巡察使卿は艦長の肩にそっと手を置くと、虎長の船に背を向けた。「あの異教徒は、あそこにいても同じことでしょう」彼はそう言ったが、考えてみれば、神の道とは不思議なものだと思った。

しまった。フェリエラは叫びたかった。おれはあいつがおぼれるのを見たかった。海の真ん中で、一人の男が明け方に海へ落ちる。跡形もなく消え、知る者もいない。簡単なことだ。虎長でもこれほどの知恵はあるまい。虎長にとっては、不幸な事件が一つ起こるだけだ。それはいかにもブラックソーンらしい運命じゃないか。水先案内人がどれほど水死をいやがるかも、艦長の計算に入っていた。

「どうしたのだ」虎長が尋ねた。

アルヴィト神父が、水先案内人が向こうの船にいる経緯を説明した。虎長は、まり子を振り返った。彼女はうなずいて、ロドリゲスが前に話したことを補足した。

虎長は船べりに行き、闇の中を透かして見た。多くの漁船が新たに北岸から漕ぎ出しており、別の船も、間もなく港口に達しようとしている。彼は、安針が政治上の邪魔者となったことを知り、もし艦長が彼を消したいというのなら、それもまた神が与えたもうた簡単な道であろうと思った。そのほうがほんとうにいいのか。確かに、キリスト教の神父たちは、安針がいなくなればどんなにうれしがることかと思う。大野や木山もそうだ。彼らはあの男を恐れていたので、あのどちらか、あるいは二人が共謀してあの暗殺を計画したのだ。なぜそんなに恐れる。その安針が、いまは向こうの船におり、生命が危険にさらされているというのも、彼にまつわる前世の縁《えにし》だ。そして安針は海のもくずとなる。矢部も、ほかの侍も、鉄砲も、みな同じ縁だ。鉄砲は失ってもいい。矢部も要らん。しかし、あの安針はどうか。やむをえん。

この変わった蛮人の仲間は、まだ八人も残っているではないか。八人の知識を集めれば、この安針一人をしのがないまでも、同じくらいの値打ちはあろう。この際、最も重要なことは、できるだけ早く江戸へ帰って戦の準備をすることである。いまや戦は避けられない。木山や大野はどうなる。彼らがわしの味方につくとは、神のみぞ知ることだ。つくかもしれない、つかぬかもしれない。しかし、四〇日以内に切支丹の勢力がこちらに傾いてくれなければ、当然の勘定で、土地の話やもろもろの約束は御破算だ。

「これも前世の縁だな、ツウジ」

「そうです」アルヴィトは、大いに満足したように艦長を見やった。「虎長公は、何もしないのにこうなった。神の御意思だと言われた」

「そう思うか」

突然、向こうの船で、太鼓が鳴りはじめた。櫂が全力で水をつかんだ。

「いったい何ごとが始まった。なんだあれは」フェリエラがうなった。

みんなの見ている前で船は離れていき、虎長の旗は帆柱からするすると下ろされた。

ロドリゲスが言った。「あの漁船の野郎どもに、もう虎長は乗っていねえと教えるつもりかな」

「やつは、何をするつもりだ」

「わからねえ」

「ほんとうか」フェリエラが聞いた。

「わからねえ。しかし、おれがやつなら、自分だけさっさと海に出て、おれたちを落とし穴の中に閉じ込めるってわけだ。イギリス野郎は、おれたちのことをばらすつもりだ。さてどうする」

「江戸へ行けと、命令したではないか」もしおまえがあの船にぶつかってくれりゃ、もっと好都合だと、フェリエラは口に出かかったが、言うのをやめた。まり子が横で聞いていたから。

神父たちは感謝しながらボートで岸に向かった。

「総帆、張れ」ロドリゲスが叫んだ。脚がうずき、痛む。「南々西。総員位置につけ」

「奥様、虎長公に、下に行くように言ってください。そのほうが安全です」とフェリエラは言った。

「お気持ちはありがたいが、ここにいたいと言っております」

フェリエラは肩をすくめ、後甲板の端へ行った。「大砲用意。葡萄弾装てん。戦闘用意」

第28章

「イソギ……」とブラックソーンは叫ぶと、漕ぎ手の頭《かしら》に、太鼓の打ち方を速くしろと命じた。振り返ると、フリゲート艦は帆を詰め開きにして、襲いかかるように迫ってくる。現在は直進で、そのあとの間切りに備えている。ブラックソーンは、自分の針路の判断が正しかったかどうか自信がなかった。というのは、このあたりは崖が近く、水路は狭く、成功と破滅の境は数歩の差であったからだ。向かい風のため、フリゲート艦は港の入口まで間切っていかなければならないが、彼の船は自由に動ける。しかし、フリゲート艦のほうがスピードは速かった。そして、ロドリゲスが最後の間切りを試みるとき、彼の船は水路を譲り、サンタ・テレサ号を通すより仕方がないことは、はっきりしていた。

矢部がまた話しかけてきたが、彼は相手にならなかった。「おれにはわからない。ワカリマセン、ヤブサマ。いいか、トラナガサマがおれに言った。アンジンサン、イチバン、イマ。おれが船長だ。ワカリマスカ」彼は日本人の船長に、羅針盤の上で針路を指差してみせた。船長は、船尾五〇ヤードにまで迫り、衝突しそうなフリゲート艦に手を振っていた。

「このコースを守れ、いいな」ブラックソーンは言った。海でずぶ濡れになった衣服に風が冷たい。そのおかげで頭がはっきりしてきた。空の様子を調べた。明るい月の近くには雲がなく、風も穏やかだった。まず危険はないだろう。港に出るまで、神よ月の光を曇らせたもうな。

「船長……だれかに、サケを持ってこさせてくれ。サケ、ワカリマスカ」

「ハイ、安針さん」

水夫が急いで使いに走った。振り返ってみると、迫りくるフリゲート艦の大きさとスピードに彼は圧倒された。ブラックソーンは自分の航路を守り、フリゲート艦に向きを変えさせようとした。しかし、相手はびくともせず、こちらへ真っ直ぐに向かってくる。あわやという瞬間に、彼は進路を譲った。こちらの後甲板に向こうの舳先《へさき》がかぶりそうになったとき、ロドリゲスが部下に命令する声が聞こえてきた。「左舷へ間切れ。三角帆《ステースル》を張れ、進路そのまま、ようそろ」そのあとでスペイン語で彼に向かって怒鳴るのが聞こえた。「悪魔に食われろ、このイギリス野郎」

「おまえのおふくろが先だ、ロドリゲス」

フリゲート艦は向きを変え、風を斜めに受けて、対岸のほうに向かった。そちらでもう一度向きを変え、再び風を受けてこちら側へ間切ってきて、さらに最後のターンをして、港の入口に向かうことになるだろう。

一時近寄った両船がぶつかりそうになったとき、彼は相手の船に、あるいは後甲板で揺れているロドリゲス、虎長、まり子、艦長などに手が届きそうだった。しかしすぐに、フリゲート艦は遠ざかり、その余波を受けて船はぐらぐらと揺れた。

「イソギ、イソギ」漕ぎ手は倍の力を出したが、ブラックソーンは手まねで水夫を呼び集め、交代要員のすべてに櫂《かい》を持たせた。フリゲートより先に港の入口に着かなければ、最悪の事態になる。

彼の船は港の出口に近づいた。しかし、フリゲート艦も近づいている。向こうのほうで、フリゲート艦はまるで踊り子のようにくるりと向きを変えると、ロドリゲスがさらに上檣帆を足しているのが見えた。「抜け目のないこと、さすがにポルトガル野郎だ」

酒が届いた。しかし、それを持ってきた水夫から器を取り上げたのは、まり子に付き添っていた女の、ぎごちなさそうな手であった。彼女は勇敢に甲板にがんばっていたが、どうみても船に強いとはみえない。彼女の手はしっかりしており、髪はきれいに束ねられ、着物は豪華なものだった。船が波をくらって揺れた。女はよろめいて器を落とした。それでも顔色一つ変えなかったが、彼は素早く、その顔にはじらいの色の浮かぶのを読み取った。

「ナマエハ」

「宇佐美藤子」

「藤子さん。それをくれないか。どうぞ」彼は手を出して徳利《とっくり》を受け取ると、直接その口から酒を流し込んだ。少しでも早く体を温めたかった。彼はサンチアゴがロドリゲスの指示で教えてくれたとおりに、浅瀬を避けて進路を迂回させた。そして、岬の鼻の方角をもう一度調べて、安全な航路を確認した。

頭ははっきりしてきたし、元気も出てきた。用心すれば十分やれると思った。しかし彼は、自分の体にそれほどの余力が残っていないことを知っていた。それにこの船も、もう力を出し切っている。

「酒、ドウゾ、藤子さん」彼は空の徳利を渡すだけで、彼女のことなど念頭になかった。

向かい風をみごとに間切りながら、フリゲート艦は一〇〇メートルほど先を走っている。風に乗って猥談《わいだん》が聞こえてくる。しかし、それには耳をかすまい、ここは精力を使うときではないと思った。

「イソギ、負けるな」

酒の徳利がいっぱいになってもどってきた。「ドウモ」と彼は礼を言った。

フリゲート艦は詰め開きで、ほとんど倒れそうにしてターンした。それを見ると、彼はぞくぞくした。「おれよりうまい」風に向かって、彼は大声で叫んだ。

「おれがあの船を動かしているのなら、漁船の間をくぐりぬけて海へ出たら最後、二度と帰ってこない。国へ帰るんだ。こんな日本なんぞは、日本人とポルトガル人のくそ野郎どもにくれてやるさ」

矢部と船長がこちらを見ている。「だが、時期はまだ早い。おれは黒船をつかまえて、やつらの略奪品を分捕ってやるんだ。そうだ、復讐してやるんだ。な、矢部さんよ」

「ナンデスカ、安針サン」

「イチバン」彼は、フリゲート艦に手を振りながら答えた。酒を飲み干した。藤子が空の器を受け取った。

「オサケ？　安針様」

「イイエ、ドウモ」

二隻の船は、漁船の一団のそばまで近づいていた。安針の船は、漁船団がわざとあけてある水路へ真っすぐに船首を向け、フリゲート艦は最後のターンをして港の出口へ向かった。ここまで来ると山の影響がなくなり、風は一段と強くなった。外海まであと一キロもない。突風にフリゲート艦の帆がはためき、横静索《シュラウド》が短銃のような音を立てる。舳先《へさき》にも、航跡にもあわ立つ波があった。

漕ぎ手は汗にまみれて、へばってきている。一人の男が倒れた。そしてもう一人。五〇人の浪人姿の侍たちは、すでに戦闘配置についている。前方の漁船群は狭い水路の両側に並んで、弓を構えて待っている。ブラックソーンは相手の船がそれぞれに炉を持っているのを見て、敵が火矢を射ってくるつもりだと、読んだ。

すでに彼は、できるかぎりの戦闘準備をしていた。矢部も戦闘の覚悟を決めており、火矢も承知していた。ブラックソーンは木の板を舵席のまわりに立てて囲い、船倉のマスケット銃の梱包《こんぽう》をほどいて、銃を使える者にはそれを持たせ、弾丸を与えた。そしていくつかの火薬の小樽を後甲板に持って上がり、それに導火線を取りつけた。

一等航海士のサンチァゴがボートに彼を救い上げたとき、ロドリゲスの命令で助けにきたと言っていた。「なぜだ」と彼は聞いた。

「水先案内人の言うことには、あんたを海に投げ込んだのは正気に返すためだとさ」

「なぜ」

「サンタ・テレサ号にいると、あんたは危険だからだと言ってたよ」

「どんな危険だ」

「なぜだ」

「やれるものなら、自力で道を切り開いて脱出しろと言ってた。もちろん、援助はするとさ」

「いちいち何か言わずに、おれの言うことを聞けよ。時間がないんだ」

航海士は、浅瀬や、針路の取り方、水路、計画などを教えた。そして二丁の短銃をくれた。

「射撃はうまいかと、水先案内人が聞いていたよ」

「下手だ」と彼は嘘をついた。

「幸運を祈ると、最後に言えと、水先案内人が言っていた」

「やつにもそう言ってくれ。それから、あんたもな」

「おれは、あんたにゃ地獄へ行ってもらいたいよ」

「ありがとう」

ブラックソーンは、先ほどまで、もし大砲が撃ちはじめたのに、こちらに策がない場合、あるいは策が役に立たなかった場合、あるいはまた敵が迫ってきた場合などを想定して、樽に導火線をつないでおいたのだ。こんな小さな樽でも、導火線に火をつけてフリゲート艦のそばへ流してやれば、舷側に七〇発も大砲を撃ち込んだぐらいの効き目はあり、あの船を沈めることができるだろう。たとい樽がどんなに小さかろうと、艦をやっつけられれば、かまわない。

「イソギ、命がけだぞ」彼はそう叫ぶと、舵を握り、ロドリゲスと明るい月の光に感謝した。

港の入口はせいぜい四〇〇メートルくらいしか幅がない。両岸の間の水は深く、岩肌は鋭く切り立っていた。

待ち伏せしている漁船との間隔は一〇〇メートルにつまった。

サンタ・テレサ号は、いまや闘志をみなぎらせて、風を正面から右舷に受け、力強い航跡を引きながら近づいてくる。ブラックソーンは水路の中央を維持しながら、矢部に用意はいいかと合図した。浪人姿の侍たちは、みな船べりに身をかがめてひそんでおり、ブラックソーンの合図と同時に、それぞれ小銃や刀を持って立ち上がり、左舷だろうが右舷だろうが必要な場所に駆けつけ、矢部の指揮で戦うことになっていた。漕ぎ手は頭の打つ太鼓に従い、頭は安針の指示に従うことになっていた。船を導くのは安針の責任だ。

フリゲート艦は五〇メートルほど後ろにいて、水路の真ん中を真っすぐにこちらへやってくる。明らかに、そのまま真ん中を突っ切ってくるつもりだ。

フリゲート艦の甲板上で、フェリエラがロドリゲスにそっとささやいた。「やつにぶつけろ」そう言うと、まり子のほうを見た。彼女は一〇歩ほど離れて、虎長と舷側に立っていた。

「だめだ。虎長や、あの女がそこにいたんじゃ、できやしねえ」

「奥様」フェリエラが声をかけた。「下にいらしてはいかがです。下の砲列甲板のほうが安全です」

まり子が通訳すると、虎長はちょっと考えていたが、昇降階段を、言われたとおりに降りていった。

「くそっ、いまいましい」砲手長がだれにともなく言った。「舷側から一発ぶっ放して、何か沈めなきゃ気が収まらねえ。海賊を沈めて以来の厄年だ」

「そうだ。猿どもに水浴びさせてやれ」

後甲板ではフェリエラがもう一度繰り返した。「あれにぶつけろ、ロドリゲス」

「あんたの敵を殺すなとさ。どうせだれかがやってくれらあ」

「なんだ、こいつは。神父のような悪党だ。おまえには血が通っていないのか」

「通っているとも。人殺しの血じゃねえだけだ」ロドリゲスもスペイン語で答えた。「スペインの血も入ってねえ」

「あいつにぶつけるのか、ぶつけないのか」と、ポルトガル語で言ったフェリエラは、目前の人殺しに夢中になっていた。

「あの針路にいるつもりなら、やっちまうよ」

「よし、あのままでいるようにしろ」

「あのイギリス人をどうするつもりだったのかね。あいつがいなかったら、なぜあんなに怒った」

「ロドリゲス、おまえは気にくわないし、信用しないことにした。二度もおれに逆らって、あの異教徒に味方したな。アジアぢゅうを探して、よさそうな水先案内人がいたらおまえをくびにして、そいつをおれの黒船に乗せることにするよ」

「そうなりゃ、あんたはおぼれて死ぬんだ。あんたには死臭がする。助けてやれるのは、おれだけだ」

フェリエラは、おどされて十字を切った。「縁起でもないことを言うな。おまえにそんなことがわかるか」

「おれのおふくろはジプシーでね、七番目の子供の、また七番目の子供だ。おれもそうだ」

「嘘をつくな」

ロドリゲスはほほ笑んだ。「艦長さんよ、おれは嘘つきかもしれないぜ」そう言うと、彼は手を口に当てて叫んだ。「戦闘配置につけ」それから操舵手に向かい「針路そのまま。あのぼろ船めがどかなきゃ、沈めちまえ」

ブラックソーンは舵輪をしっかり握っていた。腕も脚も痛い。漕ぎ手頭は太鼓を打ち鳴らし、漕ぎ手は最後の力をふりしぼっている。

フリゲート艦は二〇メートルまで迫った。一五、一〇。ブラックソーンは思い切って左へ切った。フリゲート艦はかぶさらんばかりに追い迫ったあと、舷側を見せた。ブラックソーンは右に切って、フリゲート艦から一〇メートル離れたところに並んだ。そして、敵の漁船の間を二列になって走り抜ける態勢になった。

「前へ出ろー」ブラックソーンが叫んだ。彼は舷側にぴたりと並びたかった。そうすれば、フリゲート艦の巨体と帆に助けてもらいながら進むことができる。マスケット銃の音がし、火矢が飛んできたが、まだたいした被害はない。ところが、一本が、間違ってフリゲート艦の下のほうの帆に当たり、火災が起こった。漁船の侍の指揮者たちは、恐れて矢を射るのを中止した。彼らはこれまで、南蛮の船を攻撃したことはなかった。南蛮人たちは勅令で保護されているのではないのか。そんな船の一つを焼けば、彼らは怒って、二度と物資を運んでこないのではなかろうか。

そう思って、指揮者たちは、虎長の船がフリゲート艦の陰にかくれて見えないうちは、射るのをやめさせた。石堂の許可もなしに、万が一にも、黒船の運航を停止させる原因になるかもしれない事件を起こすことはできなかったのである。しかし、フリゲート艦の水兵が火を消してくれたので、胸をなでおろすことができた。

火が止まったので、ブラックソーンも同じように、ほっとした。ロドリゲスもほっとした。計画は当たった。彼は、ブラックソーンの船がフリゲート艦の陰にかくれて通過することが、唯一のチャンスだとにらんでいたのであった。サンチァゴは、「うちの水先案内人は、予期しないことが起きても、自分で処理するつもりでいろと言ってたよ」と言っていた。

「あいつを追っ払え」フェリエラが言った。「ちくしょうめ。あいつを、猿どものなかへほうりこめと言っておいたじゃないか」

「五ポイント左」ロドリゲスはかいがいしく命令した。

「五ポイント左」操舵手が復誦した。

ブラックソーンにもその命令が聞こえた。自分も直ちに五度左へ船首を切ると、運を天にまかせた。もしロドリゲスが、そのままの針路をとり続けたなら、漁船の群れの中へ突っ込むことになり、万事休すである。もし速度を落として後ろに下がれば、敵の漁船は、こちらに虎長が乗っていようといまいと、この船に群がってくるだろう。どうしても並んでいなければならないのだ。

「五ポイント右」ロドリゲスが、ぎりぎりのところで命令した。彼にしても、火災はもうたくさんだった。甲板には火薬がいっぱい置いてある。「しっかりしろよ」と、彼は風に向かってつぶやいた。「元気よく帆をはらませて、ここから脱出させてくれよ」

ブラックソーンもまた五度右へ切って、フリゲート艦から離れぬようにし、二隻の船は並んで走っている。ブラックソーンの船の右舷の櫂はフリゲート艦に触れんばかりで、左舷の櫂は漁船に水を引っかけそうであった。いまや、船長にも、漕ぎ手頭にも、漕ぎ手たちにも安針の考えがよくわかった。彼らは最後の力をふりしぼって漕いだ。矢部が大声で命令を下し、それを聞くと、浪人姿の侍たちは弓をその場に置いて、漕ぎ手の手伝いに走った。矢部も飛び込んできた。

力を競い合った。あと二、三〇〇メートルだ。

漁船に乗っている灰色の侍のなかの勇敢なのが、列から漕ぎ出してきて航路に立ちはだかり、鉤竿《かぎざお》を投げてきた。こちらの舳先が漁船にぶつかり、相手の上にのし上がった。鉤竿はむなしく水中に落ちた。それを握っていた侍たちは水におぼれた。しかし、ガレー船の船足は乱れなかった。

「もっと左へ寄れ」

「行けないよ、艦長。虎長はばかじゃない。それに、見てみろ、暗礁がある」

フェリエラは、最後の漁船の近くに渦が巻いているのを見た。

「あいつを、あそこに追い上げろ」

「二ポイント左」

再びフリゲート艦は向きを変えた。ブラックソーンもそれにならった。両方の船は漁船の群れのほうを向く形になった。暗礁はすでにブラックソーンの目にも入っていた。また一隻の漁船をひっくりかえしたが、矢がいっせいに飛んできた。ブラックソーンはぎりぎりのところまで直進してから叫んだ。「五ポイント右」それはロドリゲスに聞かせるためのものであり、それと同時にぐいと舵輪を回した。

ロドリゲスは巧みに回避してくれた。しかし、新たに、予定外の衝突コースをとってきた。「ばか野郎、ちくしょうめ」ロドリゲスは、追っ手と衝突のジレンマのなかで怒鳴った。「てめえのきんたまのみせどころだぞ」

ブラックソーンは暗礁にぶつかるか、フリゲート艦に当たるか、いますぐどちらかを選ばねばならなかった。彼は漕ぎ手たちに感動していた。依然として黙々と漕ぎ続けている。いや、そればかりではない、乗組員たちも侍も、何も文句もいわず、彼に運命の選択をゆだねてくれていた。

彼は選択した。彼は右に舵を切ると、短銃を抜き、ねらいをつけた。「道をあけろ」と叫ぶと、引き金を引いた。弾丸はフリゲート艦の後甲板、ちょうど艦長とロドリゲスの真ん中をかすめていった。

艦長は身をかがめ、ロドリゲスも首をすくめた。この大ばか野郎のイギリス人め。外れたのか、外したのか、てめえは本気でおれを殺す気か。

見るとブラックソーンは、別の短銃を構えている。虎長が彼を見つめている。虎長など、この際はどうでもよい。

いったい、どうすりゃいいんだ。このまま計画どおりにやるのか、変更するのか。いっそ、あのイギリス野郎を殺しちまったほうが面倒がないんじゃないのか。どうすりゃいい。どちらにするか言ってみろ。

自分で決めるんだ。ロドリゲス、おまえ、それでも男か。

では聞け。ほかの異教徒はシラミみたいにあのイギリス野郎の尻にくっついて行動している。やつが死んでもついていく気か……おれはやつに命を一つ助けられた。おれには人殺しの血は入っていねえ……水先案内人を殺すわけにはいかねえ。

「面舵――」彼は命令し、道をあけた。

「なぜ、あの船に突っ込もうとしたのか、殿が尋ねておられます」

「ちょっとふざけただけだ。水先案内人同士のお遊び。度肝を抜いてやったのさ」

「短銃を撃ったのも」

「おふざけだよ。こっちの度胆を抜きやがった。暗礁がすぐそばにあったんで、おれはちょっとばかり、あいつを押しつけすぎたからな。おれたちゃ友達同士だ」

「ふざけるにもほどがあると、殿は言っておられます」

「じゃ、謝っておいてくれ。殿様も無事で、あの船も助かった。おれもうれしい。それでいいじゃないか」

「この脱出計画は、あなたと安針さんがたくらんだのですか」

「やつが利口で、やつのやることが、こちらとぴったり重なっただけのことさ。月が照らしてくれたのも、海が穏やかだったのも、ついていたし、だれもへまをやらなかった。だがなぜ、あの侍たちがやつを沈めなかったのかは、おれは知らねえ。神のおぼしめしだろう」

「そうかな」フェリエラが言った。しかし彼は、後ろから来るブラックソーンの船をじっと見つめたままで、こちらを振り向こうともしなかった。

港の入口はもうだいぶ遠ざかり、船は無事に大坂航路に乗った。ブラックソーンの船は五〇〇メートルほど遅れてついている。どちらの船もすでに急いではいない。後ろの船の櫂は大部分上がっており、ゆっくりと進むのに必要なだけを残して、漕ぎ手たちのほとんどは休養をとっていた。

ロドリゲスは、艦長フェリエラのことは気にとめる様子もなかった。それより虎長のことが気になっていた。虎長側に味方してよかったといまは思う。さっきの競争の間、彼は虎長をつぶさに観察することができた。めったにない機会だった。この男の目はいたるところに向けられた。砲手、大砲、帆、消火隊と、飽くことのない好奇心でものを見、さらに、水夫や航海士に、まり子を通じて質問していた。これはなんにする、大砲の弾丸の詰め方は、火薬はどのくらい、どうやって火をつける、この綱は何に使うのか。

「殿は、これも前世の縁《えにし》だとおっしゃっています。縁というのはわかりますか」

「わかる」

「あなたの船に乗せていただいたことに、お礼を言っておられます。殿は、自分の船へもどりたいとのことですが」

「なんだって」それを聞くと、フェリエラはすぐに振り向いた。「この船のほうが、ずっと早く江戸に着きます。どうぞ、このままここにいていただきたいのですが」

「このうえ、みな様に御迷惑をかけたくないそうです。殿は御自分の船で行かれます」

「ここにおられるよう、お願いしてください。喜んで、お供いたします」

「お志はありがたいが、いますぐ、御自分の船に乗りたいとのことです」

「わかりました。仰せのようにしなさいロドリゲス。向こうの船に信号を送り、ボートを下ろしなさい」フェリエラは少々落胆した。彼は前から江戸を見たいと思っていたし、自分たちの将来が、虎長と結びついたいま、この男のことをもっとよく知りたいと思ったから。彼は、虎長が戦争を避ける手段として語ったことは信じていなかった。我々は好むと好まざるとにかかわらず、すでにこの猿の味方をして、石堂と戦っているのだ。そういう状態は好ましいことではないが。

「最後までお供できないのが残念です」彼は丁重にお辞儀をした。

虎長も礼を返し、手短に何か言った。

「殿は、あなたにお礼を申されました」そう言うと、彼女はロドリゲスに向かってこう言った。「あなたが今度、黒船に乗ってもどってきたときに、あの船のお礼をしたいと、申しておられます」

「おれは、べつに何もしていない。義務を果たしただけだ。椅子から立てないけど、かんべんしてくれ。脚がこのとおりだからな」そう言ってロドリゲスはお辞儀をした。「神の恵みがありますように」

「ありがとうございます。あなた様もお元気で」

彼女は虎長のあとから、疲れたように手すりにつかまりながら、段を降りていった。水夫長のペサロがボートを指揮している。それを見ると、彼女はぞっとして、息も止まりそうになった。なんとか気を確かにと思ったが、幸いなことに虎長が、不快なにおいのする彼らをみなボートから降りろと命令してくれた。

「風も穏やかに、順調な御航海を」フェリエラが下に向かってそう言った。彼が手を振り、あいさつが返って、ボートは艦を離れた。「ボートがもどってきて、あのぼろ船が消えたら、休んでよし」フェリエラは砲手長に命令した。それから後甲板のロドリゲスの前に立ち止まり、虎長の船を指差した。「あの男を殺《や》らなかったことで、おまえは後悔するぞ」

「神のおぼしめしだ。あのイギリス野郎は、もしかしたら、あんたの欲しい〝よさそうな水先案内人〟だぜ。あいつの宗教さえ気にしなけりゃな、艦長」

「私もそう思った」

「それで、どうなる」

「できるだけ早くマカオへもどるぞ。記録を作れ、ロドリゲス」そう言って、フェリエラは下へ降りた。

ロドリゲスの脚はずきずきうずいていた。彼はラム酒を袋からぐいと飲んだ。フェリエラの野郎め地獄へおちやがれ。ただし、リスボンへ着いてからにしろ。

風向きが少し変わり、かさをかぶった月に雲が近寄った。間もなく雨になるだろう。夜明けが近い。彼は、自分の船とその帆、位置などを改めて調べ、異常のないのを確認し、大型艇に目をやり、そして虎長の船を見た。

またラムをあおった。自分の仕組んだ計画がみごとに功を奏したので満足だった。あのとどめの短銃もよかった。やつの決定も実によかった。

だが、すべては、おれが考え、おれのやったことだ。

そうだとしてもな、イギリス野郎よ、てめえのおかげでエデンの園がめちゃくちゃだという艦長の意見は正しいぜ。それを思うと、ロドリゲスはひどく寂しかった。

第29章

「安針さん」

「ハイ」ブラックソーンは深い眠りから呼び起こされた。

「食べ物を持ってきました。お茶も」しばらくの間、彼は自分がどこで何をしているのかよくわからなかった。そのうちに、ここが虎長の船の船室であることに気がついた。薄暗い中に一条の日の光が差し込んでいる。十分に寝たような気がした。太鼓の音はすでにやんでいるが、さっき、ぐっすり眠っていたはずのときでさえ、彼は心のどこかで、錨が下ろされたとか、船は安全だとか、岸に近い、海は静かだ、というようなことを感じていた。

召使いが盆を持って立っている。そのそばに、まり子がいた。もう腕をつってはいなかった。そして自分はいつかの寝台に寝ていた。ロドリゲスの指揮で、網代村から大坂への航海中寝起きしたやつで、エラスムス号の船室の自分の寝台であるかのように、すっかりおなじみになった気がした。ああ、エラスムス。やつらともう一度、あの船に乗れたらどんなにうれしいことだろう。

彼は豪勢な気分で手足を伸ばし、まり子の差し出すお茶を受け取った。

「ありがとう。おいしい。腕はどうだ」

「おかげさまで、よくなりました」まり子は腕を曲げてみせた。「ただのかすり傷ですわ」

「元気になったようだな」

「はい、元気です」

彼女は、夜明けに虎長と一緒にここへもどってきたときには、もう倒れそうだった。「気分が悪ければ、上にいたほうがよかろう」と虎長が言った。「そのほうが早くよくなるぞ」それから虎長が何か質問した。

「なぜ短銃を撃ったのかと、殿が尋ねておられます」

「水先案内人同士のただのお遊びだ」

「殿は、あなたの船乗り魂をおほめになっています」

「運がよかっただけだ。月も明るくて。乗組員はみごとなものだ。まり子さん、あの船長に、この辺の海のことを知っているか聞いてくれないか。すまんが虎長公に、おれはもうこれ以上あまり起きていられないと言ってくれないか。それとも、一時間ばかり船を止めてから海へ出るのでもいいか。とにかく、おれは寝たいんだ」

そうだ、なんとなく思い出した。あのとき虎長は、外海に出ず海岸線を走るから、船長でもやれるので、下へ行って寝るようにと、言ってくれたのだった。

ブラックソーンはもう一度手足を伸ばし、左舷船室の窓を開けた。岸の岩場が二〇〇メートルほど先に見える。「ここはどこだ」

「遠江国の海岸です。安針様、虎長様には、ひと泳ぎするかたがた、しばらく漕ぎ手を休ませてやりたいとのお考えです。網代へは明日着きます」

「あの村へか。それは無理だ。いまは昼ごろだろうか、夜明けに大坂を出たんだぜ、そりゃ無理だ」

「ああ、それは昨日のことですよ、安針様。あなたは一昼夜と半日眠っていたのです。あなたを眠らせておけという殿の御命令だったもので。いまは、お食事をなさったら、ひと泳ぎすると目が覚めると殿がおっしゃっておられます」

「ありがとう。おれも泳ぎたい。三六時間も……そうか、道理で気持ちがいいはずだ」彼は飢えたように、勢いよく召使いから盆を受け取った。しかし、すぐには食べようとしなかった。

「この人は何を怖がっている」

「怖がってはいません。ちょっと緊張しているだけです。外国人を近くで見たことがないもので」

「その娘《こ》に言ってやってくれ。満月の晩になると、異人は頭に角を生やし、竜のように口から火を吹くぞ」

まり子は笑った。「そんなこと言えません」彼女は台を指差した。「お顔を洗う支度がそこに置いてございます」と言うと、ラテン語でこう言った。「元気にてうれしく思うなり。航行中語りたるも、汝《なんじ》は偉大な勇者なり」

二人の目が合い、そしてまたすぐそらされた。彼女は丁重にお辞儀をした。女中もそれにならった。二人は出ていき、扉が閉まった。

あの女のことは考えるなと、自分に命じた。虎長や網代のことを考えろ。なぜ明日、網代に立ち寄るのか。矢部を降ろすのか。結構なやっかい払いだ。

近江は網代にいるだろう。近江のやつをどうしてくれる。

なぜ虎長に近江の首を頼まない。虎長には二つ三つ貸しができたじゃないか。なぜ近江と決闘させてもらわない。なんでやる。短銃か、刀か。刀では勝てないだろう。短銃を使えば、人殺しと同じことだ。何もしないで待て。いつかあの二人に復讐するチャンスは必ずくる。いまは虎長の好意に甘えていろ。辛抱だ。虎長にしてもらいたいことは別にあるだろう。もうすぐ江戸だ。時間はそれほどない。

ブラックソーンは牢屋で男どもがやっていたのをまねて、箸《はし》を使ってみた。飯の茶碗を口へもってゆき、ねばねばした飯を口の中へ押し込んだ。魚をむしるのはもっと難しい。とてもそこまではできないので、手づかみで食うことにした。一人でよかった。まり子や虎長、いや、どんな日本人の前でも、手で食べるのは最も下品なことなのだ。

全部空にしたが、まだ空腹であった。

「もっと、くれないか」大声で言った。「なんとかならないか、焼きたてのパンとフライドエッグとバターとチーズだ……」

甲板へ上がっていった。ほとんどの男たちは裸になっていた。ある者は体をふいており、ある者は日光浴をし、ある者は舷側から飛び込んだ。船の近くの水中では、侍も水夫も一緒になって泳ぎ、子供のように水しぶきをあげていた。

虎長はほとんど素っ裸の格好で水から上がってきた。日差しは暖かく、彼は肩や腹から水を振るい落としながら、水面を指差してブラックソーンに何か言った。

泳ぐのかと、聞かれたと思って、「ハイ、虎長サマ、ドウモ」と彼は答えた。

虎長はまた海を指差して、短く何か言ったが、安針がわからないとみると、通訳にまり子を呼んだ。彼女は白い木綿の普段着に簡単な帯を締めた姿で、船尾の甲板から降りてきた。

「虎長公は、あなたが十分休息なさったようにみえるとのことです。水に入ると元気になるそうです」

虎長は無造作に船べりにもたれ、小さな布で耳の水をふいていた。左の耳の水がとれないとみると、首を左に曲げ、左足でぴょんぴょんとはねた。虎長の体は、腹は別として、筋肉は発達し、よく締まっていた。まり子を意識すると具合が悪かったが、ブラックソーンはシャツと前袋とズボンを脱ぎ、裸になった。

「殿は、イギリス人はみなあなたのように毛深いのか、毛はそんなに白っぽいのかと、お尋ねです」

「まあそういうところだ」と彼は言った。

「殿は、あなたがたいそうりっぱな体格でいらっしゃると、申しておられます」

「あの方もそうだ」ブラックソーンは階段に向かって歩きかけたが、まり子や、上の甲板に座っている藤子や、その召使いなど、女たちの目の前を裸で歩くのはどうかと思われて、舷側をまたいで、そのまま青い海へ飛び込んだ。みごとな飛び込みだったが、海の冷たさがさわやかに体に伝わってきた。透き通った水の底は砂で、海草が揺れており、おびただしい魚の群れは人を恐れもしない。飛び込んだ勢いで海底の近くまで沈むと、反転して魚と戯《ざ》れながら、水面に浮かび出た。そして、アルバン・カラドックに習った、見た目にはのんびりしているくせにスピードの速い独特の抜き手で、岸に向かって泳ぎはじめた。

小さな入江には人気《ひとけ》がなかった。岩と小石だけの海岸で、人の住んでいる様子はない。青く澄み切った空に見上げるような崖がそそり立っていた。

日を浴びながら、岩に寝そべった。四人の侍があとについて泳いできたが、さほど遠くないところにいて、こちらに手を振った。しばらくして帰るときも、侍たちはついてきた。虎長はその間ずっと、彼のことを見ていた。

甲板へ上がった。衣服が見当たらなかった。まり子、藤子と二人の召使いはまだそこにいた。召使いの一人がお辞儀をして手ぬぐいを差し出したので、それを受け取ると女たちに背を向けて体をふきはじめた。

気にするな。鍵を掛けた部屋に、女房のフェリシティといるときには、裸でいても気にならなかったじゃないか。

「殿は、あなたは泳ぎが上手だとのことです。殿にあの泳ぎを教えていただけませんか」とまり子が言った。

「喜んで」そう言うと、勇気を奮って向き直り、虎長と並んで船べりにもたれた。まり子は彼を見上げてほほ笑んだ。なんとかわいい女だと、彼は思った。

「飛び込みの仕方ですが……あんなのは見たことがありません。いつも、立って飛ぶだけです。どうするのか教えてほしいと、殿がおっしゃってます」

「いまですか」

「そうです。どうぞ」

「教えてもいいが……まあ、やってみよう」

召使いが、木綿の着物をブラックソーンに差し出した。それをありがたく着込んで帯を締めると、すっかり気が楽になった。飛び込みの方法、つまり、頭を両腕の間に入れ、遠くに向かって飛ぶ、しかし、腹から落ちないようにする、といったことを説明した。

「まず、階段のいちばん下の段から、頭を先にどぶんと落ちる練習をするんだ。飛んだり走ったりせずにな。おれたちは子供たちにそうやって教える」

虎長はじっと聞いていたが、質問をし、納得すると、まり子を通して「よし、わかったような気がする」と言った。彼は舷側の階段の上に行くと、ブラックソーンの止める間もなく、五メートルも下の水に飛び込んだ。したたかに腹を打った。だれも笑わなかった。虎長はしずくを垂らしながら甲板にもどると、また飛び込んだ。また腹から落ちた。ほかの侍たちもそろってやり損なった。

「そう簡単にはいかない。おれだって、何回もやって覚えたんだ。今日はここまでにして、明日またやってみようじゃないか」

「殿がおっしゃいますには、明日は明日だ。今日習いたいとのことです」

ブラックソーンは着物を脱ぎ、もう一度手本を見せた。侍たちがそれをまねたが、また失敗に終わった。虎長も失敗した。続けざまに六回。

もう一度手本を見せたブラックソーンが階段の下まで泳ぎもどると、みんなの間に、まり子がいるのが見えた。裸で飛び込むつもりでいる。繊細な体に上膊の包帯が真新しかった。「待てよ。まり子さん。まず、ここからやったほうがいい。最初は」

「わかりました。安針様」

彼女は階段を降りてきた。小さな十字架が裸の胸を飾っていた。彼は、体を前に折って頭から水に入る方法をやってみせ、彼女の腰をつかんで前傾させてやった。すると彼女はうまく頭から入った。

虎長も水際から試みて、まずまずの成功を収めた。まり子ももう一度飛び込んだが、彼女の肌に触れているると妙な気になってくるので、ブラックソーンはおどけて水に落ちてみせると、水の中で頭を冷やした。そのまま水の中からコーチをしたあと、再び甲板に駆け上がり、舷側に立って、身投げ飛び《デッドマンダイヴ》を披露してみせた。このほうがやさしいからで、とにかく、虎長は何か一つ覚えなかったらやめそうになかったから。

「しかし、体をぴんとしてないとだめだ。剣のように、そうすれば失敗するはずない」そう言って彼は、頭を先に落ちた。きれいに水に入り、立ち泳ぎをしながら、みんなを待った。

何人かの侍が前に進み出たが、虎長は手で制して、自分が前に出た。彼は腕をぴんと張って上に上げ、背筋を真っすぐに伸ばした。胸や腹は水で打ったので真っ赤になっている。彼はブラックソーンが見せたように、頭から倒れてきた。うまく頭から水に入り、足が逆立ちしていた。しかし、それはりっぱに飛び込みといえるものであり、彼らのなかでは初めての成功であり、頭が水面に浮かんでくると、どっと歓声が上がった。虎長はもう一度やった。今度のほうがうまくいった。ほかの者たちもあとに続いた。成功する者もあり、失敗する者もいた。そして、まり子が試みた。

ブラックソーンの目に、彼女の弾んだ胸、細い腰、ひきしまった腹と、きれいな脚が見えた。腕を頭上に上げたとき、彼女の顔に痛みの影が走った。しかし矢のように真っすぐ立ったまま、勇敢に身を投げた。彼女はきれいに水を分けた。見ていたのはブラックソーンだけだった。

「うまい。実にうまかった」と言って、水から出る彼女に手を貸した。「ただし、もうやめなさい。傷口が開くといけない」

「ありがとうございます。安針様」横に並ぶと、肩にも届かないが、彼女は満足な気持ちだった。「ほんとうに不思議な気持ちですわ。体を真っすぐにして落ちていくなんて。そして怖さに打ち勝つこと。そう、ほんとうにすばらしい気分ですわ」彼女は階段を上がると、召使いの差し出す着物を着た。それから丁寧に顔をふき、下へ降りていった。

なんと女らしい女だと、その後ろ姿に彼は思った。


日暮れに、虎長がブラックソーンを呼んだ。彼は甲板にきれいな座布団を敷いて座り、傍らには香炉が置いてあって、においのいい香がたかれていた。虎長の衣裳はしわ一つなくきれいになっており、糊のきいた裃《かみしも》は、威容を添えていた。矢部も正装し、まり子も藤子も列席していた。二〇人の侍が無言で警固に当たっている。かがり火がたきはじめられ、船は入江に錨を下ろして静かに揺れている。

「サケか、安針」

「ドウモ、虎長サマ」ブラックソーンはお辞儀をして藤子から小さな杯を受け取り、虎長に乾杯して飲み干した。杯には、またすぐ酒がつがれた。ブラックソーンはみなとそろいの茶色の着物を着ていたが、このほうが、自分の服よりもゆったりとして楽であった。

「殿は、今夜ここに泊まるとの仰せです。明日網代に着きます。今晩は、あなたのお国のことや世界のことについての続きをお聞きになりたいそうです」

「どうぞ。何を聞きたい。しかし、いい夜じゃないか」ゆっくりした気分のブラックソーンは、彼女の女らしさに見とれていた。不思議だ。裸のときよりも着物を着たときのほうが色っぽいとは。

「はい、いまはいい夜ですね。でもすぐに、湿気《しっけ》てきます。日本の夏はよい時候ではありません」彼女は虎長に自分の話したことを説明した。「殿のお話では江戸は湿地が多く、夏には蚊がいてよくないが、春と秋は美しい……命の芽生えるときと、枯れるときがほんとうに美しい、とのことです」

「イギリスは穏健だが、冬は、七年に一度ぐらいひどいめにあう。夏もそうだ。六年に一度は飢饉《ききん》がある。たまには、二年続いてそうなることもある」

「日本にも飢饉はあります。飢饉はいけませんね。いま、お国はどんな様子ですか」

「この一〇年の間に、収穫の悪い年が三度あって、日照り不足でとうもろこしに実がつかなかった。しかし、それも神のおぼしめしだ。いま、イギリスは強い。繁栄している。国民はよく働く。衣服も、武器も作っている。ヨーロッパの毛織物の大半はイギリスでできる。フランスから絹がくるが量は少なく、大金持ちしか着ない」

ブラックソーンは、疫病の流行や共有地の私有化によってひき起こされた暴動や一揆、あるいは農民の都市への流入などについては、言うまいと決めた。その代わりに、王や女王の善政、すぐれた為政者、賢明な議会、戦争の勝利などの話をした。

「殿は、ひとつはっきりさせたいが、あなたは、スペインやポルトガルから国を守るには海軍力だけでいいというのかと、聞いておられます」

「そう。それだけなんだ。海を制することによって、国の自由は守られる。あなた方もおれたちのように島国だ。海を制さなければ、外敵を防げないのではないか」

「殿も同じ御意見です」

「それじゃ、外敵に侵略されたことがあるのか」ブラックソーンは、まり子の説明を聞いた虎長がちょっと眉をひそめたのを見て、答えるだけで、余計な質問はしないほうがいいぞと、思い直した。

彼女は前より真剣な表情で答えてきた。「殿は、よろしい、お答えしようと申されました。確かに、我が国は二度侵攻されたことがある。三〇〇年以上も前だ。蒙古《もうこ》のフビライは、中国と朝鮮を征服したあと、我が国が服従しないとみると攻め込んできた。二、三〇〇〇の兵が九州へ上陸したが、九州の武士がこれを支え、敵は間もなく退いた。しかし、七年後にまたやってきた。今度は一〇〇〇隻近い中国と朝鮮の船に、二〇万の軍勢を乗せてきた。これらは蒙古、中国、朝鮮の軍勢で、大部分が騎馬兵であった。中国の歴史上には、これ以上の海外侵攻の軍勢を派遣したことはない。こんなに優勢な敵に対して、我が国は打つ手はなかった。彼らはまた九州の博多湾に上陸を始めたが、全軍を上陸させないうちに、南から台風がやってきて、敵の艦隊を全滅させた。陸に残った者もすぐに征伐された。それが神風だ。神国を敵の侵略から守るために神風が吹いたのだ。蒙古軍は、その後は二度と攻めてこず、八年後には、中国からも追い払われてしまった。これからもお守りくださっただろう。つまり、日本は神国なのだ」「神々が我が国をお守りくださるだろう。

ブラックソーンは、大船団と軍勢の侵攻する様子を思い浮かべた。それに比べれば、イギリスに侵攻するスペインの無敵艦隊も、取るに足らぬ規模のものに思われた。「おれたちも嵐に救われたことがある」彼も真剣な表情で話した。「多くの人は、それは神の送られたものだと信じた。確かに奇跡だった。神のみぞ知る奇跡だ」それからこう言った。「蒙古軍は、ヨーロッパへも攻めてきたことがある」彼は、フビライの祖父チンギス・ハンの大軍がウィーンの城門にまで攻め寄せたが、そこであきらめて帰った話をした。彼の通ったあとには、頭蓋骨の山があったと。「当時の人々は、チンギス・ハンとその軍勢は、世界の人々の罪を罰するために神が送ったのだと、信じたものだ」

「その男は、単に戦争のうまい異人にすぎないと、殿はおっしゃっています」

「そうだ。そうだとしても、イギリスは島国でよかったと、みんな心から思っているよ。神と海峡に感謝だ。それに、おれたちの海軍だ。中国は近くて強力な国だ。それに日本は、中国と戦ったことがあるそうだが、海軍を持っていないのには、驚くよ。また攻めてこないとでも思っているのだろうか」まり子は言われたとおり虎長に通訳した。彼女が話し終えると、虎長は矢部に話しかけ、矢部は同じように真剣な表情でうなずいて、答えていた。二人の男は、そのまましばらく話し合った。まり子がまた虎長の質問に答えた。そのあと、ブラックソーンに話しかけてきた。

「あなたの国では海を制するのに、どれくらいの船が要りますか」

「正確にはわからないが、女王はたぶん一五〇隻ぐらいの戦列艦とよばれるものを持っている。これは戦争専門の軍艦だ」

「女王は、一年に何隻の船を造られますか、とのお尋ねです」

「二〇か三〇の戦艦。これは世界で最もよく最も速い艦だ。しかし、船は商人の一団が造って、女王に売っている」

「もうけるために」

ブラックソーンは、侍が、もうけや金の話を嫌うのを思い出した。「女王は新型を造る研究を奨励するために、実際の経費以上の金を支払うのが普通だ。女王の保護なしにはこの商売はやっていかれない。例えば、私の船のエラスムス号はイギリスの設計で、その許可をとって、オランダが造った新型だ」

「ここでも、そのような船が造れますか」

「そう、おれに大工と通訳をつけて、材料と時間をくれればな。最初はむしろ小さな船を造ってみる。なにしろ最後まで自分で造った経験がないので、実験が必要だ……無論」と言いかけて、浮かんだ着想に自ら興奮しないように、抑えながら付け足した。

「無論、もし虎長公が船をお望みなら、買うこともお世話できるだろう。イギリスで戦艦を造る注文をお出しいただけばいいのだ。あとは、おれたちがここまで運んでくる。お望みのままに艤装《ぎそう》も武装もできる」

まり子が通訳した。虎長の興味が強まったようだ。矢部も。「我が国の水夫でも、このような船を走らせるように訓練できるかと、お尋ねになっています」

「できるとも、時間をかければ。航海術の専門家たちを世話して、一年ほど訓練させよう。訓練計画はそいつが作る。二、三年もすれば、近代的な海軍を持てる。またとないものを」

まり子がしばらく話した。虎長と矢部は真剣に、何かを彼女に質問していた。

「矢部様がお聞きです。またとない、ということは」

「スペインやポルトガルの持っているどんなものよりも、よいということだ」

一座は静まり返った。虎長は素振りにみせまいとはしていたが、明らかにその考えに心を奪われていた。

「殿は、その手配は確実にできるのだなと、おっしゃっています」

「そうだ」

「どのくらいかかりますか」

「国へ帰るのに二年、船を造るのに二年、持ってくるのに二年。費用の半分は先払いで、残りは引渡しのときだ」

虎長は考え込んだまま、前に身を乗り出し、炉に香木をくべた。みなは彼を見つめて待っている。やがて彼は、矢部と長いこと話し合った。まり子はその話の内容を通訳してくれなかった。ブラックソーンは会話に加わりたいのはやまやまだったが、やはり、尋ねないほうがよいのだと思った。彼は一同の顔を探ってみた。藤子も注意深く聞き耳を立ててはいたが、だれの表情からも、何も得るものはなかった。これが実現すれば、大きな利益が出ると同時に、自分が無事にイギリスへ帰ることを保証することになる、すばらしい考えだが。

「安針様、何隻の船を連れて航海ができますか」

「一度に五隻の小艦隊が最も手ごろだ。そのうち少なくとも一隻は嵐とか、スペイン、ポルトガルの攻撃とかで、やられると思ってくれ。やつらは、あなたが戦艦を持つことを極力妨げるのは確かだ。しかし、一〇年もすれば、虎長公は一五隻から二〇隻の戦艦を持てるだろう」まり子が通訳を終わると、ブラックソーンは続けた。「最初の小艦隊に、船大工の親方、船大工、砲手、水夫などを乗せてくる。一〇年から一五年の間に、イギリスは虎長公に三〇隻の最新型の戦艦を売ることができる。それだけあれば、この国の海を支配するのに十分すぎるほどだ。そのときまでに、もしお望みなら、あなた方が、ここで自力で船を造るようにもしてやれる。おれたちは……」彼は「売る」と言おうとしたが、言葉を変えた。「おれたちの女王は、あなたが海軍をつくられるのを喜んで手伝うだろう。そして、お望みなら、その海軍をおれたちが訓練し、育ててやろう」

そうだ。この計画の仕上げを思うと、胸が弾んでくる。おれたちは、提督をこの艦隊に提供しよう。女王は日本と盟約を結ぶだろう。それはどちらにとってもよいことだ。それも取引き条件の一つだ。そして、我が友虎長公よ、互いに力を合わせてスペインとポルトガルの犬どもをこの海からたたき出し、永遠にこの海をおれたちのものにするのだ。どこの国も、いまだかつてこれほど大きな取引き契約を結んだことはない。日英連合の艦隊がこの辺りの海を制し、イギリス人が日本と中国の絹貿易を支配する。毎年、何百万の金になる。

うまくやり遂げれば、歴史の流れをおれが変えることになる。夢をかなえたうえに、富と名誉がおれのものになる。おれがブラックソーン家の家系を開く。それこそ、何度失敗しても、男が試みてみたい最高の目標である。

「殿は、あなたが日本語を話さないのは残念だと、おっしゃっています」

「はい、でもあなたの通訳は完璧なものだ」

「殿は私の通訳が気に入らないというわけではなく、ただ、感想を述べられたのだとのことです。そのとおりですわ。私があなたとお話ができるように、殿が直接あなたとお話なされたら、どんなによいことでしょうか」

「まり子さん、辞書を持っているか。文法書とか……ポルトガル語－日本語か、ラテン語－日本語の文法書。虎長公が文法書と先生を与えてくれれば、喜んで日本語を習うよ」

「日本には、そんな本はありません」

「しかし、イエズス会は持っている。あんたは自分でそう言っていた」

「ええ」彼女は虎長に話をした。すると、虎長と矢部の目が輝き、微笑が顔に広がるのが見えた。

「我が殿は、そのように計らおうと申しておられます」

虎長の命令で、藤子がブラックソーンと矢部に、新たに酒をすすめた。虎長自身はまり子と同じように、茶ばかり飲んでいた。ブラックソーンは我慢がしきれなくなって、聞いてみた。

「おれの提案はどうなんだ。虎長公の返事はないのか」

「安針様、お待ちになることが大事です。殿は、そのときがきたと思えば、お返事をくださるでしょう」

「どうか、いま聞いてくれ」

まり子はしぶしぶ虎長のほうを向いた。「どうかお許しください。安針様は、自分の提案を殿がどうお考えなのか、お聞きになりたいそうでございます。あの方は大変恐縮しておられますが、ぜひお伺いしたいとのことでございます」

「時がくれば返事をする」

まり子はブラックソーンに話した。「殿はあなたの計画を採り上げ、あなたの話されたことを慎重に考えてみるから、お待ちになるようにとのことです」

「ドウモ、虎長サマ」

「今日は、これで寝ることにしよう。夜明けに出発する」虎長が立ち上がった。一同はあとについて下へ降りていった。ブラックソーンは一人残され、夜の中に座っていた。

東の空が白みはじめるころ、虎長は、主な荷物とともに積み込んであった四羽の伝書鳩を放した。鳩は空に二度円を描いたのち、二つに別れ、二羽は大坂に、二羽は江戸に向かって飛び去った。桐壷への暗号の手紙は、広松への命令で、一同直ちに円満な退出を謀《はか》れというものであった。うまくいかなければたてこもり、扉が破られたなら、城に火を放って切腹せよ、となっている。

江戸にいる息子の数忠への暗号の手紙は、自分の無事に脱出したことを告げ、ひそかに戦争準備を始めるようにと命じてある。

「出発だ。船長」

「わかりました」

正午前に、彼らは遠江から駿河の沖を通り、やがて伊豆半島南端の石廊崎も過ぎた。風は追い風。波は穏やかで、わずか一本の主帆が航行を助けてくれた。

そして、針路を北に変えると、沖ノ島と本土の間の狭くて深い水路に入ったが、そのとき、陸のほうでごろごろという不気味な音が聞こえた。

すべての櫂《かい》が停止した。

「いったいどうしたということだ……」ブラックソーンの目は、岸に吸いつけられた。

突然、崖に亀裂が走り、巨大な石が海になだれ落ちた。そのためしばらくは、水が煮え立ったかのように見えた。小さな波が船にぶつかり、通り過ぎていった。岩のなだれはやんだ。再び、前よりも低く不気味な地鳴りが聞こえたが、今度のほうが遠くであった。岩がまた崖から転がり落ちた。だれもみな耳をそば立て、崖を見つめて様子をうかがっている。打ち寄せる波の音、風の音、そして海鳥の声。やがて、虎長が太鼓の係に合図をした。再び太鼓が鳴りはじめ、櫂が動きはじめた。船上の作業はすべて正常にもどった。

「なんだったんだ」ブラックソーンが聞いた。

「地震です」まり子はとまどった。「地震を御存じないのですか」

「知らない。まだ一度も見たことはない」

「ここでは毎度のことですわ、安針様。いまのはたいしたものではありません。小さい地震です。でも小さくてよかったですね」

「地球全体が揺れているような感じがしたよ。いや、以前にも地震を見た……話を聞いたことはある。バレスチナやトルコでは時々地震があるそうだ」そう言って吐息をついた。心臓がまだどきどきしている。「あの崖全体が揺れたんだからな」

「そうでした。でも、陸にいれば、もっとほんとうに恐ろしかったでしょう。前もって知らせがないのですもの。震動は波のようにやってきます。波はときには左右に、ときには上下に、ときには三、四度小刻みに揺れることもあります。ときには小さな地震の翌日、大きいのがくることがあります。いつも同じとはかぎりません。いままでいちばん恐ろしかったのは、六年前の夜、大坂の近くにいたときに起こったもので、九月の四日のことでした。私の家はつぶれました。幸い、私も息子も、怪我はなく、自力で追い出しました。地震は一〇日近く続きました。あるときはひどく、ときにはもっとひどいのがきて、太閤様の新しい伏見の城も全部壊れました。何十万という人がこの地震と、そのときの火事で死にました。火事がいちばん危ないのです。地震のあとにはいつも火事が起きますからね」

「地震は毎年あるのか」

「ええ、この神の国では毎年のことですわ。火事、洪水、津波、それに台風も。厳しい風土です」そう言った彼女の目に涙がうっすらと浮かんだ。「だから私たち、命を大切にしようと思っています。そうせねばならないのです。この国の空も、海も、地面も、死と隣合わせです。そのうち、おわかりになりますわ。ここは涙の国で、死が私たちの遺産です」

第30章

「村次、確かに準備はできておるな」

「はい、近江様、できております。万事御指示のとおりで……五十嵐様の御指示のほうも、ぬかりなくいたしてございます」

「何か落ち度があれば、日の暮れぬうちに村長を変えるぞ」矢部の家老の五十嵐は難しそうな声を出した。その片目が、寝不足からか、真っ赤になっている。彼は江戸から、最初の鉄砲隊候補の侍たちを連れて、昨日着いたばかりだったが、矢部の特命を受けていた。

村次は黙って、地面を見つめたまま、うなずいてみせた。

彼らは船着き場に近い、浜辺に立っていた。その後ろには、同じように疲れきった村人たちが、老若男女顔をそろえて土下座し、無言でかしこまったまま、虎長の船の到着を待っていた。

みなそろって晴れ着を着込み、顔を洗い、道を掃き、家を磨きたて、まるで新年の前夜のようにきれいになっていた。漁船はきちんと並べられ、干し網は整頓され、綱は巻かれ、浜辺の砂さえ熊手の目が入っている。

「万事よろしいようですな」と、近江が五十嵐に言った。大坂から知らせが着いてから、この数日、彼はほとんど眠っていなかった。直ちに村ぢゅうの働ける者たちを動員して、主君の歓迎の準備を始めた。そしていま、五十嵐からこっそり、虎長公も一緒に石堂の罠《わな》から脱出してくるのだという話を聞いてみると、これだけの出費をしておいてよかったと思った。「御心配なさるな、五十嵐殿。ここは手前の領地、万事手前が取り仕切ります」

「そのとおりですな」そう言うと、五十嵐は侮辱した手つきで、村次を下がらせた。それから声をおとして言った。「確かに、お手前の取り仕切るところだが、お気を悪くなさらんでくれ、御主君は少しでも落ち度があれば、厳しいお方だからな。何か忘れようものなら、あるいは、何かこの土百姓どもがしようものなら、この領地も北から南まで残らず、一日のうちにくその山にされてしまわれる」言い終えると家来のほうに歩いていった。

今朝、最後の家臣たちが三島から馬で着いた。それらも加わって、浜辺から広場に整列した侍たちは、それぞれの旗印をそよ風になびかせ、槍の穂先に日の光を反射させていた。矢部の三〇〇〇の精兵と、五〇〇人の乗馬の武士たちとであった。

近江は恐れていなかった。やれるだけのものはやったし、目を通せるものには、自分で目を通した。それでも間違いがあれば、それは前世の縁《えにし》だ。しかし、落ち度はありようがないと、心の高ぶりを感じながら思った。

もう一度、浜に目を通し、村の広場を見た。すべてよいようだ。

「なあ、村次さんよ」と、漁師の茂平が気を遣いながら、小声で言った。彼は村の長老の一人で、村次らと最前列に並んでいるほうだった。「なんだかおっそろしいぜ。小便がまともに出るか、やってみるか」

「やめとけ、じいさん」村次は笑わなかった。

茂平は肩幅の広い、岩のような男で、手は大きく、鼻は変形して痛そうな顔をしている。

「やらねえよ。けど、屁が出そうだ」茂平の冗談は有名だが、元気なことでも、屁をひることでも村一番だった。去年は、北の村との屁比べの大会でみごとに相手をなぎ倒し、網代の村に優勝をもたらした。

「おう、やめとけや」と春が言って、けたけた笑った。彼は背の低い漁師である。「くそざむれえがよ、うらやましがるべ」

村次が、しっ、と言った。「侍がそばにいるときに言うなと、言ったろう」考えると、憂うつになる。何ごとも起こりませんように。彼の目は山の中腹を見上げる。竹垣の仮の砦が見える。村人の汗で、大至急造り上げたものだ。三〇〇人が、土を掘り、建て、運んだものだ。それに比べるともう一軒のほうが簡単だった。そちらは近江の家の下、丘の中腹に造られ、瓦ぶきで、庭があり、浴場が別棟になっていた。近江様がこちらに移り、御本居を矢部様にお貸しするのだなと、村次は思った。

出っ歯で丸顔の民次は、この侍の群れを見て、特にそわそわしていた。「村次さん、すまねえが、例のことはまずかねえか。今朝あった地震な、あれは何かの前触れだぜ。あんたは悪いことしたんだぜ」

「すんだことは、すんだことだ。忘れてしまえ」

「そうはいかねえ。おれんちの床下には……」

「おまえのところにもあるかもしれねえが、おれんちの床下にもごっそりある」茂平が言ったが、今度は真顔だった。

「どこにも、何もない。何もないんだ、じいさん」村次が声をひそめて言った。「いいな、何もないんだぞ」村次の命令で、侍たちの蔵から、この数日間にわたって三〇俵ほどの米を盗み出し、いざというときの用意に、その他の備品とともに村ぢゅうに隠したのだった。そしてそのなかには武器も入っていた。

「武器はいけねえ」と茂平が言った。「米はいい。だが、武器はいけねえ」

「戦が近い」

「武器を持ってちゃ、御触れにひっかかる」民次が泣きそうな声を出した。

村次は一蹴した。「そんなのは、新しい御触れだ。まだ一二年にしかなっていない。その前は、どんな武器を持ってもよかったし、村に縛られることもなかったんだ。わしらは行きたいときに、行きたいところへ行けた。百姓でも、漁師でも、商人でも、戦に出たけりゃ出られた。な、おまえらも知ってのとおりだよ」

「そうだがよ、いまは違う。太閤様が変えちまったんだ」

「また元どおりになるさ。わしらも戦に出られるようになる」

「じゃ、そのときでいいじゃねえか」民次は文句を言った。「いまは御触れにひっかかるからよ。変わればそのときだ。太閤様が、武器はいけねえと言いなすった。見つかりゃ首が飛ぶんだぜ」

「しっかりしないかい。太閤様は死んじまった。もうじき、近江様は武器を使える者がお入り用になる。わしらも戦うんだ。昔から、漁の合い間に戦ってきたじゃないか」

「そうだ、村次さん」茂平は怖いながらも賛成した。「太閤様の前は、縛られていなかったものな」

「捕まるぞ」民次は泣いていた。「やつらは容赦しねえからな。あの南蛮みたいに、釜《かま》ゆでになっちまうぜ」

「南蛮のことは言うな」

「まあ聞いてくれ」村次が言った。「こういう機会は二度とないんだぞ。神様のおかげだ。刀でも弓でも槍でも、かたっぱしから盗むんだ。くそ侍が伊豆ぢゅうから集まってきてる。やつらはお互いに信用していないから、ほかの侍どもが盗んだと思うんだ。こういうときに戦の用意をしなくて、いつできる。わしの親父も戦で死んだ、じいさんも、ひいじいさんもそうだ。民次よ、おまえだって、何度戦に出た……一〇回か。茂平、おまえはどうだ、二〇回か、三〇回か」

「もっとだ。太閤様にも仕えたことがあってな、ちくしょうめ。太閤にならねえうちは、ましな人間だった。いや、ほんとうだ。どこか変わっちまったんだ。民次よ、村次さんは村長だってことを忘れんな。父《と》っつぁんの代からそうだってことをな。村長が、武器だと言えば、おれたちはそうするだ」

村次はいま、ひざまずきながら、自分の処置は正しいと思っていた。間もなく戦が始まる。そしていつまでも続く。昔からそうだったように。

「見ろや」茂平はそう言うと、思わず指差してしまった。

船が岬の鼻を回っていた。


藤子は虎長の前にかしこまって手をついていた。ここは旅の間、彼の使っていた船室で、ほかにはだれもいない。

「お願いでございます。いまの御判決をお許しください」

「判決などではない。命令だ」

「従いたい気持ちはやまやまでございますが、どうしても……」

「できないというのか」虎長は、かっとなった。「なぜ口ごたえをする。わしが、そなたに安針の女になれと言っているのだ。逆らって口ごたえするとは生意気千万」

「どうぞお許しくださいませ」そう言うと言葉がせきをきったように吹き出してきた。「口ごたえをしたつもりはございませぬ、私は御期待のようには、お務めを果たせないのではないかと言いたかっただけでございます」

彼女は、畳に頭をすりつけるようにお辞儀をした。「どうぞ、私に自害をお許しくださいますよう」

「意味なく死ぬことは許さんと言ったであろう。そなたは役に立つのだ」

「死にとうございます。お願いいたします。夫と子供の後を追わせていただきます」

虎長が、船の音も消すほどの声で彼女を一喝した。「そなたごときにその名誉はやらん。まだその値打ちはない。これまで、そなたの無礼な返答を黙って聞いてやったのは、広松がいるからだ。問答は無用だ、女め。百姓のまねはよせ」

「それでは、せめて尼になるお許しを」

「ならぬ。命じたとおりにすることだ」

「死にとうございます。冥土で子供たちに会いとうございます」

「そなたの夫は、誤って侍に生まれた出来損ないだ。したがって、子供も出来損ないだ。そんな者たちに会いたいとは、なんたるたわ言。自害は許さぬ。行け」

藤子はそれでもためらっていた。しかし、肩を落とし、「私の無礼をお許しくださいませ」と、悔恨の涙にくれた声で言い、頭を低く下げた。それでも内心ではまだ納得しておらず、彼女が何をしようとしているかは、虎長にもわかっていた。「お手間をとらせましたこと、御機嫌を損じましたこと、無礼の数々を、心からお詫び申し上げます。私が間違っておりました」

そう言うと、静かに立ち上がり、船室の戸に近づいた。

「もし、そなたの願いを聞き届ければ、そなたは、いまの命令に喜んで従うか」

藤子は静かに振り向いた。「どのくらいの間でございましょう。あの、どのくらいの間、異人の妻となればよいのでしょうか」

「一年」

彼女はまたゆっくりと向こうを向き、出ていこうとして、戸に手を掛けた。

「半年ではどうだ」

藤子の手が止まった。震えていた。そして頭を戸に押しつけると、「かしこまりました。ありがとうございます」と言った。

虎長は立ち上がり、戸口に歩み寄った。彼女は戸を開け、虎長を送り出すと、戸を閉めた。涙があふれてきた。


甲板に上がってきた虎長は、ひどく満足だった。最小の手間で、思いどおりになったのである。あれ以上無理強いすれば、あの女は反抗し、許さずとも自害したことであろう。しかし、ああいう形で納まれば、喜んで務めるだろう。あの女が喜んで安針の側女《そばめ》になるということが肝要なことだ。六ヵ月あれば十分だ。女は男より扱いがやさしいと、虎長は満足しながら考えた。そうだ、ある点ではひどく簡単だ……

目を岸に転じると、矢部の家臣たちが浜にあふれていた。それを見るなり、虎長の快適な気分はたちまちに曇った。

「ようこそ伊豆へ、虎長様」矢部の声がした。「御身辺の警固のために、二、三の侍を呼んでおきました」

「結構」

岸まではまだ七〇メートルほどある。近江や五十嵐の顔が見え、日よけの幕や、幟《のぼり》も見えた。

「何ごとも大坂でお話ししたとおりに手配してございます」矢部が言った。「それにしても、伊豆にしばらく御滞在なされては……大変名誉で、また有益なことでございます。鉄砲隊の二五〇名も、その指揮をとります者をもお引き合わせできますが」

「それはかたじけない。だが、一刻も早く江戸へもどらねばならぬ」

「せめて数日、いかがですか、俗事を忘れるのもよいことです。手前にとっても、お味方の大名たちにとっても、大事なお体ゆえ、ここで休養され、新鮮なものを召し上がって、狩りでもお楽しみくだされればと」

虎長は、なんとか解答を見つけたいと思っていた。わずか五〇人の手勢しか持たずにここに泊まるとは、考えられないことだ。それは矢部の手中にむざむざはまることであり、大坂にいるより悪いことになる。少なくとも石堂の行動は予測がついたし、彼なりの約束を守っていた。しかし矢部は鮫《さめ》のように危ないやつで、その鮫に餌をやるばかはいない。それにここは江戸ではないし、こちらの命がかかっている。大坂で矢部と約束したことなどは、いったん、石堂から矢部に甘い条件が出れば、あのときの小便のように、はかなく消えてしまうことは虎長にはわかっていた。そして、矢部が虎長の首を盆に載せて差し出せば、石堂は、いま虎長が約束している以上のものを矢部にくれるにちがいない。

いま斬るか、それとも上陸するか。迷うところだ。

「御親切なお招きだが、やはり江戸にもどることにする」矢部が、短時間にこれほどの人数を集めてこようとは思わなかったな。さては、暗号を見破ったのか。

「重ねてお願いするのも恐縮ですが、この辺りの狩りもよろしいもので、鷹《たか》も鷹匠も御用意できますが。大坂に閉じこもられたあとの気晴らしにいかがでしょうか」

「そのとおり。今日あたり狩りをするのもよかろうな。だが残念なことに、鷹を手放してしまった」

「いや、鷹は、広松殿が江戸へお持ち帰りになることでございましょう」

「我々が安全なところまで立ちのいたあと、鷹は放してやれと言いおいてきた。仮に江戸にもどってくるとしても、訓練したことは忘れてしまっておるだろう。鷹というものは、自分で訓練したものしか使わないし、わしの訓練した鷹を他人に使わせないのが、わしのやり方だ。そうすれば、鷹の間違いはわしの間違いだからな」

「なるほど、賢明なことで、ほかのお話も伺いたくなります。今夜、食事のあとなど、いかがで……」

この鮫は役に立つ。いま殺すのは早すぎる。虎長は苦い思いを噛みしめた。

船をつなぐために二本の綱が岸に投げられた。綱は引っ張られ、ぎしぎしときしむと、船は揺れながら横づけになった。櫂《かい》が上がり、はしごが下ろされ、矢部がその上に姿を現した。

同時に、岸に並んだ侍たちから鬨《とき》の声が上がり、先頭の侍が丁寧に一礼した。

矢部も礼を返し、虎長のほうを振り返ると、ゆっくりと手招きした。「船を下りましょう」

虎長が見下ろすと、大勢の侍たちがおり、村人たちも土下座していた。虎長は自問した。もしかしてここが、あの中国の占い師の言った〝剣で死ぬ〟ところの土地か。確かに、第一の関門であろうか。くぐらねばならん。私の名前は大坂城の壁に刻んである。

彼はその想念を払いのけた。後ろに続く五〇人の家臣たちを振り返り、「そのほうらは船で待っておれ。矢部殿の御家中に会ってくる。船長、いつでも出られるようにしておけ。まり子、そなたは三日間網代にいるのだ。安針と藤子を連れてすぐに上陸し、広場で待っておれ」と、立て続けに指示した。それだけ言いおくと、矢部の前を通り、いかにも武将らしい貫禄で、悠然と渡り板を踏んで下りていった。

彼の姿を見ると、並んでいた者の間に驚きのざわめきが起きた。〝虎長〟の名が口から口へささやかれ、畏敬《いけい》の念が走っていくのを見て、彼は満足だった。矢部が後ろから来るはずだったが、彼は振り返ってもみなかった。

「おお、五十嵐か」彼はにこやかに笑みを浮かべたが、心中はにこりともしていなかった。

「久しぶりだ」

「はい、殿」

「そのほうが柏木近江か。お父上とは戦場で、古いお知り合いだ、さ、一緒に参ろう」

「はい、ありがとうございます」声をかけられた名誉に、彼は胸を張りたい気持ちだった。

虎長はすたすたと速足《はやあし》に歩き出し、二人が、矢部と勝手に口をきかないようにした。ここで命がかかっているとすれば、主導権を相手に渡してはならない。

「五十嵐とは、小田原の戦で一緒であったな」そう聞いたが、五十嵐がそこで、片目をなくしたのを承知してのことだった。

「さようでございます。矢部様とともに、太閤殿下の右の陣におりました」

「というのは、名誉の場所におられたわけだ。あそこが最も戦が激しく、そのほうにも、矢部殿にもお礼を言わねばならぬ」

「敵を打ち破りましたが、ただ、務めを果たしただけでございます」五十嵐は虎長を嫌っていたが、戦の模様を覚えていて、礼を言われては悪い気はしなかった。

三人は、最初の一隊の前にさしかかった。虎長の声は一段と大きくなった。「そのほうと、伊豆の武士の働きのおかげだった。もしあの働きがなければ、わしは関東に入れなかったところだ。なあ、矢部殿」そう言うと足を止め、矢部をたたえ、家臣の前で栄誉を贈った。

この追従《ついしょう》を受けて、再び、矢部の心の均衡はくずされた。「いや、恐れ入ります。太閤殿が別府一族を滅ぼせと命じられました。それで滅ぼしたまでのことでございます」

一〇年前のことだった。別府源左衛門の率いる別府一族の巨大な勢力だけが、未来の太閤中村の全国制覇を阻み、中村と虎長の連合軍の前に立ちふさがっていた。その一〇〇年前から、別府家は関東一円を治めていた。一五万もの軍勢が、箱根から関東平野の豊かな穀倉へ抜ける要衝《ようしょう》の小田原城を取り巻いた。その攻城は一一ヵ月にも及んだ。中村の新しい側室の落葉は、まばゆいほどの若さで、まだ一八歳になったばかりだったが、戦場にまで従って家政を取り仕切っていた。その腕には生まれたばかりの長男を抱いており、中村はこの子に夢中であった。そして彼女とともにその妹の葵も同行していたが、かねてから中村は、虎長に葵をめとるようにすすめていた。

「両家を一つに結ぶとは、まことに光栄なお話でございますが、おすすめのように、手前が葵の方をちょうだいするのではなく、嗣子《しし》の数忠に賜りたいと存じますが、いかがでございましょうか」

中村を口説き落とすのには何日もかかったが、最後に彼は承知した。その決定が落葉の方に伝えられると、彼女は即座にこう言った。「まあ、恥知らずな。私は反対です」

中村は笑った。「わしもそうだ。数忠はまだ一〇歳、葵は一三歳だ。まあ、いまのところは婚約にしておいて、数忠が一五歳を迎える折に一緒にしたらよい」

「しかし虎長様は、すでに殿の義弟に当たられます。血のつながりはもうそれで十分でございます。それよりも、藤本家、高島家、いえ、宮家とのつながりを濃くしなければなりません」

「宮家はばかばかりだ。それにみなわしの人質同然だ」中村は独特の太い百姓のような声で言った。「なあ、落葉。虎長は七万の侍を抱えておる。別府を征伐した暁《あかつき》には、関東一円を手に入れ、兵もさらに増える。いま、わしがあの男を必要とするように、うちの息子はいずれ吉井虎長のような大名を必要とするのだ。そうだ、この子には吉井数忠が必要だ。その場合、数忠が叔父ならば、言うことはない。おまえの妹を数忠と婚約させ、数忠をこちらに引き取っておくのだ。わかったな」

「かしこまりました」虎長は二つ返事で、自分の嗣子の数忠を人質に差し出すことに同意した。「結構。それでは、そのほうと数忠とで、わしの息子に永遠の忠誠を誓ってくれるか」

そのとおりに事は運んだ。しかし、攻城の一〇ヵ月目に、中村の長子は死んだ。熱病だとも、悪い血のせいだとも、神のたたりだとも噂された。

「小田原と虎長のせいだわ。悔しい」落葉は狂ったようにわめいた。「虎長のせいで、こんなところに連れてこられた。あの男が関東を欲しがったからじゃ。あの子が死んだのは虎長のせい。あの男こそ敵だ。あの男は、あなたと私の命もねらっている。殺してください。戦場へやってください。攻撃の先頭に立ててください。あの子の命のお代を、あの男の体で払わせてください。仇をとってください……」

そこで虎長は、攻撃の先頭に立つことになった。彼は城壁に穴を開け、正面から堂々と小田原城を攻め落とした。悲しみに包まれた中村は、この城を灰燼《かいじん》に帰してしまった。この城が落ち、別府一族が討伐されると、日本全国は中村になびき、彼は関白に昇進し、やがて太閤となった。しかし、小田原では多くの命が失われた。

いまこの網代の浜で思い出してみても、ひどい数の犠牲だったと虎長は思う。彼は矢部を振り返った。「太閤が亡くなられたのは惜しいことだ」

「はい」

「わしの義兄は偉大な指導者であった。偉大な師範でもあった。わしも見習って、友を忘れぬことにしよう……敵もな」

「はい」

矢部が頭を上げてみると、虎長はちょうど居並ぶ家臣たちの前を通り抜け、再び港のほうへもどっていくところだった。相変わらずの速足だ。

「お送りしてくれ、近江」と矢部が命じた。自分で虎長のあとを追うのは気がひけた。

「かしこまりました」

近江が行ってしまうと、矢部は五十嵐に言った。「江戸から何か言ってきたか」

「奥方の百合子様より、まず第一にお伝えするようにと申されましたことは、関東一円に大きな兵の動きがある由で、表面には出ないまま、裏は煮え立っているとのことです。奥方のお考えでは、虎長公はひそかに大坂を攻める用意をされているのではないかと……」

「石堂からは」

「手前が発ったのは五日前でございますが、それまでは何もなく、虎長公脱出の話もございませんでした。昨日、江戸の奥方から鳩が参りまして、初めて知ったようなしだいです」

「月元が、その連絡のほうはうまくやっているか」

「はい」

「結構だ」

「奥方のお手紙には『虎長公は主人と無事に大坂を脱出され、船に乗られた。網代にお出迎えの支度をなさい』とありました。この秘密は近江殿以外には伝えてありませんが、準備はいたしてございます」

「どのように」

「戦の〝稽古〟を伊豆全土に命じてございます。三日以内に、伊豆に入るすべての道はふさがれ、正体不明の船が海上を見張り、いかなる怪しい船をも近づけないようにします。また、この地に、殿とお客様との宿泊の用意をいたしました」

「結構だ。ほかに」

五十嵐は自分に理解できない知らせを伝えるのは気がひけた。「当地の準備は万端整っておりますが、本日、大坂より妙な知らせがありました。虎長公が大老を辞職されたということで」

「そんなばかなことをするはずがない」

「どうも、ふにおちぬことでございます。しかし、この知らせを送ってきたのは間違いのない筋ですので、あるいは確かかと」

「佐津子の方か」矢部は声をおとして虎長の若い側室の名を口にした。彼女の召使いは、矢部の送り込んだ間者だった。

五十嵐はうなずいた。「しかし、意味がわかりません。こうなると、大老は虎長公を糾弾《きゅうだん》されるでしょうな。死罪というかもしれません。辞めるとは狂気の沙汰でございます」

「石堂の圧力だろうが、わからぬな。そのような噂のかけらもなかった。虎長が自ら辞めるはずはない。しかし、そのほうの言うとおり、狂気の沙汰だ。辞めれば殺される。まず、嘘だろう」

矢部も歩き出しながら、虎長を見ると、広場を横切り、まり子と異人のほうに近づいたところだった。その横に藤子がいた。まり子が虎長に添って歩き出した。あとの者は残っている。

虎長は、何か忙《せわ》しげに早口にしゃべっていた。それから、細い巻き物を出してまり子に与えた。

矢部は二人が何を話し、何を授受したのか知りたかった。虎長はまた何かたくらんでいるのか。

百合子がいてくれたら知恵を借りるところだが。

船着き場で虎長は立ち止まった。そのまま、侍たちのいる船に乗るのかと思ったが、乗らなかった。彼は最後の腹をくくるなら、船に乗る前だと思っていた。逃げることはできない。すべては未解決だ。矢部と五十嵐が近づいてきた。矢部のかたくななまでに平然とした態度が、すでに多くを物語っている。

「では、矢部殿」

「しばらく御滞在の儀は……」

「いや、すぐにもどったほうがよさそうだ」

矢部は人払いをした。浜辺に立っているのは、二人だけになった。

「ただいま、穏やかでない知らせを大坂から受け取りました。大老職をお辞めになったとか」

「そうだ。辞めたぞ」

「それでは御自分の首をくくるようなもの。虎長様。御計画、御家来、味方の大名どもは破滅でございますな。虎長様はこの伊豆を葬り、この矢部を殺されたも同然」

「大老会議は、お手前の所領を没収することもできような。お手前の首も危ないな、確かに」

「なんということをおっしゃいます」矢部は怒りがこみ上げてくるのを懸命にこらえた。「無礼の点はお許しください。しかし、虎長様のその態度は信じられ……いや、お許しください」

感情をむきだしにして得なことはないし、見苦しく、話はこじれるだけである。「それでは、やはり、当地に御滞在なさっては、虎長様」

「わしは帰ったほうがよいと思う」

「ここと江戸と、なんの違いがございますか。大老の命令がすぐに届くことでしょう。さすれば、虎長様としては、直ちに切腹なさるところではございませんか、従容として。よろしければ、手前が介錯《かいしゃく》を……」

「礼を申すぞ。だが、正式の命令はきてはおらぬ。したがって、わしの首も胴についたままだ」

「一日、二日の差はありましょうが、御命令の届くのはわかっております。万端落ち度のないように、お支度を整えるつもりでございますので、おまかせくださいますよう」

「かたじけない。だが、お手前がわしの首を欲しがる気持ちもわかる」

「手前の首もねらわれております。しかし、あなた様の首を石堂公に送り、お詫びをすればそれですむかもしれませんが、あやしいものです」

「わしがお手前なら、やはり首をよこせと言うところだ。気の毒だが、この首は矢部殿のお役には立つまい」

「ごもっともと、申し上げたいところではございますが、お願いするだけの値打ちのあることかもしれませせぬ」矢部は乱暴に砂の上に唾を吐いた。「あの犬どもの軍門に下るようなばかなら、死んだほうがましだ」

「石堂は、お手前の首をはねるのにちゅうちょはしまい。それどころか、伊豆はかたづけられてしまう」

「手前をそそのかすおつもりですか。そのように運ぶとは、手前とて考えておりますが」

「そそのかす気などない」と言いながら、虎長は矢部の立場のなくなるのを楽しんでいた。

「石堂のやつに、伊豆も、そこもともかたづけられると言ったまでだ。つまり、あの男の一族の伊川持久が伊豆に野心があるからだな。だが、矢部殿、まだ石堂は権力を握ったわけではないぞ」そして彼は、親しい友に打ち明けるような調子で、辞任の委細を語って聞かせた。

「大老会議は定員に満たない……」矢部は信じられなかった。

「だから、大老会議はいまは存在していない。また五人がそろう日までは存在しないのだ」虎長が、にっこりとした。「そこを考えるのだな、矢部殿。わしは自由の身で、以前より強い立場になった。石堂の権力は宙に浮いており、伊川持久も無力だ。そこもとは、好きなだけ鉄砲隊の訓練をすればよい。駿河と遠江はお手前の手の中だ。持久の首も。ふた月もしないうちに、持久も、その一族も、さらし首になっておるわ。そうすれば、新しい御領地へ堂々と馬を乗り入れるのだ」そう言うと、くるりと振り向いて、「五十嵐」と大声で呼んだ。その声は、五〇〇人の整列した侍たちにも聞こえた。

五十嵐が走ってこようとしたが、三歩もいかぬうちに、虎長がこう言った。「御近習の方を五〇名ほど、お連れしてくだされい」

虎長は、自分の言葉のなかにある大きな落とし穴に矢部が気がつく前に、てきぱきと事を運んでしまいたかった――もし石堂が宙に浮いていて権力がないのなら、代わりに矢部が虎長の首を打って、盆に載せて差し出せば、石堂にとっては願ってもないことであり、矢部にも大利益となる。あるいは、虎長を罪人のように縄打って大坂城の門まで連れていけば、矢部は不滅の栄誉を受け、関八州をもらえるかもしれないではないか。

五十嵐が五十人の侍を並ばせると、虎長は大声で言った。「この機会を祝って、我らの友情のあかしを矢部殿にお納め願いたい」彼は自分の大刀を腰から外し、横に持って矢部に差し出した。

矢部は夢のような気分で、刀を受け取った。それは金に換えることのできない銘刀で、簑原《みのわら》家に伝わる家宝であり、日本中にあまねく知られたものだった。虎長の所有になってから一五年になる。そしてそれは、中村からひそかな協約のあかしとして、別府源左衛門を除く諸大名の居並ぶ前で、虎長が拝領したものである。

それは長久手の戦のすぐあと、まだ落葉の方の出現以前のことであった。虎長は未来の太閤中村の軍を打ち破ったが、当時の中村は、のちのような絶対権力を手にしてはおらず、それへの道はまだ五分五分だった。このとき、中村はいつものように圧倒的な大軍を集めて、虎長を葬り去るという手段に出ず、和睦《わぼく》の策を採ってきた。彼は、虎長に和議と同盟の条約を持ち出し、彼の腹違いの妹を妻にと言ってきた。その女は、すでに中年の有夫の身だったが、そんなことは中村も虎長も気にはしなかった。虎長は約定に応じた。同時に、中村の家臣である彼女の夫は、妻を中村に返した——離縁されただけで、切腹までさせられなかったのはせめてもの慰めであった。直ちに虎長は彼女をめとり、壮大な祝宴を開いた。そして、その同日、虎長は、中村の公然の敵であり強大な勢力を誇る別府一族と友好の約定をし、ひそかに署名していた。当時の別府家は関東に傲然と君臨し、虎長領の無防備な裏口を脅かす存在だった。

そして虎長は鷹を放ち、当然予想される中村の攻撃を待った。しかし何も攻めてこなかった。それればかりでなく、驚いたことに、中村は自分の母を虎長の陣に人質として送ってきた。表向きは義理の娘に会いにという口実だが、しょせん、人質に変わりはない。そして、その引換えに、中村は虎長を、大坂での諸大名を集めての祝宴に招待した。虎長は考えに考えた。そしてその招待を受け、別府源左衛門には、二人がそろって行くのは利口ではないと告げた。続いては、予想される中村の裏切りに備えて、六万の兵をひそかに大坂に送り込み、長男の信雄に、母と妻の番をさせることにした。信雄は直ちに二人の女の住居の軒に、枯れた薪を山と積み上げ、父の身に異変があれば、すぐに火をつけると宣告した。

思い出して、虎長は微笑した。大坂に着く前の晩、中村は異例なことに一人で、しかも丸腰で虎長を訪ねてきた。

「どうだな、虎殿」

「これは、中村様」

「我々は、幾度となく同じ戦場を駆け巡り、ともに野ぐそを垂れ、小便をしあった仲だったな」

「そのとおりです」虎長は用心しながら口をきいた。

「では、よいな。わしはもう少しで日本を平定するところだ。全権を握るためには、名門の方々のお力添えが必要だ。藤本家、高島家、そして簑原家の御当主たちのな。しかし、ひとたび権力の座に就けば、いかなる大名が束になってきても、屁でもなくなる」

「手前はお力添えをいたしております……これまでも」

小柄の猿面冠者は腹を抱えて笑った。「いや、長久手の勝ちっぷりのよかったこと。そこもとは、いままで見たこともない武将、日本一の大名だ。だが、遊びはこのへんでやめよう。いいな。明日、居並ぶ諸大名の前で、そこもとはわしに、臣下の礼をとってもらいたい。簑原の吉井虎長が、大勢の前で臣下の誓いを立てるのだ。わしの尻の穴までなめることはないが、恭しくやってもらいたい。そうすれば、ほかのやつらは屁を垂れるのも忘れて、逆立ちして地面に頭をすりつけるわ。もし逆らう者があれば……思い知らせてやる」

「そうなると、中村様は日本を握ることになられます」

「そうだ。空前のことだ。で、それはそこもとの贈り物というわけだ。そこもとの力添えがなければできない。その見返りとしては、虎殿を、わしの次に据え、欲しいだけの栄誉を与えよう。なんでもよい。二人にできぬものはない」

「そうでしょうか」

「そうだ。まず日本を取る。次に高麗《こま》。次に中国だ。わしは黒田殿にそう約束した。そうなった暁には、そこもとに日本を進呈しよう。わしの治める中国の属国だがな」

「しかし、いまのところは、手前は降伏し、あなた様のものになるのですな。あなた様が強大な力を持って手前の前に立ちふさがり、後ろは別府源左右衛門に脅かされ……」

「あの連中とは、すぐに話をつける」と百姓大将は言った。「あの豚どもは、明日の招待を断り、書状に鳥のくそをつけて返してよこしたわ。そこもとはあの領土が欲しいか。関八州を」

「どなたの領土も欲しくありませぬ」

「嘘つきめ」中村はにこにこしながら言った。「なあ、虎殿。わしは間もなく五〇だが、女どもは子を産んでくれぬ。若いときから、出るものはたっぷり出るのにな。寝た女だって一〇〇人はおろか二〇〇人は下るまい。いろんな女といろんなことをしてみたが、やつらは孕《はら》みもせん。欲しいものはなんでも手に入れたが、子供だけはだめだ。これも前世の縁だ。そこもとには四人の男子がいて、娘ときたらいくらいるのかわからぬ。そこもとはまだ四三だから、やりまくって、あと一〇人くらいの男の子は馬ぐそより簡単にひり出すにちがいない。それはそこもとの縁だ。そこでどうだ。一人養子にくれんか」

「いますぐ……」

「早いほうがよい。三年以内ではどうだ。昔は息子などいてもいなくてもよかった。だが、いまは違う。黒田公が殺されるというばかなまねをしたので、この国はわしのもの……になりそうだ」

「では、二年以内に、正式の、公のお約束をしてください」

「よし、二年以内だな。心配するな。お互いの利益は同じだ。いいな。二年以内に、公に息子の一人をもらう約束をする。そうなれば、何もかも分け合うことになるではないか。両家の共同の天下が未来にわたって続き、お互いにこんなにめでたいことはない。物はまさに大きい。まず関東だ。な」

「別府源左衛門は降伏するでしょう。もし、この虎長が降伏すれば」

「いや、やつにはそうさせない、虎殿。あの土地は、そこもとがせしめるのだ」

「手前は、せしめたくありませぬ」

中村は陽気に笑い飛ばした。「そうだ。しかし、そうしろ。関東のほうがふさわしいぞ。山に囲まれて防御がしやすい。水利もよく、日本一の米倉だ。背中は海、土地は二〇〇万石。しかし、鎌倉や小田原だけは居城にするなよ」

「鎌倉は古いですが」

「そう、虎長殿のゆかりの地だ。八幡宮は戦の神、簑原家の守護神だ。しかし、鎌倉はあまりに狭すぎて栄えない。これからはよい港を持たねばならん。それには江戸だ。いまはただの漁村だが、そこもとならあそこにりっぱな町をつくるだろう。守るにやさしく、交易のできる場所だ。わしも好きだが、そこもとも交易はお好きだ。それなら港を持つことだ。そして小田原だが、あれは、よそへの見せしめにも、根絶やしにしてしまうのだ」

「難事でございます」

「そうだ。しかし、ほかの大名への見せしめになる」

「大軍で押し寄せて奪うのでは、高くつきましょう」

中村はまたばかにしたように大笑いした。「そうだ、虎殿がやるならな……わしにつかずに。わしがやれば、その領内を通らねばならぬ。別府の前陣の役をしていたのを覚えておられるか。この二年、いや三年か、虎殿と別府だけが、わしを受けつけなかった。だが、いつかは攻め入ってやる。ぐずぐずすることはない。そしてみな殺しだ――虎殿の娘婿殿は助けるとしてもな。そこもとは別府と協約されているようだが、そんなものは馬ぐそほどの値打ちもない。どうだ。返事は。獲物は大きいぞ。まず関東、これはそちらのもの。次に日本、これはわしのもの。次に高麗はわけない。次に中国だ。これとて、難しいが不可能ではない。わしは百姓の出だから将軍にはなれぬが、わしらの息子はなれる。そして中国の玉座にも座れるかもしれぬ。これで話はおしまいだ。返事はどうだな。吉井虎長殿、家来になるか、なられぬか。ほかのことはどうでもよい」

「それでは、お約束のしるしに小便でもいたしましょう」虎長は言った。彼がねらってたくらんでいたものは、思うとおりに転がり込んできたからである。そして次の日、居並ぶ猛将たちの困惑する顔を尻目に虎長はこの百姓大将の前に、恭しく頭を下げ、名誉も領土も、きれいさっぱり差し出したのであった。彼は中村家に末代まで仕えたいと乞い、簔原の吉井虎長はへり下って、地に頭をすりつけてみせた。未来の太閤の力は巨大なものとなり、虎長の領土を受領する代わりに、関東討伐の暁にはそれを贈ることを約束し、別府に対しては、天皇家に対する不敬の罪として、全面的な戦を宣したのである。そしてそのとき、この太刀を虎長に贈ったのだが、それはつい先ごろまで、天皇家の御料であったものだった。名匠五代光吉の作で、簔原家の最初の将軍義朝が持っていたものだった。

その後、何年もしないうちに、落葉の方が男子を産んだ。その子が都合よく死ぬと、また次の弥右衛門が生まれたのである。こうして、すべての約束はほごになった。それも何かの縁であろう。

虎長は、先祖伝来の刀を、矢部が押しいただくのを見た。

「身に余る栄誉、末長く家宝といたします」矢部が頭を下げた。そして、心中ひそかに、この刀を受け取ったということは、自分が虎長に次ぐ位置を約束されたのだと思うと、鼻が高かった。

虎長も礼を返した。そして丸腰の格好で、踏み板を踏んで船に向かった。彼は内心の怒りを押し隠し、すたすたと歩いた。そして、強欲な矢部のことだから、あの刀にしばらく目がくらんでいてくれよと祈った。

「もやいを解け」甲板に立つと、そう命じ、晴れやかな顔で岸を振り返った。目前で見た主君の栄誉に、侍たちはどよめいていた。櫂は威勢よく動き出し、船は進んでいった。

「江戸だ。急いでやれ」

「かしこまりました」

虎長は空を見上げた。その視野の端には岸辺の情景が映っていた。いつ、どんな危険が降ってくるかもしれない。矢部は船着き場の近くに立っており、まだぼう然と刀を見ている。まり子と藤子は幔幕《まんまく》の近くにほかの女たちと立っている。安針は、言われたとおりに広場の端で待っている。頭が一つとびぬけているが、明らかに怒っている様子だ。


ブラックソーンは、元気なく船着き場のほうに歩いていった。

「いつもどってくるんだ。まり子さん」

「知りませんわ、安針様」

「どうやって、おれたちは江戸まで行くんだ」

「私たちは、ここにいるのです。私は少なくとも三日はおります。そのあとは、江戸へ行かねばなりません」

「船でか」

「陸です」

「おれは」

「あなたは、こちらです」

「なぜ」

「あなたは日本語を習いたいとおっしゃったし、ここで、お仕事をなさるのです」

「どんな仕事だ」

「知りません。ごめんなさい。矢部様にお聞きください。虎長様は私に、三日ここに残って通訳をしろとおっしゃいました」

ブラックソーンは危険な予感を感じた。短銃は持っている。しかしナイフもないし、火薬も弾丸も数がしれている。あの船の船室に置いたままだ。

「なぜ、ここへ泊まると教えてくれなかった。あんたは、ただ上陸するだけだと言ったじゃないか」

「私、あなたも残されるとは知りませんでした。聞いたのはたったいま、そこの広場でのことですもの」

「じゃ、なぜあの人は、おれに直接言ってくれないんだ、自分で」

「存じません」

「おれは江戸へ行くはずだった。おれの仲間もいるし、船もそこに置いてある。それはどうなるんだ」

「あなたはここに残ると、おっしゃっただけですので」

「どのくらい」

「何も聞いておりません、安針様。矢部様が御存じでしょう。騒がないでください」

ブラックソーンが見ると、虎長は後甲板に立ち、岸のほうを見ていた。「あの人は、初めから、おれをここに置いていくつもりだったんじゃないのか」

彼女は答えなかった。まるで、子供みたいなことをおっしゃるのね。恥ずかしくて人前で言えることではないわ。それにしても虎長様は、なんと鮮やかにこの窮地を脱していかれたことだろう。

藤子と二人の召使いは、まり子の横に立っており、近江の母や妻とともに、辛抱強く待っていた。その肩越しに虎長の船が見える。さっきより船足が速くなっている。しかし、まだ矢の届く距離にいる。さて、そろそろ始めなければならない。聖母マリア様、どうぞお力を……彼女は祈り、注意を矢部に集中した。

「そうだろう、どうなんだ」ブラックソーンが聞いている。

「えっ。ああ、ごめんなさい。私は知りません。私の存じているのは、虎長様は大変に賢い方だということです。ですから、理由がどうであれ、なさることは正しいのです」彼女は、彼の青い目と硬い表情とを読んでみた。明らかに彼は、いましたここで起きた事件を知ってはいない。「どうぞお静かに、安針様。恐れるようなことはありません。あなたは虎長様の御家来で、あの方の……」

「何も怖がってはいない。おれは、まるで質草のように扱われるのがいやになっただけだ。だいいち、おれはだれの家来でもない」

「そうですか、それでは……」まり子は、矢部の顔に血の気の上がってくるのを見た。

「鉄砲だ。鉄砲を船に積んだままだ」と彼が叫んだ。

まり子は自分の出番を悟った。急いで矢部のところへ駆けつけ、彼が何か五十嵐に命じようとしているのを抑えた。

「お許しください、矢部様。鉄砲についての御心配は要りません。虎長様のおっしゃいますには、江戸で鉄砲隊の方々をそろえるため大急ぎで出立するが、すぐに船は、鉄砲と火薬と残りの二五〇人を積んで、こちらにおもどしになるそうで、五、六日のことだそうでございます」

「なんだと」

まり子は、根気よく、丁寧に、虎長に言われたとおりのことを、もう一度繰り返して説明した。そして、やっと矢部に了解してもらうと、袂《たもと》から巻き紙を取り出した。「虎長様より、これをお読みいただきたいとのことでございます。何か安針様のことで」彼女はかしこまって、その書状を差し出した。

しかし、矢部はそれには目もくれず、出ていった船ばかり見ていた。それはもう十分遠くなっていた。矢は届かない。しかし、たいしたことではないと、矢部は満足しながら思った。懸念は去ったのだ。鉄砲はすぐにもどってくる。それに、石堂の罠は逃れたし、虎長の最も名高い太刀を手にしているのだ。東軍の大名たちが、間もなく、わしのおかれている地位に気がつくはずだ。わしは虎長の次なのだ。

矢部は書状を手に取り、考えを現実にもどし、安針の件とやらを読むことにした。

ブラックソーンは三〇歩ほど離れたところで様子を見ていた。すると、矢部の目が鋭くなり、毛が逆立つように思えた。まり子が小さい声で何か言っているが、矢部は納得する様子がない。彼はひそかに短銃を握りしめた。

「安針様、こちらへお見えくださいますか」とまり子が呼んだ。

ブラックソーンが近づくと、矢部は書状から目を離し、彼の顔を見て、愛想よくうなずいた。矢部は全部読み終えると、それをまり子に返し、手短に、彼とまり子に何かを半分ずつしゃべった。

まり子は、恭しくそれをブラックソーンに差し出した。彼は手に取ってみたが、わけのわからない文字が並んでいるだけだった。

「矢部様がおっしゃいますには、この村はあなたを歓迎するとのことです。それからこの紙は、虎長様の御印のあるものです。大事にお取りおきください。殿は、あなたを旗本にするという、異例の栄誉をお与えくださいました。それは側近の家臣の特別な位です。これであなたは、虎長公の特別の保護のもとに入ったことになります。矢部様は、もちろん、そのことをお認めになりました。のちほどその特典を申し上げますが、虎長公は一年に二五〇石の俸禄を賜るとのことでございます。それは、およそ……」

矢部が彼女を途中で制止し、ブラックソーンや村のほうを指差し、長々としゃべった。まり子が通訳した。「矢部様は歓迎の意をもう一度述べられ、あなたの御滞在をくつろいだものにしていただけるよう、万事手配をしてあるとおっしゃいました。家も、教師も用意してあるので、できるだけ早く日本語を覚えてほしい。今夜はいくつかのことをお尋ねし、そのあと特別な任務についてお話があるそうです」

「どんな仕事だか、聞いてくれ」

「もう少し御辛抱くださいますか、安針様。いまはそれをうかがうときではありません」

「わかったよ」

矢部は五十嵐に命じて侍たちを解散させると、いまだに土下座している村人たちのほうへ歩いていった。

初夏の暖かい日差しを受けて、彼は村人たちの前に立った。手には虎長の刀をしっかりと握っている。激しい口調で何かを言った。それから刀でブラックソーンを指し、再び熱弁をふるったかと思うと、ぴたりとやめた。村人たちの間を恐ろしそうなざわめきが走った。村次が何か質問し、何度か「ハイ」と言ってうなずき、それから後ろを向いて、村人たちに質問した。するとと村人の目が、いっせいにブラックソーンを見た。

「みなの衆、わかったな」と村次が言い、村人はみな「へい」と言ったが、その声は浜辺の波の音に消されそうに小さかった。

「何をやっているんだ」ブラックソーンが、まり子に聞いた。

「矢部様が村の方々におっしゃいました——安針様は自分の特別の客である。そして虎長公の大事な家臣であられる。ここに来たのは日本語を習うためである。したがって村人たちは、謹んであの方に日本語をお教えするのだ。村にその責任がある。だれもがお教えするのだ。そしてもし、六ヵ月たって満足できるほどに上達しなかったら、村は焼き払うことにする。ただしその前に、老若男女残らずはりつけにするであろう」

第31章

日が暮れようとしている。影は長く、海は赤く染まり、そよ風が吹いていた。

ブラックソーンは、まり子が彼の新しい住居だと教えてくれた家に向かって、村からの坂道を登ってきた。彼女は彼を案内しようと言ってくれたが、彼はそれを断り、土下座している村人たちをあとに、一人になって考えたいと思ったので、まずは岬のほうへ歩いていったのだった。

彼は、考えるとは偉大な努力を要することだと思った。いまは考えてもまとまるものは何もない。頭をはっきりさせようと思って、海の水を頭からかぶってみたが、そんなことはなんの助けにもならなかった。しまいに、彼はあきらめ、またぶらぶらと海岸伝いに歩き、波止場を過ぎ、広場を横切り、村を通ってこの家のほうにやってきたというわけだ。しかし彼の記憶では、前回はこんなところに家はなかったと思った。向かい側の中腹に広壮な家が一軒あり、高い塀に囲まれ、半ばかやぶきで半ば瓦の屋根が見える。がんじょうな造りの門には多くの護衛がいる。残っている侍たちが、村の中を歩いたり、立ち止まって話をしたりしているのが見える。多くは、すでに上役の先導で、整然と隊列を組んで細い道を登り、丘を越えて彼らの宿泊地に行ってしまっていた。ブラックソーンが、残留の侍たちに会って、なんとなくあいさつすると、彼らも彼にあいさつを返した。村人の姿は一人も見えない。

ブラックソーンは、垣根の一隅にある門の前で立ち止まった。冠木《かぶき》には、わけのわからない字が書き連ねてあり、扉は精巧な透かし彫りになっていて、中の庭が見えた。

彼が戸を開ける前に、中から開いて、おびえたような老人が彼にお辞儀をした。

「こんばんは、安針様」彼の声は痛ましいほどに震えていた。

「教えてくれ、じいさん、え、オナマエハ」

「安針様、私の名前ですか。私、植木屋……ウエキヤ」老人は安心したのか、ぺこぺこした。

ブラックソーンは覚えようと、数回その名前を繰り返し、「さん」をつけると、老人は激しく頭を振った。「いいえ、〝さん〟はいらないんですよ、安針様。ウエキヤだけです。ウエキヤ」

「わかった、ウエキヤ」しかし、ブラックソーンは、どうしてほかの人たちのように、この名前には〝さん〟がつかないのだろうと思った。

ブラックソーンが下がってよいと手を振る。老人は素早く立ち去った。「これからはもっと勉強しなければならない。おれは彼らの命を助けなければならん」彼は声に出して、自分に言い聞かせた。

召使いが恐る恐る障子の間から縁側に出てきて、丁寧にお辞儀をした。彼は彼女も下がらせた。

衣《きぬ》ずれの音がした。藤子が家から出てきたのだ。そのあとから、まり子も出てきた。

「お散歩はいかがでございました」

「楽しかった」彼には、まり子も藤子も家も庭も、目に入らなかった。

「お茶を召し上がりますか。それともお酒。それともお風呂になさいますか。湯はわいていますわ」まり子は笑ったが、彼の目つきの真剣なのにとまどった。「湯殿はまだすっかり完成してはいませんが、不自由はないと思います」

「酒を頼む。そう、まず酒だ」

まり子が藤子に言いつけると、彼女は再び家に入っていった。召使いが黙って三枚の座布団をもってきて、下がっていった。まり子が優雅なもの腰で、その一枚に座った。「お座りください、安針様。お疲れでいらっしゃいましょう」

「ありがとう」

彼は縁側に腰掛けたが、草履は脱がなかった。藤子が酒を運んできた。先ほど、まり子は藤子にこう言った。「お酒を早く差し上げたほうがいいわ。今日は酔いたい心境でしょうけど、あとで矢部様がお呼びですよ。でも、お風呂とお酒で、少し気分を楽にしてあげたほうがいいのよ」

ブラックソーンは出された温かい酒を、湯のみでがぶ飲みにした。二杯目。そして三杯目と。最前、二人は障子を少し開けて、彼が丘を登ってくるのを見ていた。

「あの方、何かあったのですか」藤子が心配して言った。

「あの方は、矢部様がおっしゃったことで悩んでいるのです。村の人との約束のことで」

「どうしてそんなことで悩むのですか。あの方がおどされたのではないでしょう。御自分は無事なことなのに」

「藤子さん、異人は私たちとは考え方が全く違うのですよ。例えば、安針様は、村人は人間である、侍やほかの人たちと同じように人間で、もしかしたら倍以上によい人間もいると信じているのよ」

藤子は大声で笑った。「まあ、ばかばかしい。百姓と侍が同じだなんて」

まり子はそれには答えず、上がってくる安針の姿をじっと見ていた。「かわいそうな人」彼女はつぶやいた。

「あわれなのは村の人」藤子の小さなくちびるが、侮蔑するようにツンと突き出た。「なんてばかな百姓や漁師たちの多すぎること。でも、柏木矢部様も変です。よその国の人が、どうして半年くらいで、私たちの言葉を覚えられましょうか。宣教師のツウジさんはどれくらいかかったの、二〇年以上でしょ。でも、通じるような日本語が話せるのは、あの方一人ではありませんか」

「いいえ、あの方だけではありませんが、私が耳にしたなかではあの方がいちばんです。そうです。あの方々には難しい言葉です。でも安針様は頭のいい方です。虎長様は、あの方が半年の間、異人たちと離れ、日本の食べ物を食べ、私たちと同じ生活をし、お茶を飲み、毎日お風呂に入ったりしていれば、すぐに日本人のようになるとおっしゃっていますよ」

藤子も外を見ていた。「まり子様、あの方を見て……醜いわねえ。化けものみたい。私が蛮人をこんなに嫌っているのに、私がこの家に連れてこられ、あの方が私の主人になるなんて、考えると妙なことですね」

「藤子さん。あの方は勇気のある、とても勇気のある方ですよ。あの方は虎長様の命を救われましたし、いまでは殿にとっては大変大事なお方です」

「はい、存じています。それを思えば、少しはあの方を好きになりそうなのに、とてもだめですわ。あの方を私たちと同じようにするために、私も力をつくしてやってみます。仏様にお願いするより仕方がありません」

まり子は、姪の態度がどうして突然に変わったのか、尋ねてみたいと思った。つい今朝は、あれほど虎長公の言いつけを拒み、許しがなくても自殺するとか、あの方が眠ったら殺すのだと口走っていたのに、どうしていまは虎長公の命に従い、安針様の世話を進んでする気になったのか。虎長公は何かあなたの気持ちを変えるようなことをおっしゃったのですか。

しかし、まり子は聞いてもむだなことはわかっていた。虎長はそうした深いことまで、彼女に教えてくれはしない。また藤子自身も決して口を割りはすまい。彼女は文太郎の妹にあたる母親によって厳しくしつけられていた。そしてその母親も、父の広松に仕込まれた女である。

藤子は酒を全部ついでしまった。が、ブラックソーンは何も言わずに、それを飲み干した。

「ドウゾ。サケ」

酒が運ばれた。そして飲み終わると「ドウゾ。サケ」だ。

「まり子様」と藤子が言った。「もうおやめになったほうがよろしいんでは。酔っ払ってしまいます。お風呂はいかがか伺ってください。周防《すおう》を呼びにやりましょう」

まり子が彼に聞いた。「ごめんなさい、お風呂はもう少しあとにするそうです」

我慢して藤子は酒を命じ、まり子は召使いに、「焼き魚も持っておいで」と言い足した。

新しい器も、また黙々と空になった。食べ物は欲しくなかった。しかし、まり子が優しくすすめるので、ひと切れ口に入れてみた。が、食べなかった。

また酒が運ばれ、器が二つ空になった。

「安針様にお詫びしてください」藤子が言った。「すみません。今日はこれ以上、酒はありません。この不手際をお詫びしますと伝えてください。村へ召使いを使いに出しました」

「結構です。この方、全然酔っているようには見えないけれど、もう十分です。藤子さん、ちょっと席を外してくれますか。あなたのことをお話ししておかねばなりませんから」

藤子はブラックソーンに会釈すると出ていった。大事なことは本人のいないところで第三者が取り決めるという風習が、この際はありがたかった。それによって、お互いに傷がつかなくてすむのだから。

まり子は、ブラックソーンに酒のないことを報告した。

「どれくらいかかるんだ」

「すぐですわ。いまのうちにお風呂にお入りになったほうがよろしいでしょう。酒がきたら、すぐにお持ちしますから」

「虎長公は、船が出る前に例の計画について何か言わなかったか、海軍のことだが」

「いいえ。残念ですけれど、その件については別段、何も」まり子は酔った兆しが見えるかと、彼の顔をうかがっていたが、驚いたことに、なんの兆候も見えてこなかった。顔は少しも赤くならず、舌ももつれていない。これだけの酒をこんなに速く飲んだら、日本人なら酔いつぶれてしまうところだ。「この酒、お気に召しませんか」

「いや、それほどでもない。だが、弱すぎる。何も効かない」

「忘れたいのでしょう」

「いや、なんとかしたいだけだ」

「お役に立つことなら、なんでもいたしますけど」

「本と紙とペンが要る」

「明日、私が用立ててまいります」

「いや、今夜だ。すぐ始めるんだ」

「虎長様が本を送ってくださるそうです。神父様たちの使う文法書とか、言葉の本などを」

「時間はどれくらいかかる」

「わかりません。でも、私は三日間ここにおりますので、たぶんお役に立つでしょう。藤子もお手伝いします」彼女はにこやかにほほ笑んだ。「謹んでお伝えしますが、あの子は、今日かああなたの側室としてあなたに与えられました。そして……」

「何だって」

「虎長様があの子に、あなたの側室にならないかとお尋ねになられ、あの子は謹んでお受けしました。そして……」

「でも、おれは受けていない」

「なんとおっしゃいました……わかりませんでした」

「おれは、彼女など欲しくない。側室だろうが召使いだろうが。あいつは醜女だ」

まり子は、あっけにとられた。「それでは、どうなさるつもりですか」

「彼女に、消えろと言ってくれ」

「断るわけにはまいりません。そんなことをなされば、虎長様に対しても、あの子にも、大変な侮辱になってしまいます。あの子があなたに何か不都合をいたしましたか」

「おれの話を聞け」ブラックソーンの大声が縁側をめぐり、家ぢゅうにこだまして消えていった。「彼女に、消えろと言ってくれ」

まり子はすぐに言った。「ごめんなさい、あなたがお怒りになるのももっともですが、でも――」

「おれは怒ってなどいない」ブラックソーンは冷ややかに言った。「あんたたちは……おれは、あんたたちの言いなりになるのは、もうごめんだというのがわかってもらえないのか。おれはあんな女なんぞ欲しくない。おれの欲しいのは、おれの船と船員たちを返してくれることだ。それだけだ。こんなところに六ヵ月もいられるか。あんたらの風習は大嫌いだ。おれに日本語を教えるかどうかの問題で、村全体を葬ると脅迫するとは全く話にならん。側室の件も、奴隷制度よりひどいものだ。だいいち、当人のおれにあらかじめ聞きもせずに決めてしまうとは、なんという侮辱だ」

どうしたというの……まり子は途方に暮れた。側室のどこがみっともないことなの。いずれにしても藤子は醜い女などではない。全く、この人の言うことはわからない。しかし、彼女は虎長の指示を思い出した。「まり子、おまえの役目は二つだ。第一は、わしが矢部に刀をくれてやるから、そのあと、あの男がわしの出立の邪魔をしないようにすることだ。第二は、安針をおとなしく網代に落ち着かせることだ」

「わかりました。しかし、私の力が及びませんときには」

「あの男を鷹《たか》だと思って仕込むのだ。それが大事なところだ。わしは鷹なら二日で手なずけてしまうぞ。おまえは三日の余裕をもらったのだからな」

彼女はブラックソーンから目を離し、考えを巡らせた。なるほど、彼は怒っていると鷹のように見えると思った。彼は鷹のように金切り声をあげ、鷹のようにひどくどう猛だ。そして怒っていないときでも、鷹のように高慢で、まばたきもせず人を正視し、全く自己中心的で、あくらつなほど意地が悪いところなどはそっくりである。

「そう、あなたのおっしゃるとおりですわ。あなたは厳しい注文ばかりつけられて、お怒りになるのも無理ないわ」彼女はなだめにまわった。「確かに虎長様は、たといあなた方の習慣を知らないにしても、あなたに伺うべきでしたわ。でも殿は、あなたが反対するとは、思いも及ばなかったでしょう。殿は御寵愛の御家来に与える名誉を、あなたにも与えられました。殿はあなたを旗本になさいました。旗本とは、殿の御親族にも等しいことですよ。旗本を名乗られる方は一〇〇〇人ほどしかおりますまい。藤子の方のことは、殿は、ただあなたのためになされたことです。そのようなことを取り計らっていただけることは宇佐美藤子にとって大変な名誉だと考えられるのです――少なくとも私たちの間では」

「なぜだ」

「あの子は家柄も古く、たしなみもおありです。あの子の父も祖父も大名で、もちろんあの子も侍です」そう言うと、まり子はさりげなく付け加えた。「もちろんあなたは、あの子をお迎えになっていただけますわね。あの子には、家庭と新しい人生が必要なのです」

「なぜだ」

「夫と死に別れましたの。まだ一九だというのに、かわいそうに、夫と子供を失い、悔恨の涙に明け暮れています。あなたと御一緒になれば、あの子にも新しい人生が開けますわ」

「御主人と息子はどうしたんだ」

まり子は、ブラックソーンの礼儀を知らない単刀直入さに困惑し、答えをためらった。しかし、これが彼の国の習慣であり、べつに礼儀に反しているつもりのないことは、彼とつき合って、いやというほど知らされていた。「お二人とも、死を賜りました。あなたがここにいる間、家のことをしてくれる人が必要でしょう。藤子が――」

「なぜ、二人は死ぬことになった」

「あの子の夫が、虎長様のお命にかかわるような失態をしたのです」

「虎長が、二人を殺せと命じたのか」

「そうです。でも、正しいことなのです。あの子に聞いてみてください。きっと、同じ意見でしょう」

「子供はいくつだった」

「生後数ヵ月です」

「虎長は、父の失敗のため、赤ん坊まで殺せと言ったのか」

「そうです。そういう決まりになっています。どうぞ怒らないでください。ある意味では、私たちは自由ではありません。私たちの習慣はあなたの国とは違います。私たちは御主君の持ち物と、法で定められています。一家の家長は自分の子供、妻、側室、召使いなどの命を握っています。その家長の命は、御主君のものなのです。これが私たちの定めです」

「それでは、家長なら家ぢゅうのだれでも殺せるのか」

「そうです」

「では、あんたの国は人殺しの国だ」

「違います」

「しかし、あんた方の習慣は殺人を不問に付している。あんたはキリスト教徒じゃないのか」

「そうです」

「十戒はどうなるんだ」

「ほんとのところ、私には説明できません。でも私は、キリスト教徒であると同時に、侍で、日本人なのです。そしてそれらは矛盾するものではありません。どうか、私どもの風習に腹を立てないでくださいませ」

「もし虎長の命令なら、あんたは自分の子を殺されてもいいのか」

「はい。一人息子ではございますが、やはりそうします。それは私の義務なのですから。そう決められております――もちろん、夫が同意してのことですが」

「神があんたをお許しくださるように。あんた方、みんなをな」

「神はおわかりでおられますわ、安針様。いいえ、おわかりいただけると思います。そしていつか、あなたの目を開いて、わかるようにしてくださることでしょう。下手な説明で申し訳ありません」彼女はしばらく黙って、彼を見ていた。心は、彼の存在に波立っていた。「私もあなたがわかりません。あなたは私を困らせます。あなた方の習慣もです。でも、もしお互いに我慢をすれば、わかりあえるのではないですか。例えば、藤子をお迎えになれば、あの子はあなたの家や、召使いの面倒を見てくれますし、そして、あなたの欲しいものはなんでもかなえてくれるでしょう。あなたはだれかの手を必要としています。あの子に、あなたの家のやりくりや雑用をみさせてやってください。もしあの子がお気に召さず、おいやなら、寝ていただかなくてもいいのです。あなたはあの子を丁重に扱うことはありません。もちろん、そうしていただけるだけの女ですが。あの子はあなたの思いのままにお仕えすることでしょう」

「おれの勝手にしていいのか」

「そうです」

「おれは、あの子と寝ようと寝まいとかまわないのか」

「結構です。もしあなたがお望みなら、そして、あの子もその気になれば、あなたの欲求を満足させる別の女を見つけてきますわ」

「つまり、彼女はおれの下女か。奴隷か」

「そうです。でも、もっとよくしていただけるはずの女ですが」

「追い出してもいいのか。出ていけ、と言って」

「お気に召さないことをいたしましたら……」

「そしたら、彼女はどうする」

「普通は、恥を忍んで両親の家に帰ります。といっても、家に入れてもらえるかどうかはわかりません。藤子のような女たちは、そのような恥を忍ぶ前に自殺するでしょう。でも、侍の女たちは、主君の許しもなく自害することはできないということも覚えておいてください。もちろん、許しもなくそうする者もいます。でもそれは、自分の務めにもとることで、侍とはいえません。私はどんなに恥をさらそうと、虎長公か、夫の許しがなければ、自害はいたしません。虎長公は、あの子の自害をお許しになりません。ですから、もし追い出されたら、あの子はどこにも行くところがありません」

「なぜだ。どうして家族は彼女を受け入れてやらないんだ」

まり子はため息をついた。「安針様。残念ですが、あなたに追い出されたら、あの子はほんとにもの笑いの種となり、そんなあの子を、だれも受け入れてくれるものはありません」

「彼女が汚されたというわけか。南蛮人などとくっついて」

「いいえ。あの子が、自分の務めも果たせなかったからですわ」そして、まり子は間をおかずに言った。「あの子はもうあなたの側室なのです――虎長公がそう命じ、あの子はそれをお受けしました。もうあなたは一家の主なのです」

「おれが」

「そうです。嘘ではありません。あなたの御名誉です。そして旗本の栄誉も許されました。それに裕福になられました。虎長公はあなたに二五〇石の禄を下さいます。これだけあれば、侍は、普通二人の家来を養い、武具を与え、馬を飼い、家族を養うことができます。しかし、あなたにはその必要もありません。どうぞ藤子を一人の人間として考えてやってくださいませ。どうぞキリスト教の愛の心をお持ちください。あの子はよい人間です。醜かったらお許しくださいませ。でも、あなたにふさわしい伴侶になると思います」

「彼女には家はないのか」

「いいえ。ここが彼女の家です」まり子は自信をとりもどした。「あの子を正式にお迎えくださいさい。きっと、あなたの大きな助けになり、あなたが学びたいと思えば、教えて差し上げられます。でもお望みなら、あの子のことを、木の柱とか、障子とか、庭の岩のように、つまらぬものとして考えていただいてもいいのです。どのようでも結構ですから、あの子をここにおいてやってくださいませ。あの子を側室にしたくなくても、お情けをおかけください。あの子を一度お迎えになり、それから私たちの家長の特権で、あの子を殺してください」

「それだけしか、あんたには答えがないのか。殺すだけか」

「いいえ、でも生と死は同じことですわ。あなたが藤子の命を奪うことによって、あの子を助けることになるかもしれませんわ。それはあなたの権利です。あの子を宿なしになさるのも、あなたの権利です」

「おれはまた、罠にはまった」ブラックソーンは言った。「どちらに決めても彼女は死ぬ。おれがあんたの国の言葉を覚えなければ、村人全部が虐殺される。おれがあんたの意思に逆らえば、いずれにしても罪のない人が殺される。どうにもならない」

「簡単な解決法があります。死ぬことです。耐えられないことなら、耐えなかったらいかがです」

「自殺はばかげてる。大罪だ。あんたはキリスト教徒じゃないのか」

「私はキリスト教徒だと先刻申しました。でも、あなたは自殺でなくとも、りっぱに死ねる方法はたくさんおありでしょうに。戦死しなかった私の夫のことを、あなたはお笑いになりましたね。そういう考えは私たちの国にはありませんが、あなたのお国にはあるようですね。それなら、どうしてあなたはそうなさいませんの。短銃もお持ちでしょう。矢部様を殺しては。彼をお嫌いでしょう。あの人の暗殺を企てれば、即刻あなたは、天国か地獄のどちらかですわ」

彼はまり子を見た。そして、穏やかな彼女の表情を憎み、その憎悪のなかに彼女の美しさを見ていた。「なんの理由もないのに、そうやって死ぬのは臆病者のやることだ。ばかといったほうがいいかな」

「あなたはキリスト教徒だそうですね。では、あなたは、イエスを神を、信じますね。死は怖くありませんね。〝理由もなく〟死ぬのがよいか悪いかは、あなたの判断の問題です。あなた方は、死ぬのにもいちいち理由が要るのですね」

「おれは、あんた方の思うままだ。それは、あんたにもおれにもわかっている」

まり子は身を乗り出し、同情を寄せるように彼に触れた。「安針様。村人のことはお忘れください。この六ヵ月の間にはいろいろなことが起きます。津波とか地震とか……あるいは、あなたが船を返してもらって船出するとか、矢部様が死ぬとか、私たちが死ぬとか、だれに明日のことがわかりましょうか。神のなさることはすべてわからず、前世の縁《えにし》も、だれも知っている者はいません。今日、あなたは生きていてここにいる。そして名誉と幸運に恵まれています。夕日を御覧ください。美しいですわね。今日、この夕日は現実なのです。明日はもうそうではありません。ただこの刹那しかありません。どうぞ御覧ください。ほんとうに美しいですわ。二度と再びこの同じ夕日はありません。未来永劫に。この夕日のなかに己をゆだね、自然と一つになることです。そして、縁を忘れるのです。あなたのも、私のも、村人たちの縁も」

いつの間にか彼は、彼女の安らぎに満ちた態度と、その言葉とに魅了されてしまっていた。西のほうに目をやってみた。紫紅色と黒の模様が、空に広がっていた。

彼は、夕日の残照が消えるまで、じっと見つめていた。

「あんたならいいんだが」と彼は言った。

「私は文太郎のもの、夫が死ぬまでは、かりそめにも、思ったり、口にしたりしてはいけないことがあります」

前世の縁かと、ブラックソーンは思った。

おれがそんなものを信じるのか。みんなの運命が決まっているなんてことを。

夜は美しい。

そして彼女も。しかし彼女は他人のものだ。そう、彼女は美しい。その上に賢い。神のすることはわからず、前世の縁もまただれにもわからない。おまえは招かれもせずにこの土地に来た。おまえはここにいる。おまえはやつらの手の中だ。

だが、答えはどこにある。

答えはいずれくるだろう。神は天にあり、神はどこか知らぬところにいる。

足音が聞こえてくる。松明《たいまつ》の火が丘の上に向かってくる。近江を先頭にした二〇人ほどの侍だ。

「恐れ入りますが、安針様。近江様が、あなたの短銃を渡すよう命じておられます」

「だれが渡すか、ばか野郎、と言ってくれ」

「私には言えません」

ブラックソーンは銃の柄《え》に軽く手を掛けて、近江を見つめた。彼は、わざと縁側に腰を下ろしたままである。一〇人ほどの侍が近江について庭に入り、残りは駕籠《かご》の近くに待機していた。

先ほど、近江が断りもなく入ってくると、藤子は家の中から姿を現し、縁側のブラックソーンの後ろに、青白い顔で立っていた。

「虎長公は短銃を持つことに反対されなかった。この数日間、おれは殿や矢部の前でも武器を許されていたのだ」

まり子は緊張して言った。「そうですわ。でも、近江様がおっしゃることも嘘ではありません。武器を持ったままで大名の前に出ることはできないのが、私どもの習慣なのです。何も御心配はありません。矢部様はあなたの味方です。ここではあなたはお客様なのですから」

「短銃は、彼には渡さないと言ってくれ」しかし、彼女が黙ったままでいると、ブラックソーンは頭にきて、「イイエ、オオミサン。ワカリマスカ。イイエだ」と言って、首を横に振ってみせた。

近江の顔が険しくなった。そして、大声で何かを命じた。すると、二人の侍が進み出た。ブラックソーンは短銃をさっと抜いた。侍は立ち止まった。二つの短銃は真っすぐ、近江の顔に向けられていた。

「イイエ」ブラックソーンは言った。それからまり子に、「二人を下がらせろ、さもないと撃つぞと、言ってくれ」と言った。

彼女はそう伝えた。だが、だれも動かなかった。ブラックソーンはゆっくり立ち上がったが、短銃は標的に向かって照準されたままだ。近江は微動だにせず、恐れる気配もなく、ブラックソーンの猫のように柔軟な動きを目で追っていた。

「どうぞ、安針様。大変なことになります。あなたは矢部様に会うお約束ですが、短銃を持ってはゆけません。あなたは旗本で、矢部様のお客ですよ」

「だれだろうと、おれから五歩以内に近づいたら、頭をぶち抜いてしまうと、近江に言ってくれ」

「近江様は丁寧に申されております。『私に短銃を渡してください。これが最後です』と」

「だめだ」

「どうして銃を置いていかないのですか、恐れることは何もありません。だれも触ったりは……」

「おれは、だまされないよ」

「それでは、藤子にお渡しください」

「彼女に何ができる。近江に取り上げられるのがおちだ。だれかが持っていくだろう。そうしたら、おれは裸でお手上げだ」

まり子の声が鋭くなった。「よく聞いてください。藤子はあなたの妻ですよ。あなたの命令なら、命にかえてもその短銃を離しません。それがこの子の務めなのですから。私は二度と申しませんが、宇佐美藤子は侍です」

ブラックソーンは近江に集中していて、まり子の言葉はほとんど聞いていなかった。「おれは命令されたくないと、近江に言ってくれ。おれは虎長公の客だ。矢部の客だ。客に何かをしてもらいたければ、命令するな。お願いするんだ。だいいち、無断で人の家に入ってくるとは何ごとだ」

まり子はこれを通訳した。近江は無表情にそれを聞いていたが、自分をねらったままの銃口を見つめながら、手短に返事をした。

「こう言っておられます。『私は柏木近江だ。私に短銃をお預けくださるようお願いする。柏木矢部殿が、あなたの出頭を命じておられるゆえ、私に同行してくださるようお願いする。しかし柏木矢部殿は、あなたに、武器を渡せと命じるよう私に命じられた。したがって、申し訳ないが、私はその銃を渡せと命じます。これが最後です』」

ブラックソーンは胸が痛んだ。ほうっておけば襲われる。それなのに、固執する自分のばかさかげんもわかっているので腹が立ってくる。しかし、もうこれ以上はもたないぞ。おまえが短銃かナイフを振り回せば、愚かな誇りのために流血ざたとなる。しかし、いつまでこんなばかをやっているんだ。どうせ死ぬなら、まず近江を殺してやるぞ。

彼は、頭は多少はっきりしないが、体はしっかりしていると感じた。そのとき、まり子に言われたことが、耳の中で鳴りはじめた。「藤子は侍です。あなたの妻です」ようやく彼の脳が動きはじめた。「ちょっと待て。まり子さん、藤子にこう言ってくれ。正確に。『この短銃をあんたに預ける。あんたはそれを守ってくれ。おれ以外の者に触らせてはならん』」

まり子は頼まれたとおりに伝えた。すると彼の後ろで、藤子の「はい」という声が聞こえた。

「ワカリマスカ、フジコサン」彼は彼女に聞いた。

「わかります」彼女は緊張して、かすかな声で答えた。

「まり子さん、近江に、おれは同行すると言ってくれ。誤解があったようですまなかったとな。そう、誤解だったんだ」

ブラックソーンは後ろに下がり、振り返った。短銃を受け取る藤子の額に汗が浮いていた。彼は近江に向き直ると、この処置が正しいことを祈った。「さあ、行こうか」

近江は藤子に話しかけ、手を差し出した。彼女は首を横に振った。彼が短く命令した。二人の侍が彼女のほうに向かった。すると、素早く、彼女は帯の間に一丁の銃を押し込み、もう一丁を両手に握ると腕を伸ばし、近江にねらいをつけた。「動くな」と彼女が言った。「いいですね」

侍たちはそれに従い、足を止めた。

近江は、怒って、早口にまくしたてた。彼女はそれを聞いて、穏やかで、丁寧な返事をした。しかし、銃のねらいはそのままで、撃鉄は半分引き起こされていた。「いいえ、お許しくださいい、近江様」

ブラックソーンはじっと成り行きを見ていた。

一人の侍が、ほんの少し動いた。

すると撃鉄がさらに引かれて、ほとんど弧の頂点にまでいった。女の腕は微動だにしない。

「動くな」彼女は命じた。

動けば、彼女は引き金を引くだろうことを疑う者はいなかった。ブラックソーンですらそう思った。近江は彼女と家来とに向かって、短く何か言った。彼らは後ろに下がった。彼女は銃を下げたが、いつでも撃てる態勢には変わりはなかった。

「やつは、なんて言った」ブラックソーンが聞いた。

「矢部様にこのことを申し上げる、ということでした」

「いいとも。おれからも説明すると、言ってくれ」ブラックソーンは彼女を振り返って「ドウモ、フジコサン」と言った。しかし、虎長や矢部が女に話すときの態度を思い出し、彼はまり子に向かって、ことさら横柄に、不機嫌な声を出してみた。「まり子さん。行くぞ……」

彼は門のほうに歩きかけた。

「安針様」藤子が呼んだ。

「ハイ」ブラックソーンは立ち止まった。藤子は彼にお辞儀をすると、早口で、まり子に何か言った。

まり子は驚いて目を丸くしたが、うなずくと、返事をした。そして近江に話した。彼もうなずいた。その様子では、明らかに怒っており、ただ我慢しているだけだ。

「どうしたんだ」

「まあお待ちください」

藤子が家の中に声をかけると、返事が聞こえ、召使いが縁側に出てきたが、二本の刀をささげていた。

藤子は恭しくそれを受け取り、一礼してブラックソーンにそれを差し出し、小さな声で何か言った。

まり子が言った。「藤子は、旗本たるものは二本の刀を身に着けるべきだと申しました。それは武士の務めですから。帯刀せずに矢部様のところに伺うのは間違いであるし、礼に反することです。藤子は、あなた自身の刀を買うまで、粗末ではあるが、この二本をお使いいただけないかと言っています」

ブラックソーンは、まず小刀を手に取り、腰に差した。それから大刀を、近江の様子をまねながら腰に差した。武器を持つと心が安まる。「アリガトゴザイマシタ、フジコサン」彼は静かに礼を言った。

彼女は目を伏せて、小さな声で答えた。

ブラックソーンは、初めて彼女をはっきりと見た。顔には汗を浮かべており、両手も汗ばんで光っていた。細い目、角ばった顔、そして小さな歯並び。「彼女に言ってくれ。おれはいま〝アリガト、ゴザイマス〟と言いたいが、女に向かってそんな丁寧なお礼は言うな、などと言わんでくれとな」

矢部は、もう一度刀のほうに目をやった。ブラックソーンは矢部と相対して上座に座り、その横にまり子、少し離れて五十嵐がいた。ここは砦の中の広間である。

近江が話し終わった。

矢部は憮然として言った。「不手際だったな近江。夫に命ぜられれば、女は守るのが務めだからな。帯刀してここに来るのも当然のことだ。今夜はおまえの不手際だ。安針殿は、私の大切なお客であることを申し渡しておく。安針殿に詫びなさい」

即座に近江は立ち上がると、ブラックソーンの前に手をつき、「私の落ち度でした。どうぞお許しください」と言った。まり子が、安針が許した旨を近江に伝えた。彼はまた一礼し、静かに自分の席にもどって、座った。しかし、心中は穏やかではなかった。彼はひとつの考えにすっかり取りつかれていた。矢部を殺すのだ……

彼は前から、この、考えることもできないようなことを心に決めていた。自分の主君であり、一族の長である男を殺すという大事を。

だがそれは、こんな異人に、公然と詫びを入れさせられたからというようなことからではなかった。今夜の場合、矢部は正しかった。近江は、自分が不必要に手際が悪かったと思った。矢部はばかだから、今夜即刻、短銃を取り上げろと命令したのだが、それは適当にあしらい、家に置いてこさせて、あとで盗むか、壊してしまうかすればよかったのだ。

近江の決意の主な理由は、今日矢部が、近江の母と妻を百姓のように太陽の下で何時間も待たせたうえに、公然と百姓たちの前で侮辱し、あげくの果てには、百姓に対するように一言のねぎらいの言葉もないままに帰れと言われたことだった。

「私はいいんですよ」彼の母親は言った。

「相手は、殿様なんだからね」

「ええ、あの方は御主君ですから」妻の緑の顔には悔し涙がこぼれていた。「どうぞ、こらえてくださいませ」

「それに、殿は皆にあなたたちをよんではくれなかった」近江は続けた。「こちらに宴席を設けさせるとはひどい。食べ物と酒だけで、いくらかかると思うんだ」

「それが私どもの務めだよ。矢部の殿の言うとおりにするのがね」

「父上に対する命令もですか」

「まだ決まった話ではない。ただの噂ではないか」

「父上の手紙によれば、矢部は父上に、頭を丸めて坊主になるか、腹を切れと命ずるつもりだという話を聞いたとのこと。矢部の奥方が言い触らしているのです」

「その話は、父上が間者から聞かれたものだ。間者の話がどこまで信じられることか。残念だが、父上もときにはぼけておられるでな」

「もしそれが、ただの噂でなかったら、母上はどうされます」

「それまた前世の縁。逆らっても仕方がない」

「いいや、こんな侮辱は我慢がなりません」

「後生だから、おとなしくするんだね」

「船のことも、安針のことも、新しい異人たちのことも、虎長の罠から出してやったのも、みな私のやったことです。私のおかげで、あの方がどれほど面目をほどこしたことか。あの人は虎長公に刀を賜り、事実上、東軍のなかでは虎長に次いで第二の大名になった。だが私たちは、見返りとして何を得たというのです。ひどい侮辱だけですぞ」

「前世の縁です。仕方がありません」

「お願いです、あなた、お母様のおっしゃることを聞いてください」妻の緑が言った。

「私は、こんは辱めには耐えられない。私は復讐したのち、切腹してこの恥をそそいでやる」

「後生だから、おまえの縁に従うのだよ」

「私の縁は、矢部を滅ぼすことです」

老母はため息をついた。「わかりました。おまえも男です、自分のいいようにしなさい。やらねばならぬことは、あるものです。矢部殿を斬ること自体は簡単なことです。しかし、案を練りなさい。息子も五十嵐も斬らねばなりますまい。そうなれば当然、父上がこの一門を率いていくことになります」

「では、どのようにいたしましょうか、母上」

「おまえと私とで、案を練りましょう。辛抱できるかい。それから、父上に御相談するのです」

「虎長公のほうはいかがいたしますか。公は矢部に刀を与えられましたが」

「虎長様はただ伊豆を強くし、御自分の領土にしたいのです。盟約を結ぶのではだめです。ところが、矢部殿は盟約を結んでいるつもりで、虎長様はそれをお嫌いです。だから、柏木家も虎長様の家中に入るならば、生き延びられますよ。さもなければ、石堂の家臣となるのですが、どちらがよいのやら。さて、どうやって殺しますか」

近江は、いざ決心がついてみると、体ぢゅうに喜びが高まり、広がったのを思い出す。

今日の午後、矢部は、五十嵐、近江のほかに四人の武将を呼び、五〇〇人の鉄砲隊のための彼の極秘の訓練計画の第一歩を踏み出した。五十嵐が総大将ということになり、近江は一〇〇人余りの一隊を率いることになった。彼らは、虎長の軍勢が着いたらどのように彼らの隊に組み込むか、そして、こうしたよそ者たちが忠誠を誓わなかった場合、どうやって彼らを骨抜きにするか、などの手はずを整えた。

近江は、それとは別に、一〇〇人ずつの隊を三つ編制し、山の裏側で極秘に予備軍として訓練し、虎長の裏切りに備えるという意見を出した。

「虎長の軍勢を指揮するのはだれでございますか。つまり、この鉄砲隊の副大将となるのは」と五十嵐が尋ねた。

「だれでも同じだ」と矢部は言った。「わしはその男の手足として、五人の者を送り込む。この者たちは、必要とあれば、その男の首を斬る責任がある。その男を殺し、よそ者を殺すときの合図は、〝すももの木〟だ。五十嵐、明日、五人の人選をせよ。わしが一人一人に許可を与える。だがその五人にも、まだ鉄砲隊の計画の全容を教えてはならぬ」

近江はいま、矢部を見つめながら、復讐の新たな喜びがわきあがるのを味わった。矢部を殺すことはやさしいが、その暗殺がうまく全体計画と連動することが大切だ。それができて初めて、自分の父や兄が、その領地伊豆を支配下に収めることができるのだ。

矢部が核心に触れてきた。「まり子さん、安針殿に言ってください。明日から、私は侍どもに南蛮の鉄砲の撃ち方を教えたいと思う。また南蛮の戦い方について、あらゆることをお教えいただきたいと」

「お言葉でございますが、鉄砲が到着いたしますのに六日かかると思いますが」と、まり子が念を押した。

「私の家中にも、訓練を始めるに足るくらいの数はある。ぜひ、明日から始めてもらいたい」

まり子は、ブラックソーンにそのとおり話した。

「戦い方についてというが、何を知りたいんだ」彼は聞き返した。

「〝あらゆること〟と、おっしゃいました」

「特に、何を」

まり子は矢部に尋ねた。

「矢部様は、あなたが陸上の戦いに参加なされたことがおありですかと、お聞きです」

「オランダで戦った。それにフランスでも一度ある」

「矢部様は、結構だと申されています。ヨーロッパの兵法を知りたいそうです。あなた方の国では、どのように戦が行われるのか詳しく知りたいと」

ブラックソーンはしばらく考え、おもむろに口を開いた。「私は、あの方の家来を何人でも訓練することができるし、みんなの知りたいようなことは、詳しく知っている」

彼は牢の中で修道士ドミンゴから、日本人の戦争のやり方について多くの知識を得ていた。あの修道士は専門家であり、実戦にも参加していた。「結局、あなた」その老人は言ったものだった。「知識は絶対必要ですぞ……この異教徒の戦について知るためにな。神父というものは、己の子羊たちを守らねばならん。名誉ある征服軍《コンキスタドーレス》は、母教会の聖なる先兵であるとはいえませんか。そして私は、新世界や、フィリピンの戦闘の前線で、彼らと行をともにしたことがあり、以来二〇年以上にわたって、彼らを研究してきました。私は戦争を知っています。ね、あなた。私は戦争というものを知っているんです。それも私のお務めのうちだった。戦争を学ぶことが神の御意思だった。私がそろそろ死ぬといけないので、神があなたを私のもとに遣わされたのでしょう。よくお聞きなさい。この牢にいる私の子羊たちが、日本の戦争について私に教えてくれたのです。そこで、いまでは私は、日本の軍勢がどのように戦うか、それをどのように打ち破るか知っています。彼らがどのように我々に勝つかもわかっています。いいですね。彼らの魂についての秘密を教えますからな。日本人の残忍さに、近代的武器や近代的戦法を与えてはなりませんぞ。さもないと、陸上では、我々は彼らに滅ぼされてしまいますぞ」

ブラックソーンは、なるようになれと思った。そして続けた。「おれはできるだけ手伝うと矢部さんに言ってくれ。そして虎長公もな。おれは彼らの軍勢を無敵のものにしてみせる」

「矢部様はこう申されました。もしあなたの教えたことが役に立ったら、その暁には、あなたの禄高を虎長公の二五〇石から五〇〇〇石に加増しよう」

「ありがとう。だが、おれがそれだけのことをする代わりに頼みたいことがある。村人に対する今日の宣告を撤回し、五ヵ月以内におれの船と乗組員を返してもらいたい」

まり子が言った。「安針様、あの方と、商人のような取引きはできませんよ」

「どうか頼んでみてくれ。お情けをかけてくれとな。客として、未来の臣下としてだ」

矢部は眉間《みけん》にしわを寄せていたが、やがて、こう言った。

「矢部様がおっしゃるには、村はどうでもよい。村人にものをやらせるには、尻に火をつけなければならん。あなたは心配することはない。船の件は、虎長様の手にあるので、間もなくお返しくださるだろう。あなたの御希望は、江戸に着いたらすぐに報告するようにと言われているので、そうするつもりだ、と」

「重ねて頼んですまないが、村人への宣告は今晩にも撤回してくれ」

「安針様、たったいま、だめだとおっしゃったばかりです。それをお聞きするのは失礼ですわ」

「わかってる。だが、もう一度聞いてみてくれ。おれにとっては大事なことだ……これは請願だと思ってくれ」

「あなたは、我慢してくれとのことです。村人のことはほうっておけと」

ブラックソーンはうなずいた。それから心に決めた。「ありがとう。よくわかった。矢部にお礼を言ってくれ。でも、おれはこの屈辱には耐えられないと彼に伝えてくれ」

まり子は顔色を変えた。「なんですって」

「おれは、村人の命と天秤《てんびん》にかけられて勉強させられるような辱めを受けて生きていることはできない。そういう侮辱に、おれは耐えられない。おれのキリスト教の信仰に反している。おれはただちに自殺しなくてはならない」

「自害ですって」

「そうだ。おれはもう決心した」

矢部が口をはさんだ。「なんだ。まり子さん」

しどろもどろに、彼女はブラックソーンの言ったことを通訳した。矢部が彼女に尋ね、彼女は答えた。すると、矢部は言った。「あんたの気をひきたがったのでなければ、まり子さん、これは冗談だ。どうしてそんなに気にしているのだ。この男が本気と思われるか」

「存じません。この方は……わかりません……」

彼女の声は消えてなくなった。

「近江」

「自害は切支丹《きりしたん》の信念に反しています。彼らは、我々侍のようには決して自害はいたしません」

「まり子さん。あなたは切支丹だが、事実ですか」

「はい、殿。自害は神の御言葉に反する大罪でございます」

「五十嵐、そなたはどう思う」

「大嘘つきですな。この男は切支丹などではありません。最初の日のことを覚えておられましょう。この男が、宣教師に向かって何をしたか。そして少年を救うために、この男が近江殿にどのようなことを許したか」

矢部は、その日とその晩のことを思い出すと、思わず顔がゆるんだ。「そうだ。そのとおりだ。その男は切支丹ではない、まり子さん」

「なんのことか私にはわかりかねますが、宣教師がどうしたとか……」

矢部は最初の日、ブラックソーンと宣教師の間に起きた事件を、まり子に話して聞かせた。

「この方が、十字架を冒瀆したのですか？」彼女は明らかに衝撃を受けた。

「そのうえ、壊れた十字架を地面にたたきつけましたな」五十嵐は付け加えた。「全くの大嘘つきですな、殿。もし村人の件で恥を受けたなどと申すなら、近江殿に小便をかけられて、よく恥ずかしくもなくこうやって、ここにおりますな」

「申し訳ございません。またわからないお話で……」と、まり子が言った。

矢部は近江に、「その話を説明してやれ」と言った。

近江は説明した。それは胸の悪くなるような話だったが、彼女は表情には出さなかった。

「そのあと、安針はすっかりおとなしくなりましたよ、まり子さん」そう言うと、近江は言葉を結んだ。「武器さえ持っていなければ、この方はいつもおとなしい」

矢部が酒を口にした。「こう言ってください。自害は異人たちの習慣にはない。それは切支丹の神に背くことだ。それなのに、どうして自害できる」

まり子は通訳した。矢部は、ブラックソーンが返事をする顔を注意深く見つめていた。

「安針様は謙虚に詫びておられます。そして、こうおっしゃいました。習慣であろうとなかろうと、また神に背こうが背くまいが、村人についてのこの恥辱にはとても耐えられるものではない。そして……自分はいま日本におり、旗本であり、日本の定めに従って生きる権利がある、と」彼女の手が震えていた。

「この方は、以上のように言われました」

「南蛮人は、そのような身分ではない」

彼女は言った。「虎長様がこの方を旗本になされましたからには、いかがなものでしょうか」

風が障子を震わせ、カタカタと小さな音がした。

「どんなふうに自害するつもりか、聞いてくださいい」

ブラックソーンは短刀を抜いて、その鋭い切っ先を自分の方に向けて、畳の上に静かに置いた。

五十嵐がまた単純なことを言った。「大嘘つきですな。南蛮が文明人のように振るまうなんて聞いたことがあるか」

矢部は眉をひそめた。何か息詰まるものがあった。「五十嵐、この者は勇気がある男だ。それには間違いない。しかし、不思議だ、これはいったい……」矢部は、実際に自殺するなら見てみたいと思った。南蛮のやり方で、どんなふうに死ぬかを見ることによって、この男と一緒に、死ぬような法悦を味わいたいと思った。だが、体内からうずいてくる官能の要求を、彼はじっと耐えた。「おまえの意見はどうだ、近江」と、かすれたような声で言った。

「殿が村人に申されたお言葉によりますと、もし安針が、〝満足できるほどに〟修得しなかったらということでございました。それでしたら、少々譲ってやれる余地があるのではないかと存じます。五ヵ月のうちに、この男がなにがしか修得いたしましたなら〝満足できるほど〟のものだと、言ってやってはどうかと思います。ただしこの者は、それを必ず村人には知らせないと、神にかけて誓っていただきましょう」

「だがこの者は、切支丹ではない。そんな誓いが役に立つか」

「この男は切支丹の部類であると思っております。確かに、日本にいる宣教師どもには反対しており、それは重要なことでありますが、なんにもせよ、この者の神に誓うならば効力はあるものと存じますが。同時に、この男の神の名のもとに、必ずやよく学び、よく殿に仕えることも誓わせてはいかがかと存じます。この男は頭が切れるので、五ヵ月の間には非常に進むものと思います。そうすれば殿の顔も立ち、こいつの顔も立つことになりましょう……この男に、立てるような顔があるのかどうかは別といたしまして。殿は失うものはなく、得ることばかりでございます。重要なことは、この者自身から、進んで殿への忠誠を誓わせることであります」

「そのほうは、彼が自害すると思うのか」

「はい」

「まり子さん」

「私にはわかりません。何も申し上げられません。先ほどまででございましたら、いいえ、この方は自害などなさいませんと申し上げられましたと思います。いまはわかりません。近江様が今夜お迎えにみえてから、何か変わったように思われますので」

「五十嵐……」

「もしいま、この大嘘つきに一歩を譲るならば、今後はいつもこれと同じ手でおどしてまいることでしょう。狐のようなずる賢しさですな。この男の悪知恵のほどは何度も見てまいりました。ここは、この男の申し出をお断りになってはどうかと存じます。ただの大嘘つきでございます」

近江は首を横に振り、身を乗り出した。「殿、僭越《せんえつ》ではございますが、もしこの男の申し出を退けられて、大事になったらいかがなさいますか。もしこれが大嘘つきでしたら……あるいは、そうかもしれませんが……それが露見したとなると、誇り高い男ですので、さらに恥をかいたと思い、憎しみが増すばかりで、一生我々のためには働かないことになりましょう。この男は、現在の身分の旗本として遇されることを申し出ており、自分から進んで、この国の習慣に従って生きたいと言っております。これは大変な前進ではありますまいか。これは殿にとりましても、あの者にとりましても、まことによいことでございます。老婆心ながら申し上げますれば、こちらの得になるようにこの者を使われてはと存じます」

「そのつもりだ」矢部の声はかすれ気味だった。

五十嵐が言葉を返した。「そうです。あの男は役に立ちます。そう、手前もあの知識を身につけたい。しかし、あの男は頭を抑えておかねばなりませんな……近江殿が何度も言われたとおりです。あれはなにしろ南蛮人です。南蛮はしょせん、南蛮だ。我々は、今日あれが旗本になったことも、大小を差すのを許されたことも知っている。だが、それだけで侍になれるわけではない。あれはまだ侍とはいえないし、これからも特になれる見込みはない」

まり子は、ここに居合わせた者のなかで、自分が最も安針の心を読めるはずの存在だということを意識していた。しかし、彼女にはできなかった。一瞬、理解したかと思えば、次の瞬間には、またわからなくなってしまう。ある一瞬、彼女は彼を好きになるが、次の瞬間には、憎むようになる。なぜなの。

ブラックソーンは、何かにとりつかれたような目で遠くをながめていた。しかし、額には玉のような汗が吹き出していた。恐怖の汗かと矢部は思った。嘘が露見するのが怖いのか。あれはただの大嘘つきなのか。

「まり子さん」

「はい」

「あれに伝えてください……」矢部の口が急に乾いたようになり、胸がきりきりと痛んだ。

「わしの、村への宣告は変えないと」

「殿、大変無礼なこととは存じますが、近江様の御意見をお採り上げいただきたくお願い申し上げます」

矢部は彼女のほうを見ず、ただブラックソーンを見ていた。額の青筋が脈打っている。「安針は決心したと言った。それなら仕方がない。そのほうがただの南蛮人か、それとも旗本か、とくと拝見しよう」

まり子の声は、ほとんど聞きとれなかった。

「安針様、矢部様が宣告を変えないと申しておられます。申し訳ありません」

ブラックソーンはその言葉を耳にしたが、少しも気にならなかった。彼はいままで経験したこともないほど生というものを強く感じ、いままでにないほど安らかな気持ちだった。

答えを待っている間も、一同の話を聞きもせず、顔を見もしなかった。おれは決意を口にしたのだ。あとは神の御心しだいだ。彼は耳を閉ざし、同じ言葉を頭の中で何度も繰り返して聞いていた。その言葉は、ここでの生き方を彼に教えたものであり、まり子を媒介して神が送ってくれた言葉だ――簡単な解決法があります。死ぬことです。ここで生きていくなら、あなたはここのしきたりに従わねばなりません……「宣告は変えない」

とすれば、おれは死なねばならない。

恐ろしいはずだ。だが、恐ろしくない。

なぜだ。

わからん。わかっているのは、ここで男として生きる唯一の方法は、彼らの習慣に従って行動し、死をも恐れず、死ぬこと――おそらく死ぬだろう――だと、心に決めたことだ。そしたら、突然の死の恐怖が消え去ったのだ。「生と死は同じものですね……前世の縁に逆らってはなりません」

おれは死ぬのは怖くない。

障子の向こう側では、静かに雨が降りはじめていた。彼は刀を見下ろした。

おれの人生はよかったと、彼は思った。

彼は視線を矢部にもどした。「ワカリマス」彼は、はっきりとそう言った。それを言ったのは、確かに自分のくちびるだが、何か、まるで他人が話しているような気がした。

だれも動かない。

自分の右手が刀を取り上げるのが見えた。それから左手も柄《つか》を握った。刀は、じっと静かに、自分の心臓を指している。もはや自分の命の音しか聞こえない。それは少しずつ高まり、少しずつ大きくなり、そして突然、聞こえなくなった。彼の魂は、永遠の沈黙に向かって大声で叫んだ。

この叫びが、反射的に動作を起こさせた。彼の手は、刀を誤りなく標的に向かって動かした。近江は、彼を止めるつもりで用意していたが、ブラックソーンが突き刺すその速さと危険性とに対する読みが、少し足りなかった。近江の左手が刃を、右手が柄をつかんだが、痛みが走り、左手から血が滴り落ちた。彼は全身の力をこめて、突き刺そうとする力と戦った。負けそうになった。そのとき、五十嵐が手を貸した。二人は力を合わせて、刀が刺さるのを阻止した。刀は取り上げられた。刀の先が突き刺さったブラックソーンの胸は、皮膚が破れ血が滴り落ちた。

まり子も矢部も動かなかった。

矢部が言った。「安針に言いなさい。日本語の件は、学べるだけの範囲で結構だと言いなさい。安針に命じなさい、いや、お願いしなさい。近江が言ったように誓ってくれ、何ごとも近江の言ったとおりにしてくれとな」

ブラックソーンはゆっくりと死の淵から浮かび上がってきた。最初は、はるかに遠いかなたからみんなの行為や自分の刀を、ぼんやりと見ているような気分だった。すると突然、生の泉がほとばしり出てきたが、自分自身を死んだと思っている彼は、躍動するものの意味がつかめなかった。

「安針様、安針様」

彼女のくちびるが動くのが見え、言葉も聞こえてきたが、彼の五官は雨と風の音ばかりをとらえていた。

「はい」そういう自分の声は、依然としてはるか遠くにあったが、雨のにおいがし、雨垂れの音が聞こえ、空気に海の潮の味がした。

おれは生きている。そう思うと、不思議な気がした。おれは生きている。そして、あれはほんとうの雨で、風も本ものの北風だ。本ものの火鉢に、本ものの炭が入っている。あの茶碗を手にしてみれば、本ものの液体が入っているだろう。それには味があるだろう。おれは死んではいない。おれは生きている。

まわりの者はみな黙っている。彼の勇気をたたえ、優しいいたわりの心で、じっと座っていた。日本人がいままでに見たことのないことを、まのあたりに見たのだった。一人一人が心の中で心配していた。安針さんはどうするつもりだろう。ひとりで立って歩けるだろうか。それとも、気力が尽きてしまうだろうか。もし自分が彼なら、どうするだろうか。

召使いが黙々と包帯を運んできて、深く切った近江の手を縛り、血の流れ落ちるのを止めた。すべてが静まり返っている。時々、まり子が自分の名を呼んでくれているようだ。みんなは時折、控え目に茶や酒を口にしているが、それとて、そこでじっと待ちながら安針の様子を見たり、最前の光景を思い出したりするための薬味でしかなかった。

ブラックソーンのこの夢うつつの状態は、このままいつまでも続くのかと思われた。するとと突然、ものが見え、音が聞こえてきた。

「安針様」

「ハイ」と答えたが、いままでに経験したこともないほど、消耗しているように思った。まり子は、近江が言ったことを繰り返した。もちろんそれは、矢部に言われたことだが。彼がはっきりと理解したなとわかるまでには、数回言わなければならなかった。

ブラックソーンは、残った力を奮い起こした。そして甘い勝利の味を味わった。「おれの言葉は信頼に足るものだ。矢部の言葉もそうだろう。だが、それでも誓えというなら、神にかけて誓おう。矢部も、ここでの約束を守ると、彼の神にかけて誓うだろうな」

「矢部様はそうだと申され、神仏にかけて誓われるとのことです」

そこでブラックソーンは、矢部の望むとおりに宣誓した。彼は少しばかりの茶をもらった。こんなに茶がうまいものだと思ったことはなかった。お茶を少し飲んだ。茶碗がとても重く感じられ、長く持っていられなかった。

「雨もいいもんだなぁ」彼は雨垂れが軒を離れて落ちていく様をながめ、いままでになく、はっきりものが見えるのに驚いた。

「そうですね」彼女は優しく返事をしたが、彼のいまの感覚は、いったん死に遭遇したあとで、不思議な縁に助けられて、奇跡的に生の世界にもどった者でなければ到達できないような次元のものだろうと思った。

「安針、もうお寝《やす》みになりませんか。矢部様はあなたに礼を述べ、明日また話をしようとおっしゃっておられます。お寝みになったほうがよろしゅうございます」

「ありがとう。そうしよう」

「立てますか」

「たぶん」

「矢部様が駕籠を御用意するかと尋ねておられます」

ブラックソーンはしばらく考えて、やめることにした。侍なら歩く――いや、歩こうとするだろう。

「要らない。ありがとう」と言ったものの、彼はこのまま横になって家に運んでもらい、目を閉じて、すぐにも眠ってしまいたいところだった。同時に、自分がいまここで眠るのは怖いような気がした。自分がこうしているのは、もしかしたら死後の夢の世界であり、刀は座布団の上ではなく、ほんとうは彼に突き刺さっており、ここは地獄、または地獄の入口ではないのか。

ゆっくりと、彼は刀を手に取って調べた。本ものの感触がそこにあった。それから彼はそれを鞘に納めた。そうした動作の一つ一つに、ひどく手間取った。

「のろくて、すまん」彼は小さな声で言った。

「謝ることはありませんわ。今夜、あなたは生まれ変わったのです。これからは、あなたの新しい人生ですね」まり子は彼をたたえるように、誇らかにそう言った。「死の世界からもどられた方はまれですわ。謝ることはありません。不屈の精神があって初めてできることですわ。もしできたとしても、そのあとで立って歩いたりはできないものです。手をお貸ししましょうか」

「いや、結構だ」

「手を借りても不名誉ではありませんよ。お貸しするほうは名誉ですが」

「ありがとう。しかし、まず、やってみる」

しかし、彼はすぐには立てなかった。両手をついて、ようやく上半身を起こした。そこでさらに一呼吸して、力をたくわえた。しばらくして、彼はよろよろと立ち上がった。その様子ではいまにも倒れそうだった。しかし、よろめいただけで、最後まで倒れなかった。

ブラックソーンは、最初の数歩を酔っ払いのように歩いた。そこで柱につかまり、しばらく様子をみた。それから彼は再び歩きはじめた。ふらついてはいたが、ひとりで歩いていった。

男だった。彼は片手を腰の刀におき、胸を張った。

矢部はため息をつくと、酒をぐいとあおった。呼吸を整えると、まり子に言った。「あれを送ってやってくださらんか。無事に着くように」

「かしこまりました」

彼女の姿が見えなくなると、矢部は五十嵐を怒鳴りつけた。「大ばか者めが」

はっとばかりに、五十嵐は平身低頭した。「貴様はあの男が大嘘つきだと言ったな。貴様のばかのおかげで、かけがえのない宝をなくすところだったぞ」

「はい、殿、おおせのとおりにございます。この場で腹を切ってお詫び……」

「ぜいたくを言うな。追って沙汰をするまで馬小屋に住んでおれ。馬と一緒に寝るんだ。おまえの頭は馬並みだ」

「はい。申し訳ございません」

「出ていけ。近江が鉄砲隊の指揮をとる。出ていけ」

ろうそくの炎がまたたき、はじける音がした。召使いの一人が、矢部の前の小さな漆の膳に、ほんの一滴、酒をこぼした。それを矢部が激しくののしった。ほかの召使いがそろって詫びを入れ、取りなした。それを聞きながら、さらに杯に酒を受けた。「大嘘つきだと、やつは大嘘つきだと言いおった。ばかめ。どうしてわしのまわりはばかばかりなんだ」

近江は何も言わなかった。が、心の中では大笑いをしていた。

「しかし、おまえはばかではなかった、近江。おまえの意見は役に立った。領地を倍にしてやろう。来年は六〇〇〇石だ。網代の南十里をおまえの所領にしてやろう」

近江は頭をすりつけた。しかし、心ではあざ笑った。矢部は殺してやる。こんなやつを操るのは簡単だ。

「そのようなごほうびをいただくほどのことではございません。務めを果したにすぎません」

「そうだ。しかし領主たる者は、忠義には報いねばならぬ」矢部は、今夜は吉友の刀を身に着けていた。これを持つのは、彼には大きな喜びであった。「鈴」彼は召使いの一人を呼んだ。

「月元を呼びなさい」

「戦はいつごろ始まりましょうか」近江が尋ねた。

「今年だ。とにかく六ヵ月は先だ。わからん。なぜだ」

「まり子さんは、三日といわず、それ以上御滞在なされたほうがよろしいかと。殿のために」

「なぜ」

「あの方は安針の手となり口となる方です。半月もあの方が付き添ってくだされば、二〇名の者を訓練でき、その二〇名が一〇〇名を、その一〇〇名の者が残りの者を訓練できるようになります。そこまでになりましたら、あの者が生きていようと、死のうと、どうでもよいことになります」

「なぜ、あれが死ぬ」

「殿が再び安針をお召しなされたとき、あれはまた、いどんでまいることでしょう。あるいはその後でもよろしいのですが、結果はいつも同じとはかぎりません。だれにわかりましょう。殿があの者を殺したくなるときがくるかもしれません」矢部がどんな神にかけて誓おうとも、しょせんは無意味なことであり、彼には約束を守る気など全くないということは近江にはわかっていたし、もちろん、まり子にも五十嵐にもわかっていた。「殿があの男に、圧力をかけたいと思われる日がくるかもしれません。殿が知識を得られたあとでは、死体になってもらえば、これ以上のことはありますすまい」

「そのとおりだ」

「殿は異人の兵法を学ぶ必要がございます。しかも、それは急を要しています。虎長公のお迎えがくるかもしれません。そこで、できるかぎり、あの御婦人を手元に引き止めておかねばならないのです。半月もあれば、あの者の知識のすべてをあの頭から絞り出すのに十分でございましょう。あれは殿に取り入ろうとしておりますからな。まず試してみて、あれらのやり方を、こちらの流儀に当てはめねばなりませんが、そう、少なくとも半月はかかりましょう」

「虎長公がなんというか」

「誤解さえなければ、同意してくださると思います。鉄砲は殿のものであるばかりでなく、虎長公のものですから。あの方が引き続きここに御滞在なさることは役に立つことです。ほかにもいろいろ」

「そうか」矢部は満足げに言った。なぜなら、まり子を人質に取るという考えは、すでに船の上で思いついたことであり、そのときに、虎長を斬って石堂に差し出すことも考えたのだった。

「確かに、戸田まり子を守ってやるべきだな。悪人の手におちると、いかんからな」

「さようでございます。あの方を留め置けば、広松、文太郎、そのほか、あの一族、ひょっとしたら、虎長公すらも手玉に取ることができましょう」

「その件について、文書の案を作れ」

近江は即座に言った。「母が今日、江戸より聞きましたところでは、葵の方が虎長公の初孫を御出産なされたとか。殿にお伝えするよう母が申しておりました」

矢部は耳をそばだてた。虎長の孫。虎長は、この赤ん坊を使って操れるぞ。この孫は虎長の家系を継ぐものだ。さて、どうすれば、この赤ん坊を人質にできるか。そして落葉……「落葉の方はどうした」彼は尋ねた。

「供を連れて、江戸を発たれました。三日前でございます。いまごろは石堂の息のかかった御領内でございましょう」

矢部は落葉とその妹の葵を比べてみた。二人は全く似ていない姉妹であった。落葉は活力に満ち、美しく、ずる賢く、休む間もなく動き回る女で、この国の女のなかでも最も望ましい一人である。葵は、もの静かで、内向的で、顔は平らで表情にとぼしい。だが、その残酷さはいまも語り草となっており、彼女はその血を、母である黒田の妹から受け継いだものであった。二人の姉妹はお互いに仲がよかった。が、落葉は虎長や彼の家族を嫌い、葵は太閤と嗣子の弥右衛門を憎んでいた。太閤はほんとうに落葉の子の父だったろうか。そんな質問は、日本中の大名が何年もひそかに繰り返している質問だ。しかし、その答えをどうして知ろうとしない。どうしてあの女を自分のものにしない。

「落葉の方が、もはや江戸の人質でなくなられたとすれば……いいようであり、悪いようでもあるな」矢部は考えていた。

「いいえ、よいことでございます。こうなれば、石堂と虎長はすぐにも始められます」近江は故意に、二人の名前から敬称をはずして言った。「まり子の方を抑えて、殿の保護のもとにおかねばなりません」

「よかろう。虎長に送る書状の案を作りなさい」

召使いの鈴が、静かに声をかけ、戸を開けた。月元が部屋に入ってきた。「お呼びでございますか」

「三島から、近江に届けるよう命じた品はどこにある」

「蔵の中にございます。目録はこれでございます。二頭の馬は馬小屋でお選び願いたいと存じます。ただいま即刻お選びの御意向でございますか」

「いや。近江が明日選ぶだろう」矢部は細かく書いてある品目に、ざっと目を通した。「絹二〇反、刀二振り、鎧兜《よろいかぶと》ひとそろい、馬二頭、武具一〇〇人前――それぞれに、刀、兜、胸当て、弓、矢、槍、〝待機の石〟と呼ばれる石――値知れず」

「おお、そうだ」彼はあの晩を思い出し、上機嫌で言った。「九州で見つけた石だな。そのほうが〝異人の願い〟と、改名したのだったな」

「はい、その名でよろしければ」近江は言った。「その石を庭のどこに置いたらよいか、明日お決めいただくわけにはまいりませんでしょうか。私にはまだ決めかねております」

「よかろう。明日わしが決めてつかわそう」そして月元を振り返って言った。「おまえは何を待っている。下がったらどうだ」

「はい、殿。年貢のことを、殿がお忘れにならないよう注意してくれと、仰せでございましたので」月元は汗だくになった体を起こすと、喜んで早々に退出した。

「近江。早急に年貢を倍にしよう」矢部が言った。

「かしこまりました」

「百姓どもめが。やつらは働いているとはいえんな。怠け者だ、どれもこれも。侍たちが道路を盗賊から守り、海を守り、安全に治めてやっているのに、やつらは何をしておる。茶や酒を食らって昼寝をしておるわ。百姓どもに、恩のありがたさを教えねばならん」

「さようでございます」近江が言った。

それから矢部は、彼の心にかかっていた問題にもどった。「今夜の安針には驚いたぞ。そのほうはどうであった」

「はい、ほんとうに驚きました。殿より驚いたほどでございます。しかし、あそこまでやらせたのは、賢明な御処置でした」

「では、そのほうは、五十嵐が正しかったというのか」

「手前はただ、殿のお知恵に感服しているしだいです。ほうっておいても、いつの日か、殿はあの男とああなるのでございますが、今晩、それをなさったのは賢明であられました」

「わしは、ほんとうにやる気だとにらんでいた。そのほうが、そのつもりでいてくれたので助かった。それだからやらせたのだがな。南蛮人にしては、安針は全く並外れの男だ。残念なことに、南蛮人は、ちと単純すぎるが」

「はい」

矢部はあくびをした。鈴が酒をついだ。「半月といったな。まり子には、少なくともそれだけはとどまってもらわねばならないな、近江。二人をどうするかは、そのあとの話だ。やつには、もう一つ教えることがある」彼は歯並びの悪い歯を見せて笑った。「安針が教えてくれるなら、こちらも教えてやろう。正しい切腹の仕方だ。見ものだぞ。みておれ。そうとも、あいつの余命はもう勘定できておるわ」

第32章

それから一二日目の午後、大坂からの使者が着いた。一〇人の侍が馬で従っていた。どの馬も汗まみれで、息も絶え絶えだった。旗指物には五大老の印がついていた。曇って、蒸し暑い日だった。

使者は、背の高いがっしりした男で、身分は高く、石堂の腹心の武将の一人で、名を根原定膳といい、非情なことで有名である。着用の衣服はすでによれよれで泥だらけになっており、目は疲労から血走っていた。彼は作法を無視して、食べ物も飲み物も断ると、いますぐ矢部に会いたいと要求した。

「見苦しい風体をお許しください、矢部殿。なにぶんにも、事は急を要しますので」と彼は言った。「石堂公の申されるには、まず第一に、なぜ、虎長公の家臣を、矢部殿の御家臣とともに訓練なさっているのか、第二に、なぜ、それほど多くの銃を使用する訓練をなさるのか、とのことです」

矢部はその無礼な態度に思わず顔を紅潮させたが、定膳が特別な訓令を持っていることや、このような無礼な態度も力関係を示すものであってみれば、そこは気を静めるより仕方がなかった。それに彼の防備の態勢に抜け穴のあったことを思うと、心中は穏やかではなかった。

「よくおいでくださった、定膳殿。手前が石堂公に二心のないことを、よろしく殿にお取り次ぎ願いたいと存じます」と、わざわざばか丁寧に言った。

彼らは砦の一室の縁側にいた。近江は矢部の真後ろにいた。五十嵐は数日前に勘気が解けて、定膳の近くにおり、そのまわりを側近の警固の者たちが固めていた。「そのほかに、石堂公はなんとおっしゃられた」

定膳は答えた。「以下のことにお答え願いたい。鉄砲隊の訓練の件だが、どうして虎長公の御子息の長門殿が副大将になっておられるのか。そしてなんの副大将であるのか。虎長公の御子息がここにおられるとは重大なことだと大老石堂公が申された。さよう、盟約の大名のなさるすべてのことに、公は興味があられる。例えば、なぜ、南蛮人が訓練の係になっておるのか、何を訓練するのか、など。矢部殿、そのことにも大変興味をお示しであられる」刀を具合よく置き直し、背後は彼の家来に固められているのを確かめた。「次に、大老会議は来月の一日に再び開かれる。期間は二〇日間。矢部殿は、忠誠の誓いを新たにするために、正式に大坂にお招きを受けることになった」

矢部の胃がきりきりと痛んだ。「虎長公が辞任なされたという噂《うわさ》ですが」

「そのとおりです。代わりに、伊藤輝純殿が新たに大老になられた。石堂公が筆頭大老となられるはず」

矢部は、あっと驚いた。虎長は、四人の大老が、新大老をめぐって意見の一致をみるはずがないと言っていたではないか。伊藤輝純は長門の国の小大名だったが、彼の家柄は古く、藤本一族の流れをくんでおり、その意味では大老になる資格はあった。しかし無能で、女のような性格で、人の言いなりの操り人形であった。「お招きありがたくお受けいたします」矢部は用心しながら答えた。なんとかして考える時間をつくりたかった。

「石堂公は、直ちに出立していただきたいとのことだ。そうすれば、会議までに大坂に着かれるであろう。ほかの大名方も同様のお招きを受けておられることを、お伝えしておく。さて、そうなれば、すべての方が二一日目には、そろうことになる。朝廷は、後陽成天皇の名のもとにこの機会に祝宴を催される」と言うと、定膳は公儀の巻き物を取り出した。

「これは、大老会議の封印ではないではないか」

「石堂公は太閤の忠実な家臣として、その嗣子弥右衛門殿の忠実な臣下として、このお招きを出された。もちろん、新しい大老方も石堂公の措置をお認めになることはおわかりいただけるであろう」

「公式会議に立ち合うことは、確かに、名誉なことでありますな」矢部は内心を顔に出さぬように、極力努めた。

「よろしい」定膳が言った。彼は別の巻き物を取り出し、開いて、持ち上げて見せた。「これは大老の石堂、木山、大野、そして杉山の諸公が承認され、署名された新大老の任命書の写しだ」定膳は、勝ち誇った様子を隠そうとしなかった。これによって、虎長とその盟約の大名たちの罠を封じ、同時に、石堂たちの防備を不動のものにするものだった。

矢部はその巻き物を取った。指が震えていた。それが偽物でないことは疑いの余地がなかった。それには、太閤の未亡人の綾の方によって副署されていた。ということは、彼女がその書類が本ものであり、彼女の面前で署名されたことを認めたものである。そしてそれは、日本国中に送付される六枚の写しの一枚であり、尾張、三河、遠江、駿河、そして関東へのものである。日付は一一日前になっている。

「尾張、三河、駿河そして遠江の諸公はすでに承認されました。ここに彼らの印がある。矢部殿が最後から二番目で、最後は虎長公となる」

「どうか、石堂公によろしくお礼を申し上げ、お会いして、お祝いを申し上げるつもりであるとお伝えくださ い」と矢部が言った。

「よろしい。それを書面にしていただこう。そうすれば申し分ない」

「では今晩。夕食ののちに」

「よかろう。では訓練を拝見しようか」

「今日はやっておりませぬ。家臣どもは足を鍛えにいっております」と矢部が言った。先ほど、定膳とその一行が伊豆に入った瞬間に、その知らせが矢部に入り、それを聞いた彼は、即刻、家来に発砲訓練をやめ、網代から離れたところで、音のしない訓練だけを続けるように、変更を命じてあった。「明日、御一緒にいかがです。よろしければ昼ごろ」

定膳は空を見た。もう日は傾いていた。「よかろう。少し眠るとしよう。お許しいただければ、夜分ここに伺って、お手前や、近江殿、長門殿などから、訓練や鉄砲の話を聞きたい。それに、あの異人のことも」

「それは……いや、どうぞ、どうぞ」矢部は五十嵐に合図した。「お客様方に部屋の用意を」

「お志はありがたいが、その必要はない」定膳は即座に言った。「侍は野に伏し、鞍を枕に寝れば十分。もしいただけるものなら、風呂をひとつ……蒸し暑くてかなわぬ。今夜はお許しをいただいて、山頂に野宿しよう」

「どうぞ」

定膳は型どおりのあいさつをすると、家臣に囲まれて去っていった。全員が相当な武装を整えていた。外には、二人の弓を持った侍が一行の馬の番をしていた。

彼らの姿が遠くなると、矢部の形相が怒りに変わった。

「だれが裏切った。だれだ。間者はどこにいる」

五十嵐も同様に血の気の引いた顔で、聞こえない範囲に護衛の侍たちを遠ざけると、言った。「江戸ですぞ。殿」彼が口を開いた。「間違いない。ここは水ももらさぬ防備がしかれております」

「おっ」矢部は、着物を破らんばかりに引きむしった。「密告された。孤立させられた。伊豆と関東は孤立させられた。石堂が勝った、やつが勝ったのだ」

近江が即座に言った。「二〇日もありません、殿。虎長公に即刻使いをお送りなされて、このことを伝え……」

「たわけ」矢部は叱りつけた。「虎長はすでに知っておるにきまっている。こちらの間者一人に対して、あの男は五〇人も使っておるわ。やつの罠にかかったのだ。おまえは聞かなかったのか。四人の大老は全員が伊藤の任命に同意し、そのため大老会議は再び正式なものとなり、二〇日間も行われるのだぞ」

「その答えは簡単です。虎長公に、伊藤輝純か大老のだれか一人を、即刻、暗殺するよう提案なされればいいのです」

矢部は口が開いたまま閉まらなかった。「なんだと！」

「もし殿が手を下したくないのでしたら、手前を遣わし、手前にやらせてください。でなければ五十嵐殿に。伊藤が死ねば、石堂はまた無力になります」

「そのほうは気が狂ったのか、それとも正気か」矢部にはわからなかった。「そのほうには、自分の言ったことがわかっておるのか」

「どうか、しばらく耐えてお聞きくださいますよう。安針は貴重な知識をくれました。それは、想像していた以上のものでございました。いままでは虎長も、殿の御報告や、長門殿から聞かれて、我々と同じことを御存じでありましょう。もし十分に訓練する時間さえあれば、我々の五〇〇丁の銃と、極秘の三〇〇とはみごとな戦力となってくれることでありましょう。が、それは最初のうちだけです。敵がだれであろうと、我が軍の兵や火力の使い方を見た者は、すぐにまねをいたしましょう。しかし、敵はその最初のうちの戦いに必ず敗れますので、虎長公は大勝利ということになります」

「石堂は戦など必要としていない。二〇日間、彼は朝廷の代理で決議できる」

「石堂は百姓です。百姓の小作で、嘘つきで、戦の最中に味方を置き去りにして逃げる男です」

矢部は近江の顔をながめた。顔は青ざめていた。「そのほう、正気でものを言っているのか」

「朝鮮で、実際にそれをいたしました。この目の前で。父も見ました。石堂は戸田文太郎殿や我ら親子を置き去りにしましたので、あとは勝手に活路を切り開くより仕方がありませんでした。やつは危険な百姓で、太閤の犬でした。百姓を信用なさってはいけませぬ。だがしかし、虎長は簑《みの》原《わら》家の出身、信用できます。虎長につくことを進言いたします」

矢部は信じられないというように、首を振った。「そのほうは、耳が聞こえんのか。根原定膳の言ったことが聞こえなかったか。石堂が勝ったのだ。大老会議が二〇日の間に政権を握る」

「いまもすでに、政権を握っているのかもしれませぬ」

「たとい伊藤が……いやいや、そんなばかな」

「鉄砲隊のほうは、全力を尽くしてはみますが、間に合う見込みはありませぬ。二〇日間では、我々の力ではできませぬ。しかし虎長ならできます」近江は自分が虎穴に入り込んでしまったことを知った。「どうぞ、お考えくださいますように」

矢部は手で顔をぬぐった。体には汗が流れていた。「この召喚を受けたのに、会議に出席しないと、そのほうを含め、柏木の一門はみな死ぬことになる。鉄砲隊を訓練するには、少なくともあと二ヵ月はかかる。いや、たといいま訓練が終わっていたとしても、虎長とわしだけで日本ぢゅうを相手にしては勝てはせぬ。だめだ、そのほうの考えは間違っている。わしは石堂につかねばなるまい」

近江は言った。「もし殿が道中お急ぎになるとすれば、いまから一〇日ないし一四日間は、大坂へ出発せずにいられます。即刻、根原定膳のことを、虎長にお伝えください。それによって伊豆と柏木家が救われます。お願い申しまする。石堂は殿をだまし、殿を食いものにいたします。伊川持久はあの男の親戚ですぞ」

「だが、定膳はどうする」五十嵐が割って入った。「それに鉄砲隊は。大作戦は。今夜すべてを教えろと言っているが」

「話してやりましょう、詳しく。あれはただの使いの小僧です」と近江は言ったが、しだいにみんなの心を彼が掌握しはじめていた。彼は危ない賭けになることはわかっていたが、矢部が石堂について、一族を滅ぼすことになるのは、阻止しようと思った。「計画をすっかり教えてやりましょう」

五十嵐は興奮したように食ってかかった。「定膳が我々のやっていることを知ったら、すぐさま、石堂に使者を送るだろう。ことはきわめて重大だ。石堂は計画を盗み、我々は終わりだ」

「その使者のあとを追い、適当なところで殺すのです」

それを聞くと、矢部の顔が紅潮した。「あの巻き紙には大老方が署名しているのだ。やつらは大老の保護のもとに旅をしている。それを斬ろうとは、そのほうは狂っておる。そんなことをしようものなら、わしは無法者と変わらんではないか」

近江は自信にあふれたように首を振った。「綾の方も、宮家の方も、裏切り者の石堂にだまされておられると思います。我々は鉄砲隊を守らねばなりませぬ。そのためには、いかなる使者も阻止せねば……」

「黙れ。そのようなこと、狂気の沙汰だ」

近江は、頭を下げたまま罵倒を聞いていたが、顔を上げると、冷静な声で言った。「それでは、どうぞ、手前に切腹をお命じください。しかし、その前にひとことおりお聞きください。殿をお守りするのが、我らの務めでございますので、これだけは言っておかねばなりませぬ」

「やめろ」

「いまのところは、大老会議というものは存在しておりませぬ。ですから、あの無礼で、恥知らずの定膳どもには、だれの保護もありません。もし殿が、違法の書類をお認めにならないかぎり……そしてほかの方のようにだまされないかぎり。大老会議なるものはございませぬ。殿は、だれにも命令されることはないのです。もしそれが、公然と成立しました暁には、殿は従わねばならなくなりましょう。しかしいまのところは、何人の大名が従いましょうか。石堂の味方だけでございましょう。こんなおどしに乗ってはなりませぬ。戦になれば虎長は決して負けたことがありませぬ。負けたことのあるのは石堂です。虎長は朝鮮への太閤のむちゃな出兵に加担しませんでした。石堂はしました。虎長は外国船や貿易を支持しています。石堂は反対です。虎長は南蛮の水軍を欲しがりましょう――殿がそうおすすめになったとか。しかし石堂は反対です。石堂は日本国を閉鎖することでしょう。虎長なら開放しておきます。もし石堂が勝てば、彼はこの先祖伝来の領地である伊豆を伊川持久に与えるでしょう。虎長が勝てば、持久の領地をすべて殿にお与えくださるでしょう。殿は虎長の有力な味方であります。自分の刀を殿にくださいました。鉄砲隊を殿にまかされました。鉄砲隊は驚異のうちに勝利を保証いたします。石堂がお返しに何をくれましょうか。あの男は殿の御領地の中でこともあろうに殿を辱めようとして、あのような無礼な浪人者を使いによこしたのですぞ。簑原の虎長だけが殿のお選びになる相手です。あの方と手をお結びください」彼は頭を垂れ、黙って返事を待った。

矢部は五十嵐を見た。「どう思う」

「近江殿の御意見、もっともかと存じます」しかし五十嵐の顔には心配の色が映し出されていた。「使者を殺す件につきましては、なお懸念があります。使者がもどらなければ、定膳は必ず二人目、三人目を送ることでしょう。それも、たとえば、ならず者に襲われて殺されたといたしましても……鳩がおります。定膳の馬に鳩の籠が二つ積んでございます」

「今夜、鳩に毒を盛りましょう」と近江が言った。

「どうやって。護衛がいる」

「ともかく、鳩は夜の明けぬうちになんとかしてしまわねばなりませぬ」

矢部が言った。「五十嵐、すぐに定膳に見張りをつけろ。今日、やつが鳩を放つかどうかを見張れ」

「手持ちの鷹《たか》と鷹匠とを全部部落の西へお集めください、ただいま即刻」近江が急いで付け加えた。

五十嵐が言った。「鳩が落とされたり、一服盛られたりすれば、だれがやったかわかるでしょうな」

近江は憮然として言った。「ではやめますか」

五十嵐は矢部を見た。

矢部はあきらめたようにうなずいた。「やれ」

五十嵐は座を外し、またもどってくると、近江に言った。「ひとつ思いついたが、近江殿が持久と石堂について言われたことは、おおかた正しいのだが、もし、使者を消してしまうのなら、どうして定膳を遊ばしておくのか。どうしてすべてを教えてやるのか、どうしてすぐにも殺してしまわないのか、わかりかねますな」

「そのとおりですな、もし殿がそれをお楽しみになるのでないとすれば。そうだ、お手前の案のほうがよいかもしれぬ」と近江が言った。

二人はそろって矢部を見た。「どうすれば鉄砲隊を秘密にできると思う」彼は二人に尋ねた。

「定膳どもを殺しましょう」近江が答えた。

「ほかに手はないか」

近江は首を振った。五十嵐も首を振った。

「石堂と取引きはできないか」矢部は、この窮地を脱する方法はないものかと迷っていた。

「日数に関しては、おまえたちの意見は正しい。一〇日、多ければ一四日いられる。定膳をどうあしらう。そのうえに策を弄する時間が要るか」

「殿が大坂へ行くように見せかけるのは、賢明な策と思います」近江が言った。「しかし、すぐ虎長公に知らせましても、なんの危害もございません。いますぐ放てば、我らの鳩は、日の暮れぬうちに江戸に着きましょう。それにはなんの危害もありません」

五十嵐が言った。「定膳の到着と、二〇日間にわたる会議とについて虎長公に伝えるのはよろしいでしょう。しかし、伊藤公を殺すなどとは、書くわけにはまいりますまい。危険が大きすぎますな」

「そのとおりだ。伊藤の件には触れずに、虎長自身に考えさせろ。わかりきったことだ」

「はい、殿。思いがけないようにはみえますが、当然にいきつく答えです」

近江は黙って待っていた。が、内心はいますぐにも解決が欲しくて、のどから手が出そうだった。矢部がこちらを見ている。しかし、恐れることはない。おれの言ったことは、おれが柏木一族と、その現在の指導者である矢部を守る意見のように聞こえたはずだ。しかし、この近江が矢部を殺し、主導権を取ろうと決めていたからといって、矢部に賢明な助言をする妨げになるわけではない。いまはもう死を覚悟している。もし矢部が、おれの考えの正しさをわからないほどの愚か者であれば、そのときには、一族を率いていかせるわけにはいかなくなる。これも前世の縁《えにし》だ。

矢部が身を乗り出した。だが、心が決まったわけではない。「わしに危険がかからないように、定膳どもを殺害し、一〇日間は問題にならないような方法はないか」

「長門です。長門をけしかけるのですな」近江は簡単に言った。


日暮れに、ブラックソーンはまり子と従者に伴われ、馬で家にもどってきた。二人とも疲れていた。彼女は乗馬袴をはき、男と同じ姿勢で馬に乗っていた。

下男が綱を受け取り、馬を連れ去った。ブラックソーンは、まあまあの日本語で従者たちを帰し、次いで、いつものように玄関に手をついて迎えている藤子に、あいさつした。

「お茶をお持ちいたしますか」彼女は、いつものように儀礼的に聞き、「要らない」と、彼はいつものように答えた。「まず風呂だ。それから酒と食い物」そしていつものように、彼女のお辞儀に礼を返すと、廊下を歩いて裏口から庭に出、ぐるりと回った小道を踏んで、土壁の湯殿に行った。召使いが着物を脱がせ、彼は中に入って、裸で座った。別の召使いが彼の体を洗い、髪を洗ってくれた。すっかり汚れを落としてきれいになると、熱い湯にゆっくりと少しずつ身を浸し、手足を伸ばした。

「いやあ、いい気分だ」彼はすっかり満足し、目を閉じた。体中が温まり、額からは汗が流れ落ちてくる。

戸が開き、周防《すおう》の声がした。彼にはしかし、あいさつ以外の日本語は何もわからなかった。だいいち、今夜は疲れていたので、周防と話すのもおっくうだった。それに風呂とは、まり子によれば、「ただ肌をきれいにするためのものではありません。風呂は、天の賜《たまもの》といえるよう楽しい場所ですから、そのつもりでお入りください」なのだ。

「周防、話はやめだ」彼は言った。「今夜は考えたい」というようなことを、日本語で言ったが、周防がそれを訂正してくれた。

ブラックソーンは、その正しいほうの日本語を繰り返してみた。日本語の発音というのは、どうにも理解できない。直してもらうのはありがたいが、めんどうくさくて飽き飽きする。「文法辞典はまだこないのか」今朝、まず最初に彼はまり子に尋ねたものだった。「矢部はもう一度請求してくれたのではないか」

「どうぞ、いましばらくお待ちくださいい。間もなく着きましょうから」

「船や侍たちと一緒に、送ると約束したんだ。侍も鉄砲も着いたが、本はどうした。あんたがいてくれるから助かるが、いなけりゃ手も足も出ない」

「難しいことですが、できないことではありませんよ、安針様」

「それじゃ聞くが、『それは間違いだ。おまえたちは一団となって走り、一団となって止まり、一団となってねらいを定め、発砲しなければならない』と言ってみてくれ」

「だれに向かって言うときですか」と彼女が聞き返した。

そう言われると、またいらいらしてくる。「全く難しいよ、まり子さん」

「いいえ、安針様、日本語はほかの言葉に比べれば、大変簡単におできになります。冠詞もありませんし、動詞の変化も、不定詞もありません。現在形だけでもほとんど用が足ります。疑問文には、動詞の後ろに〝か〟をつければいいだけです。否定文では〝ます〟を〝ません〟にするだけです。こんなにやさしいものがありますか。〝行きます〟と言えば、私が行くことでもあり、あなた、彼、彼女、それ、私たちが行くことでもあり、未来も表しますし、ときには過去にも適用します。名詞は単数も複数も同じです。とても簡単です」

「さて、私が行くときの〝行きます〟と、彼らが行くときの〝行きます〟の違いを、あんた方はどうやって区別するんだ」

「全体の流れから、自然にわかりますわ、だれが行くのか」

「でも、全く同じ形じゃないか」

「あっ、それはあなたが、あなたの国の言葉で考えようとするからです。日本語を理解するためには、日本語で考えなければなりませんわ。私たちの言葉は、非定形の言葉だということを忘れてはなりません。ですから、ほんとうに簡単なのです、安針様。あなたの頭の世界を、ちょっと変えてください」

「この、くそっ」彼は英語でつぶやくと、少し気分が晴れた。

「何かおっしゃいました」

「何も。しかし、あんたの言うことがわからない」

「文字を習いましょう」まり子が言った。

「できないよ。そこまでいく時間がない。むだだ」

「御覧ください、ほんとうに簡単な絵でしょう。中国人は非常に賢くて、こうして字を作りました。私たちは一〇〇〇年も昔から、あの人たちの文字を借りてきました。御覧なさい、豚を表すこの文字というか、絵符号を」

「豚には見えない」

「昔はもっとそれらしく見えたのです。ちょっと御覧ください。これです。〝豕〟は豚を表す符号ですが、その上に〝屋根〟を表すこの符号をつけるとどうなりますか」

「豚と屋根じゃないか」

「いえ、こうしてできた新しい字の意味は」

「わからん」

「〝家〟なのです。昔の中国人にとって、屋根の下に豚がいると家だったのです。中国人は肉を食べますし、百姓にとって豚は富であり、それを持っているのはりっぱな家だったのですね。それが字になりました」

「しかし、それをなんて読む」

「中国人と日本人では違います」

「ちぇっ」

「ほんとうにそうですわ」彼女は笑った。「この字はいかがですか。家の中に女がいると書いて、安らぎになります。あなたの藤子は安らぎですか」

ブラックソーンは、旗本に生まれ変わって一二日目の今日、同じことを考えていた。確かに藤子との間に、いさかうことはなかった。しかし、それは家ではなかった。藤子はただ信頼できる家政婦にすぎない。昨夜も、彼が寝にいけば、布団は端をめくってあり、彼女がそのわきに、じっと無表情に座っているのだった。

「ありがとう」彼は言った。「おやすみ」

彼女はお辞儀をし、廊下に出、まり子の隣の部屋に行って寝た。

夜中に、彼が身動きでもしようものなら、召使いが襖《ふすま》を開け、何か用かと聞く。あるとき、彼にはとても理解できないことが起きた。彼は召使いを下がらせると、月を見ようと思って庭に降り、踏み段に腰を下ろした。ものの二分もしないうちに、藤子が髪を直しながら、目をしばたかせて、姿を現し、音もなく彼の後ろに控えているのだった。

「何か、お持ちいたしますか」

「いや、寝んでください」

彼女は何か言ったが、彼にはわからなかった。もう一度彼は、彼女に下がるように身振りをした。すると彼女は、影のようについている召使いを下がらせた。間もなくまり子が来た。

「どうなさいまして、安針様」

「べつに。どうしてみんなでおれの邪魔をするんだ。弱った。おれはただ月を見ているだけだ。眠れないからな。夜の空気でも吸おうと思って」

藤子は彼のいらだった声を聞くと、不安そうに、とぎれとぎれに、彼女に何かを話した。

「あなたは、藤子に下がって寝るようにおっしゃったそうですね。でも、この国では、主人が起きているのに、女が眠っていることはないということを、わかってほしいと言っておりますのよ」

「じゃ、その習慣を変えてくれ。おれは、よく夜中に一人で起きていることがある。海にいるうちに癖になった。陸《おか》に上がると余計寝られないし」

「わかりました」

まり子が説明すると、二人の女は下がっていった。しかし、ブラックソーンには藤子が眠るためにもどったのではなく、彼が寝るまでは、彼女も眠らないことを知っていた。彼女はいつも、彼が何時に帰ろうとも、起きて待っている。

慣れてくると、彼は彼女の存在を気にしなくなった。まり子が初めに、「あの子を、石か障子か壁だと思ってください。あなたに仕えるのが、あの子の務めなのですから」と言ったように、なっていった。

まり子は別だった。

彼は、まり子が網代に残っていてくれることを喜んだ。

彼女がいてくれなければ、彼は訓練を始めることもできなかった。手の込んだ兵法の説明などは論外のことだ。彼は、彼女に、ドミンゴ神父に、アルバン・カラドックに、そしていままで教えてくれた彼の恩師たちに感謝した。

まり子。そうだ。彼女はかけがえのない存在だ。

彼が自害しかけたあの晩、彼女は何も聞かなかった。しかし、何を言うことがあろうか。やらねばならぬことが多いのはありがたいと、彼は思った。こうして数分、風呂の中にいるとき以外、考える暇もない。何をするにも時間が足りない。学ばなくともよいから、訓練と教育に専念するよう命ぜられていたが、学びたいし、学ぼうと努力した。矢部との約束を果たすためにも、学ぶ必要があった。しかし、時間が足りない。疲れて眠り、夜明けに起きて、馬を駆って台地に駆けつける毎日だ。午前中は訓練。それから肉のない貧弱な食事。午後は毎日、日の暮れるまで――ときには夜の更けるまで――矢部、近江、五十嵐、長門、月元、その他何人かの隊長らと戦について話し合い、質問に答えるのだった。常に筆記人がいて、それらを紙に書き取っていた。それは大変な分量であった。

ときには、矢部一人のときもある。

しかし、常にまり子はそこにいて、彼の一部として、彼に代わって話してくれた。まり子の彼に対する態度も変わってきた。もはや彼は〝異人〟ではなかった。

またある日には、筆記人が帳面を読み返すのを点検し、細かく訂正する。こうして細かく、しかも多量の説明を一二日間に一〇〇時間余りもやってきたのだ。そしていま、戦闘法の教科書が出来上がりつつあった。それは正確な、死の書物であった。

「安針様」

夢想を破られて振り返ると、まり子だった。

「ハイ、マリコサン」

彼女は彼にお辞儀をしてこう言った。「ヤブサマハ、アナタノゴシュッセキオ、コンヤハ、ヒツヨウナイト、オオセラレマス」

言葉が、彼の中でゆっくりと形になった。矢部は、今夜あなたに会う必要がないと言っていると、いう意味だとわかった。

「イチバン」彼はうれしそうに言った。「ドウモ」

「ゴメンナサイ、安針サマ。アナタハ……」

「はい、まり子さん」彼は彼女をさえぎった。熱い湯に浸っていると、力が抜けてものぐさになる。「わかってる。違う言い方で練習しろと言うんだろう。しかし、今夜はもう日本語は話したくない。今夜のおれは、学校が休みの日の子供のような気分なんだ。ここに着いてから初めての暇な時間なんだからな」

「そう、そうですね」彼女は苦笑した。「それでは、水先案内人のブラックソーン様、私にとっても、初めての暇な時間であることを、おわかりいただけますか」

彼も笑った。彼女はゆるやかな木綿の浴衣《ゆかた》を着ている。毎晩彼が按摩《あんま》にかかりはじめると、彼女が来て風呂に入る。ときには一人で、ときには藤子と一緒だった。

「どうぞ、入ってくれ」彼は出ようとした。

「いいえ、いいんです。お邪魔をするつもりはありません」

「それじゃ一緒にどう。よい湯だ」

「ありがとう。早く汗を落として、さっぱりしたいですわ」彼女は浴衣を脱ぐと、小さな木の台に座った。下男が彼女を流しはじめた。

「学校のお休みってこんな気分ですの」彼女も満足そうだった。

初めてブラックソーンが彼女の裸を見たのは、彼女が泳いだときのことだったが、彼はそのとき、少なからずその気にさせられたものだった。いまはもう彼女の裸を見ただけでは、そこがどうなることはなかった。襖と障子の解放的で多目的な部屋で、日本式に暮らしている間に、彼は何度か彼女が着物を脱ぐところを見たことがあった。彼は、彼女が屋外で用を足す姿すら見たことがあった。

「これ以上正常なことがありますか、安針様。体というものは正常なもので、男と女が異なることも正常なことでありませんか」

「しかし、それは、えーと、おれたちは別なふうにしつけられている」

「でも、あなたはこの国にいて、私たちの習慣で暮らしています。そこでの正常なことは正常なことですわ」

正常だといえば、戸外にいて、便所がないときには、着物の裾を持ち上げるなり、前を分けるなりして、あるいはしゃがみ、あるいは立ったまま、この国では男も女も小便をし、くそを垂れる。ほかの人たちは行儀よく見ないようにして待っており、隠すことは少ない。人ぷんは百姓が集め、作物の肥料とするために水と混ぜ合わせて蓄える。人間の大小便は日本では肥料の大供給源である。牛馬や家畜は非常に少なく、そこで人間の排泄物が大切に蓄えられ、取引きされる。

身分の高い者も、低い者も、一様に前を分けたり、裾を持ち上げたり、立ったり、しゃがんだりして用を足す姿を、一度見てしまえば、その姿にまごついたりはしなくなる。

「ね、そうでしょう、安針様」

「そうだ」

「おわかりですね」彼女は満足そうだった。「そのうち、あなたは生魚や、新鮮な海草が好きになりますわ。そのときには、あなたはほんとうに旗本といえますわ」

召使いが彼女にお湯をかけた。きれいに流してもらうと、まり子は風呂に入り、気持ちよさそうに長い息をついた。その乳房の間に、小さな十字架が揺れている。

「どうしてそんなふうにできる」彼が言った。

「何がですか」

「そんなに早く入れるか……熱いじゃないか」

「わかりませんわ。でも、もっと薪をくべて、湯を熱くするように頼んだところですわ。あなたには、藤子がいつもしてくれるでしょう――これくらいなら、ぬるいほうですわ」

「これがぬるいとは、とんでもない」

体が温まると眠くなり、しばし二人は言葉も交わさず、ぼんやりしていた。

しばらくすると、彼女が口を開いた。「今晩、あなたはどうなさいますか、安針様」

「おれがロンドンにいるのだったら、きっと――」と言いかけて、ブラックソーンはやめた。家族のことを考えても仕方のないことだと思う。ロンドンはなくなった。もう存在してはいないのだ。ここだけが存在するんだ。

「そうしたら……」彼女は彼の変化に気がついて、彼を見た。

「劇場に行くだろうな」自分に打ち勝つように、そう言った。「ここでは芝居はやるのか」

「ええ。みなさんお好きですわ」

「おれたちはグローブ劇場に行って、シェークスピアという作者のものを見る。おれはベン・ジョンソンやマルローより、そっちのほうが好きだ。〝じゃじゃ馬ならし〟〝真夏の夜の夢〟、〝ロメオとジュリエット〟なんかがおもしろい。女房を〝ロメオとジュリエット〟に連れていったことがある。彼女のお気に入りだ」彼はその芝居の粗筋を、まり子に話して聞かせた。

まり子はそれを聞いて、ほとんど理解できないものだと思った。「娘が父の言うことをきかないなんて、この国では考えられないことですわ。でも、とても悲しいお話ですね。その娘もその男の子も、かわいそう。まだ一三歳だったのですって。あなたの国の女の人は、そんなに早く結婚するのですか」

「普通は一五か一六だな。おれたちが結婚したとき、女房は一七歳だった。あんたは、いくつだった」

「まだ一五でした」彼女の眉の間に影が走ったが、彼は気がつかなかった。「芝居が終わったら、どういたしましょうか」

「あんたと食事にいく。フェター・レインにあるストーンズ・チョップ・ハウスか、フリート通りにあるチェシャーヤー・チーズに行こう。どちらも食い物がとびきりうまい旅籠《はたご》だ」

「何を召し上がりますの」

「よく覚えていない」彼は自分の心を現在に引きもどし、苦笑いを浮かべた。「忘れたよ。おれはここにいるんだし、ここのものを食おう。おれは生の魚が好きで、人生は前世の縁だ」彼は湯舟に深く身を沈めた。「〝縁〟というのは偉大な言葉だ。たいした考えだ。実際、あんたには世話になった。まり子さん」

「お役に立てば、うれしゅうございますわ」まり子は湯の中でゆったりとした気分になっていた。「藤子が今晩、特別なお料理をいたしますわ」

「え」

「あの子が買いましたのは……あなたたちも〝きじ〟というのでしょう、大きな鳥です。あの子が鷹匠に頼んで捕まえてもらったのです」

「雉《きじ》……ほんとうにそうですか。ホント」

「ほんとうです。藤子が、あなたにお伝えしてくれと言っていました」

「どうやって、料理する」

「御家来のなかに、ポルトガル人が雉を料理するのを見た者がいて、藤子に話しました。上手にできなくとも、我慢していただきたいと、あの子が言っていました」

「でも、どう料理するつもりだ」

「あの子の聞いたところでは、まず羽をすっかりむしって、それから……内臓を抜くのだそうですね」まり子は、考えただけで吐き気をもよおした。「それから小さく切って、油で揚げるか、塩と胡椒を入れてゆでるのだそうです」彼は顔をしかめた。「ときには、その肉に粘土を塗って、炭火の中に入れて焼くのだそうですね。今夜はその油揚げになるのでしょう。うまくいくといいですわね」

「絶対うまくいくにきまってる」と言ったが、どうせ食えるようなものにはなるまいと思った。

彼女が笑い出した。「あなたは時々、心の中が丸見えになりますのね、安針様」

「あんたには、食い物がどんなに大切か、わかっていないんだ」しかし、微笑を絶やさないようにした。「あんたの言うとおりだ。男は食い物のことを忘れなくちゃいけない。しかし、腹がへっては、どうにもならなくなる」

「もうすぐ忘れられますわ。そのうちに、空のお茶碗から、茶を飲むこともお習いにならなくてはね」

「なんだって」

「こんなところで、そんなお話をしても仕方がありませんわ。あなたの頭がはっきりしているときにお話ししましょう。静かな夕暮れとか、明け方とかに、やり方をお教えしましょう。まあ、ほんとに、いい気持ちですね。お風呂はほんとうに天からの賜り物ですわ」

壁の外で、召使いが薪をくべる音が聞こえる。どんどん熱くなってくる湯に、できるだけ我慢してつかっていたが、最後は、周防に半ば助けられるようにして湯から上がり、浴衣の上にあおむけにひっくり返って、はあはあと息をついた。老人の指がもんでくれる。ブラックソーンは気持ちのよさに声が出た。「ああ、いい気分だ」

「しばらくの間に、大変お変わりになられましたわね、安針様」

「そうかな」

「ええ、生まれ変わったあの日から――そうです、とっても」

彼は、初めての晩のことを思い出そうとしたが、ほとんど記憶がなかった。いずれにせよ、自分の足でもどってきたことだけは確かだった。藤子と召使いが、彼が横になるのを手伝ってくれた。そのまま、ぐっすり眠ってしまった。明け方に目を覚まし、泳ぎに出かけた。そして朝日に体を乾かしながら、自分の体の強さと、まり子の与えてくれた示唆とに感謝した。そのあと、家まで歩いてもどった。行き交う村人にあいさつをするのも、矢部の宣告の解けたいまでは、気が楽だった。

間もなく、まり子が来たので、彼は村次を迎えにやった。

「まり子さん、村次に言ってくれ。おれとあなたに問題が降りかかっている。二人で一緒に解決しよう。おれは村の学校に入りたい。子供たちと一緒に読み書きを習うんだ」

「学校なんてありません」

「ない？」

「ええ。村次の言うには、西に少し行ったところに寺があり、お望みなら、読み書きを教えてくれるそうです。しかし、ここは村です。ここの子供たちの習うことは、魚とり、船漕ぎ、網作り、種まき、植えつけ、穫り入れといったことばかり、なかなか読み書きまではいきませんわ。それに教えるのは教師ではなく、じいさんばあさんたちです」

「それじゃ、あんたがいなくなったら、おれはだれに習うんだ」

「虎長様が本を送ってくださいます」

「おれには、本だけじゃだめだ」

「なんでもそろっておりますわ」

「そうだ。だが、その村長に言ってくれ。もしおれが変な日本語をしゃべったら、だれでもいい、子供でもいいから、おれを直してくれと。これはおれの命令だ」

「わかったそうです」

「だれかポルトガル語をしゃべるのは、ほかにはいないのか」

「いないそうです」

「近所の村でもいいぞ」

「いいえ、安針様」

「それじゃ、あんたが出発してしまったら、通訳はどうするんだ」

彼は思わず、大声を出した。

「何を考えてらしたの」まり子が尋ねた。「何かおっしゃいましたね、安針様」

「いや、べつに。なんでもない」

「痛かったですか。旦那様」と周防が聞いた。

「いや」

周防は続けて何か言ったが、彼にはわからなかった。「ドウゾ」

まり子が横から助け舟を出した。「今度は、背中をおもみしたいそうです」

ブラックソーンは、うつ伏せになると、いまの日本語を繰り返してみたが、すぐにわからなくなった。湯気の中にまり子の姿が浮かんでいる。彼女は少し胸を反らせるようにして、深く息を吸い込んだ。その肌は桜色だった。

それにしても、どうして彼女はこんな熱い湯に入っていられるんだ。子供のころからの訓練なんだろうか。


召使いが、おおいをかけた皿を載せた小さな膳を運んできた。作法どおり、息がかからぬように目の上にささげ持っている。気を配りながらひざをつき、ブラックソーンの前に、恭しくそれを置いた。

藤子が身を乗り出して、皿のおおいを取った。小さく切った肉の唐揚げは、こんがりと金茶色で、うまそうだった。鼻をつく香りに、思わず唾が出た。

そろそろと、箸《はし》で一切れつまんでみた。落ちないように願いながら、肉を口に入れた。固くて水気が足りないが、何日も肉を食っていないと、どんなものでもうまいものだ。もう一つ食べた。彼はうれしくなって、吐息をついた。「イチバン。コレ、イチバン」

藤子は顔を赤らめ、その顔を隠すかのように、彼に酒をついだ。まり子は深紅色の扇で風を入れていた。とんぼの羽のような薄絹でできている。ブラックソーンは酒をぐいとあおり、肉をつまみ、また酒をつぎ、そして、ほとんど味わいもせず、次から次に肉をむさぼった。

雉の肉をすっかり平らげ、飯を三杯おかわりし、酒をうまそうに音を立ててすすった。彼はここ数ヵ月来、初めて満腹感を味わった。まり子も藤子も、お相手に飲んだ酒で顔をほんのりと染め、くすくすと笑ったりするようになっていた。

まり子が口に手を当てて、笑いを隠しながら言った。「私もあなたのようにお酒が飲めるといいのですが。でも、あなたは、私が知っているどの殿方よりも、お酒が強いですね。あなたが伊豆一だと賭けをしても、私が勝ってごほうびをいただくと思いますわ」

「でも、侍は賭けをしないんだろう」

「ええ、そのとおりですわ。そんなはしたないことは、商人でも百姓でもないのですから。でも侍のなかにも、禁を破ってポルトガルの賭けのようなことをするのもおりますわ」

「女もか」

「ええ。でも女はほんの遊びで、それも殿方に見つからないように、こっそり……」彼女は楽しそうに、自分より赤い顔の藤子に通訳した。

「イギリス人は賭けをするのかと、奥様がお聞きですわ。賭けはお好きですか」

「賭けは、イギリス人の最も好きな道楽だ」そう言うと、彼は二人に、競馬、九柱戯、牛攻め、競走、競犬、鷹狩り、木球、会社の新株、私掠船免許状、射撃、富くじ、拳闘、カルタ、格闘、賽、将棋、なんでも手当たりしだいに賭けるのだと言った。

「でもそれでは、遊びに忙しくて、生活や、戦や、奥様と寝る時間もないでしょうと、藤子が聞いていますわ」

「そういう時間は、常にあるものだ」一瞬、まり子と目が合ったが、彼には彼女の目から何も読み取れなかった。酒を飲みすぎて、満腹したためだ。

下を向いたまり子の着物の襟元から、真紅の長襦袢《ながじゅばん》の縁が見え、胸のふくらみがのぞいた。それを見ると、彼は少なからず興奮した。藤子も今夜は、いつものような静かな憂うつな顔ではなかった。ずっと若返って見える。ブラックソーンは、それを見ているうちに、彼女は自分が思ったほど醜女ではないと思いはじめた。


定膳の頭の中は、興奮にわき返っていた。酒のせいではない。矢部、近江、五十嵐らがあからさまに語ってくれた、信じられないような新しい兵法のせいだった。宿敵の息子である副大将の長門だけは終始無言で、冷たく、尊大な姿勢をくずさなかった。その緊張した顔に、虎長に似た大きな鼻がついていた。

「驚いたことだ、矢部殿」定膳が言った。「秘密にされる理由がわかる気がする。石堂公もおわかりくださるであろう。いや、実に賢いことだ。長門は今晩は一言もおっしゃらないが、一言御意見承りたい。この新しい兵法を、どう思っておられるのか」

「父は、戦にはあらゆる場合を考えて事を処さねばならぬと言っております」と若者は答えた。

「だが、お手前の御意見は」

「手前がここにおりますのは、この方々に従い、学び、自ら試みてみるためであって、意見を申し上げるためではありませぬ」

「なるほど。しかし副大将として、この新兵法は成功するとお考えか」

「矢部殿や、近江殿がお答えすることです。あるいは、父が」

「しかし矢部殿は、今夜はみなが腹蔵なく話すのだと申されていた。何を隠しておられる。我々は味方同士です。名高い父上の人に知られた御子息なら御意見がおありでしょう」

長門の目があざ笑ったが、何も答えなかった。

「何をお話しになっても差し支えないが、長門殿」矢部が言った。「いかがかな」

「手前も驚いてはおりますが、この兵法で勝てるのは、最初の小競り合い程度でありましょう。せいぜい勝っても緒戦だけです」長門の声は氷のように冷たかった。「その後は、敵味方が同じ作戦を使う。そうなると、おびただしい数の人間が無益に死ぬだけです。殺したほうも殺されたほうも相手を知らぬ、全く不名誉なこと。父が、実戦にその使用をほんとうに認めるかどうか疑問に思います」

「殿がそう言われたのか」矢部は、定膳がいるにもかかわらず、長門に迫っていった。

「いや、矢部殿。手前の意見を申し述べただけです。もちろん」

「しかし、鉄砲隊そのものを、長門殿はお認めにならないのですか。お嫌いですか」矢部の顔が険しくなった。

長門は冷たい、無表情な目で彼を見た。「意見を問われるなら、恭しくそうだと申し上げます。手前は鉄砲隊が嫌いです。我々は先祖伝来、だれがだれを討ち、だれに討たれたかということを明らかにしてきています。それが武士道というもので、戦う者の道でありました。より秀でた人間が勝ってきたのです。しかし、こうなると、みなみな様の勇気はどのように示されますか。主君たる者はどんな勇気にほうびを出すのですか。弾丸を撃つは勇ましいが、同時に愚かなことです。そのどこに真の勇気があるのですか。銃は我々武士の道に反する。異人や百姓なら、このような戦いをしてもいいでしょうが」定膳は笑い出したが、長門はさらに、語気鋭く言葉を続けた。「百姓のなかのわずかな連中に十分な銃を与えれば、侍がいくらいても殺すことができる。そうです、百姓どもが我々のだれをも殺せる。父の虎長の座をねらっておられる石堂公さえも、百姓の手で殺せるのです」

定膳は、ぐっと怒りをこらえた。「石堂公はお手前の父上の領地などに手を出そうとは思っておられぬ。世継ぎの君を立てて、日本国を守っておられるだけだ」

「父は弥右衛門殿に対しても、この国に対しても、野心を持ってはおりませぬ」だが長門は、この場であまり争いたくなかった。「この長門は学ぶためにここに来たのであって、話すためではありませんでした。口出しして申し訳ありませぬ。お尋ねにならなかったら、話すつもりはなかったのです。もし、みな様の御気分を損じたとすれば、お詫びを申し上げます」

「お詫びいただくことはない。わしのほうでお手前の意見を求めたのですからな」矢部が言った。「やはり鉄砲というものは、無法のものとして禁ぜられるおつもりか」

「そうです。御領地内にある鉄砲については、正確に調べておかれるのが賢明でしょう」

「いや、ここでは百姓どもはいかなる武器も持ってはならないことになっている。領民は何もできはしない」

定膳は、その細身の若者に腹を立ててはいたが、表はにこやかに笑いかけた。「おもしろい考えをお持ちだな、長門殿。しかし百姓に対する見方は間違っておられるようだ。百姓などというものは、侍に作物を差し出す以外には、なんの能もない。少しも怖くはない。ただのくそのかたまりだ」

「いまはそうです」長門の自負心が頭をもたげてしまった。「鉄砲を無法扱いにして、禁ずる訳もここにあります。新しい時代には、新しい方法が必要となるという矢部殿の御意見は正しい。しかし、あの安針という一人の異人がいたことにより、この国のいまの掟をはるかに超えたところにいきそうになっている。手前なら禁令を出して、侍以外の者で鉄砲を持っていたり、買入れたりしたことが発覚したときには、即刻、その者と家族一同の命を断つということにします。さらに、鉄砲を作ったり、輸入したりすることも禁じます。異人たちが銃を身に着けて上陸したり、運び込んだりすることも許しませぬ。もし手前が天下の実権を握っておれば――もちろん、手前はそんなものを欲しいとは思わないが――異人というものをこの国から追い出してしまい、少数の神父と貿易用の港を一つ残してやるが、港の周辺は高い塀を巡らし、武士を見張りにおくことにする。最後に一つ、手前なら、あの危険な異人の安針を即刻殺すだろう。そして、あのよこしまな知識が広まらぬようにする。あの男は疫病のようなものだ」

定膳が言った。「いや長門殿、お若いということはうらやましい。御存じのように、石堂公は、異人についてはそこもとのお考えと全く同じだ。あの方は、二言目には、『やつらを放逐しろ……やつらを入れるな……長崎にもっていって押し込めてしまえ』と言う。そこもとは、あの安針を殺したいそうだ。おもしろい。石堂公も安針を嫌っておられる。しかし……」彼は言い直した。「そうだ。そこもとには鉄砲についてよいお考えをおもちだ。全くそのとおりだと思う。殿に申し上げてもよろしいか、新しく禁令をつくろうというそのお考えを」

「もちろん」長門は、最初の日から胸につかえていたものを吐き出してしまって、すっとしたのか、少し穏やかになったようである。

「その御意見をお父上に申し上げたのですか」と矢部が聞いた。

「父は意見などお求めにはなりません。いつか、みな様のように、聞いてくださる日があるかもしれませぬが」長門は真顔でそう言ったが、言葉の嘘を見抜ける者がここにいるだろうかと考えた。

近江が口を開いた。「今日は率直な議論をするとのことですので、あえて申し上げれば、あの異人は宝でございます。我々は異人から鉄砲や戦艦のことについて、あれらが知っているからには学ばねばならないと存じます。何ごとにかぎらず、あの者たちの知識は、すぐに知っておく必要があります。そして、あの者たちの考えるように考えることを学べば、間もなく、あの者たちを追い越せるようになりましょう」

長門は自信ありげに言った。「彼らが何を知っているというのですか、近江殿。確かに、鉄砲と船のことはよく知っている。しかし、ほかに何がある。どうやって異人が我々を滅ぼします。異人には侍はいない。安針が自分で言っていることによれば、あの者たちは、王ですら人殺しであり、宗教の狂信者だそうです。我々は多勢、向こうは無勢。べつに知恵など借りずとも、我々の手だけで追い払えます」

「あの安針は、私の目を開いてくれたのです、長門殿。世界は日本と中国だけではなく、そんなものはほんの一部だということを。最初は、異人などは珍獣と同じ類のものと思っておりましたが、いまでは考えを改めました。あの男のおかげで、我々は助かり、学ぶことができたのです。すでに、あの男から南蛮ポルトガルにまさる火力を授かりましたし、それは中国にもまさるものでしょう」

「なんですって」

「太閤が負けたのは、敵の数が我々よりはるかにまさっていたためです。人と人、矢と矢の戦では、数に負けます。鉄砲と異人の技術があれば、今度こそ北京をものにできます」

「異人の寝返りがあればだ」

「異人の知識があればです、長門殿。北京をものにすれば、中国を制するも同然です。そして中国を制する者は世界を制する者です。知識というものは、どこからきたものであろうと、恥じたりせずに学ばねばならないのです」

「外から学ぶものなど、何もないではありませんか」

「お言葉ですが、長門殿、我々はいかなる手段を尽くしても、神国を守らねばなりません。この地上にただ一つの神の国を守ることこそ我々の第一の役目です。我が国だけが神の国で、我が国の天皇だけが神の子です。私も、あの異人をのさばらせぬことには賛成です。しかし殺さずとも、あの知識をこちらが学び取るまで、この網代にずっと閉じ込めておけばよいのです」

定膳はこの場を打ち切ろうと思った。「お考えは石堂公に申し上げておくとしよう。手前もあの異人を閉じ込めておくのに賛成だ。とにかくあの訓練はすぐにおやめください」

矢部は、袖の中から巻き物を取り出した。「もちろん、石堂公が訓練をやめろとおっしゃれば、やめましょう」

定膳が巻き物を受け取った。「虎長公は……どうなさる」彼の視線が長門に移った。長門は黙って巻き物を見ているだけだった。

矢部が言った。「虎長公の御意見は、直接お聞きになられてはいかがかな。同じような報告書を虎長公にもお出ししてある。明日、江戸へお発ちになられるのでしょうな。それとも訓練を御覧になられますか。まだとてもお見せするほどに熟練していないのはいうまでもないが」

「その、いっせい射撃というのを見たい」

「近江。そのほうが手配し、指揮をとれ」

「かしこまりました」

定膳は、彼のわきに控えていた侍のほうに向き、その男に巻き物を渡した。「増本、これを石堂様へ届けるのだ。すぐ出発しろ」

「かしこまりました」

矢部は五十嵐に言った。「国境《くにざかい》までの御案内と、替え馬を用意しなさい」

五十嵐はすぐにその侍と出ていった。

定膳はあくびを押し殺した。「いや、失礼。ここ数日、馬に乗って走り続けておったもので。今夜はまことに有益であった、矢部殿は先見の明がおありになる。近江殿もそうだ。長門殿もそうだ。虎長公と石堂公に、あなた方のことをよしなに申しておきましょう。さて、これで失礼いたしたい。いやはや、大坂からは遠くて疲れる」

「まことに」矢部が言った。「大坂の御様子は」

「安泰だな。そういえば、先夜、おのおの方を襲った盗賊どもを覚えておいでと思うが」

「もちろん」

「あの夜四四〇人の首をはねた。だが、なんと虎長公の紋どころを着用していた」

「浪人は恥を知らぬ。全く。そうそう、同じく襲われた仲間の戸田文太郎殿の消息は御存じですか」

「いや、確かなことは知らんが、あの男の首はなかった。おのおの方こそ、御存じないのか」

「何も」と長門が言った。

「たぶん捕まったのであろう。おそらく斬り刻まれて、犬の餌になったであろう。消息が知れたら石堂公にも御一報願いたい。いまのところ大坂は安泰で、会議の準備が進んでいる。新しい体制を祝うため、すべての大名方をお招きして盛大な催しが行われるだろう」

「戸田広松殿はどうなされました」長門が丁寧に尋ねた。

「鉄拳親父殿は御健在だ」

「まだ大坂ですか」

「御父上の御家来をまとめて引き揚げられた。わしが発つ数日前だ」

「女たちは」

「桐壺の方と佐津子の方は、城内に残りたいと、石堂公に申し出られた由だ。御存じのていないので、医者が一ヵ月は休養をと、申し渡されたそうだ。旅はお腹の子に障りますからな」それから矢部に向かって言葉を付け加えた。「御出発の夜、佐津子の方が転ばれたとか」

「いかにも」

「大事にいたらなければよいが」長門が心配そうに言った。

「いや、べつに心配は要らん」と定膳は言い、また矢部に向かって、「虎長公に手前の到着をお知らせなされましたか」

「もちろん」

「よろしい」

「お話は、虎長公にとっても、大いに関心のあることですからな」

「いかにも。鳩が北へ飛んでゆくのをわしも見た」

「我々は鳩などは持っておりませぬ」矢部は定膳の鳩を見張り、鷹を放って山の近くでそれを捕らえ、その中身を解読してしまったことを、よほど教えてやろうかと思った。それには「網代にて。すべて話のとおり。矢部、長門、近江、例の異人、当所にあり」とあった。

「よろしければ、射撃を拝見ののち、明日のうちに発つとする。馬を替えていただければありがたいが。虎長公をお待たせするわけにはいかない。石堂公は大坂でお目にかかるのを楽しみにしておられる。長門殿は一緒に大坂へお越しかな」

「御命令とあらば、参りましょう」長門は目を伏せてはいたが、心の中は怒っていた。

定膳は供回りを連れて、丘の上に徒歩でもどっていった。彼は見張り番を交代させると、家来たちに眠るように命じ、雨露をしのぐだけの仮小屋に入った。ろうそくの火を頼りに、彼は薄い和紙に、先の伝言を書き直し、さらに次のように付け足した。「五〇〇丁の銃は脅威。驚くべき量の鉄砲攻めが計画されている。詳細は増本に託せり」それから、日付を入れ、ろうそくを消した。そっと籠から鳩を出すと、足に結んだ小さな筒に、その紙を入れた。それから、こっそりと家来の一人のところへ忍んでいき、鳩を彼に手渡した。

「これを持って茂みに行け。夜明けまで安全に隠しておけ。できるだけ遠くに行くんだ。しかし注意しろ。見張りに囲まれている。もし捕まったら、巡回中だと言え。だが、まず先に鳩を隠せ」

男はゴキブリのように音もなく、闇の中に滑るように姿を消した。

満足して、定膳は村を見下ろした。砦にも、向かい側の坂にある近江のものと思われる家にも、光が見えている。すぐ目の下にある、現在は例の異人が住んでいる家にも、まだ明かりがついていた。

あのがきの長門の言うとおりだ。と、彼を手で追い払いながら、定膳は思った。あの異人は疫病のようなものだ。

「おやすみなさいませ、安針様」

「おやすみ、藤子」

藤子が出て、障子が閉まった。ブラックソーンは浴衣姿で蚊帳《かや》に入り、横になった。

燭台の火を吹き消した。深い闇が彼を包んだ。家の中は静まり返っている。縁の戸は閉まっているが、遠く波の音が聞こえる。雲が月をおおい隠していた。

酒を飲み、笑ったおかげで、彼は快い眠りに誘われた。波の音を聞いていると、いつの間にか、その上を漂っているような気がして、夢心地になる。時折、下の村で犬がほえる。おれも犬が欲しいと思ったら、家でブルテリアを飼っていたことを思い出した。あいつはまだ生きているだろうか。グロッグという名前だったが、息子のチューダーのやつは「オグオグ」としか言えなかったな。

ああ、チューダー……おまえにも、長いこと会っていないな。

おまえに会いたい……手紙を書いて送るだけでもいい。待てよ、なんて書くんだ。

「愛する君たち、これは私が日本に上陸してから初めての手紙です。万事順調で、私も日本流に生活できるようになりました。食べ物はひどいものですが、今夜は雉を食べました。間もなく、私の船ももどしてもらえるでしょう。なんの話からしましょうか。今日、私は、この見知らぬ国の貴族のようです。私には、家、馬、七人の召使い、家政婦、私専用の床屋、それに私専用の通訳までいるのです。私はいまではきれいにひげを剃り、しかも、毎朝剃っています。ここの剃刀は、きっと世界でいちばん切れるものに違いありません。私の給料は巨額で、二五〇人の家族を食べさせていけるほどです。イギリスなら、それは金貨で一〇〇〇ギニーに相当するのですよ。オランダのいまの会社からもらうわたしの給料の一〇倍……」

障子が少し開いた。彼は素早く枕の下の短銃を探し、身を起こして構えた。すると、ほとんど聞こえぬほどのかすかな衣ずれの音と、風に漂う香のにおいがした。

「安針様」細いささやき声が呼びかけてきた。

「ハイ」彼も小さな声で返事をし、闇を透かして見たが、見えなかった。

足音が近寄った。女はひざまずき、蚊帳をめくり、中に入って身を寄せてきた。彼の手をとると、乳房を探らせ、それからその手をくちびるへ押し当てた。

「まり子さん」

すぐに、シッという声とともに、闇の中を手が伸びてきて彼の口をふさいだ。二人が冒している危険の大きさがわかって、彼はうなずいた。彼は彼女の細い腰を抱え、そのあたりにくちづけをした。墨を流したような闇の中で、彼の別の手は彼女の顔を探し当て、愛撫した。彼女はその指の一本ずつにくちづけをした。彼女の髪は解かれており、腰のあたりまである。両手で彼女の体をまさぐった。絹の柔らかな手触り。その下には何も着ていなかった。

彼女は甘かった。彼の舌が彼女の口に入り、耳たぶを這って、彼女の内にあるものを呼び覚ましていった。彼女は彼の着物の紐を解き、自分の着物を脱いで横に置いた。あえぐような息遣いが聞こえる。彼女は体を押しつけるようにして抱きつくと、倒れ込んで、頭からすっぽりと布団をかぶった。それから手とくちびるで彼を愛撫しはじめた。彼がいままでに知らなかったほどの優しさと情熱と技術であった。

第33章

ブラックソーンは、明け方に目を覚ました。一人だった。最初は、夢にちがいないと思った。しかし、まり子の香りはまだ残っており、それからすれば夢ではなかったようだ。

控えめな声がした。

「はい」

「おはようございます、安針様。失礼いたします」召使いが障子を開けて、藤子を先に通し、そのあとから茶と粥《かゆ》を載せた膳を運んできた。

「おはよう、藤子」ブラックソーンも感謝の念をもって答えた。藤子はいつも彼のために自分で朝食を運び、彼が食べ終えるまで待つのだった。

ブラックソーンは茶をすすりながら、藤子は昨夜のことを知っているのだろうかと、いぶかった。だが藤子の顔からは何も読み取れない。

「いかが、です、か」ブラックソーンが日本語で聞いた。

「おかげさまで、安針様」

障子や襖の部屋に調和した簞笥《たんす》から新しい着物を出すと、召使いは二人を残して引き下がった。

「あなた、は、よく、ねむった、か」安針の日本語はかなり通じるようになった。

「はい、安針様、ありがとうございます……」藤子は笑って、頭痛がするまねをして頭に手をやり、酒に酔ってぐっすり眠ったということを、身振りでやってみせた。「あなたは」

「わたしは、よく、ねむった」

「まあ、よくできましたこと」

そのとき、廊下で、まり子の声がした。「藤子さん」

「はい」藤子は障子のほうへ行き、細目に開けた。ブラックソーンは思った。ブラックソーンからはまり子は見えず、何を話しているのかもわからなかった。

だれにも知られていないといいと、ブラックソーンは思った。二人だけの秘密のままであってほしい。夢であったらなおよかったのではないか。

ブラックソーンは着替えを始めた。藤子がもどってきて、ひざをついて、足袋《たび》のこはぜをとめた。

「まり子さんか。なんだった」

「べつに、安針様」藤子は答えた。

彼女が床の間から刀を取って、差し出すのを受け取り、ブラックソーンは帯の間に差した。

近ごろは刀を差すのを滑稽だとは思わなくなったが、やはり、まだ気になるところがあった。

　藤子の話によれば、藤子の父は七年前、第一次の朝鮮出兵の際、朝鮮の北端で起きた激しい戦闘ののち、その勲功に対して、この刀を拝領したということだった。それまで、日本の軍勢は破竹の勢いで北へ北へと進撃していた。だが、鴨緑江の近くまで来たとき、大量の中国の軍勢が突然国境を越えてなだれこんできて、日本軍相手の戦闘に加わった。そして、そのけたはずれの数にものをいわせて、日本軍をけちらした。藤子の父は後衛にあり、京城の北の山へ引き揚げる味方を援護する任に当たっていた。そこから日本軍は再び反撃に出たが、戦いは勝てなかった。このときと、続く第二次の遠征では、かつて例をみない大きな犠牲を払うことになった。昨年、太閤が死去すると、虎長は、直ちに大老会議の名で残っている日本軍に帰国を命じたが、朝鮮遠征をひどく嫌っていたほとんどの大名は、ほっとしたものだった。

　ブラックソーンは、玄関から草履を履いて表に出ると、いつものとおり、きちんと一列に並んで頭を下げている使用人にうなずいてみせた。

　どんよりとした天気だった。雲が垂れ込め、生暖かい湿った風が海のほうから吹いていた。砂利の小道に配した踏み石は、夜のうちに降った雨に濡れていた。

　門の外では、一〇人の侍と馬が待っていた。まり子もそこにいた。

　まり子は、すでに馬に乗っていた。

「おはようございます」ブラックソーンは改まって言った。

「おはようございます、安針様。いかがですか」

「おかげさまで、ありがとう。あなたは」

まり子はほほ笑んだ。「ええ、ありがとうございます」

まり子は、二人の間に何かがあったような素振りもみせなかった。しかし、ブラックソーンのほうもそれは期待していなかった。人前ではそれはできない。ひどく危険なことになることは彼にもわかっていた。それでもまり子の香りが漂ってくると、ブラックソーンは、みんなの前でまり子にくちづけしてみたいと思った。

「行くぞ」ブラックソーンはそう言うと、ひらりと鞍にまたがり、侍たちに先に行けと身振りで合図した。ことさらゆっくり馬を歩ませると、まり子も下がってきて、彼の横についた。二人きりになると、張っていたものがゆるんだ。

「まり子」

「はい」

ブラックソーンは言った。「あなたは美しい。愛してるよ」

「ありがとう。でも、昨夜のお酒が少しすぎまして、今日はそうおっしゃられても、うれしくないし、ほんとうにも思えません。それに愛とは、キリスト教の言葉でございます」

「あなたは美しきキリスト教徒だ。酒などに損なわれる人ではない」

「その嘘にお礼申します、安針様。ほんとに」

「いや、お礼を言うのはこちらだ」

「まあ、なぜです」

「なぜ、などと言いっこなしだ。心からありがたいと思っているのに」

「でも、お酒とお肉があれば、あんなに気持ちよく、優しく、親切になれるなら、なんとしてでも、毎晩召し上がれるように、藤子に頼んでみますわ」

「ああ。いつでも、同じものに願いたいね」

「今日は、妙に御機嫌がよろしいですね。結構なことですが、でもなぜですの、ほんとうに、なぜなのです」

「あなたのおかげだ。理由はあなたが知っている」

「私は何も存じませんわ」

「何も?」ブラックソーンはからかうように言った。

「何も」

ブラックソーンは飛び上がった。まわりを見たが、彼らは二人だけで、安全だった。

「どうして、急にそんな怖い顔をなさるのですか」

「ばかだ。おれは、なんてばかだ。用心するのにこしたことはないのに、忘れていた。二人きりになれたので、つい話したくなった。ほんとうのところ、もっと話したいくらいだ」

「おっしゃっていることの意味が、よくわかりません」

ブラックソーンは、また当惑した。

「そのことを話したくないのか。そうか」

「なんのことですか、安針様」

「昨夜のことはどうした」

「昨夜、私がお部屋の前を通りましたら、召使いの桂が御一緒でしたね」

「なんだって！」

「私たち、つまり、藤子と私ですが、あの娘《こ》がいいのではないかと思いましたの。あの娘に御満足なさいましたか」

ブラックソーンは思い出そうとしてみた。そういえば、まり子の召使いは体つきは似ているが、もっと若く、彼女ほど美しくも、愛らしくもない。だが、真っ暗だった、それに、酒のせいで頭がそれほどはっきりしていなかった。いや、だが違う、あれは、召使いなどではない。

「そんなことは、ありえない」

「そんなことはないだなんて」

「冗談はやめてくれないか。だれも聞いていないいんだ。あんたが来てくれたのはわかっているし、だいいち、香りがそうだった」

「あれが、私だと思っていらっしゃるのですね。まあ、違いますね、安針様。それならうれしいのですけれど、そんなことは、ありえようはずも……たとい、私がどれほど望んだといたしましても……できないことですわ。あれは私ではなくて、召使いの桂でございます。うれしいお話ですが、私には、亡くなったとはいえ夫がございます」

「そうだ。しかし、あれは召使いではなかった」ブラックソーンは怒りたいのを抑えた。「あんたがそう言うのなら、仕方がない」

「でも、あれは召使いでしたの、安針様」

まり子はなだめるように言った。「私たち、桂に私の香料をつけさせて、教え込みました。口をきかないで、体を触れ合うだけよって。でも、まさか、ほんとうに私とお思いになるとは、考えてもみませんでした。あなたをだますつもりではなく、そうしたほうが、あなたも気が楽だと思ったからです。枕ごとのお話をすると、いままでも迷惑そうな顔をなさるのがわかっていましたから」まり子は、大きな、邪心のない目で、ブラックソーンを見つめていた。「いかがです。あの娘は楽しかったですか」

「大事なことで冗談を言われても、おかしくないときがあるんだな」

「大事なことなら、いつでも大事なこととして話さなくてはいけませんわ。でも、召使いが殿方と一夜を過ごしたからといって、大事なことには入らないでしょうね」

「あんたは、大事な人だ」

「ありがとうございます。あなたもそうです。でも、やはり、召使いが殿方と一夜を過ごすのはささいな私事でして、大事なこととはいえません。それは、女から殿方への贈り物で、ときには殿方からの贈り物であることもあります。でも、それだけのことです」

「ほんとうにそれだけか」

「違うこともあります。でも、昨夜の枕ごとで、そう深刻におなりになることはありません」

「絶対に」

「不義を働けば話は別です。この国では」

ブラックソーンは手綱を引いて歩調をゆるめた。やっと、まり子が否定する理由がわかったような気がした。「許してくれ。そうだ、あんたの言うとおりだ。おれが間違っていた。口に出してはいけなかった。許してくれ」

「なぜお謝りになるのです。なんのことで。では伺いますが、その女は十字架を着けておりましたか」

「いや」

「私はいつも着けています。いつもです」

「十字架なんて、外すことができる。そんなことは、なんの証拠にもならない。香料のように貸すことだってできる」

「それでは、はっきりお答えください。あなたは、ほんとうにその女を御覧になったのですか。ほんとうに見ましたか」

「もちろん。もう忘れよう、おれは……」

「昨夜は闇夜で、月は雲に隠れていました。どうぞ、ほんとうのことを、安針様、思い出してください。ほんとうにその女を御覧になったのですか」

もちろん見たとも。ブラックソーンは腹が立ってきた。

ちくしょうめ、ほんとうのことを言ってみろ。女を見てなどいないだろう。頭はぼけていた。あれは、召使いだったということはありうるじゃないか。まり子を欲しかったから、あれをまり子だと思い、頭の中にまり子の姿をつくっちまったんだ。まり子も同じようにおれを好きだと思っていたからな。ばかだ。大ばかだ。

「実を言えば、見ていない。実のところ、謝らなくてはならん。どう詫びていいのかわからないが」

「お謝りにならなくても結構です、安針様」まり子は穏やかに言った。「何度も申し上げましたように、殿方というものは謝るものではないのです。たとい、御自分が悪くても。それにいまは、あなたは、何も悪くありませんわ」まり子の目は、少しいたずらっぽく輝いた。「私の召使いなどに謝っていただかなくてもよいのです」

「ありがとう」ブラックソーンは笑いながら言った。「そう言ってくれると、ばかも助かるよ」

「笑うとお若くみえますのね。むずかしい安針様が、子供になって」

「うちの親父に言わせると、おれは生まれつき老けているそうだ」

「そうでしたの」

「親父はそう言っていた」

「お父上は、どんな方だったのですか」

「いい男だった。船主で、船長だった。アントワープというところで、その町に斬り込んだスペイン人に殺された。船も焼いちまいやがった。おれが六つのときだったが、まだ覚えているよ。体がでかくて、金髪の、気のいい親父だった。兄貴のアーサーは八つだった……そのあとは、貧乏暮らしで……」

「どうしました、どうぞ話してください」

「あとはおきまりのとおりだ。全財産をはたいた船だったのに、その船がなくなっちまって……間もなく、姉が死んだよ。ほんとに飢え死にみたいなものだった。一五七一年には飢饉があり、疫病がまたはやった」

「ここでも、疫病が時々流行します。天然痘ですけど。御家族はたくさんいらっしゃったのですか」

「三人だ」ブラックソーンは、話していれば、いましがたの恥ずかしい思いがまぎれるように思った。

「姉のウィリアは、死んだとき九つだった。その次がアーサーだが、やつは彫刻家になりたいと言っていた。でも、家族を養うために石工の徒弟になった。スペインの無敵艦隊に乗っていて戦死した。二五歳だった。かわいそうなことをした。乗り組んだばっかりだった。訓練も受けていないのに……もったいなかった。つまり、ブラックソーン家で残っているのはおれだけだ。アーサーの女房と娘は、おれの女房や子供たちと一緒に住んでいる。おふくろもまだ生きている。グラニイ・ジェイコバも生きている。もう七五だが、アイルランド人のくせに、イギリス・オークのようにがんこなばあさんだ。少なくとも、二年前、おれが出かけてくるときには生きていたよ」

　思い出の痛みが、また返ってきた。いつか帰路につくときになってから、家のことは考えるんだ。彼は自分自身に言い聞かせた。そのときまでは考えるな。

「明日は嵐になりそうだ」ブラックソーンは、海を見ながら言った。「大きい嵐がくるぞ、まり子さん。三日もすれば収まるだろうが」

「いまは雨の季節です。毎日のように雲が垂れ込めて、雨ばかり降りますが、この雨がやむと、蒸し暑くなり、台風の季節が始まります」

　もう一度海へ出たいと、ブラックソーンは思う。おれはほんとうに海にいたのか。あの船は現実だったのか。現実とはなんだ。昨夜のは、まり子か、召使いか。

「あまりお笑いになりませんね、安針様」

「おれは長い間、船に乗りすぎた。船乗りはいつも真剣だ。おれたちは海を見ることを学ぶ。いつ天災が襲ってくるかと、目を光らせて待っているんだ。一秒でも海から目を離したら最後、海は船をとっつかまえて、もくずにしてしまうからな」

「海は恐ろしいですね」まり子が言った。

「おれだって怖いよ。いつか年寄りの漁師が言っていた。『海を恐れない者はおぼれて死ぬ。海に出ていい日と、いけない日がわからんからな。だがわしらは海を恐れているから、めったにおぼれねえな』と」ブラックソーンはまり子のほうを見た。「まり子さん……」

「はい」

「さっき、おれも一度は納得したんだが……納得したことにしておこう。だが、またそう思えなくなってきた。ほんとうはどうなんだ。ぜひ、教えてくれ」

「耳は聞くためにありますから、いつでも御自由に。でも、もちろん、あれは召使いでした」

「じゃ、あの娘に聞いてみてもいいか」

「どうぞ。賢い方なら、お聞きにならないでしょうが」

「おれは、この次はがっかりするかもしれないな」

「かもしれません」

「せっかく召使いを自分のものにしたのに、手放すのは難しい。何も言わないでいるのも難しい……難しくて、なんとも言えない……」

「枕ごとはただの楽しみです。男と女の体の。そんなことについて、何も言うべきではありませんわ」

「では、召使いに向かって、あんたは美しいって言うには、どうすりゃいいんだ。おれはおまえを好きだ、とか。おまえといると天国だとか……」

「召使いをそんなふうに〝愛し〟てはいけませんわ、この国では。妻や側室でも、そんなふうに愛してはいけません」まり子は突然目を細めた。「菊さんのような人にだけ抱く気持ちなのです。花魁《おいらん》の。あの方はそれにふさわしい美しい人です」

「その女は、どこにいる」

「この村に。いつか、お引き合わせして差し上げますわ」

「本気で言っているようだな」

「もちろんです。殿方には、いろいろな情熱の発散の場所が要ります。あの方は、恋のお相手にふさわしい人です……もし、お金があれば」

「どういうことだ」

「だって、とても高い方ですもの」

「金で愛を買うな。そんな愛はつまらん。愛に値段はない」

まり子はほほ笑んだ。「でも、枕ごとには値段はつきものです。いつでも。払うものはお金とはかぎりませんが、殿方はいつも何かをお払いになります。真実の愛は、義務とも呼べるものので、魂と魂の触れ合いのことであり、体で表したりすることなどできないものなのです。死んで差し上げる以外はね」

「そんなことはない。あんたには、この世の現実がわかっていないんだ」

「私はわかっているつもりですわ。この先も、変わることはないでしょうが。ところで、あの卑しい召使いを、もう一度お望みになりますか」

「もちろん。つまり、おれは……」

まり子はおもしろそうに笑った。「それでは、桂をあなたのところへやりましょう。日が落ちたら、藤子と私が付き添って」

「ちくしょう……でも、あんたが来い」二人は声を合わせて笑った。

「あなたは笑ってらっしゃるほうがいいわ。網代へもどられてから、随分お変わりになりましたね。ほんとうに」

「いや。それほどでもない。だが、昨夜は夢を見た。その夢はみごとなものだった」

「神はすべてをみごとになさいます。日没も、月の出も、春咲く花も、みんなみごとです」

「あんたは、全くわからん人だ」

まり子は、かぶっている笠の薄絹をはね上げて、真っすぐブラックソーンを見た。「昔、ある方がおっしゃいました。『おまえは、さっぱりわからん女だ』すると、夫が申しました。『お許しください、殿。だれもこれのことはわかりません。これの父にも、これの神にも、これの母さえも、わかりかねます』と」

「虎長がそう言ったのか」

「いいえ、太閤殿下でした。虎長様は、私をわかっていらっしゃいます。あの方に、わからぬことなどありません」

「おれもか」

「とてもよくわかってます」

「ほんとうに、そう思うか」

「ええ、もちろん」

「彼は、今度の戦に勝つか」

「ええ」

「おれを気に入ってるか」

「ええ」

「おれの海軍の案に乗るか」

「ええ」

「おれの船は、いつ返してくれる」

「船は返りません」

「なぜだ」

まり子の表情は真剣ではなくなった。「網代で召使いをお持ちになって、その娘と枕を交わすのに忙しくて、しまいには、召使いがいくらお願いしても、這ってもどる力さえなくなってしまうからです。虎長様が、私たちを置いて早く異国へ帰れと言っても、腰が立たないのです」

「また、そんなことを言う。いま本気かと思えば、もう冗談だ」

「お答えしただけです。安針様。はっきりさせておこうと思って。でも、国へ帰られる前に菊さんにお会わせしたいわ。心を傾けてもいいお相手ですよ。才色兼備なのですね。なまじの人では、とてもかないませんよ」

「あんたの挑発に乗ってみたくなった」

「私、挑発などしておりませんわ。でも、あなたが異人であることをやめて、ほんとうに侍になるお覚悟なら、枕ごとも、それらしくなさるおつもりでなければなりませんね。そのためでしたら、いつでも、喜んで仲立ちいたしますわ」

「どういう意味だ」

「御機嫌がよくて、特別なお遊びをしたくなったときには、私にそう言うよう、藤子に言いつけてください」

「どうして、藤子に」

「殿方が満足されているかどうか、気をつけるのが、妻の役目だからです。私どもは、ものを割り切って考える習慣があり、いいことだと思っています。だから男も女も枕ごとを、それなりのことと考えることができるのです。そしてそれも、人間にとって確かに欠かせぬことですが、男と女の間にはもっとずっと大切なことがあります。謙譲の美徳もそのひとつです。尊敬

もそう、義務もそうです。あなたの言う〝愛〟もそうです。藤子は、あなたを〝愛〟していま
す」
「そんなことはない」
「藤子はあなたのために死にますよ。それ以上のことがありますか」
ブラックソーンは、まり子から目を離して海のほうを見た。風が少し出て、白い波が岸に寄
せてきている。ブラックソーンは、またまり子に視線をもどした。「では、おれたちのことに
ついては、何も言わないほうがいいというんだな」
「そうです。それが賢明です」
「おれが、いやだと言ったら」
「それはだめです。ここは日本です。あなたのお国はここです」

攻撃側の五〇〇〇人がてんでに馬を駆って、丘の稜線を越えて岩場の谷底に駆け下りると、そこには、二〇〇〇人の防御隊が戦列をしいていた。騎乗の侍たちはそれぞれ鉄砲を背負い、弾丸入れの袋、火打ち石、火薬入れなどを腰に着けていた。ほかの侍たちと同様、彼らもつぎはぎだらけの着物を身に着けていたが、武器はそれぞれ最高のものを持っていた。虎長と、それに対抗する石堂だけが、家来たちにそろいの服装をさせることを主張していた。ほかの大名たちはすべて、そのような外面のことに金を使うのはばかげた浪費であり、不要な改革だと考え

ていた。ブラックソーンもそちらの考えに賛成だ。ヨーロッパの軍隊は決して服などそろえない——どこの国の王だって、そんな余裕はなかった——近衛兵は別として。

ブラックソーンは、矢部とその側近たち、定膳とその家来たち、それにまり子らと並んで、高台に立っていた。今回が最初の全面的な攻撃演習だった。ブラックソーンは落ち着かない気持ちで待っていた。矢部もいつにないほど緊張していた。そして、近江と長門は興奮して、胸が高鳴っていた。特に、長門はそうだった。

「みんな、どうしてる」ここへ来る道で、ブラックソーンがまり子に聞いた。

「おそらく、殿様とお客様の前で、首尾よくいくように祈ってますわ」

「その客も、大名か」

「いいえ。でも、偉い方です。石堂殿の武将のお一人です。今日は、うまくいくとよろしいのですが」

「演習のあることを、だれも教えてくれなかった」

「知らなくても同じことでしょう？　できるかぎりのことは、みんななさったではありませんか」

そのとおりだと思いながら、ブラックソーンは五〇〇人の兵を見下ろしていた。しかし、訓練はまだそれほどできてはいない。矢部もそれを知っていたし、みんなもそれはわかっていた。もし、事故が起きるようなことがあれば、それも何かの縁《えにし》だ。ブラックソーンは少し自信をとりもどして、自分にそう言い聞かせると、気が休まった。

攻撃側は速度を上げたのに対し、防御側は横に三、四列に並んで、それぞれの隊長の旗指物を立て、いつものように、〝敵〟に向かって何か口々にわめきながら待機していた。間もなく、攻撃側は矢の射程外で馬を下りるだろう。次に、両方からえりぬきの勇敢な男が進み出て、名乗りを上げ合うことになる。一騎打ちが始まり、徐々にその人数が増え、ころを見計らって指揮者が総攻撃を命令すると、入り乱れての戦いになる。普通は、人数の多いほうが少ないほうを負かすが、次に、控えの軍が呼ばれて戦闘に加わる。そして、また乱戦になり、そのうち、どちらか一方の士気が衰えると、退却する臆病者が現れ、それに続いて我も我もと逃げ出すことになる。寝返りも珍しくない。指揮者の言いなりに、一つの隊がそっくり寝返って相手につくと、早速、味方として歓迎されることになる──歓迎されても決して信頼はされないが。敗れたほうの指揮者は、いったん逃げて、態勢を立て直すこともある。踏みとどまって斬り死にすることもある。作法をふんで、切腹する者もある。しかし、捕虜になることはめったにない。いずれにしてもこの国の侍たちは、地球上のどこの兵よりも勇猛で、かつ、主君のために死ぬ覚悟ができているのがほとんどである。

ひづめの音が嵐のように谷にこだましている。

「攻撃側の指揮者はどこだ。近江殿はどこだ」定膳が聞いた。

「あの中にいます。お待ちください」矢部が答えた。

「だが、近江殿の旗印はどこだ。それになぜ、鎧兜をつけておらぬのだ。旗指物がない。まるで、その辺の山賊の群れではないか」

「御心配なく。隊長たちは、すべて幟《のぼり》を掲げないように命令されているのです。よろしゅうございますか、今度は、激しい合戦になるのを想定しているということをお忘れなく。これは大きな戦の一場面で、ほかに控えの兵もいて、武装した……」

定膳が怒鳴りだした。「刀はどうした。だれも刀を帯びておらぬ。刀を帯びていない侍というものがあるか、みな殺しだ」

「御心配なく」

攻撃側が馬を下りはじめた。防御側から最初の名乗りを上げる一群が進み出た。そして突然、それまでばらばらだった攻撃側が、素早く整然とした五つの隊列を組んだ。一つの隊は二五人の四列でできており、五つの隊は前に三つ、四〇歩下がって二つの控えの陣となっている。彼らは、いっせいに敵に向かって突撃した。そして、止まれの号令とともにその場に止まり、最前列の兵が、こまくの破れそうな音を立てて、いっせい射撃を行った。悲鳴が上がり、相手が倒れた。定膳とその配下は、思わず身を縮めた。そのあと、最前列がしゃがんで弾を込め直す間に、二列目はその頭越しに発砲し、同じように三列目、四列目と続けていくのを見て、定膳らは、さらに肝をつぶした。いっせい射撃のたびに、防御側の兵たちが倒れ、谷は叫び声と悲鳴とに満たされ、混乱に陥った。

「自分の家来を殺すのか」定膳が騒ぎの音にもめげず、ほえた。

「空砲だ。実弾ではない。芝居だ。だが、実弾を使った本ものの攻撃と思って見ていてください」

防御側は最初の攻撃から回復した。彼らは隊形を組み直し、正面攻撃にもどった。だが、このときすでに攻撃側の最前列は、弾を込め終わっており、命令とともに、ひざをついた姿勢でいっせい射撃を行なった。次に、二列目が立ったまま発砲し、弾を込め直すために、直ちにしゃがんだ。それから、三列目と四列目が前回と同様に繰り返した。兵たちの動作はまだ鈍く、列もきちんとそろっていなかったが、彼らを、訓練された恐ろしい連中に置き換えてみるのはたやすいことだった。反撃は勢いを失い、防御側はばらばらになり、混乱を装って退却し、丘のふもと、観察者たちの真下で止まった。多くの〝死体〟が、地面に散らばっていた。

定膳とその配下は動揺していた。「この鉄砲隊なら、どんな陣形も突破してしまうな」

「お待ちください。まだ戦いは終わっていません」

再び、防御側は隊列を整えた。指揮者たちが勝利に向かって士気を鼓舞し、控えの軍を加え、最後の総攻撃を号令した。それとともに、侍たちはすさまじい鬨《とき》の声を上げて丘を駆け上がり、敵に襲いかかった。

「今度はけちらされるぞ」定膳が、模擬戦であることも忘れて言った。

そのとおりになった。鉄砲隊の陣は持ち場を放棄した。刀や槍を持つほんとうの侍の鬨の声の前にばらばらになって逃げ出した。定膳とその配下は、鉄砲隊が殺されそうになるのを、やじりながら見ていた。彼らは逃げた。一〇〇歩、二〇〇歩、三〇〇歩……そして突然、号令とともに、今度はV字の隊列をつくった。再び、耳をつんざくいっせい射撃が始まった。攻撃側がひるんだ。そして止まった。だが、発砲は続いた。そして、やんだ。戦いは終わった。だが、丘の上で見ていた者は全員、これが実戦だったら二〇〇〇人が死んだのだと思っていた。

防御側も攻撃側も、お互いに分かれて並ぶことになった。〝死体〟が起き上がり、武器が回収された。笑い声やら、うめき声が聞こえてくる。見ると、足を引きずったり、ひどい怪我をしている者がいた。

「いや、おみごと。矢部殿」定膳は心からそう言った。「お手前の言っておられたことがわかった」

「射撃はまだ下手だ」と言ったが、矢部は、内心は喜んでいた。「うまくなるにはまだ何ヵ月もかかるでしょう」

定膳は首を振った。「いまは、この鉄砲隊に突撃したくない。実弾を使っていたならな、いかなる軍勢もあの一撃には歯が立たんだろう。あの連中には近寄ることもできまい。そのすきをついて、普通の兵や乗馬の兵を繰り出し、巻き物のように両側から巻き上げてしまうことができる」定膳は、この攻撃を見にきてよかったと思った。「見ているだけでも恐ろしいものだった。時折、実戦かと思うこともあった」

「実戦らしくやれとは命じておきましたが。ところで、鉄砲隊の連中にお会いになりますかな、もしよければ」

「それはありがたい。喜んで」

防御側は、向こうの丘の中腹にある陣地に引き揚げていった。五〇〇人の鉄砲兵たちは、目の下の、丘を越えて村に続く道のそばで待っており、新たに隊を組み直していた。近江と長門が先頭にいて、二人ともすでに帯刀していた。

「矢部様」

「なんだ、安針さん」

「よかった……」

「ああ、よかった」

「ありがとう。矢部様。うれしい……」

定膳が、矢部をわきに引っ張って言った。「これは、すべて安針の教えたことか」

「いや」矢部は嘘をついた。「だが、これが異人の戦い方だ。安針は、弾の込め方や撃ち方を指導しました」

「長門殿の意見のようになさってはいかがかな。もうあの異人から、知るだけのことは知った。このままおいておけば、知識は広まってしまいますぞ。あの男は疫病だ。危険だ。長門殿の言うのが正しい。全くだ。これなら百姓でも戦える。あの人をいますぐ殺しなさい」

「石堂殿が安針の首を欲しければ、いつでも申し出てください」

「では、わしが申し出る。いますぐ」また、残忍な根性が頭をもたげてきた。「石堂公がわしの口を借りて言うのだ」

「考えてみましょう」

「それから、石堂公の名において、兵から直ちに鉄砲を取り上げるよう、申し出る」

矢部は顔をしかめた。そして、鉄砲隊へ目を向けた。彼らは丘を登ってくるところだ。その真っすぐな、訓練された列を見ていると、いつもながら、なんとなくおかしくなってくる。あまりにも見慣れない姿だからだろうか。五〇歩ほど向こうで止まった。近江と長門の二人だけがこちらへもどってくると、頭を下げた。

「初めての演習にしては上出来であった」矢部が言った。

「おほめをいただいて恐縮でございます」近江が答えた。近江はほんの少し足を引きずっており、顔も汚れて、痣《あざ》ができているうえに、硝煙のにおいを漂わせていた。

定膳が言った。「実戦になれば、兵たちは刀を帯びるのだろう。侍は力を帯びていなければならぬ。弾薬がきれたらどうする」

「刀は、突撃や退却の際に役に立ちます。だがいずれにしても、兵たちは敵に悟られないように隠し持っており、突撃の段になって正体を見せます」それから矢部は近江を振り返った。

「近江、定膳殿にお目にかけなさい」

間髪を入れず、近江が号令した。兵たちは帯の後ろにほとんど見えないように差していた銃剣を抜き、銃口の受け穴にぱちんとはめた。

「突撃」

兵たちは、鬨の声を上げて突撃した。

むき出しの剣先が、一同の鼻先にずらりと並んで止まった。定膳とその配下は、この不意の突撃に肝を冷やして、引きつったような笑い声を立てた。「いや、まことに、結構」定膳は、手を伸ばして銃剣の一つに触った。非常に鋭かった。「なるほど、こういうものか、矢部殿。これで試し斬りされたらかなわぬ」

「近江」矢部が呼んだ。「整列させろ。まり子殿と安針のお二人は私と一緒に来なさい」矢部は、側近やブラックソーンにまり子を連れて、鉄砲隊の前を歩いていった。

矢部たちが通り過ぎると、隊の半分が近江の指揮で銃剣を納めた。しかし、長門と二五〇人の兵は、銃剣を着けたまま動こうともしない。

定膳は、感情を逆なでされたような気がした。「何をする気だ」

「お手前の無礼さは、許すべきでないと思っているのです」長門の声には含むところがあった。

「ばかばかしい。わしはそこもとに無礼など働いた覚えはないわ。だれに対してもだ。その銃剣こそ、わしに対して無礼というものだ。矢部殿」

矢部が振り返った。ちょうど虎長の隊の向こう側にいた。「長門殿」彼の声は冷ややかだった。「なんのまねですか」

「この男が、父や私を侮辱したことが許せないのです」

「その方は使者だ。手出しは無用。後ろには大老方がついておられる」

「お許しください、矢部殿。これは定膳殿と当方の間の私事です」

「いかん。そこもとはいま、わしの命に従わねばならない身分だ。兵をもどすのだ！」

だれも動かなかった。雨が降りはじめた。

「矢部殿、なにとぞお許しください。これは、定膳殿と当方のことです。何が起きようと当方のことで、御迷惑はかけません」

長門の背後から、定膳の配下の一人が、刀を抜いてその無防備な背中に斬りかかった。直ちに二〇丁の鉄砲がいっせいに火を吐いて、その男の首を吹き飛ばした。その二〇人はひざをついて、弾を込め直しはじめた。二番目の列はいつでも撃てる態勢だった。

「だれが、実弾を込めろと命じた」矢部が聞いた。

「私、吉井長門です」

「長門殿。根原定膳氏と御家来をお帰しするのだ。虎長公の御意見を伺うまで、自分の陣にもどっておられるのだ」

「父に御注進くださって結構です。あとはなるようになります。しかし矢部殿、その前にこの男に死んでもらわねばなりませぬ。全員、この場で」

定膳が叫んだ。「わしには大老方がついておるぞ。わしを殺して得るものは何もないぞ」

「名誉を回復するのだ」長門は言った。「父やわしをあざけったことへのお礼をする。だが、いずれにせよ、お手前は死なねばならぬ。昨晩は、まだはっきり腹を決められなかった。だがいま、お手前は演習を見てしまわれた。わざわざ石堂に教えるようなことはできない」長門は、手で戦場のほうを指した。「この恐ろしい技をな」

「石堂公はもう御存じだ」定膳が明かした。昨夜、先を見越しておいたのがよかったと思った。「石堂公はもう御存じだぞ。夜明けに、ひそかに鳩に手紙を託して放したからな。いまさらおれを殺してもむだだ」

長門が合図をすると、一人の老武士が進み出て、定膳の足元に鳩の死骸を投げた。続いて、男の生首をほうり出した。昨日、定膳が手紙を持たせた増本の首だった。目はまだ開いたままで、くちびるは憎しみにゆがんでいた。首はごろごろと坂を転がりはじめ、並んでいる男たちの間を抜けて、岩にぶつかって止まった。

定膳がうめいた。長門と家来たちが笑った。矢部でさえも、笑みを浮かべた。定膳の配下がまた一人、長門に飛びかかった。二〇丁の鉄砲がその男に穴を開けた。その隣にいた男も致命傷を負い、もだえながら倒れた。

静まり返った。

近江が「我らの隊に命じて攻撃させましょうか、殿」と伺いを立てた。長門などをそそのかすのはわけないと思いながら。

矢部は顔の雨をぬぐった。「いや、つまらぬことはするな。定膳たちは、もう死んでおる。いまさら何もできぬ。こうなったのもあの男の縁だ」そして、矢部は大声で呼びかけた。「長門殿。これが最後だ。定膳たちを許してやりなさい」

「お断り申し上げます」

「やむをえぬ。終わったら知らせてくれ」

「はい。父と石堂殿に申し上げるために、立会人が要りますが」

「近江、そのほう残れ。死亡の届けを作り、送らせるのだ。あとで、わしと長門殿も署名しよう」

長門がブラックソーンを指した。「安針も立会人として残してください。この騒ぎを起こした張本人ですから、立ち会ってもらいましょう」

「安針さん、あそこへ行きなさい。長門殿のところだ。わかったか」

「わかりました。しかし、なぜ」

「立会人だ」

安針はその日本語はわからなかった。

「まり子さん、〝立会人〟を教えてやって、事の結末を見届けるように言ってください。あなたは、わしについて来るように」心の中ではひどく満足していたが、素振りにも出さず、矢部は背を向け、立ち去っていった。

定膳がそのあとを追って絶叫した。「矢部殿。おーい。やぶ殿ー」


ブラックソーンは目撃した。そのあと家にもどった。家の中は静まり返っており、村はお通夜のようだった。風呂に入っても汚れが残っているような気分だった。酒を飲んでも、口の中に不快さが残り、香をたいても、鼻からいやなにおいが消えなかった。

そのあと、矢部の迎えが来た。先ほどの攻撃が、細かく分析されて検討された。近江と長門とまり子がいた。長門はいつものように冷静で、副大将でありながら、聞いているだけでめったに発言しなかった。みんな、さっきの出来事など忘れてしまったかのようだった。

夜になっても話は続いた。矢部が、訓練の日程を早めるように命じた。五〇〇人の鉄砲隊を直ちに編制すること。一〇日のうちに。

ブラックソーンは一人で歩いて家に帰り、一人で食事をした。恐ろしいことを発見した悩みがつきまとっていた。彼らは罪の意識というものをもたない。良心というものがない。あの、まり子でさえも。

その夜、彼は眠れなかった。外へ出た。風に飛ばされそうになる。波は白くあわ立っていた。一陣の強風ががらくたを舞い上げ、村の小屋にたたきつけた。餌をあさる犬が天に向かってほえていた。村のわらぶき屋根は、まるで生きもののように揺れていた。雨戸が、がたぴし音を立て、男や女たちの黒い影が、黙々と雨戸と格闘している。海面は異常に高くなっている。漁船はすべていつもよりずっと浜の奥に引き上げてある。あらゆるものに板が打ちつけられ、補強されている。

　ブラックソーンは海岸を歩くと、強い風に逆らいながら、前かがみになって家へ引き返した。人っ子一人歩いていなかった。雨がたたきつけるようになり、すぐに、ずぶ濡れになってしまった。

　藤子が玄関で待っていた。風が吹きつけて行燈《あんどん》の火をいまにも消してしまいそうだった。家の中では、一人残らず起きていた。使用人たちは、貴重品を裏庭の石造りの蔵に運び込んだ。嵐は、まだほんの序の口である。

　風が軒の下を吹き抜けると、瓦がゆるみ、屋根全体が音を立てて震えた。何枚かの瓦が滑り落ちて、大きな音を立てた。使用人たちは桶を用意したり、屋根を直したり、それぞれ忙しそうに働いている。年寄りの植木屋は、子供たちに手伝わせて弱そうな木に支えを縛りつけている。

　また突風がきて、家が揺れた。

「風で倒れそうだな、まり子さん」

　まり子は何も答えなかった。彼は表に出て、村のほうをながめた。がらくたが空を舞っている。そのとき、一軒の家の雨戸が飛ぶと、あっという間に障子が飛び、屋根が傾いた。

嵐は、村中の雨戸を吹き飛ばし、何軒かの家は完全になくなってしまった。だが、たいした怪我人は出ず、夜明けになると風も静まり、男や女たちが表に出て、家の修復にとりかかった。

昼までには、ブラックソーンの家の雨戸や壁も修理され、村の半分ほどが元通りになった。

村次は村中を駆け回って、助言し指導し、監督していた。そして復旧の様子を見に、丘に登ってきた。

「村次、格好がついてきたな」とブラックソーンが声をかけた。

「恐れいります、安針様。おかげさまで火を出さずにすみまして」

「火事あるか、よく」日本語で聞いた。

「失礼ですが、『火事は、よくあるか』と、おっしゃってください」

「火事は、よくあるか」ブラックソーンがそのとおり、なぞった。

「はい。ですが、村の者に、普段からよく備えるように言っております。嵐がまいりますと……」村次の表情がこわばり、ブラックソーンの肩越しにのぞいて見た。そして恭しく頭を下げた。

近江が、軽い足取りで近づいてきた。にこやかな目つきだが、視線はもっぱらブラックソーンに注がれ、村次などまるで存在していないかのようだった。「おはようございます」

「おはよう、ございます、おみさん。いえ、は、だいじょうぶ」

「おかげで無事でした」近江は村次を見るとぶっきらぼうに言った。「男は漁に出るなり、のちに出るなりさせるんだ。女も同じだ。矢部様は年貢の御催促だ。わしが怠けていると言って、殿の御前で恥をかかせるつもりか」

「とんでもございません、近江様。お許しください。すぐに、そのように取り計らいます」

「いまさら、おまえに言うまでもあるまい。二度とは言わんぞ」

「気が利かなくて、申し訳ございませぬ」村次は、そこそこに去っていった。

「きょう、くんれん、あるか」

「そうです。だが、殿は話だけ、なさりたい。あとで。わかりましたか。話だけ。あとで」近江は辛抱強く、繰り返した。

「はなし、だけ。わかります」

「日本語ができるようになられたな。いや、上達されたものだ」

「ありがとう、ございます。むずかしい。じかん、が、すこし」

「そうですな。だが、あなたはよい男だし、よく努力している。それが大事だ。そのうち暇にしてあげよう。心配するな、わしが力になる」近江は、自分が話していることの大半が理解されないだろうとは思っていたが、たいして気にしなかった。要点だけ伝わればそれでよろしい。「あなたと友人になりたい」そう言ってから、はっきりと、もう一度繰り返した。「わかりましたか」

「ゆうじん。わかります」

近江は自分を指差し、次にブラックソーンを指差した。「あなたと、友人になりたい」

「ああ、あり、がとう、ござい、ます。うれ、しいです」

近江は、また微笑すると、同輩に対するような礼をして、歩み去った。

「あいつと友人になる」ブラックソーンはつぶやいた。「やつは忘れたのか。おれは忘れていないぞ」

「あ、安針様」藤子が、急いで近づいてきた。「何か召し上がりませんか。間もなく矢部様からお迎えが見えますので」

「ありがとう。たくさんこわれた」ブラックソーンは、家のほうを指差して尋ねた。

「たいしたことはございません。安針様」

「よかった。けが、いないか」

「はい、怪我をした者はおりません」

藤子が引き下がっていった。ブラックソーンは縁側に座って、年寄りの植木屋が落葉をかたづけ、被害にあった植木の手入れをするのを見ていた。下の村では、女や子供たちが修復に働いていた。一方では、漁船が港口を出ていくのが見える。風も静まり、村人の多くはのらに出ていった。どんな年貢を納めるのだ。この国で百姓をするのはごめんだ。いや、この国だけじゃない——どこもそうだ。

一夜明けてみると、村の被害の有様に、ブラックソーンは心が痛んだ。「あの程度の嵐では、イギリスの家はびくともしない」と彼はまり子に言った。「そりゃ確かに、嵐には違いない。でも、たいしたものじゃない。どうして、石、煉瓦で家を建てないんだ」

「同じことですわ。地震がくれば、この国ではどんな石造りの家でも崩れてしまいます」

その何日か前に、地震があった。ごく小さなものだったが、火鉢から土瓶が落ちて、ひっくり返った。村の家の一軒で火事が出たが、広がらずにすんだ。しかしブラックソーンは、これほど手早い消火作業は見たことがなかった。それ以外には、村人たちは、地震のことなど気にもせず、ただ笑ってすませると、普段の生活にもどっていった。

「なぜ、みんな笑うんだ」

「私たちは、激しい感情の動きを人に見せるのを、とりわけ、恐怖心を見せるのを恥であり不作法なことだと考えます。だから、それを見せないように、笑ったり、ほほ笑んだりします。もちろん、恐ろしいことに変わりはありません。ただ、そう表に出さないだけです」

表に出すやつもいると、ブラックソーンは思った。

根原定膳がそうだった。彼は恐怖に泣き叫び、助けてくれとわめきながら、ひどい死にざまを見せた。殺害はゆっくりと、残酷に行われた。逃げてもよいと言い渡し、逃げ出す姿を笑いものにしながら、銃剣で突き刺した。それを無理やり立たせて、もう一度逃げろと言い、今度は、その足の腱《けん》を斬った。そして、這って逃げろと言い、ぶざまに這っていくのを、ゆっくりと腹をえぐった。定膳は悲鳴を上げた。その腹から、体液とともに血が滴り落ちた。あとはほっておき、死ぬにまかせた。

それから長門は、定膳の配下たちに目を向けた。すぐに、三人の武士が正座して腹を出し、脇差《わきざし》を自分の前に置いて、正式の切腹を願い出た。仲間の武士の三人が介錯《かいしゃく》として後ろに立ち、大刀を抜いて構えた。長門たちは手出しをしないで見守った。正座した武士たちが脇差に手を伸ばし、首を前に差し出すと、三つの刀が振り下ろされ、一刀のもとに首が落ちた。生首の歯がかたかたと音を立てたが、すぐに静かになった。

続いて二人の武士が座り、一人は介錯として残った。正座したうちの一人は、先ほどの三人と同じように、脇差に手をかけたところで首をはねられた。もう一人は、「いや、手前、平崎兼好は、これでも死に方を心得ているつもりだ」と言った。

兼好は体のしなやかな若い男だった。香をたきこんでおり、色白の、かわいらしいといってもよいほどの顔立ちで、髪は油をつけてきちんと結ってあった。彼は恭しく脇差を取り上げると、刀の一部を自分の帯でくるんで、握りをよくした。

「根原定膳と、その家中の死に抗議する」彼はきっぱりと言うと、長門に一礼した。それから、この世の見納めに空を見上げ、やがて介錯人に向かって、最後の落ち着いた笑みを投げかけた。そして、左のわき腹に脇差を深く突き刺した。両手で真一文字に引き回し、いったん刀を抜くと、下腹に深く突き立て、無言のまま、ぐいと引き上げた。臓腑《ぞうふ》がひざの上に飛び出し、苦悶に引きつった顔が前に傾くと、介錯の刀が弧を描いて振り下ろされた。

長門は、まげを持って、この首を拾い上げると、顔の泥を払い、目を閉じてやった。それから家来にそれを渡すと、その首を洗い、包んで、丁寧に石堂に送り届け、平崎兼好の勇気をあますところなく伝えるように、言いつけた。

最後の侍が座った。介錯する者はだれも残っていない。この男も若かった。指が震え、恐怖で青ざめている。今日彼は、三度までみごとな手並みで首を斬り落としたが、これまで人を斬ったことはなかった。

彼はじっと、脇差を見つめた。涙が出そうになるのを抑え、冷静な笑顔をくずさなかった。帯を解き、刀の一部をくるんだ。そのとき、この若者のりっぱな作法を見ていた長門が、家来の一人に合図をした。

その侍が進み出て一礼し、正式に名乗った。「吉井虎長公家臣、大仏南方、介錯仕ります」

「石堂和成公家臣、伊賀茂立臣、御介錯に対し、厚くお礼申し上げます」と彼は答えた。

その死は一瞬で、苦痛もなく、美しかった。首が集められた。そのとき、根原定膳の叫び声が聞こえてきた。彼の血迷った手は、いまだに自分の腹を元にもどそうともがいていた。

彼の始末は、村から連れてきた犬にまかせられた。

（2巻終わり）

解説――ウィリアム・アダムスの時代的背景

綱淵謙錠

〈貨狄尊者《かてきそんじや》〉という木像がある。尊者といっても高僧や羅漢《らかん》の像ではない。現在、東京国立博物館に保管されているが、もともとは栃木県佐野市の竜江院という寺院に伝えられていた、エラスムスの立像である。

エラスムスといえば、一五世紀末から一六世紀前半に活躍した、オランダの著名な人文学者《ヒユーマニスト》である。古典語学に造詣が深く、宗教については自由思想を抱き、キリスト教のカトリシズム、とくにその修道院制やスコラ哲学に批判的立場をとり、プロテスタント運動の発生にも大きな役割を演じた。

そのエラスムスの、頭に頭巾《ずきん》のような帽子を冠り、ガウンと覚しい見慣れぬ衣服を着た異人像は、土地の人々には何ともいえぬ畏怖の情を与えたらしく、人々はエラスムスなどという名も知らぬまま、「貨狄さま」とか「カテキババア」と呼んで恐れ、この木像が夜な夜なムジナに化けて村を徘徊《はいかい》するので鉄砲で撃ちとめた、その跡がいまも残っている、という伝説まで産んだ。

〈貨狄〉とは古代中国の黄帝のころに初めて船を造ったといわれる伝説上の人物であるが、この像の異形《いぎょう》さと、船に関係する像だという語り伝えが、土地の人にこの像を貨狄に結びつけさせたものであろう。

このエラスムス像というのは、その由来を尋ねると、日本に最初に渡来したオランダ船リーフデ号の船尾に飾られていた木像で、像が手にしている巻物にエラスムスの名が刻まれ、一五九八年の銘が在る。右の伝説の鉄砲の跡というのが、この木像を船尾に打ちつけた釘の穴であることはいうまでもない。

一五九八年というのは、おそらくこのリーフデ号が新造され、その守護神として船尾にエラスムス像を飾った年と思われる。なぜならこのリーフデ号は前名をエラスムス号といったからである。そして竣工後二年たった一六〇〇年四月一九日、つまり慶長五年三月一六日に、このリーフデ号は日本の豊後《ぶんご》(大分県)臼杵《うすき》湾に漂着したのである。

このオランダ船漂着のニュースは、直ちに徳川家康に報告された。当時家康は大坂城西ノ丸に住んでいた。家康はオランダ船に大きな関心を示し、急遽、船を派遣して、漂着船の代表者を大坂に呼んだ。

オランダ船の船長はヤコブ・クワッケルナックといったが、オランダ出帆当時の乗組員一一〇名のうち、このときまで生きながらえていた者はわずかに二四人、しかも歩行のできる者は数人にすぎず、船長も動けなかったので、歩行のできる者のうちから代表者として派遣されたのが、イギリス人の航海長ウィリアム・アダムスであった。アダムスは水夫一名をつれて大坂におもむき、家康と会見した。それが日本とオランダ（およびイギリス人）との最初の接触であった。

ここで大略三つのことについて注目しなければならない。

一つはウィリアム・アダムスという人物についてである。

ウィリアム・アダムスは一五六四年、イギリスのケント州ジリンガムに生まれた。一五六四年といえば、エリザベス女王一世が即位（一五五八）してから六年目、文豪シェークスピアの生まれた年である。いうならば、これからイギリスが勃興期に向かい、いよいよ世界の七つの海に雄飛しようという時代であった。

日本では永禄七年にあたる。その四年前の永禄三年（一五六〇）には織田信長が今川義元を桶狭間に破り、翌永禄四年には上杉謙信と武田信玄が川中島で最も激しく戦った。永禄五年には毛利元就《もとなり》が出雲で尼子義久の軍勢を連破し、永禄六年には三河に一向一揆が起こって徳川家康に叛《そむ》いた。そして永禄七年二月、家康はようやくこの一向一揆を平定して、三河統一をほぼなしとげた。つまり日本では、応仁元年（一四六七）以来のいわゆる戦国時代がようやく統一に向かって歴史の車輪を転がしていた時代である。

アダムスは一二歳のとき、ロンドンに近い造船中心地ライムハウスの造船家ニコラス・ジギンスのもとで、徒弟工として働くことになった。そして一二年間の年季奉公で造船術と航海術を十分に身につけたのち、イギリス海軍に入り、一五八八年のスペインの無敵艦隊との戦いにさいしては、フランシス・ドレイク提督の下にリチャード・ダフィールド号の船長として、糧食輸送の任に当たった。こうしてアダムスの海の男としての経験と知識は、当時ヨーロッパに急激に燃え上がりつつあった貿易熱に煽《あお》られて、東洋方面への関心とあこがれとなって、自分の生涯を決定づけようとしていた。

ここで次に注目すべき第二の問題について触れたほうが、叙述の都合がよいであろう。それはオランダ船がなぜ日本にやって来たのか、ということである。

永いあいだカトリック国スペインの弾圧のもとに苦しんできた新教徒《プロテスタント》の国オランダは、一五八一年、ネーデルラント連邦共和国としてスペインから独立した。スペイン王はその報復として、ポルトガルのリスボン港をオランダ船に閉鎖した。この前年(一五八〇)、スペインはポルトガルを併合し、ポルトガル王室の親族でもあるスペイン王フェリペ二世がポルトガル王フェリペ一世として君臨していた。

この入港禁止は、それまでポルトガル船が東洋から積んで来る商品をリスボン港を中継地としてもうけていたオランダ船にとっては、極めて大きな痛手だった。オランダはその打開策を求めて苦慮していた。

ちょうどそのころ、インドで多年の経験を積んだ一人のオランダ航海者が帰国し、東洋方面の貿易に関する本を著わし、それが刺激となってオランダに東方貿易熱が燃え上がり、各地の商社から盛んに船を東洋方面に派遣するようになった。

一五九八年六月二七日、その東洋貿易にあこがれて、オランダのロッテルダムを出帆した五隻からなる船団があった。その一隻にリーフデ号が入っていた。リーフデというオランダ語はドイツ語のリーベ（愛情）にあたり、その愛情《リーフデ》号に乗り組んで船団全体のパイロット・マジョール（航海長）の任務に就いたのがウィリアム・アダムスであった。いまや三四歳のアダムスの経験と冒険心が高く買われたのであった。

航海長といえば艦隊司令官（船団長）に次ぐ地位である。アダムスは最初旗艦ホープ（希望）号に乗り、ついでリーフデ号に移った。このアダムスの乗換えがなかったなら、その後の日蘭・日英貿易がどんな形をとっていたかわからないだろうといわれる。五隻の船団はやがて暴風雨でちりちりとなり、最後に残ったホープ号とリーフデ号のうち、ホープ号は太平洋上で遭った時化《しけ》で沈没してしまったからである。

オランダを出てから二年目、長い漂流のはてに日本へたどりついたリーフデ号は、やがて家康の命令で堺に回航された。同時に、四一日間大坂城に留め置かれて、来航の理由や海外事情について詳細に家康に説明したアダムスは、家康の絶大な信頼を得てリーフデ号にもどった。

最後に三つめの注目すべき問題は、このとき家康がなぜ大坂城にいたか、ということである。

慶長三年（一五九八）八月、リーフデ号がオランダを出て大西洋を南米のマゼラン海峡に向かって南下しているころ、日本では豊臣秀吉が伏見城で死んだ。豊臣政権は五大老五奉行によって維持された。

秀吉の遺子秀頼が五大老の一人前田利家に付き添われて伏見城から大坂城に移ったのは、翌慶長四年の正月であった。しかし、その前田利家が同年閏《うるう》三月に病死すると、家康はその一〇日後に伏見城に入って、公然と天下の主権者として行動するようになった。つづいて九月、家康は秀頼に重陽（九月九日）の賀を述べるという口実で大坂城に入り、そのまま居すわって、慶長五年の三月ごろには、藤堂高虎に命じて西ノ丸に天守閣を築かせはじめた。

大坂城に天守閣が二つできたわけである。天守閣は城の象徴であり、それが二つあることは城主が二人いることであった。豊臣方からみれば、許すべからざる家康の暴挙であったが、これを面詰できる大名は一人もいなかった。リーフデ号の漂着はちょうどそのころであった。五月一二日、アダムスが大坂城で初めて家康に面会を許されたときは、五奉行の一人石田三成が五大老の一人上杉景勝と手を握り、反家康の勢力を結集して、天下分け目の戦いを挑もうとしている真っただ中であった。

慶長五年六月一六日、家康は上杉景勝の会津攻略のため、大坂城を出発した。関ヶ原合戦の前哨戦である。このとき家康はリーフデ号に使いを出し、江戸に回航を命じた。

リーフデ号は関東へ向かった。しかし不幸にも、遠州灘《えんしゅうなだ》でまたもや暴風雨に遭い、浦賀に漂着した。船体は傷《いた》んでもはや使用に耐ええなかった。こうしてリーフデ号は放棄され、乗組員は陸路江戸へ入った。

このときリーフデ号の積荷には毛織物のほかに、大小の大砲や小銃・弾薬が相当量あったと伝えられている。おそらく家康にはそれらの火器類が魅力だったと思われる。のちにアダムスが家康の旗本に砲術を指南したと伝えられるのも、これらの大砲や小銃の操作を教えたことと関係があるのかもしれない。

このとき〈貨狄尊者〉と呼ばれる不思議な運命をたどることになるエラスムスの立像も、リーフデ号の船尾から取りはずされた。プロテスタントのオランダ人には、エラスムスはまさに〈尊者〉だったのである。そして『三浦按針《あんじん》』の著者岡田章雄氏によれば、家康の旗本だった佐野の領主牧野成里《しげさと》が慶長一一年（一六〇六）に幕府の御持筒頭《おもちづつがしら》となっているところから、当時砲術指南に当たっていたアダムスがこのエラスムス像を成里に譲り、それが牧野家の菩提寺である竜江院に寄進されたのではないかという。

慶長五年九月一五日、美濃国（岐阜県）不破郡関ヶ原で家康軍（東軍）一〇万と三成軍（西軍）八万の戦端が開かれ、決戦数刻、家康軍の勝利で幕を閉じた。天下は確実に家康のものとなった。

ジェームズ・クラベルの『将軍』は、オランダ船リーフデ号（この作品ではエラスムス号という名で出て来る）が日本に漂着したときから関ヶ原合戦までの、まる六ヵ月間の時の流れに材を取った作品である。

一読してわかるように、この小説の主人公であるジョン・ブラックソーンなる人物がウィリアム・アダムス(日本名・三浦按針)をモデルにしたものであり、関ヶ原の役後〈将軍〉たるべき〈吉井虎長〉が徳川家康を模していることは、日本人ならすぐ思いつく事実である。しかし、ブラックソーンや虎長の行動が寸分の違いもなくアダムスや家康に重ね合わさるか、というとそうではない。したがってこの作品を、厳密な意味での歴史小説ということはできないが、わが国の慶長五年という歴史上の明確な一時期を舞台とした歴史ロマンということは、十分に主張できよう。

そういう著者の立場を認めるなら、作品中の一つ一つの場面は〈史実〉と大きく食い違っているとしても(たとえばリーフデ号の漂着したのは伊豆の網代村ではなく、豊後臼杵《うすき》湾の北岸佐志生《さしう》である、といったたぐい)、それをいちいち咎《とが》め立てする必要はなくなる。むしろそのような〈史実〉を一度すっぱりと忘れ、外国の歴史ロマンを読むつもりで取り組むほうが賢明である。そうすると、読者の日本史に関する知識の度合によって、逆にそれぞれの登場人物に陰翳《いんえい》をにじませ、ストーリーのおもしろさに歴史学的興奮と文学的感動をからませることができよう。石堂和成に石田三成の面影を見、戸田まり子という女性にはどこか細川ガラシアを想わせるものがあるなどと、ひそかな想像力を働かしつつ読むほうが、かえってこの作品を上手に読むコツかもしれない。それがまた欧米人のこの作品の味わい方とはひと味ちがった、われわれ日本人の楽しみ方かもしれない。

とにかくこの日本という小さな島国を舞台として、外国人がこれだけ壮大なロマンを描いてみせたということは、われわれ日本人には大きな驚きであると同時に、喜びででもある。われわれはここから、われわれの日本を〈世界史のなかの日本〉という眼でながめることを学ぶであろう。

そしてそういう眼でみるなら、日本人が自分を初めて全地球的環境のなかでながめた慶長期というものが、意外に身近な存在としてわれわれ現代日本人に語りかけて来るのを知るであろう。

わたくしはこの作品が欧米でベストセラーとなっている一つの要因として、いまもなお欧米人のなかに遺っているマルコ・ポーロの〈黄金の島ジパング〉へのあこがれが感じられるのであるが、そのロマンの魅力がもし現代の日本に対してもなお持ち続けられているとすれば、それはさらに大きな喜びというべきであろう。

※本書は、1980年刊行の『将軍』(上・中・下)(TBSブリタニカ)を底本として再刊したものです。なお、一部の表現を著作権継承者の了承のもと、現代的な観点から修正いたしました。ご了承ください。

訳者紹介　宮川一郎

1925年生まれ。脚本家、翻訳家。東京大学文学部卒。主な脚本に映画『黒線地帯』『地獄』、ドラマ『水戸黄門』『雲霧仁左衛門』『江戸川乱歩の美女シリーズ』など。2008年没。

カバー・デザイン　ヤマグチタカオ
カバー・イラスト　Adobe Stock
帯写真提供　FX
DTP製作　生田　敦

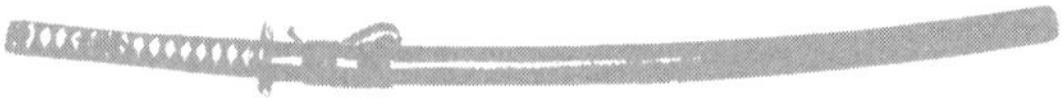

将軍 2

発行日　2024年7月10日　初版第一刷発行
著者　ジェームズ・クラベル
監修　綱淵謙錠
訳者　宮川一郎
発行者　秋尾弘史
発行所　株式会社 扶桑社
〒105-8070
東京都港区海岸1-2-20　汐留ビルディング
電話　03-5843-8842(編集)
03-5843-8143(メールセンター)
www.fusosha.co.jp
印刷・製本　タイヘイ株式会社印刷事業部

Printed in Japan　ISBN 978-4-594-09807-0